ELLE ELLIS

Autumn in your Eyes

IMPRESS

Elle Ellis kann sich ein Leben ohne Bücher nicht mehr vorstellen. Am liebsten trinkt sie Eiskaffee während sie an ihren Geschichten schreibt und sich zwischen den Worten verliert. Neben dem Schreiben teilt sie Leseempfehlungen und vieles mehr auf Instagram unter dem Namen @thebookelle. Zusammen mit ihrem Freund und den beiden Katzen Tabby und Malu lebt sie zwischen all ihren Büchern.

Für J.
Weil du nicht nur an mich geglaubt hast, bevor das erste Wort geschrieben war. Sondern mich jeden Tag zum Lachen bringst, besonders dann, wenn ich es gerade brauche.

Für meine Mama.
Weil du mich immer ermutigt hast, an meine Träume zu glauben.

Vorbemerkung für die Leser*innen

Liebe*r Leser*in,

dieser Roman enthält potenziell triggernde Inhalte. Aus diesem Grund befindet sich hier eine Triggerwarnung. Am Romanende findest du eine Themenübersicht, die demzufolge Spoiler für den Roman enthält.

Entscheide bitte für dich selbst, ob du diese Warnung liest. Gehe während des Lesens achtsam mit dir um. Falls du während des Lesens auf Probleme stößt und/oder betroffen bist, bleib damit nicht allein. Wende dich an deine Familie, Freunde oder auch professionelle Hilfestellen.

Wir wünschen dir alles Gute und das bestmögliche Erlebnis beim Lesen dieser besonderen Geschichte.

Elle Ellis und das Impress-Team

Playlist

Coastline – Hollow Coves
Waves – Dean Lewis
Bloom (Bonus Track) – The Paper Kites
Shine A Light – BANNERS
Someone To You (Acoustic) – BANNERS
Colour Me – Juke Ross
The Kitchen – Tow'rs
Saturn – Sleeping At Last
All I Want – Kodaline
she's all i wanna be – Tate McRae
Chasing Cars – Sleeping At Last
A Sky Full of Stars – Boyce Avenue
I GUESS I'M IN LOVE – Clinton Kane
Happiness – The Fray
Wake Me Up – Tommee Profitt, Fleurie
You Found Me – The Fray
To Build A Home – The Cinematic Orchestra, Patrick Watson
When You're Gone – Shawn Mendes
It'll Be Okay – Shawn Mendes
Infinity – Jaymes Young
Welcome Home – Radical Face

Kapitel 1

Zitternd reiße ich meine Finger von der eisigen Metallstange der Brüstung. Der Wind, der mir vom Meer entgegenschlägt, hat nicht nur mich tiefgefroren, sondern auch alles um mich herum gefühlte Minusgrade annehmen lassen. Fehlt nur noch, dass ich anfange mit den Zähnen zu klappern.

Darauf achtend, der Abgrenzung vor mir nicht zu nah zu kommen und erneut in einen Kälteschock versetzt zu werden, beuge ich mich ein bisschen weiter vor, um zu prüfen, ob ich schon einen Blick auf den Hafen erhaschen kann. Und tatsächlich, am Horizont zeichnet sich ein kleiner Umriss ab. Aufregung prickelt bis in meine Fingerspitzen und lässt mich die Erschöpfung für einen kurzen Moment vergessen. Endlich habe ich es geschafft. Auch wenn der Inhalt in meinem Rucksack nicht nur schwer auf meinen Schultern lastet, bin ich unheimlich gespannt darauf zu erleben, was Granny an diesem Ort so sehr geliebt hat.

Passend zu meiner chaotischen Gefühlswelt schallt jetzt ein neues Lied durch meine Kopfhörer. Genervt verdrehe ich die Augen, weil ich es heute bereits zum fünften Mal höre. Ich muss unbedingt mehr Songs auf meiner Playlist speichern. Meine Hände suchen nach dem kleinen Knopf in meinem Ohr, was wesentlich einfacher ginge, wenn meine schulterlangen Haare nicht ständig im Weg wären. Leider besitze ich ein Talent dafür, immer dann kein Haargummi parat zu haben, wenn ich eins dieser kleinen Dinger dringend benötige.

Einen Moment spiele ich mit dem Gedanken, nach unten in den Wartebereich zu gehen, verwerfe ihn jedoch schnell wieder, denn die Vorstellung, in einem kleinen, stickigen Raum zu sitzen, klingt nicht besonders verführerisch.

Als hätte jemand die Worte in meinem Kopf gehört, fängt es prompt an zu regnen. Seufzend schaue ich in den wolkenverhangenen Septemberhimmel, der perfekt zu meiner Stimmung passt. Bevor diese jedoch noch düsterer werden kann, konzentriere ich mich schnell auf das Hier und Jetzt. Mein Blick schweift zu dem Koffer neben mir, in dem all meine wichtigsten Sachen verstaut sind. Was nicht besonders viel ist, aber fürs Erste sollte es reichen.

Ich taste nach meinem Smartphone, um die Uhrzeit zu checken, halte dann aber inne, denn in dem Moment erklingt ein neues Lied. Seltsam, an das kann ich mich gar nicht erinnern, obwohl ich spätestens seit heute alle Songs in und auswendig kenne. Ich suche nach dem kleinen Knopf, um weiterzuschalten, bis ich plötzlich merke, woher die scheinbare Musik wirklich kommt. Und zwar gar nicht von meinen Kopfhörern, sondern von der Fähre.

Mist! Schnell ziehe ich die Stecker aus meinen Ohren und schiebe sie in meine Jackentaschen. »... danke für ihre Aufmerksamkeit.«

Was hat er jetzt gesagt? Verunsichert drehe ich mich nach allen Seiten um und entdecke schließlich eine ältere Frau, die mich bereits neugierig anschaut. Meine Verwirrtheit muss mir anzusehen sein, denn prompt kommt sie auf mich zu. Ihr dunkelgrüner Regenparker raschelt bei jedem Schritt und unter ihrer Kapuze blitzen ein paar weiße Locken hervor.

Kurz vor mir bleibt sie stehen. »Keine Sorge, Schätzchen, du hast nichts Wichtiges verpasst. Wir sind nur gleich da.« Flüchtig nimmt sie meinen Koffer in Augenschein. »Machst du Urlaub auf Cosy Island?«

Ich deute ein Kopfschütteln an. »Nein. Meine Grandma hat bis vor Kurzem dort gelebt.« Ein Teil der Wahrheit. Wenn ich an den genauen Grund für meinen Besuch denke, fangen meine Hände wieder an zu zittern. Schnell stecke ich sie in meine Jackentaschen, um es zu verbergen.

»Wer war denn deine Grandma, Schätzchen? Du kommst mir gar nicht bekannt vor.«

»Mrs Williams, sie hatte ein kleines Cottage direkt in den Dünen.«

Bei meinen Worten werden ihre Augen größer und ein feuchter Schimmer zeichnet sich darin ab. »Ach Schätzchen, dann musst du Autumn sein. Ich bin Mrs Cooper, aber sag ruhig Margret.« Mit einem großen Schritt überbrückt sie die Distanz zwischen uns und zieht mich kurz in ihre Arme.

Etwas überrumpelt starre ich sie an und brauche ein paar Versuche, bevor mir die nächsten Worte über die Lippen kommen. »Sie kannten meine Granny?«

»O ja. Wir haben jeden Freitag zusammen mit zwei Freundinnen Karten gespielt. Sie war immer so gut, dass sie uns fast jedes Mal geschlagen hat.« Sie räuspert sich und senkt dann ihre Stimme. »Vielleicht hat sie aber auch ab und an geschummelt.« Ein trauriges Lächeln tritt auf ihr Gesicht. »Ich vermisse sie wirklich sehr. Es ist jetzt schon beinahe ein halbes Jahr her, seit sie uns verlassen hat.«

Ihre Worte sprechen mir aus der Seele. Mir kommt es vor wie gestern und es vergeht kein Tag, an dem ich nicht an sie denke.

Ich will gerade etwas erwidern, als wir von einer weiteren Durchsage unterbrochen werden. »Achtung, Achtung! In wenigen Minuten legen wir im Hafen von Cosy Island an. Bitte begeben Sie sich mit Ihrem Gepäck Richtung Ausgang.«

»Dann sind wir nun wohl da«, murmle ich zu Mrs Cooper. Neugierig schaue ich mich um, um zu sehen, ob bereits andere Passagiere das Deck verlassen. Doch wie mir beim Ablegen schon aufgefallen ist, scheint es heute ziemlich leer zu sein.

Ich drehe mich zurück zu Mrs Cooper. »Ist hier eigentlich immer so wenig los?«

»Sobald die Sommersaison vorbei ist, kommen fast keine Touristen mehr. Ich war auch nur auf dem Festland, weil ich ein neues Mobiltelefon brauchte.« Sie rückt ihre Tasche zurecht. »Komm, gehen wir zum Ausgang.«

Ich versuche mir das Schmunzeln bei ihren Worten nicht anmerken zu lassen. Sie ist eine so herzliche Person und ich verstehe, wieso Granny mit ihr befreundet war. Schnell schnappe ich mir meinen Koffer und zusammen steigen wir die Treppe runter. In dem beheizten Wartebereich kann ich nur eine Handvoll Menschen ausmachen, die bereits am Ausgang stehen. Mrs Cooper und ich stellen uns hinter sie und warten darauf, dass sich die Türen öffnen.

In der sich ausbreitenden Stille merke ich meine Erschöpfung mehr denn je. Ich schlage mir die Hand vor den Mund, um ein Gähnen zu verstecken. Ein Kaffee würde mir jetzt ziemlich guttun.

Mein Blick gleitet zu Mrs Cooper. »Bekomme ich auf Cosy Island irgendwo etwas Warmes zu trinken?«

»Aber natürlich! Gleich die Straße runter ist ein ganz bezauberndes Café. Du musst nur an dem Supermarkt entlanglaufen und wenn du unseren Park entdeckst, ist das kleine Lokal nicht mehr weit.« Sie holt kurz Luft. »Claire ist wirklich ein ganz liebes Mädchen und ihr Café ist einfach wunderbar. Leider muss ich in eine andere Richtung und bin gleich verabredet, sonst würde ich dir den Weg zeigen.«

»Danke. Ich werde es bestimmt finden«, sage ich gerührt. So viel Hilfsbereitschaft bin ich von den anderen Orten, an denen ich gelebt habe, nicht gewohnt.

»Bestimmt, so groß ist die Insel ja nicht. Es hat mich auf jeden Fall gefreut, dass wir uns mal getroffen haben. Deine Granny hat immer so viel von dir erzählt.« Mit einem warmen Lächeln drückt sie meine Schulter, während die Türen vom Ausgang aufgleiten.

Wir laufen den anderen Passagieren hinterher, bis wir das Ende vom Steg erreicht haben.

»Dankeschön, Mrs Cooper. Es ...«

»Margret«, fällt sie mir schmunzelnd ins Wort.

Meine Mundwinkel zucken und entlocken mir ein Lächeln. »Danke, Margret, es hat mich echt gefreut, Sie zu treffen.«

»Das ging mir auch so. Vielleicht kommst du mal auf einen Tee vorbei«, sagt sie warmherzig.

»Gern.«

Sie nickt mir mit einem warmen Lächeln zu und geht dann in eine andere Richtung davon.

Genau in dem Moment fällt mir ein, dass ich ihre Adresse gar nicht kenne. Ich setze gerade dazu an, ihr hinterherzurufen, als mir einfällt, wo ich mich befinde. Auf einer kleinen Insel mitten im Atlantik. Ich erinnere mich vage daran, wie Granny mal erwähnte, Cosy Island hätte nur ein paar tausend Einwohner. Die Wahrscheinlichkeit, in den nächsten Tagen erneut auf sie zu treffen, ist daher bestimmt relativ hoch.

Also wende ich mich dem Weg zu, den sie mir beschrieben hat. Dabei fällt mir ein Schild ins Auge. »Willkommen auf Cosy Island«. Ringsum kann ich nur eine Straße und Bäume ausmachen. Aber wirklich überrascht bin ich nicht, schließlich gibt es ja auch nur einen kleinen Anlegeplatz für die Fähre und ein winziges Häuschen, in dem man wahrscheinlich Fahrkarten kaufen kann. Wie oft Granny da wohl drin gewesen ist, wenn sie mal wieder auf dem Weg zu Mom und mir war?

Ein Seufzen entfährt mir und ich wische mir über die Augen. Dann ziehe ich meine Kapuze tiefer ins Gesicht und greife nach dem Griff von meinem Koffer. Doch bevor ich mich in Bewegung setzen kann, wird mir so richtig bewusst, dass ich nicht mehr weit von Grannys Zuhause entfernt bin. Ich schlucke schwer und merke, wie die Aufregung zurückkehrt – genauso wie die Angst. Um mich zu beruhigen, atme ich tief durch und lasse den Koffer los, damit ich meinen Rucksack nach vorn holen kann. Zitternd ziehe ich den Reißverschluss auf und krame darin herum, bis meine Finger das kalte Metall streifen. Bald wird Granny für immer mit ihrer geliebten Insel zusammen sein, allerdings muss ich sie dann vollends loslassen. Wenn der letzte Krümel ihrer Asche auf das Meer trifft, ist sie verschwunden und das unwiderruflich. Aber so wollte sie es und ich werde ihren letzten Wunsch erfüllen, egal, wie viel Angst ich davor habe.

Neben der Urne ertaste ich den Schlüssel zu ihrem Cottage. Das kleine Haus mitten in den Dünen war ihr genauso wichtig wie Cosy Island selbst. Was mich hier wohl alles erwarten wird? Ich hole tief Luft. Ein Schritt nach dem anderen. Also schließe ich den Rucksack, schiebe ihn zurück auf meinen Rücken, greife nach dem Koffer und gehe los.

Kapitel 2

Genau wie Margret erklärt hat, komme ich an einem Supermarkt vorbei. Ein graues Gebäude, das auf den ersten Blick nicht besonders riesig wirkt. Zumindest nicht so, wie ich es von anderen Supermärkten gewohnt bin. Trotzdem wird sich hier mit Sicherheit das Nötigste finden lassen.

Immer noch alles in Augenschein nehmend merke ich zu spät, wie ich mitten in eine Pfütze trete. Verdammt! Ich schüttle meinen Fuß aus, stelle jedoch mit verzogener Miene fest, dass mein Sneaker komplett durchnässt ist. Einige unschöne Flüche vor mich hinmurmelnd setze ich meinen Weg fort, der nun von einem quietschenden Schuh klangvoll untermalt wird. Toll, wirklich klasse! Frustriert ziehe ich mir die Kapuze tiefer ins Gesicht. Hoffentlich wird der Regen jetzt nicht auch noch stärker. An diesem späten Nachmittag heute scheine ich wirklich kein Glück mit dem Wetter zu haben.

Kurz überlege ich, ob es nicht sinnvoller wäre, erst zum Cottage zu laufen und danach zum Café. Aber meine Fingerspitzen sehnen sich nach Koffein, also verwerfe ich diesen Gedanken schnell wieder. Ob es dort wohl zusätzlich Cupcakes gibt? Ich kneife meine Augen ein wenig zusammen, um zu überprüfen, ob ich mein Ziel schon ausmachen kann. Aber alles, was ich erkenne, ist ein Park mit einigen Bäumen und ein paar leeren Bänken. Ist das dahinten sogar ein See? Ich kann mir vorstellen, dass hier im Sommer einiges los ist. Oder zumindest mehr als jetzt, was nicht sonderlich schwer ist, weil kein einziger Mensch außer mir unterwegs zu sein scheint.

Unwillkürlich beschleunige ich meine Schritte und nähere mich ein paar

Geschäften, die sich neben dem Park aneinanderreihen. Auf den ersten Blick fällt mir bereits auf, dass sie alle unterschiedlich groß sind. Nicht riesig, aber es gibt kleinere und dann wieder etwas größere. Fast alle weisen einladende Fensterläden auf, für die ich schon immer eine Schwäche hatte. Eine weitere Sache, die mir direkt ins Auge sticht, sind die Türen, die allesamt einen Glaseinsatz besitzen.

Prüfend mustere ich die Läden und werde von einem Schild mit einer Kaffeetasse geradezu magisch angezogen. Schnell gehe ich näher darauf zu und kann nun auch das Schild darüber lesen: *Cat's Coffee*. Ich ziehe die Augenbrauen hoch, weil ich an Margrets Worte auf der Fähre denken muss. Hat sie nicht gesagt, dass das Mädchen Claire heißt und nicht Cat? Ich bin zwar, seit ich denken kann, schlecht darin, mir Namen zu merken, bin mir aber sicher, dass mir Cat im Gedächtnis geblieben wäre.

Achselzuckend bleibe ich kurz vor der weißen Eingangstür stehen, lasse den Griff von meinem Koffer los und blicke an dem Café hoch. Die ganze Steinfassade ist in einem hellen Beige gehalten, das sich von dem Braun des Ladens daneben abhebt. Die überkreuzten Scheren auf einer kleinen Tafel, die im Wind weht, lassen mich vermuten, dass es sich hier um einen Friseur handeln muss. Auf der anderen Seite befindet sich nur eine kleine gepflasterte Fläche, auf der zwei Autos stehen.

Ich wende mich abermals dem Café zu und entdecke ein kleines Schild, was von innen gegen den Glaseinsatz baumelt und mir verrät, dass geöffnet ist. Erleichtert stoße ich einen kleinen Seufzer aus. Koffein, ich komme.

Gerade als ich nach dem goldenen Türknauf greifen will, lassen mich jedoch laute Stimmen innehalten. Verwundert weiten sich meine Augen, als ich bemerke, dass die Tür bereits einen Spalt offen steht. Automatisch trete ich wieder ein paar Schritte zurück, kann aber trotzdem nicht verhindern, dass ich etwas von dem Gespräch mitbekomme.

»Dann verschwinde doch!« Die gebrochene Stimme verursacht eine Gänsehaut auf meinen Armen.

»Ich weiß gar nicht, wie ich es so lange mit dir ausgehalten habe.« Schnelle Schritte sind zu hören und ein junger Mann in einem weiten dunklen Hoodie nähert sich der Eingangstür. Sein Gesicht zeigt eine Mischung aus Verzweiflung und Wut.

Erschrocken weiche ich ein paar weitere Schritte zurück und bekomme gerade noch mit, wie er das Schild, auf dem *Geöffnet* steht, umdreht.

»Wie konntest du nur?« Da ist wieder die andere Stimme.

Dem Typen sacken die Schultern nach unten und mit einer verzweifelt wirkenden Geste wischt er sich über seinen dichten Bart.

Unwillkürlich mache ich noch einen Schritt zurück. Es scheint jetzt kein guter Zeitpunkt für einen Kaffee zu sein, also schnappe ich mir meinen Koffer und flüchte. Doch weit komme ich nicht, denn plötzlich flutet Erkenntnis meine Sinne. *Wo muss ich überhaupt lang?* Orientierungslos schaue ich mich um und entdecke ein Mädchen mit langen, hellbraunen Haaren, das in dem Moment aus einer Gasse zwischen zwei Häuserreihen tritt. Mit eiligen Schritten läuft sie genau in meine Richtung. Also strecke ich eine Hand aus, um auf mich aufmerksam zu machen. »Entschuldigung, können Sie mir vielleicht …« Doch weiter komme ich gar nicht.

»Nein, keine Zeit«, unterbricht sie mich harsch. Ihre Mimik zeigt keine Regung und der Absatz klappert über das Pflaster, als sie, ohne mich eines weiteren Blickes zu würdigen, weitergeht. Dabei dringt gerade noch ein gemurmeltes »Blöde Touristen!« an meine Ohren.

Meine Schultern sacken nach unten und ich seufze leise auf. Mit klammen Fingern ziehe ich mein Smartphone aus der Jackentasche. Vielleicht kann mir das weiterhelfen. Es hat einen Grund, wieso ich hier bin, und daran wird jetzt auch der Weg nichts ändern. Ich schaue auf das helle Display hinunter und öffne die Karten-App.

»Shit«, stoße ich laut aus, als mir einfällt, dass ich die Adresse gar nicht weiß. Dann erinnere ich mich an den Schlüssel in meinem Rucksack. Schnell ziehe ich die Tasche von meinem Rücken und krame darin, bis er zwischen meinen Fingern liegt. Der Zettel daran lässt mich erleichtert aufatmen.

Ich tippe die Adresse, die darauf steht, in die Suchleiste der App und warte, bis das Ergebnis geladen wird. Es dauert ein bisschen, bis das Ziel gefunden wird, besonders weil ich die Strecke zu Fuß auswähle, aber dann blinkt es auf.

Als ich die angegebene Zeit sehe, könnte ich auf der Stelle heulen. Der Weg zu Fuß dauert länger als vierzig Minuten. So ein Mist.

Nun ja, was bleibt mir anderes übrig? Also setze ich mich in Bewegung und marschiere die Straße entlang. Vereinzelt kommen mir Leute entgegen, die es jedoch alle sehr eilig haben, aus dem Nieselregen rauszukommen. Um mich davon abzulenken, dass ich noch eine ganze Weile das schlechte Wetter ertragen muss, betrachte ich meine Umgebung. Zu meiner rechten Seite erstrecken sich einige dunkle Geschäfte, während auf der anderen der Park liegt.

Als ich schließlich eine Buchhandlung entdecke, würde ich den Shop am liebsten direkt betreten. Aber ein Schild in der Ecke verrät mir, dass sie ab September bereits um sechs Uhr schließen. Ich checke die Uhrzeit auf meinem Smartphone. Halb sieben. Wann ist es denn so schnell so spät geworden?

Ein weiteres Seufzen entfährt mir und ich schaue wieder zur kleinen Buchhandlung. Was gibt es Schöneres, als zwischen vielen Geschichten zu stöbern und sich dann für eine zu entscheiden? *Oder direkt für mehrere,* denkt die kleine Bücherfee in mir. Ich reiße mich von dem Anblick los und sehe noch einen Blumenladen und ein Kleidungsgeschäft an mir vorbeiziehen, bevor die Einkaufsmeile in einer Wohnsiedlung mündet.

Während ich an unzähligen Häusern vorbeitrotte, wird es von Minute zu Minute immer düsterer. Irgendwann flackern sogar die Straßenlaternen auf und ich fühle mich so verlassen wie nie zuvor. Außerdem schmerzen meine Füße, als wäre ich seit drei Tagen unterwegs. Am liebsten würde ich mich hier auf der Stelle hinlegen, um zu schlafen. Hätte ich mir auf meinem Weg bis zur Insel wenigstens ein Hotel genommen, anstatt von New York einfach hierher durchzureisen.

Die Straßenlaternen lichten sich nun immer mehr, bis sie letztlich gar nicht mehr auftauchen, als ich einen Sandweg erreiche. Ringsum sind Bäume und viel Gras, bis kurz darauf alles in Sand und Dünen übergeht. Eigentlich dürfte es nun nicht mehr weit sein. Ich schalte die Taschenlampe an meinem Smartphone ein, um den Weg besser erkennen zu können.

Dabei achte ich einen Augenblick nicht darauf, wohin ich laufe, und stolpere prompt über einen Stein. Ich beginne zu straucheln, kann mich aber gerade noch abfangen. Trotzdem durchdringt ein lautes *Knack* die Stille.

Ich stöhne laut auf, bin jedoch gleichzeitig erleichtert, dass das Geräusch nicht von meinen Knochen kam. Mit dem Smartphone leuchte ich zum Koffer, der neben mir liegt und aus dem eine Rolle schief heraushängt. Nicht zu fassen. Wie viel Pech kann ein einzelner Mensch eigentlich haben?

Ich taste nach dem Griff und versuche den Koffer hinter mir herzuziehen, was durch den Sand bereits schwer genug war, nun allerdings wegen der blöden Rolle nahezu ein Ding der Unmöglichkeit ist. Mein Arm schmerzt vom ganzen Ziehen sowieso schon und jetzt wird es dadurch nicht besser. Eher im Gegenteil. Frustriert seufze ich laut auf. Dann merke ich, wie etwas Nasses mein Gesicht berührt, und schaue nach oben. Wegen der Dunkelheit kann ich wenig erkennen, trotzdem merke ich, wie der Regen immer stärker wird. Das kann doch alles nicht wahr sein. So schnell ich kann schleife ich den kaputten Koffer hinter mir her.

Keine fünf Minuten später hat sich das Tröpfeln in einen starken Regenschauer verwandelt und ich triefe von oben bis unten. Selbst die Kapuze kann nicht verhindern, dass einige vordere Haarsträhnen völlig durchweichen. Den Tränen nah stampfe ich durch den Sand, während meine Sneakers bei jedem Schritt um die Wette quietschen.

Ein kleiner Hoffnungsschimmer keimt in mir auf, als sich die ersten Umrisse eines Häuschens aus der Dunkelheit lösen. Das muss es sein, das Cottage meiner Granny. Ich atme einmal tief durch und überwinde die letzten Meter, bis ich endlich ein schmales Tor erreiche, das ich schnell öffne. Mit letzter Kraft schleppe ich mich zu der Veranda, die zu dem kleinen Haus aus weißem, einladendem Holz führt.

Unter der überdachten Veranda streiche ich mir die Kapuze zurück und nehme dann den Rucksack von meinem Rücken. Ich ziehe den Schlüssel hervor und stecke ihn eilig ins Schloss. Gespannt halte ich den Atem an, als ich die Tür knarzend aufdrücke. An der Wand taste ich nach einem Lichtschalter, bis ich ihn schließlich finde. Warmes Licht durchflutet einen großen Raum.

Blinzelnd trete ich über die Schwelle und stelle mein Gepäck neben der Tür ab. Dann blicke ich mich um und merke, wie mir die Tränen in die Augen steigen. Alles um mich herum schreit nach Granny. Die ausgeblichene graue Farbe an einer Wand, von der sie häufig erzählt hat, wie schrecklich sie sie findet, nur weil sie damals zum falschen Eimer gegriffen hat. Der Kamin in der Wand, von dem sie so oft gesprochen hat. Der Fernseher auf dem schmalen Board in der Ecke, den sie erst seit zwei Jahren besitzt. Oder ihre geliebte weiße Kommode mit den unterschiedlichen Knäufen, weil sie jedes Mal einen mitnehmen musste, wenn sie in einem Laden einen gefunden hat, der ihr gefällt.

Ich drehe mich um und mein Blick fällt auf ein wunderschönes eingerahmtes Bild von einem Sonnenuntergang auf dem Meer, das selbst gemalt ist. Ich gehe näher heran und sofort fallen mir die Initialen unten am Rand auf: EW. Granny? Ich weiß, dass sie hin und wieder gerne gemalt hat, aber von diesem Bild hat sie mir nie erzählt. Bei dem Gedanken daran, was ich noch alles finden werde, schleicht sich ein Lächeln auf meine Lippen.

Langsam laufe ich zur Mitte des Zimmers, wo ihr helles Sofa steht. Mit einer Hand fahre ich über die Wolldecke und die flauschigen Kissen, die darauf liegen. Mein Blick wandert weiter durch den Raum, der längst nicht mehr so vollgestellt ist, weil Granny ihre letzten Monate bei Mom und mir verbracht hat. Gemeinsam mit uns hat sie die absurde Hoffnung geteilt, dass die Ärzte in New York ihr noch helfen könnten.

Und auch wenn ich weiß, wie viel Arbeit vor mir liegt, ist mir das in dem Moment völlig egal. Die Erinnerungen drohen mich zu überwältigen und deshalb versuche ich mich abzulenken. Schnell krame ich aus meinem Koffer ein paar trockene Kleidungsstücke hervor und laufe durch die offen stehende Tür an der hinteren Seite vom Sofa ins Badezimmer. Dort weist nicht mehr viel darauf hin, dass Granny hier gelebt hat. Bis auf eine Badewanne, Dusche, Toilette sowie einen Trockner und eine Waschmaschine ist es fast leer. Nur etwas Goldenes auf der Ablage über dem Waschbecken zieht meine Aufmerksamkeit auf sich. Ich trete näher und umschließe das goldene Armband, an dem eine kleine weiße Muschel baumelt, mit einer Hand.

Erneut kämpfe ich mit den Tränen, als ich daran denke, wie Granny es immer getragen hat und wir uns liebevoll darüber gestritten haben, dass ich selbst Armbänder an mir nie schön fand und stattdessen Fußketten bevorzuge. Schniefend gehe ich in die Hocke und lege das filigrane Band um meinen Knöchel. Anschließend schäle ich mich endlich aus meinen nassen Sachen und werfe sie in den Trockner.

Mit einer Leggings und einem lockeren Shirt bekleidet tapse ich zurück ins Wohnzimmer, während der Wind von draußen gegen das Haus pfeift und der Regen an die Fenster klatscht. Erschöpft lasse ich mich auf das Sofa sinken und kaum dass ich die Polster berührt habe, stürzt alles auf mich ein. Die Vorfreude, die geliebte Insel von Granny zu entdecken. Die Erinnerungen, die mich hier einholen, und die Angst, sie ganz loszulassen. Ich kann meine Tränen nicht länger zurückhalten und sie strömen aus mir heraus. Schluchzend rolle ich mich auf dem Sofa zusammen und ziehe die Decke über mich, während ich von der Trauer überwältigt werde.

Irgendwann lassen die Tränen nach und ich sinke in einen leichten Schlaf, in der Hoffnung, dass die dunklen Wolken mit der aufgehenden Sonne weiterziehen.

Kapitel 3

Mein Schlaf währt nicht lange, weil sich das Kreischen der Möwen auch nicht von dem flauschigen Kissen, das ich mir auf den Kopf drücke, dämpfen lässt. Frustriert drehe ich mich auf den Rücken und starre an die weiße Holzdecke.

Irgendwann taste ich unter der Decke nach meinem Smartphone und sehe, dass wir erst halb sechs morgens haben. Das leere Display verrät mir, dass sich Mom immer noch nicht gemeldet hat. Seit drei Tagen versuche ich sie zu erreichen, aber mal abgesehen von der Mailbox bekomme ich keine Antwort.

Ich schiebe das Handy unter das Kissen. Ob ich hier jedes Mal so früh aufwachen werde? Ich hoffe nicht. Zwar bin ich eher eine Frühaufsteherin, doch so früh muss es dann nicht sein. Und weil ich den gestrigen Tag unaufhörlich in meinen Knochen spüre, drehe ich mich zurück auf die Seite und schließe wieder die Augen.

Als ich das nächste Mal erwache, dringt heller Sonnenschein durch die Fenster und ein paar der Strahlen treffen mein Gesicht. Ich setze mich auf und strecke meine Arme. Dann atme ich tief durch und gebe dem Tag eine neue Chance. Auch wenn mein Start auf Cosy Island nicht wie geplant verlaufen ist, wird es bestimmt ab heute besser. Hoffentlich.

Ich nehme mir vor, gleich im Supermarkt nach ein paar Kartons zu schauen. Vielleicht finde ich in der Werkstatt neben dem Cottage sogar einige Werkzeuge, die ich für Moms und mein Vorhaben nutzen kann. Grannys Zuhause ist zwar in einem guten Zustand, aber die lockeren Dielen und ein paar andere Kleinigkeiten könnten ein bisschen Zauberkraft vertragen. Moms Idee, aus dem Cottage ein schönes Ferienhäuschen zu machen, hat mir direkt gefallen. Wir hätten es niemals übers Herz gebracht, es zu verkaufen.

Ich schnappe mir mein Handy und werfe noch mal einen Blick darauf. Wie nicht anders zu erwarten, zeigt es auch jetzt keine neue Nachricht von Mom an. Das nicht vorhandene WLAN-Symbol macht das Ganze auch nicht besser. Schließlich bin ich darauf angewiesen, online sein zu können, denn sonst kann ich meinen Job gleich an den Nagel hängen. Rezepte an ein kleines Online-Magazin zu verkaufen macht mich zwar nicht reich, hält mich im Moment allerdings über Wasser und ich komme über die Runden. Keine Ahnung, wo es mich hintreibt, wenn hier alles erledigt ist.

Genau in dem Moment gibt mein Smartphone ein Brummen von sich und sofort senkt sich mein Blick auf das helle Display.

Mom: Autumn-Schatz, ich schaffe es leider doch nicht in der nächsten Zeit. Es tut mir so leid. Mich halten noch ein paar Dinge in Europa auf.

Irgendwie überraschen mich ihre Worte nicht sonderlich. Wie immer hält sie ihre Arbeit auf Trab. Ein Job nach dem nächsten jagt sie über die halbe Welt, um für einen Nachrichtensender Informationen zu sammeln und Sendungen zu schalten. Trotzdem sacken meine Schultern bei dem Gedanken daran, noch länger zu warten, nach unten. Wir mussten unsere Pläne bereits nach hinten verschieben, weil sie in Australien einen monatelangen Aufenthalt hatte. Ich atme einmal tief durch und beginne zu tippen.

Autumn: Was denkst du denn, wann du kommst?

Keine fünf Sekunden später kündigt das Pling eine neue Nachricht an.

Mom: Das kann ich noch nicht sagen, ich versuche es so schnell wie möglich. Fang du doch schon mal mit allem anderen an.

Den Rest machen wir, sobald ich da bin. Ich muss jetzt weiter. Hab dich lieb.

Mit knappen Worten antworte ich ihr und werfe dann mein Smartphone auf den Tisch vor mir. Mom wollte lange, dass ich in ihre Fußstapfen trete und ebenfalls Journalistin werde, doch das hat mich nie glücklich gemacht. Granny hat schnell gemerkt, dass mich das Studium nicht ausfüllt, und mich letzten Endes ermutigt, auf die Konditorschule zu gehen. Mit ihr habe ich meine Leidenschaft fürs Backen geteilt, sie hat mich verstanden.

Das ich jetzt an ein Magazin Backrezepte verkaufe, ist ein lustiger Zufall, der Mom des Öfteren zum Lachen bringt. Schließlich ist es fast so, als wäre ich doch Journalistin, nur nicht für den neusten Modetrend, sondern für das perfekte Gebäck. Auch wenn es etwas schade ist, dass ich so nicht sehen kann, wie jemand meinen gebackenen Cupcake isst, kann ich davon wenigstens im Moment leben.

Mein Blick fällt auf die Kommode, auf der ein Bild von Granny und mir steht. Da muss ich ungefähr acht Jahre alt gewesen sein. Unsere beiden Gesichter sind voller Mehl, während wir Schneebesen in den Händen halten und breit in die Kamera lächeln. Bei der Erinnerung wird mein Herz schwer und zugleich bin ich voller Dankbarkeit, so viele wundervolle Momente mit ihr erlebt zu haben.

Bevor ich erneut in ein Gefühlstief stürze, drücke ich mich vom Sofa hoch, um mich dem neuen Tag zu stellen. Und was wäre dafür besser geeignet als eine heiße Dusche? Zufrieden schlüpfe ich anschließend in eine enge Jeans und einen lockeren Pullover und widme mich dann der Einkaufsliste.

Als ich zögernd den Raum betrete, in dem Granny unserer gemeinsamen Leidenschaft oft allein nachgegangen sein muss, atme ich tief durch. Die lichtdurchflutete Küche ist relativ klein. Neben einem bodentiefen Fenster steht ein schmaler Tisch mit zwei Stühlen und auf der anderen Seite befindet sich die Küchenzeile, die im Landhausstil gehalten und mit silbernen, verschnörkelten Griffen ausgestattet ist. Ich weiß noch, wie wir sie vor ein paar Jahren zusammen ausgesucht haben. Leider bin ich nie dazu gekommen, sie mir live anzugucken, weil Granny immer nur bei uns war. Bei mir, um auf mich aufzupassen, während ich zur Schule gegangen bin und Mom um die Welt geflogen ist. Zuletzt bin ich bei Granny gewesen, als ich gerade laufen konnte, danach war Mom meine Schulbildung so wichtig, dass Granny nur bei uns war und ich nie dazu kam, sie hier auf Cosy Island zu besuchen. Und dadurch, dass ich in den Ferien zusammen mit Mom unterwegs war, um sie wenigstens dann länger zu sehen, bin ich auch nicht dazu gekommen, in der Zeit hierherzureisen. Auf diese Weise habe ich zwar eine Menge Länder dieser Welt entdeckt, aber trotzdem nie diese Herzensinsel gemeinsam mit Granny. Eigentlich wollte ich diesen Sommer hierherkommen, doch dann kam leider alles anders als geplant.

Ich wische mir einmal übers Gesicht, um auf andere Gedanken zu kommen. Dann schaue ich in die Schränke und entdecke neben Geschirr zusätzlich Töpfe und Gläser, die sich alle noch benutzen lassen. Unter der Spüle finde ich sogar ein paar Packungen Nudeln, Haferflocken und eingekochte Eintöpfe, die mich zum Schmunzeln bringen.

Ich lasse die Küche hinter mir und komme an der Schwelle zum Schlafzimmer abrupt zum Stehen, weil mein Blick auf das nichtvorhandene Bett fällt. *Wieso ist hier keins?* Ich versuche mich daran zu erinnern, ob Granny mir erzählt hat, dass sie ein neues bekommt, allerdings fällt mir kein Gespräch ein, in dem es darum ging. In ihren letzten Tagen haben wir sowieso über andere Dinge geredet. Bis sie den Kampf gegen den Krebs verloren hat.

Ich reibe über meine Augen und mache ein paar Schritte in den Raum hinein, der noch eine weitere Überraschung für mich bereithält. Diesmal jedoch eine schöne. Fasziniert laufe ich zu den breiten Doppeltüren, die eine unglaubliche Aussicht auf die sandigen Dünen bieten. Wenn man genau hinschaut, kann man darüber sogar ein Stück vom glitzernden Meer erkennen. Einen Moment nehme ich den beruhigenden Anblick in mich auf, drehe mich dann aber wieder um und starre auf das kahle Zimmer, das neben den weißen Wänden nur noch eine breite Kommode zu bieten hat.

Wahrscheinlich würde es meinen Rahmen sprengen, ein neues Bett zu kaufen, und erst mal auf dem Sofa zu schlafen, macht mir nicht sonderlich viel aus. Nur bis wir das Cottage online als Ferienhaus reinstellen, sollte ich eins aufgetrieben haben. Die Gäste fänden es bestimmt nicht toll, auf dem Sofa schlafen zu müssen. Darum kann ich mich jedoch immer noch kümmern, wenn Mom hier ist.

Ich entschließe mich, dem Wohnzimmer als Erstes ein bisschen Farbe zu verleihen. Bei der Vorstellung, das Grau überzustreichen, schleicht sich ein Lächeln auf meine Lippen. Olivgrün könnte ich mir gut vorstellen, die Farbe hat Granny auch gefallen.

In Gedanken kehre ich zurück zu meiner Einkaufsliste, die jetzt so aussieht: Farbe, Haargummis und Lebensmittel. Vielleicht gibt es hier auf der Insel sogar ein kleines Geschäft, wo ich günstig ein oder zwei Teppiche herbekommen könnte und ein wenig Deko, um das Haus etwas moderner zu gestalten.

Als ich einen Blick auf die Uhr werfe, stelle ich fest, dass es bereits später Mittag ist. Wie lange habe ich denn letzten Endes geschlafen? Die Erschöpfung muss tiefer gesessen haben als gedacht. Ich eile zur Haustür, schlüpfe in meine Sneakers, greife nach meiner Jacke und streife sie über. Dann öffne ich die Tür und trete in die kühle Mittagsluft. Nachdem ich sie hinter mir ins Schloss gezogen habe, stapfe ich die Treppen hinunter, an der Seite vom Cottage vorbei und auf die Dünen zu. Denn bevor ich mich auf den Weg Richtung Ortsmitte mache, habe ich etwas anderes vor. Etwas, worauf ich mich inständig gefreut habe. Etwas, was ich herbeisehne, seit ich auf die Fähre gestiegen bin.

Die salzige Luft wird bei jedem Schritt intensiver und der Wind weht mir immer kräftiger um die Ohren. All das zaubert ein Lächeln auf meine Lippen. Ich erklimme die sandige Düne, wobei mir die Körner bereits in meine Füße piksen. Keine Ahnung, wie sie den Weg immer in die Schuhe schaffen, aber irgendwie gehört es für mich dazu.

Ganz oben angekommen kann ich ihn schon sehen. Den Ozean. Das Wellenrauschen dringt jetzt lauter zu mir und wie magisch davon angezogen renne ich den restlichen Weg hinunter. Kurz bevor das Wasser über meine Sneakers schwappt, bleibe ich stehen und starre auf das Meer. Die Aussicht treibt mir Tränen in die Augen.

An dieser Stelle hier hat Granny bestimmt oft gestanden und sich verzaubern lassen, genau wie ich jetzt gerade.

Ich setze mich in den Sand und starre minutenlang auf das Wasser, bis ich mich wieder hochstemme und zurück zum Cottage laufe. Aber nicht ohne vorher noch mal einen tiefen Atemzug zu nehmen, meine Augen zu schließen und nur das Wellenrauschen wahrzunehmen. Ich kann nicht fassen, dass ich jetzt hier bin. Auf Cosy Island, in Grannys Cottage, und den Ort kennenlernen werde, der ihr so viel bedeutet hat.

***

Keine zehn Minuten später sitze ich auf dem alten Fahrrad von Granny, das ich hinter dem Haus gefunden habe. Zum Glück gab es in dem kleinen Schuppen neben dem Cottage eine Fahrradpumpe, damit ich es wieder funktionstüchtig machen konnte. Der fahrbare Untersatz wird mir hier auf der Insel bestimmt oft schmerzende Füße ersparen. Die Strecken sind doch relativ lang, wie ich ja gestern unweigerlich feststellen musste.

Gut, dass ich gestern Abend versucht habe mir die Strecke zu merken. Es war zwar düster, trotzdem habe ich das Gefühl, den Weg zu kennen. Was sich auch bestätigt, als ich durch das Wohngebiet fahre, das jetzt im Hellen noch einmal besser zur Geltung kommt. Die Veranden sind allesamt wunderschön hergerichtet, mit üppigen Blumen, ganz klassischen Schaukelstühlen, Hollywoodschaukeln oder ein paar einfachen Sesseln. Jede Wette, dass sich die Nachbarschaft hier morgens zu einer Tasse Kaffee trifft, um den neusten Klatsch auszutauschen.

Ein Stück weiter vor mir erkenne ich nun den Park und dann das Café, wo ich gestern erst hinwollte. Mit dem Fahrrad habe ich wirklich nicht lange gebraucht. Entspannt mustere ich weiter die Umgebung und entdecke dabei ein großes Gebäude, das mit dunklem Holz verkleidet ist und anscheinend ein Diner ist. Vielleicht sollte ich heute Abend dort hingehen. Ich höre schon förmlich das Essen darin nach mir rufen.

Aus den Augenwinkeln nehme ich einen Umriss wahr und mein Blick schnellt zu einem Baum im Park, wo eine grau getigerte Katze gerade dabei ist, die Äste zu erklimmen. Davon eingenommen, wie schnell sie oben in den Zweigen sitzt, bemerke ich zu spät, wie etwas Weißes vor mein Fahrrad rennt. Sofort gehe ich in die Eisen, verliere jedoch die Kontrolle über das Rad und lande unsanft auf der Straße.

Ächzend setze ich mich auf und wische die Steine von meinen Knien. Zum Glück scheint nichts verletzt zu sein. Ich schaue umher, bis ich die warmen, dunklen Augen einer weißen Katze entdecke. »Hey, wer bist du denn?«, frage ich sie leise.

Sie kommt näher und schnuppert an meiner Hand. Dann schmeißt sie sich plötzlich hin und reibt ihren Rücken am Boden. Wahrscheinlich, um mir zu signalisieren, dass ich sie streicheln soll.

»Du bist ja witzig.« Völlig von ihr fasziniert vergesse ich ganz, dass ich auf dem Boden sitze, eine weiße Katze streichle und mein Fahrrad neben mir liegt. Zumindest bis ich eine aufgebrachte Stimme höre.

»O Gott! Was ist passiert? Geht es dir gut?« Ein Mädchen kommt mit leichten Schritten angerannt, ihre blonden Haare flattern dabei nach hinten. Sie trägt ein dunkles Kleid mit hellen Sneakern. Ich dachte ja schon immer, ich bin mit meinen 1,63 eher kurz geraten, aber sie scheint noch ein gutes Stück kleiner zu sein. In ihren Augen flackert offenbar Panik auf. Direkt habe ich das Bedürfnis, sie zu beruhigen.

»Alles gut. Mir ist nichts passiert.«

Als sie neben mir zum Stehen kommt, fallen mir sofort ihre rot geschwollenen Augen auf, die das strahlende Blau aber nicht trüben. »Snowball ist immer so ungeschickt. Tut mir furchtbar leid.« Völlig außer Atmen streckt sie mir ihre Hand hin.

Dankbar lasse ich mir von ihr hochhelfen. »Snowball?«

»Meine Katze.« Sie deutet auf die kleine weiße Katze am Boden, die sich jetzt gemütlich auf den Weg Richtung Park macht. »Komm, ich helfe dir.«

Zusammen stellen wir mein Fahrrad wieder hin. Dabei fällt mir auf, dass nicht nur ihre Augen rot geschwollen sind, sondern auch ihre Nase ziemlich gerötet ist.

Sie hält inne und schaut mich ein paar Sekunden lang an. »Dich habe ich noch nie hier gesehen?« Sie hebt ihre Stimme am Ende vom Satz, sodass er wie eine Frage herauskommt.

Ich zucke mit den Schultern. »Ja, ich bin erst seit gestern hier.«

»Ein neues Gesicht und das nicht mal zur Sommersaison, wie spannend.« Die Freude in ihrer Stimme kann mich nicht ganz erreichen, weil etwas anderes darin mitschwingt. »Ich bin übrigens Claire«, fügt sie hinzu. Die ganze Zeit kommt mir ihre Stimme irgendwie ein wenig bekannt vor, ich kann aber einfach nicht sagen woher.

»Autumn«, stelle ich mich vor und versuche dabei unauffällig mein Rad zu inspizieren. Ich möchte nicht, dass sie es bemerkt und sich ihre Sorge um mich dadurch verschlimmert. Anscheinend geht es ihr sowieso schon nicht gut und ich denke, ein schlechtes Gewissen kann sie jetzt gar nicht gebrauchen. Wie ich flüchtig feststelle, scheint jedoch alles ganz zu sein.

»Kann ich das vielleicht wiedergutmachen?« Unruhig knetet sie ihre Hände, wobei sie von einem auf das andere Bein tritt.

Ich winke ab. »Alles gut. Ist doch nichts passiert.«

»Aber es tut mir wirklich total leid.« Dann schweigt sie ein paar Sekunden und blickt hinter sich. »Wie wär's, wenn ich dich zu einem Kaffee einlade? Dahinten ist mein Café.«

Und dann durchflutet Erkenntnis meine Sinne. Das Café, ihre Stimme, die roten Augen. Sie ist das Mädchen, das sich mit diesem Typen gestritten hat. Muss ein heftiger Streit gewesen sein, so traurig wie sie wirkt. Sofort bekomme ich riesiges Mitleid mit ihr und beschließe, ihr Angebot anzunehmen, vielleicht kann ich sie so ein bisschen ablenken. Und außerdem verlangt mein Körper seit gestern Nachmittag nach Koffein. »Kaffee klingt super.«

Kapitel 4

Als ich mit Claire ihr Café betrete, weht mir sofort der Geruch von frisch gebrühtem Kaffee und Gebäck entgegen. Direkt fühle ich mich wohl, was wahrscheinlich auch an der stilvollen Einrichtung liegt. Während die Arbeitsplatte der Theke aus einladendem Holz gefertigt ist, sind die Fronten in Creme gehalten. Die Wände hingegen sind alle weiß gestrichen und heben sich dadurch von dem dunklen Parkett ab. Das Licht ist passenderweise leicht gedimmt und überall stehen niedrige Tische mit Sesseln, Hockern oder kleinen Sofas. Und auch die gedämpfte Musik, die aus den Lautsprechern an der Decke dringt, passt hier perfekt rein. Ich schaue wieder zur Theke und entdecke an der hinteren Wand eine schwarze Tafel, auf der verschiedene Getränke aufgelistet sind.

Claire umrundet unterdessen mit hängenden Schultern die Theke. Dabei scheint auf ihren Lippen ein aufgesetztes Lächeln zu liegen. »Also, was hättest du gerne? Latte Macchiato, Vanilla Cream Latte oder Chocolate Mocha? Hier drauf steht aber noch mehr.« Mit dem Daumen deutet sie hinter sich.

Von der ganzen Auswahl fühle ich mich ein klein wenig überfordert. Ich überlege einen kurzen Augenblick und entscheide mich für das Erstbeste, was mir ins Auge fällt. »Ähm, einen großen White Chocolate Mocha, bitte.«

»Gute Wahl, den trinke ich auch wahnsinnig gerne. Such dir doch einen Platz und ich mache ihn schnell. Oder möchtest du ihn mitnehmen?«

Ich nehme alles einen kurzen Moment in Augenschein und sofort umfängt mich der gemütliche Zauber des Cafés. Also beschließe ich, ein wenig zu bleiben. »Ich suche mir einen Tisch.«

Das scheint sie zu freuen, denn sie dreht sich, ohne mit der Wimper zu zucken, um und fängt überschwänglich mit der Zubereitung an.

Währenddessen entscheide ich mich für einen Platz am Fenster, wo ich es mir sofort auf dem kleinen Sofa gemütlich mache. Dabei beginnt der Regen draußen von Neuem aus dem Himmel zu fallen und die Tropfen prasseln gegen die Scheibe, was das Café nur kuscheliger macht. Weshalb es *Cat's Coffee* heißt, verstehe ich aber immer noch nicht. Ich beschließe, Claire gleich danach zu fragen.

In dem Augenblick fängt mein Smartphone an zu vibrieren und erinnert mich unweigerlich an den Grund meines Hierseins. Vielleicht ist es Mom, die mir sagen kann, wann sie kommt. Ich ziehe es aus meiner Jackentasche und nehme das Display in Augenschein. Jedoch leuchtet nur eine Push-Mitteilung auf, dass ich kein Netz habe. Ich atme aus und schnappe mir meinen Rucksack, in dem ich das Handy wieder verstaue.

Als ich gerade den Reißverschluss schließe, berührt etwas Weiches mein Bein. Ich zucke zusammen, doch als ich nach unten schaue, erblicke ich die wohl süßesten Knopfaugen, die ich je gesehen habe. Erleichtert stoße ich meine angehaltene Luft aus. Zum Glück keine Spinne. Gleichzeitig muss ich über mich selbst lachen, denn ich habe mich vor einer Katze erschrocken. Eine wirklich süße, kleine, flauschige getigerte Katze. Sie scheint auch diejenige zu sein, die vorhin den Baum hochgeklettert ist.

»Hey, wer bist du denn?«, frage ich sie und streichle dabei ihren Kopf.

Ihre Antwort besteht darin, auf das Sofa zu springen, sich neben mich zu legen und genüsslich zu schnurren. Schmunzelnd fahre ich mit einer Hand immer wieder über ihr weiches Fell. Jetzt verstehe ich auch den Sinn hinter *Cat's Coffee*.

Als hätte sie meine Gedanken gehört, erscheint Claire an meinem Tisch und stellt eine große Tasse vor mir ab, auf der bunte Blumen abgedruckt sind. »Buttercup hat dich anscheinend schon gefunden. Er liebt es wirklich sehr, gestreichelt zu werden und hört dann gar nicht mehr auf zu schnurren.«

»Ach, ein Kater bist du also«, flüstere ich ihm zu und greife dann nach dem heißen Getränk, dessen verführerischer Duft zu mir herüberweht.

Claire lässt sich auf einen breiten Sessel gegenüber von mir fallen und nimmt einen Schluck aus ihrer eigenen riesigen Tasse, die mit einer großen Haube Sahne verziert ist.

Neugierig werfe ich ihr einen Blick zu. »Was ist das für einer?«

Als sie die Tasse jetzt wieder absetzt, klebt an ihrem Mund Sahne, die sie lachend wegwischt. »Das ist mein Pumpkin Spice Latte. Ich versuche ihn gerade für diesen Herbst ein wenig zu verbessern.«

Bei dem Klang des herbstlichen Kaffees, den ich schon in unzähligen Cafés getrunken habe, beginnen meine Augen zu leuchten. Nun probiere ich auch mein Getränk und kann ein leises Stöhnen nicht unterdrücken, weil er so lecker ist. Ziemlich süß, aber man schmeckt den Kaffee noch durch. Ein paar Schokoladenstückchen scheinen auch enthalten zu sein.

»Und wie lange bleibst du?«, fragt sie nachdenklich.

»Ich muss ein paar Dinge erledigen. Mal schauen.« Das kleine Stolpern in meinen Worten entgeht ihr hoffentlich, weil ich wirklich keinen Plan habe, wie lange alles dauern wird.

»Endlich kommt mal ein wenig Leben auf die Insel!« Auch wenn der traurige Unterton in ihrer Stimme nicht gänzlich verschwunden ist, hat sich nun Aufregung dazugesellt. »Nichts gegen Cosy Island. Ich liebe diesen Ort und könnte mir niemals vorstellen hier wegzuziehen, aber ich kenne hier einfach schon alle Leute und jetzt, wo die Urlaubssaison vorbei ist, ist immer weniger los als sonst.«

Ich murmle ein paar bestätigende Worte und berichte ihr dann von dem Cottage in den Dünen, was sie nicht zu überraschen scheint. Doch bevor ich weiter nachhaken kann, springt plötzlich etwas auf meinen Schoß. Diesmal ist es Snowball, die Katze von vorhin.

Claire deutet auf das kleine Kätzchen. »Eigentlich ist Snowball eher schüchtern, doch sie scheint dich zu mögen.« Sie nickt in Richtung Eingangstür. »Irgendwo muss sich noch Lucky herumtreiben.«

»Lucky? Was für ein schöner Name.«

Sie senkt den Kopf und wischt sich schnell mit ihrem Ärmel über die Augen. »Ja, mein Glückskater.«

Vielleicht sollte ich nicht weiter nachbohren, das Ganze scheint sie sehr zu belasten. Also wechsle ich schnell zu einem anderen Thema. »Stören sie jemanden?«

Sie schüttelt den Kopf und ihr Blick wird wieder klarer. »Nein, überhaupt nicht. Die meisten haben sogar Leckerlis in ihren Taschen, wenn sie hierherkommen. Und für die drei ist das natürlich wie ein Lottogewinn. Leckerlis und viele Streicheleinheiten, was will eine Katze mehr?«

Gedanklich ergänze ich meine Einkaufsliste um Leckerlis. Dann fällt mir etwas ein. »Wie nimmst du sie eigentlich wieder mit nach Hause? Oder schlafen sie hier im Café?«

»Ich wohne direkt über dem Laden. Siehst du die Tür da hinter der Theke? Nicht die an der Seite, sondern die in der Ecke?« Sie nickt in Richtung der Theke. »Da geht's zu meiner Wohnung. Sie können sich also frei bewegen. Meistens sind sie allerdings hier unten.«

Ich bin gerade dabei, meinen letzten Schluck Kaffee zu trinken, als ihr Smartphone klingelt. Rasch springt sie auf und läuft hinter die Theke, um den Anruf entgegenzunehmen. Um ihr etwas Privatsphäre zu lassen, versuche ich nicht hinzuhören und schaue nach draußen, wo mich der Park in seinen Bann zieht. Trotz des wolkenverhangenen Wetters sieht er unglaublich einladend aus. Die Bäume sind alle leicht verfärbt und bestimmt dauert es nicht lange, bis sie ganz in Orange, Rot und Braun leuchten. Der Rasen darunter ist entgegen der Jahreszeit noch strahlend grün und die Bänke sind zwar nass, aber die Straßenlaternen laden an Sommerabenden bestimmt dazu ein, sich darauf niederzulassen und so den Tag ausklingen zu lassen.

Kurz darauf kehrt Claire zurück. Seufzend lässt sie sich zurück in den Sessel fallen. »Entschuldigung, das war meine Mom. Sie wohnt mit ihrem neuen Freund in der Nähe von Boston und spätestens alle drei Tage ruft sie an, um sich ausführlich zu erkundigen, ob alles okay ist. Als ob ich mit zweiundzwanzig Jahren nicht allein klarkommen würde. Na ja, ich weiß, dass sie es nur gut meint.«

Ihre Worte versetzen mir einen kleinen Stich, weil ich sofort an meine Mom denken muss und daran, wie sehr ich sie vermisse.

»Ja, kann ich verstehen«, murmle ich. Mein Blick wandert zu der großen Uhr, die an einer Wand hängt. Mittlerweile ist es schon wieder Nachmittag. Ich habe das Gefühl, die Zeit vergeht auf dieser Insel schneller als sonst wo. Langsam greife ich nach meinem Rucksack und deute auf meine leere Tasse. »Ich muss jetzt leider los, wie viel bekommst du für den Kaffee?«

»Ich habe dich doch eingeladen«, entgegnet sie.

»Oh – Danke, Claire«, murmle ich lächelnd.

Sie begleitet mich bis zum Ausgang, doch bevor ich die Tür aufziehen kann, fällt mir ein Sticker ins Auge. »Hast du hier WLAN?«

»Ja, das lockt die Touristen im Sommer total gut an. Besonders die, die auch im Urlaub nicht aufhören können zu arbeiten.«

Unsicher halte ich inne, denn ich möchte nicht zu aufdringlich wirken, aber es könnte vielleicht meine einzige Chance sein, meinen Job weiterzumachen. »Darf ich es mal benutzen?«, frage ich zögerlich.

»Klar, so oft du willst.« Ihr Nicken wirkt aufrichtig und nett.

Also versichere ich ihr morgen früh wiederzukommen und verabschiede mich dann schnell bei ihr. Als die Tür schon fast wieder hinter mir zugefallen ist, sehe ich ein kleines schwarzes Kätzchen hindurchhuschen. Das muss dann wohl Lucky sein.

Vor mich hinlächelnd schnappe ich mir mein Fahrrad, das ich neben dem Café abgestellt habe. Doch bevor ich Richtung Supermarkt aufbrechen kann, bemerke ich den platten Reifen. Das muss doch noch eine Auswirkung vom Sturz sein. Seufzend beginne ich das Rad neben mir herzuschieben. Meine Pechsträhne hält wohl weiter an. Und der Supermarkt scheint diese weiter verstärken zu wollen. Denn als ich mein Ziel erreiche, werde ich von einem großen Schild an der Eingangstür begrüßt.

Wegen Umräumarbeiten heute geschlossen!

Ich stöhne frustriert auf. Und wo bekomme ich nun Essen her? Etwas ratlos blicke ich um mich und entdecke neben dem Supermarkt ein weiteres Gebäude. Dort brennt Licht und über der Tür steht groß und breit *Cinema Breeze*.

Ein Kino? Ich atme geräuschvoll aus. Dort kann ich meinen Hunger auch nicht stillen. Wieso habe ich Claire eigentlich nicht nach einem Gebäck gefragt? *Weil du es mal wieder verpeilt hast, Autumn,* fluche ich in Gedanken.

In dem Moment gibt mein Magen ein lautes Knurren von sich. »Ich weiß«, flüstere ich und will mich gerade abwenden, als mir das knusprige Popcorn in den Kopf kommt. Wie von selbst führen mich meine Schritte zum Eingang. Ich lehne das Rad an die Mauer und schaue dann an der Fassade hoch.

Von außen wirkt es relativ alt und an dem Board unter dem Namen stehen ein paar Filme, die anscheinend zurzeit laufen. Doch sobald ich die Tür aufziehe und mich der typische Kino-Geruch nach einer Mischung aus Popcorn und Nachos trifft, fällt mir auf, wie modern alles von innen ist. Auf dem Boden verläuft ein roter Teppich und auch wenn die die Wände alle nicht verkleidet sind, hängen überall große Filmposter.

An der einen Seite gibt es einen kleinen Einlass in der Wand, über dem ein Bildschirm leuchtet, der die Filme anzeigt, die heute noch laufen. Nur ein einziger strahlt mir entgegen, jedoch kann ich aus der Ferne die Buchstaben nicht entziffern. Würde mich nicht wundern, falls es nur einen Kinosaal gäbe. Schließlich bin ich hier auf einer Insel und nicht in einer Großstadt, in der die Filme täglich mehrere hundert Besucher anlocken.

Der Duft auf der anderen Seite erinnert mich wieder daran, weshalb ich hier bin. Die Popcornmaschine kann ich bis zu mir hören, was meinen Magen erneut zum Knurren bringt.

Ich überbrücke die letzte Distanz und bleibe dann vor einer breiten Theke stehen. Einige Pappbecher sind darauf getürmt, während ich durch den Glaseinsatz die unzähligen Tüten mit Süßigkeiten in Augenschein nehmen kann. An der Wand dahinter arbeitet die riesige Popcornmaschine munter vor sich hin. Und daneben stapeln sich hinter einem Wärme-Behälter unzählige Schalen mit Nachos.

Plötzlich reißt mich eine grobe Stimme aus meinen Beobachtungen. »Was möchtest du?« Ein Mädchen mit langen, dunkelroten Haaren schiebt sich jetzt in mein Blickfeld. Sie trägt eine Cappy auf dem Kopf und hat ihre Haare zu einem hohen Zopf gebunden, der daraus hervorguckt.

Völlig irritiert mustere ich sie.

Ihre dunklen Augenbrauen wandern nach oben und sie verschränkt ihre Arme vor der Brust. »Was willst du bestellen?«

Summer, verrät mir ihr Namensschild. Leider wirkt sie eher nicht gerade wie ein strahlender Sonnenschein. Eigentlich würde ich am liebsten gehen und nichts bestellen, so unfreundlich wie sie ist, doch das traue ich mich dann irgendwie auch nicht.

»Popcorn, bitte.« Meine Stimme kommt leise aus meinem Mund.

»Süß oder salzig?« Durch die Glasfront kann ich sehen, wie sie anfängt mit ihrem Fuß auf der Stelle zu klopfen, was mich ganz nervös macht.

»Süß?« Wieso kommt die Antwort wie eine Frage heraus?

Summer gibt ein Brummen von sich, dreht sich um und beginnt einen kleinen Pappeimer damit zu füllen. In der Zeit krame ich in meinem Rucksack nach meinem Geldbeutel. Mist, wo ist er nur? Erleichterung durchströmt mich, als ich ihn ganz tief unten, unter einer Strickjacke, finde. Ich will mir ihren Gesichtsausdruck gar nicht vorstellen, wenn ich das Popcorn nicht hätte bezahlen können.

»Das macht dann drei Dollar.« Über die Theke streckt sie mir den Eimer entgegen und ich reiche ihr das Geld. Ohne ein weiteres Wort drehe ich mich um und eile über den roten Teppich davon.

Rasch drücke ich die Tür mit der Schulter auf. Dabei merke ich im ersten Moment gar nicht, dass draußen jemand steht. Als ich es gerade realisiere, pralle ich bereits gegen etwas Warmes. Bevor mich meine Pechsträhne zu Boden werfen kann, werde ich jedoch sanft abgefangen und finde mich in starken Armen wieder. Ich schaue auf und blicke in die wohl tiefsten grünen Augen, die ich je gesehen habe.

Kapitel 5

»D-Dankeschön«, stammle ich und versuche mich blinzelnd von dem Anblick meines lächelnden Gegenübers loszureißen, doch das ist schwerer als gedacht – zumindest bis mir auffällt, dass ich immer noch in seinen Armen liege. Hastig löse ich mich von ihm und schmeiße dabei den Popcorn-Eimer durch die Luft. Ein wahrer Regen des süßen Zeugs ergießt sich dabei über den Boden und lässt den peinlichen Moment auf ein nie dagewesenes Level anschwellen.

»Shit«, murmle ich und gehe auf die Knie, um die Spuren meiner Tollpatschigkeit zu beseitigen.

»Warte, ich helfe dir.« Der Typ beugt sich zu mir herunter und gemeinsam sammeln wir den Rest ein, bis sich unsere Finger berühren. Verlegen ziehe ich meine Hand zurück und merke, wie meine Wangen warm werden. Es fühlt sich an, als wäre ich in irgendeinen kitschigen Film katapultiert worden, fehlt nur noch, dass ich mich jetzt unsterblich in ihn verliebe.

Autumn, beruhige dich mal, ärgere ich mich. Schließlich ist er nicht der erste Typ in meinem Leben. Ich atme leise tief durch und rapple mich hoch, während er mit einem Schmunzeln ebenfalls nach oben kommt. Dabei fällt mir sofort auf, dass er deutlich größer ist als ich. Zumindest muss ich zu ihm aufblicken, um weiterhin wie magisch von seinen grünen Augen angezogen zu werden.

Stopp, versuche ich mich zu beruhigen. Was soll er bloß von mir denken, wenn ich ihn weiterhin so anstarre. Aber seine hellbraunen Haare stehen ein bisschen durcheinander und irgendwie bringt mich das innerlich zum

Schmunzeln. Wahrscheinlich hat ihn das Wetter ebenfalls so sehr mitgenommen wie mich.

»Hast du dir wirklich nicht wehgetan?«, fragt er mich mit einer tiefen und zugleich warmen Stimme, die mich daran erinnert, wo wir uns befinden. Draußen, vor einem Kino. Bestimmt wartet irgendwo sein Date auf ihn.

Ich schüttle nur den Kopf.

Ein paar Sekunden lang mustert er mich mit seinen intensiv grünen Augen. »Ich habe dich hier noch nie gesehen«, murmelt er leise vor sich hin.

Mein Blick wandert zu seinem Kinn und seinen Wangen, die ein leichter Bartschatten ziert. O Mann, seufze ich in mich hinein. Dafür hatte ich schon immer eine Schwäche.

»Ist mein zweiter Tag hier«, piepse ich. *Shit, Autumn, jetzt reiß dich mal zusammen, das ist nur irgendein Typ, der dich gerade davon abgehalten hat, auf die Nase zu fallen!*

Neugierde blitzt in seinen Augen auf. »Bist du auf dem Weg ins *Ocean Sleep*?«

Was soll das denn sein? »Äh – nein, was ist das?« Als ein Regentropfen meine Nasenspitze berührt, fällt mir auf, dass wir mittlerweile im strömenden Regen stehen.

Meinem Retter scheint das jedoch nichts auszumachen, auch wenn ihm die tropfnassen Haare ins Gesicht fallen. Lässig wischt er sie sich aus der Stirn und beantwortet dann meine Frage mit einem kleinen Lächeln, das mich erneut aus der Bahn zu werfen droht: »Das Hotel hier.«

»Hm«, brumme ich abwesend, doch bevor ich mich zu sehr von seinen markanten Wangenknochen ablenken lasse, konzentriere ich mich wieder auf das Hier und Jetzt. Irgendwas hat er gerade gesagt, nur was? Fragend schaue ich ihn an.

Seine Lippen verziehen sich zu einem kleinen Schmunzeln. »Hey, ich bin Sam.«

»Autumn.«

»Also, Autumn, was machst du hier auf Cosy Island?«

Mein Blick fällt auf seine weißen Sneakers und verharrt dort einen Moment, als ich unruhig von einem Bein aufs andere trete. »Ich wohne in dem alten Cottage meiner Granny«, stottere ich. »Es ist ein kleines Häuschen in den Dünen … Muss ein paar Dinge erledigen«, schiebe ich hinterher.

»Ach, deine Grandma war Mrs Williams?«

Hier scheinen sich wohl wirklich alle zu kennen, denke ich und nicke bestätigend.

»Sie fehlt uns allen hier wirklich total. Tut mir sehr leid, für dich muss es besonders hart sein«, sagt er mitfühlend.

»Danke«, murmle ich leise.

Er scheint zu merken, dass mir das Gespräch zu schaffen macht, da er jetzt auf mein plattes Fahrrad deutet und so das Thema wechselt. »Wolltest du nach Hause? Ich könnte dich bringen, mein Truck steht direkt um die Ecke. Das geht auf jeden schneller als mit dem kaputten Rad.« Er verzieht sein Gesicht.

Obwohl ich eigentlich kein redseliger Mensch bin, würde ich ihm am liebsten von meiner Pechsträhne erzählen, lasse es aber doch bleiben und sage weiterhin gar nichts, während er mich fragend betrachtet. Dabei blitzt erneut ein winziges Schmunzeln auf seinen Lippen auf. Das erinnert mich daran, dass er auf eine Antwort von mir wartet. Was soll ich bloß sagen? Ich will ihm auch nicht auf die Nerven gehen, schließlich musste er mich bereits davor bewahren, aufs Gesicht zu fliegen. Vielleicht sollte ich seinen Vorschlag aber annehmen, sonst habe ich den gleichen Salat wie gestern und dieser Gedanke übertrumpft die Zweifel in meinem Kopf.

»Und keine Angst, ich bin kein Serienmörder«, ergänzt er mit hochgezogenen Augenbrauen und reißt mich dadurch aus meinem Gedankensturm.

Ich pruste los und meine Nervosität ebbt ein wenig ab. »Das sagen die Killer in den Filmen auch immer.«

Er steigt in mein Lachen ein, was eine Gänsehaut auf meinen Armen verursacht. »Stimmt, eigentlich wartet da meine Axt auf dich.« Er hebt seine Hände, wie um sich zu ergeben.

Schmunzelnd nehme ich sein Angebot an. »Das wäre wirklich nett von dir.«

Mit einem noch immer belustigten Lächeln auf den Lippen zeigt er nach links Richtung Park. »Da hinten steht mein Auto. Ich gebe nur kurz meinen Freunden Bescheid, dass ich nicht komme.«

»Du musst deine Verabredung aber nicht extra wegen mir absagen«, stottere ich.

»Schon gut, das werden sie überleben und den Film kann ich auch ein andermal anschauen.« Er winkt ab und zieht sein Smartphone aus der Hosentasche, um flüchtig darauf herumzutippen. Dann findet sein Blick wieder meinen. In dem Moment fallen mir seine nackten Arme auf. Er trägt nur ein dunkles T-Shirt, was mich sogleich frösteln lässt.

»Gib mir das mal.«

Ich hebe meine Augenbrauen, weil ich keine Ahnung habe, wovon er redet.

Er deutet auf das Popcorn in meiner Hand.

Oh – Stimmt. Ich reiche ihm den Eimer, den er direkt in den nächsten Müllkorb ein paar Schritte weiter schmeißt.

»Ich hätte dir nicht empfohlen das noch zu essen.«

Seine Worte zaubern die Andeutung eines Grinsens auf meine Lippen.

»Wollen wir?«

Ich deute ein Nicken an und zusammen laufen wir die Straße entlang, während ich mein Fahrrad neben mir herschiebe. Schweigend hängen wir unseren Gedanken nach. Zumindest ich tue das, was in Sam vorgeht, kann ich nur erahnen, aber wenn ich ihn aus den Augenwinkeln beobachte, sieht er weder genervt noch verärgert aus. Im Gegenteil. Als er mich jetzt beim Starren erwischt, habe ich das Gefühl, dass seine Mundwinkel ein Stück höher wandern. Schnell wende ich den Blick ab, weil ich schon wieder spüre, wie warm meine Wangen werden.

»Da vorne ist es«, sagt Sam und zeigt zu einem Auto, das neben einem dunklen Gebäude geparkt ist. Ich erinnere mich an meine Fahrradrunde heute Morgen und das leuchtende Schild über dem Eingang bestätigt mir, dass es sich um das Diner handelt. Scheint einiges darin los zu sein, denn aus dem Inneren dringen viele Stimmen bis nach draußen, während wir immer näher kommen. »Muss gut sein«, murmle ich.

»Dort gibt es die besten Burger. Musst du unbedingt mal testen.« Mit einem Strahlen im Gesicht betrachtet er mich kurz von der Seite.

Als wir direkt am Diner vorbeilaufen, weht mir der Geruch von gebratenem

Speck und frittierten Pommes entgegen. Mein Bauch fängt prompt an zu knurren und ich denke frustriert an das verlorene Popcorn.

Sam lotst mich zu seinem schwarzen Truck. »Das ist meine Lisbeth.«

Ich muss lachen. »Du hast deinem Auto einen Namen gegeben?«

Mit der Hand klopft er zweimal auf das Dach. »Ja, aber klar, auch Autos sollten nicht namenlos bleiben.« Er schnappt sich mein Fahrrad und legt es hinten auf die große Ladefläche.

Ich verharre einen Augenblick und trete unsicher von einem Fuß auf den anderen.

»Steig ruhig ein«, sagt er einfühlsam. Wahrscheinlich ist mir das Chaos im Kopf förmlich anzusehen.

Ich gehe um den Truck herum zur Beifahrerseite und ziehe die Tür auf. Genau in dem Moment weht mir ein so starker Geruch nach Zitrone entgegen, dass ich nicht anders kann, als die Nase zu rümpfen. Sekunden später fällt mein Blick auf einen Duftbaum, der am Rückspiegel baumelt.

Als sich Sam auf den Fahrersitz gleiten lässt, bemerkt er meinen Gesichtsausdruck auf Anhieb. Entschuldigend zuckt er mit den Schultern. »Sorry, habe das Ding erst gestern drangemacht, hab mich vergriffen.«

»Es riecht wie auf einer Zitronenfarm«, sage ich schmunzelnd und erkläre ihm dann den Weg zum Cottage, wobei mir am Ende einfällt, dass er ihn bestimmt selbst kennt.

Sam startet den Motor und wirft mir einen interessierten Blick zu. »Und was hast du hier denn bereits alles gemacht?«

Da muss ich nicht lange überlegen, weil es bisher nicht sonderlich viel war. »Vorhin habe ich im *Cat's Coffee* einen Kaffee getrunken.« Aus den Augenwinkeln betrachte ich Sam. Er ist völlig aufs Fahren konzentriert, was mir ein sicheres Gefühl verleiht. Sein Gesichtsausdruck ist dabei entspannt und nebenbei fällt mir sogar ein kleines Grübchen in seiner rechten Wange auf. Ich sollte wirklich aufhören ihn so anzustarren, sonst denkt er womöglich noch, ich wäre hier die Mörderin.

»Ach, dann kennst du sicherlich schon Claire?«

»Ja«, antworte ich leise und lehne mich zurück, um aus dem Fenster zu schauen. Stille füllt das Wageninnere, aber keine unangenehme. Entspannt lasse ich den bisherigen Tag Revue passieren und muss unweigerlich grinsen, als ich an die Begegnung mit Buttercup denke. Einem Impuls folgend erzähle ich Sam von meinem ersten Aufeinandertreffen mit dem Kater. Als ich am Ende ankomme, muss Sam so heftig lachen, dass ihm Tränen in die Augen schießen.

»Du hast dich echt vor ihm erschrocken?«, gluckst er amüsiert. »Die drei sind echt der Wahnsinn. Einmal ist Buttercup mir sogar bis zu meinem Truck gefolgt, weil ich ihm seiner Meinung nach nicht genügend Aufmerksamkeit geschenkt habe.«

Bei dieser Vorstellung muss ich vor mich hingrinsen.

Sam nickt in die Ferne vor uns. Ich kneife meine Augen zusammen, um in dem dämmrigen Licht etwas zu erkennen, aber noch entdecke ich nichts.

»Das ist es, oder?«

Vor uns zeichnet sich nun das Haus meiner Granny ab. »Ja«, flüstere ich.

Während Sam die letzten Meter zurücklegt – Ein Glück, dass der Sand hier nicht so hoch und an der Seite vom Haus relativ platt ist –, werfe ich einen Blick auf die Uhr auf meinem Smartphone. Wir sind höchstens fünf Minuten gefahren.

Schließlich bringt Sam den Wagen zum Stehen und schaltet den Motor ab. Er steigt aus, um mein Fahrrad von der Ladefläche zu holen, das ich anschließend gegen den niedrigen Holzzaun lehne, der das Cottage umgibt. Gemeinsam laufen wir rauf bis zur Veranda.

»Danke«, murmle ich. »Ach, und wie nett, dass du mich nicht mit deiner Axt zerhackt hast.«

»Gerne.« Einen Moment zögert er. »Also dann, wir sehen uns, Autumn. Es hat mich wirklich gefreut, dich kennenzulernen.« Mit diesen Worten dreht er sich um und läuft zurück zu seinem Truck.

»Mich hat es auch gefreut, Sam«, rufe ich ihm hinterher, denn das hat es wirklich. Ich bemerke, wie er kurz stehen bleibt, seinen Weg dann jedoch fortsetzt.

Aus meinem Rucksack hole ich den Schlüssel und als ich gerade die

Haustür aufschließe, wende ich mich ein letztes Mal Sam zu. In dem Moment dreht er sich ebenfalls an seiner Autotür zu mir herum.

Er hebt zögerlich die Hand.

Ich grüße zurück und beobachte lächelnd, wie er einsteigt und Richtung Stadt davonfährt.

Kapitel 6

Als ich am nächsten Morgen Claires Café betrete, bin ich voller zwiespältiger Gefühle. Einerseits ist da Zufriedenheit, weil ich es mithilfe von Video-Tutorials geschafft habe, mein Fahrrad zu reparieren. Andererseits war es unglaublich aufwühlend, schon einmal die ersten Sachen von Granny einzupacken. Mir schießen auch jetzt wieder die Tränen in die Augen, als ich an den abgegriffenen Gedichtband denke, der mir dabei in die Hände gefallen ist.

Glücklicherweise lenkt mich der Kaffeegeruch, der mir nun entgegenweht, erfolgreich von meiner chaotischen Gefühlswelt ab. Und Lucky zaubert mir sogar ein Lächeln ins Gesicht, als er von einem der Sessel springt und mich schnurrend begrüßt.

Langsam gehe ich in die Hocke und streichle ihn ausgiebig. Mit seinen großen Kulleraugen schaut er zu mir auf. »Sam hatte recht, du bist wirklich ein totales Schmusekätzchen«, flüstere ich ihm zu.

Genau in dem Moment kommt Claire hinter der Theke hervor und auf mich zugelaufen. Ich habe sie gar nicht gesehen, hoffentlich hat sie nicht gehört, wie ich über Sam gesprochen habe, denn anscheinend kennen sich die beiden ja.

Heute trägt sie ihre hellen Haare in einem unordentlichen Knoten hoch oben auf dem Kopf, was ihr unglaublich gut steht. Das dunkelgrüne Kleid betont ihre schmale Figur und lässt sie größer wirken.

Ich schaue flüchtig an mir herunter. Bei ihrem Anblick komme ich mir in meiner Jeans, dem lockeren Shirt und Cardigan irgendwie langweilig vor.

»Autumn, hi, wie war deine zweite Nacht?« Sie nimmt Lucky hoch und drückt ihn liebevoll an sich. »Na, wolltest du sie um deine Pfötchen wickeln?«

»War gut«, murmle ich und verkneife mir zu erwähnen, wie ich gestern Abend nach Hause gekommen bin. »Ich habe mich den ganzen Morgen schon auf deinen Kaffee gefreut. Meinst du, ich könnte mal eine deiner Pumpkin-Spice-Latte-Variationen ausprobieren? Er hat gestern so lecker gerochen.«

»Aber klar.« Augenblicklich hopst sie zu der großen Maschine hinter der Theke.

Langsam folge ich ihr und setze mich auf einen der hohen Hocker, die direkt davor stehen. Dabei fällt mir auf, dass das Café bis auf zwei Frauen an einem Tisch leer ist. Zumindest werde ich so in aller Ruhe arbeiten können. Ich hole den Laptop aus meinem Rucksack und drücke den Knopf, damit er hochfahren kann.

Claire schiebt mir über den Tresen eine kleine Karte zu, während der Kaffee im Hintergrund rauschend in eine Tasse läuft. »Hier steht das Passwort drauf.« Flüchtig fällt mir dabei auf, dass ihre Augen nicht mehr ganz so geschwollen aussehen wie gestern.

»Danke.« Ich gebe die lange Reihe voller Zahlen und Buchstaben in das dafür vorgesehene Feld auf meinem Laptop ein und sofort blinkt das WLAN-Symbol auf. Schlagartig durchströmt mich Erleichterung, jetzt kann ich endlich weiterarbeiten. Ich tippe die Website des Online-Magazins, an das ich meine Rezepte schicke, in die Suchleiste und hole mein Notizbuch aus dem Rucksack. Darin befinden sich alle Rezepte, die ich bisher kreiert habe und mir gefallen. Zu Beginn hat das Magazin sie erst noch geprüft und dadurch hat es manchmal bis zu drei Wochen gedauert, bis ich das Geld erhalten habe. Mittlerweile geht das Ganze schneller, weil sie nicht mehr jedes einzelne kontrollieren. Heute werde ich ihnen eins für Apple Crumble und einen ausgefallenen Blueberry-Muffin mit einer Creme schicken. Mal schauen, wie viel Geld ich dafür bekomme. Sie unterscheiden hier zwischen Aufwand, Ausgefallenheit und dem Beliebtheitsgrad meiner anderen Rezepte. Jedes Mal bin ich ziemlich stolz, zumal das alles mein Verdienst ist.

Claire stellt eine dampfende Tasse vor mir ab, deren Inhalt mit einer großen Haube Sahne bestückt ist, die mit einem orangefarbenen Gitter dekoriert wurde.

Meine Augen werden groß. »Der sieht ja toll aus.«

Sie kommt nicht mehr dazu, darauf zu antworten, denn in dem Moment läutet die Glocke der Eingangstür. Ein grauhaariger Mann tritt ein und setzt sich an einen der Tische.

Claire tänzelt sofort zu ihm und ich widme mich wieder meinen Rezepten. Völlig vertieft in die Seiten auf meinem Laptop bekomme ich nur am Rande mit, wie sich das Café nach und nach füllt und ständig Leute kommen und gehen.

Nachdem ich meine beiden Rezepte abgeschickt habe, durchforste ich das Internet, um neue Ideen zusammenzustellen. Bevor ich die Rezepte jedoch weiterleite, backe ich sie erst einmal selbst, um zu testen, ob sie überhaupt schmecken. Zum Glück habe ich aber immer ein paar auf Vorrat in meinem Notizbuch stehen.

Ich verdrücke gerade einen Apfel, den ich von Claire bekommen habe, während ich Spekulatius-Cupcakes und einen Christmas Cheesecake auf meine To-do-Liste schreibe, als ich etwas scheppern höre. Erschrocken drehe ich mich um und sehe einen Teller am Boden liegen. Zumindest das, was davon übrig ist. Sofort springe ich auf und eile zu Claire, die über den Scherben am Boden kauert. Tränen schwimmen in ihren Augen und als sie eine der Scherben in die Hand nimmt, fällt mir auf, wie stark sie zittert.

»O nein, was ist passiert?« Ich gehe in die Hocke und helfe ihr beim Aufsammeln.

»Ich weiß auch nicht, mir ist der einfach aus der Hand gerutscht und ach keine Ahnung.« Ihr entschlüpft ein leiser Schluchzer.

»Komm, ich mach das schon.«

»Wirklich?«, fragt sie mit brüchiger Stimme.

»Ja, sicher.«

Kurz drückt sie meine Hand und steht dann auf, um einen weiteren Gast zu bedienen. Sie wirkt völlig abgehetzt und rennt von einem Tisch zum nächsten, obwohl gar nicht so viel los ist. Trotzdem will irgendwie immer irgendwer etwas von ihr. Hinter der Theke finde ich ein Kehrblech und fege gerade die letzte Scherbe auf, als jemand wutschnaubend nach ihr ruft.

»Claire, was ist das denn?«

Mit erschrockenem Gesichtsausdruck geht sie zu dem grauhaarigen Mann, der ihr seinen Teller entgegenhält, worauf ein halber Brownie liegt. »Der schmeckt total nach Salz. Dafür bezahle ich keine vier Dollar!«

Ein paar Sekunden lang liegt ihr Blick auf dem kleinen Schokoladengebäck, dann streicht sie die losen Haarsträhnen, die sich aus ihrem Knoten gelöst haben, nach hinten. »Entschuldigung, selbstverständlich musst du es nicht bezahlen.«

»Sonst hat hier doch immer alles gut geschmeckt, aber seit einigen Wochen kann man hier ja gar nichts mehr essen. Du musst was ändern, Claire.« Nachdem er den Ausdruck in ihren Augen gesehen hat, ist er längst nicht mehr so aufgebracht und seine Stimme wieder ruhiger.

Sie bringt lediglich ein Nicken zustande und geht dann mit dem Teller hinter die Theke. Der Mann steht auf, zieht seinen langen Mantel an und verlässt das Café.

Zögerlich setze ich mich wieder an meinen Platz. Wenn ich sie besser kennen würde, wüsste ich womöglich, was sie jetzt braucht. Vielleicht sollte ich sie erst mal in Ruhe lassen und ihr Zeit geben, sich zu sammeln.

»Hey, Autumn.«

Mein Blick zuckt zur Seite und ich sehe geradewegs in die grünen Augen von Sam.

»Hi.« Mehr bringe ich nicht hervor, denn seine Anwesenheit hat auch heute eine magische Wirkung auf mich.

»Ich hoffe, du warst gestern nicht allzu traurig wegen deinem Popcorn.« Fragend blickt er mich an und fährt sich dabei durch seine braunen Haare, die nun im trockenen Zustand wirken, als wäre er gerade aus dem Bett gestiegen.

Schnell versuche ich das Bett wieder aus meinen Gedanken zu verscheuchen. Doch das ist gar nicht so leicht, weil Sam die Arme vor der Brust verschränkt und seine muskulösen Oberarme so noch besser zur Geltung kommen. Irgendeinen Sport muss er machen, ich frage mich nur welchen.

Autumn, jetzt reicht es aber wirklich, versuche ich mich zusammenzureißen. Ich will gerade ansetzen etwas zu erwidern, als Claire hinter die Theke tritt und sich uns zuwendet. Sie scheint sich wieder gesammelt zu haben.

»Möchtest du was trinken?«

Sam schaut ihr ein paar Sekunden lang prüfend ins Gesicht. »Kaffee, bitte.« Dann späht er auf meinen Laptop. »Was machst du da?«

»Hey, Privatsphäre scheinst du aber nicht zu kennen, oder?«, sage ich schmunzelnd.

»Keine Ahnung, was du meinst.« Er zwinkert mir zu und ich merke, wie meine Wangen warm werden.

»I-ich darf Claires WLAN benutzen und arbeite deshalb ein wenig«, haspele ich verlegen.

»Was machst du denn?«

Ob er es lächerlich findet, wenn ich ihm erzähle, dass ich im Moment mein Geld damit verdiene, selbst kreierte Rezepte an ein Magazin zu verkaufen? Der Gedanke versetzt meinem Herz einen Stich. Nur Granny hat diese Leidenschaft verstanden, sie mit mir geteilt.

Schließlich schiebe ich meine Zweifel beiseite. »Also, da ist dieses Magazin, an das ich Rezepte verkaufe«, kommt es zögerlich über meine Lippen.

»Rezepte?«

Ich kann seine Miene nicht deuten. Ist es Neugier, die in seinen Augen aufflackert? Also bringe ich nur ein Nicken zustande.

»Und wie kommst du auf diese Rezepte? Ich meine, wo hast du sie her?« Er senkt seine Stimme und funkelt mich verschwörerisch an. »Klaust du sie?«

Ich stoße ein amüsiertes Schnauben aus. »Was denkst du denn, wie kriminell ich bin?«

Er zuckt mit den Schultern und ich sehe, wie er sich ein Lachen verkneift. »Nun erzähl schon«, drängt er schmunzelnd.

Belustigt schüttle ich den Kopf. »Ich denke mir welche aus. Backe sie dann und schaue, wie sie schmecken. Ob ich noch was verändern muss oder so was.«

Claire stellt eine Tasse vor Sam ab und blickt mich interessiert an. »Hast du was von Backen gesagt?«

»Jap, er hat gerade gefragt, was ich hier mache.« Mit einem Nicken deute ich zu meinem Laptop.

»Ach, ihr kennt euch?« Neugierig blickt sie zwischen uns beiden hin und her.

Ich habe das Gefühl, mein Herzschlag verdoppelt sich schlagartig. Hoffentlich habe ich jetzt nichts losgetreten und bin in etwas hineingeraten. Nicht dass die zwei was miteinander am Laufen haben.

»Wir sind uns gestern zufällig begegnet«, erklärt Sam kurz angebunden.

Auch wenn es nur ein paar Sekunden sind, fühlt es sich wahnsinnig lang an, bis Claire darauf reagiert und als sie einfach nur »Cool« sagt, stoße ich leise meine angehaltene Luft aus. »Was machst du denn genau?«, fügt sie noch hinzu.

»Ich schicke Rezepte an ein Online-Magazin.«

»Echt? Also kannst du backen?«, piepst sie und schaut mich gespannt an.

Als ich nicke, komme ich gar nicht mehr dazu, etwas zu sagen. Denn plötzlich eilt sie um den Tresen herum und auf mich zu. »Kannst du es mir beibringen?«

Ich verstehe nicht ganz, was sie meint. »Beibringen?«

»Ja, kannst du mir zeigen, wie es geht?« Ihre Augen haben einen flehenden und verzweifelten Ausdruck angenommen. »Bitte, mein Konditor ist vor Kurzem mit seiner neuen Flamme durchgebrannt«, dann macht sie eine kurze Pause, um einmal zu schlucken und sich zu sammeln. »Und ich kann es einfach nicht. Ich habe schon alles versucht. Mir Videos angeguckt, unzählige Zeitschriften gekauft und Fernsehsendungen angesehen, aber irgendwas mache ich immer falsch. Jetzt wo die Sommersaison vorbei ist und keine Touristen mehr kommen, bin ich wirklich auf jeden einzelnen Bewohner angewiesen, nur kommen sie für den Kaffee allein nicht mehr so oft hierher.«

Ob es mir überhaupt gelingt, ihr zu erklären und zu zeigen, wie man backt?

Wie man einen Muffin zubereitet, einen Cupcake oder Kuchen. Bis auf Granny habe ich noch nie mit jemand anderem zusammen gebacken. Geschweige denn, es wem gezeigt.

»Okay«, flüstere ich schließlich. Ihre Augen verraten, wie sehr sie am Ende ihrer Kräfte ist und wenn ich an den Zwischenfall von vorhin denke, versuche ich es gern. Das hätte Granny bestimmt auch gewollt.

Sie schaut mir tief in die Augen und verzieht dabei keine Miene. »Echt?«

»Ich kann gerne probieren dir ein paar grundlegende Sachen beizubringen.«

Schlagartig fällt sie mir um den Hals. »Danke, danke, danke«, quiekt sie erleichtert und lässt mich wieder los.

»Das ist wirklich nett von dir, Autumn.« Sam lächelt mir warm zu.

»Wann hast du denn Zeit?« Claire wippt auf ihren Füßen vor und zurück und lenkt mich dadurch von Sams leuchtendem Blick ab.

»Eigentlich immer, einen genauen Zeitplan für meine Erledigungen habe ich nicht. Also schlag ruhig was vor.« Den Besuch beim Supermarkt, zu dem ich bisher nicht gekommen bin, weil ich mit dem Packen der Kartons beschäftigt war, kann ich im Zweifelsfall auch auf einen anderen Tag verschieben. Gott sei Dank habe ich heute Morgen noch Cornflakes gefunden, sonst hätte ich mich wieder mit Haferflocken zufriedengeben müssen.

»Vielleicht direkt heute Abend?« Sie legt ihre Finger aneinander und wackelt mit jedem einzelnen.

»Okay, wieso nicht.« Ich schaue auf die Uhrzeit, die an meinem Laptop angezeigt wird. In zwei Stunden haben wir bereits sieben Uhr abends. Ich weiß gar nicht, wann das *Cat's Coffee* schließt, allerdings wollte ich sowieso noch ein wenig an meinen Rezepten feilen.

»Super, in ungefähr einer Stunde ist hier sowieso zu. Sollen wir dann direkt starten?«

»Abgemacht.«

Sie nickt und widmet sich ein paar Gästen, die sich vorhin an einen der Tische gesetzt haben.

Ich atme tief durch und bin mir durch den angenehmen Duft, der dabei unaufhaltsam in meine Nase dringt, Sams Anwesenheit wieder völlig bewusst. Neugierig schiele zu ihm, während er einen Schluck von seinem schwarzen Kaffee nimmt. Ich kann nicht anders, als mein Gesicht zu verziehen.

Amüsiert verziehen sich seine Lippen zu einem schiefen Grinsen, was sein Grübchen hervorlockt. »Was ist?«

»Ohne Milch und Zucker, oder?« Ich deute auf seine Tasse.

Er nickt und seine Mundwinkel zucken.

»Wie kannst du das dann trinken?«

»Schmeckt so am besten, findest du nicht auch?«, fragt er mit Sarkasmus in der Stimme und zieht dabei seine Augenbrauen nach oben.

»Haha, nein. Mir ist ganz viel Milch und Zucker lieber.«

Er schielt in meine Tasse, die mittlerweile aber schon leer ist. »Und was war da drin?«

»Ein Pumpkin Spice Latte.«

Jetzt ist er es, der das Gesicht verzieht.

»Hey, der war total lecker«, versuche ich Claires Kreation zu verteidigen.

»Wenn du meinst«, erwidert er und scheint sich dabei ein Schmunzeln zu verkneifen. Sam schaut auf die große Uhr an der Wand und springt plötzlich auf. »Shit. Ich muss los. Tut mir leid, wir sehen uns bestimmt bald mal wieder.«

Ich habe keine Zeit, etwas zu erwidern, da ist er schon weg und nur die läutende Glocke verrät, dass er eben noch hier war. Ein paar Sekunden lang verharrt mein Blick auf seinem leeren Sitzplatz. Dann nehme ich aus den Augenwinkeln zwei Gestalten wahr, die mich mustern.

Unauffällig drehe ich mich etwas in ihre Richtung, um sie ebenfalls in Augenschein zu nehmen. Die zwei Mädchen stehen vor der Theke und scheinen in meinem Alter zu sein. Mit ihren identischen Jeansjacken und hautengen schwarzen Hosen wirken sie ein wenig wie Zwillinge. Nur ihre Haare fallen aus dem Muster, denn eine hat eine dunkelbraune Mähne, die fast schon schwarz ist, während die andere braune Haare besitzt, die viel heller sind, sodass sie beinahe ins Blond übergehen.

Die mit den dunkleren Haaren beugt sich jetzt zu der anderen rüber und flüstert ihr etwas zu. Noch immer liegen ihre Blicke dabei auf mir.

So langsam fange ich an mich unwohl zu fühlen, also schaue ich mich nach Claire um, damit ich mich mit ihr unterhalten kann und die anderen zwei endlich ihre Bestellung abgeben können, um dann zu verschwinden. Doch sie ist nirgends zu finden und so beschließe ich, mich wieder meinen Rezepten zu widmen, aber dann höre ich, wie sich mir Schritte nähern.

Ich linse zur Seite und sehe geradewegs in die Augen des Mädchens mit den helleren Haaren. Ihre Mimik zeigt keine Regung, während die andere im Hintergrund ihre Arme verschränkt.

»Ist was?«, frage ich sie. Vielleicht besetze ich ja ihren Stammplatz oder so was.

»Ja!« Sie verengt ihre Augen und beugt ihren Kopf zu mir runter. Dabei sticht mich ihr süßes Parfüm in der Nase und ich kann nicht verhindern sie zu rümpfen. Mein Blick verharrt an ihren perfekt geschwungenen Wimpern, während sie jetzt ihre Stimme senkt. »Nur damit du es weißt, Sam ist nicht zu haben.« Sie schaut einen Moment abschätzig an mir herunter. »Er gehört mir.«

Mit diesen Worten dreht sie sich auf dem Absatz um und stolziert hocherhobenen Hauptes zurück zu ihrer Freundin. Diese wirft mir über die Schulter einen abfälligen Blick zu, während sie ohne ein Getränk das Café verlassen.

Die Glocke läutet hinter ihnen, als die Tür zurück ins Schloss fällt und bei dem Geräusch falle ich aus meiner Schockstarre. *Was war das denn?*

Ich versuche meinen Herzschlag zu beruhigen, indem ich einmal tief durchatme. Eigentlich möchte ich hier doch nur meinen Plan durchziehen. Grannys Asche verstreuen, ihr Cottage als Ferienhaus herrichten und dann wieder verschwinden. Vielleicht wäre es also besser, wenn ich das Kribbeln ignoriere, dass ich bei dem Gedanken an Sam verspüre, seitdem ich gestern in ihn reingerannt bin. Schließlich bin ich in ein paar Wochen vielleicht schon weg und ich habe keine Lust, mir in dieser Zeit noch Feinde zu machen.

Ich reibe über meine Arme, als Claire durch die Seitentür zurück hinter die Theke kommt. Man muss mir wohl ansehen, dass etwas nicht stimmt, denn ihre Augenbrauen schießen nach oben.

»Autumn, alles gut?«, flüstert sie mir zu.

Irgendwas sagt mir, dass ich ihr lieber nichts von dem Vorfall erzählen sollte. Wer weiß, nachher sind sie noch befreundet und das einzige Mädchen, das ich hier bisher sympathisch finde, mag mich dann auch nicht mehr.

»Alles gut«, murmle ich daher und schaue Claire entgegen, die besorgt ihre Stirn kräuselt.

»Sicher?«

Ich deute ein Nicken an. »Mein Laptop ist nur leer«, lüge ich. Meine Finger tasten nach dem Rucksack und ich fische das Ladekabel heraus.

»Gib mal her.«

Ich reiche es ihr und sie steckt es direkt an der Theke ein, damit ich den Platz nicht wechseln muss.

»Danke«, sage ich leise.

Sie setzt gerade an noch etwas zu erwidern, als ein neuer Gast das Café betritt und an die Theke kommt.

Ich schüttle den Kopf und beschließe, mich wieder meinem Laptop zu widmen, um so auf andere Gedanken zu kommen.

Erfolgreich schaffe ich es, mich zwischen Cupcakes, Kuchen und Muffins jeglicher Art zu verlieren. Als ich gerade dabei bin, ein Rezept für einen Pumpkin-Kuchen auszuarbeiten, holt mich Claires Stimme zurück ins Café. »Wir könnten jetzt loslegen.«

Verdutzt prüfe ich die Uhrzeit. Es ist erneut über eine Stunde vergangen und ich habe es gar nicht wahrgenommen. Schnell klappe ich meinen Laptop zu und blicke zu ihr auf. »Alles klar.« Ich springe von dem Hocker, während Claire schon nach meiner Hand greift und mich durch die Tür neben der Theke zieht. Hier hinten befindet sich ein wirklich schöner und heller Raum mit einem großen Ofen, einem riesigen Kühlschrank und in der Mitte steht ein breiter Tisch, der zum Backen einlädt. Genügend Platz ist hier auf jeden Fall. Ein großes Gestell mit mehreren Gittern zum Abkühlen der Muffins ist das Highlight des Raums.

Ob die Konditorin in mir gerade freudig auf und ab hüpft und in die Hände klatscht? So ziemlich.

Wie magnetisch angezogen tragen mich meine Füße zum Kühlschrank und ich öffne ihn. Butter und alles, was man für ein leckeres Topping bräuchte, strahlt mir entgegen. Als ich die Tür zumache, erschrecke ich leicht, um gleich darauf zu lachen, denn Claire grinst mich direkt dahinter an. »Ist das gut? Ich habe ein Rezept im Internet gefunden und wollte daraus morgen versuchen was zu machen.«

Ich nicke ihr zu. »Ja, daraus bekommen wir was hin, aber ich glaube, wir sollten vielleicht mit was Einfachem starten, oder?«

»Klar, du hast die Ahnung.«

»Vielleicht erst mal ganz klassische Muffins? Darauf aufbauend können wir dann in ein paar Tagen Cupcakes machen.«

»Was?« Sie sieht aus, als wäre ich in den letzten Sekunden zu einem Alien mutiert.

»Muffins sind quasi Cupcakes nur ohne die Creme. Deshalb wäre es gut, wenn wir zuerst die hinbekommen und danach tasten wir uns ans Topping.«

Ihre Augen beginnen zu leuchten. »Hört sich gut an.« Sie geht zu einem Schrank und öffnet ihn. »Hier drin ist alles an Zutaten, was ich im Moment hier habe. Falls wir aber mal etwas brauchen, was nicht vorrätig ist, sag mir Bescheid, dann schreibe ich es direkt auf meine Einkaufsliste.«

Ich nicke und inspiziere die Regale im Schrank, die voller Mehl, Zucker, Schokoladentafeln, Backpulver und noch vielem mehr sind. Ich grabe in meiner Erinnerung nach einem einfachen Rezept und ziehe dann alle Zutaten heraus, die wir dafür benötigen. Dabei merke ich, wie meine gute Stimmung sich etwas trübt. Wann habe ich zuletzt mit Granny gebacken, bevor sie so schwer krank wurde? Ich kann mich nur schwer dran erinnern. Der Gedanke, dass ich jetzt jemand anderem das Backen beibringe, so wie sie es mir einst zeigte, hat aber etwas Tröstliches.

Ich atme einmal tief durch und drehe mich zu Claire um. »Also, wollen wir?« Ich lächle ihr zu, doch diesmal habe ich das Gefühl, es erreicht meine Augen nicht.

Ich schiebe die Gedanken beiseite und versuche mich voll darauf zu konzentrieren, Claire zu helfen. Sie hält mir ihre Hand hin und ich klatsche ab.

Kapitel 7

Ein weiteres Buch landet auf dem Stapel in meinem Einkaufskorb und ich frage mich, warum ich erst heute das Geschäft betreten habe. Die Buchhandlung ist zwar recht klein, trotzdem gibt es hier eine große Auswahl an Lesestoff. Bücher über Bücher stapeln sich an jeder Ecke bis unter die Decke und dunkle Holzregale sorgen für die richtige Atmosphäre. Bei dem Gedanken daran, wieder in neue Welten eintauchen zu können, kribbelt es mir schon in den Fingern. Viel zu lange ist es her, dass ich mich in aller Ruhe so richtig in einer Geschichte vergraben konnte. Erst war da Grannys Krankheit und jetzt die Sache mit dem Cottage. Aber in den letzten Tagen habe ich die Kartons mit den Sachen von Granny fertig gepackt und beschlossen mich zu belohnen.

Und da ich sogar den Besuch des Supermarktes vor mir hergeschoben habe, weil ich mich voll darauf konzentriert habe, Grannys Sachen zu Ende zu packen und Claire zu unterstützen, ist es jetzt umso schöner, hier zu sein. Ich blicke mich noch einmal um und zucke unwillkürlich zusammen, als ich ein paar Regale weiter eine Kundin entdecke, die ich im ersten Moment für das Mädchen aus dem Café halte. Doch als sie sich komplett in meine Richtung dreht, erkenne ich meinen Irrtum und entspanne mich wieder.

Wenn ich ehrlich bin, ist auch sie ein Grund dafür, warum ich in den letzten Tagen nur zwischen dem Cottage und Claires Café hin- und hergependelt bin und mich mit den Vorratsresten aus Grannys Küche vergnügt oder an den gebackenen Sachen von Claire und mir sattgegessen habe. Denn auf eine weitere Begegnung dieser Art kann ich definitiv verzichten. Ich kenne nicht mal ihren Namen und trotzdem breitet sich ein mulmiges Gefühl in mir aus, wenn ich daran denke, sie wiederzusehen. Ihren abfälligen Blick auf mir zu spüren. Und die Worte, die sie ausgestoßen hat, verursachen noch jetzt ein Übelkeitsgefühl in meinem Magen. *Er gehört mir.*

Bevor das Chaos in meinem Kopf sich vertieft, versuche ich mich wieder auf die Bücher zu konzentrieren, die in meinem Korb darauf warten, bezahlt zu werden. Schlussendlich lande ich mit drei Exemplaren an der Kasse.

Die Frau dahinter blickt mich durch ihre große, runde Brille freundlich an. »Hast du was Schönes gefunden?«

»Ja, die hier.«

»Oh – Das ist echt spannend.« Sie tippt auf ein schwarzes Buch mit roter Schrift.

»Von der Autorin habe ich schon fast alles gelesen. Ich habe gar nicht mitbekommen, dass es erschienen ist«, erkläre ich voller Vorfreude, während ich bezahle und die Bücher in meinem Rucksack verstaue.

»Ich wünsche dir viel Freude damit.«

Dankbar lächle ich ihr zu und verlasse dann den kleinen Laden. Draußen lässt mich die späte Nachmittagssonne blinzeln. Sie sinkt immer tiefer und schon jetzt erstrahlt der Himmel in einem kräftigen Orange. Vorhin hat es noch geregnet und jetzt hat sich das Wetter wieder schlagartig geändert. Irgendwie kann es sich im Moment nicht entscheiden, so als ob wir Frühling und nicht Herbst hätten. Mit einer Hand schirme ich kurz meine Augen ab und mache mich dann auf den Weg zum Café. Nach vier Tagen Back-Unterricht ist Claire bereits um einiges sicherer geworden und heute möchte ich mit ihr das erste Mal einen Cupcake probieren. Ich hoffe so sehr für sie, dass es klappt.

Als ich im leeren Café ankomme, ist sie gerade dabei, ihre Schürze auszuziehen und sieht mit einem verschmitzten Grinsen zu mir rüber. »Planänderung, wir gehen ins Diner. Sam hat uns auf einen Burger eingeladen.«

Völlig überrumpelt bleibe ich stehen und starre ihr ein paar Sekunden ins Gesicht. Die Worte von neulich branden wieder in meinem Kopf auf. *Sam ist nicht zu haben. Er gehört mir.*

Langsam schüttle ich den Kopf. »Ach, weißt du, dann würde ich wahrscheinlich …«

»Nichts da«, fällt mir Claire ins Wort. »Du kommst mit.«

Ich zögere einige Sekunden, gebe dann aber nach. »Okay«, murmle ich. Was bleibt mir auch anderes übrig, wenn ich sie nicht vor den Kopf stoßen will? Ich kann nur hoffen, nicht auf *sie* zu treffen.

»Glaub mir, es wird dringend Zeit, dass du einen der Burger probierst. Schließlich meinte Sam, du warst noch nie da.«

»Ja?«, sage ich langgezogen. »Woher will er das wissen?«

»Er arbeitet dort.« Sie schließt die Kasse ab und als ihr Blick wieder meinen trifft, zwinkert sie mir zu. »Er scheint dich zu mögen.«

Völlig entgeistert starre ich sie an. »Wie, was – äh, was meinst du?«, frage ich sie mit großen Augen. Ich habe das Gefühl, einen riesigen Kloß im Hals stecken zu haben.

Sie zieht ihre Augenbrauen hoch und blinzelt mich amüsiert an. Amüsiert? Aber doch, Claire sieht aus, als würde sie jeden Moment einen riesigen Lachanfall bekommen. Grinsend greift sie sich einen von unseren selbst gebackenen Muffins, die vor ihr auf der Theke stehen, und beißt in aller Seelenruhe hinein. Spannt sie mich gerade extra auf die Folter?

»Ach, komm schon, Claire, jetzt sag, was du damit meinst?«, flehe ich sie an.

Ganz langsam schluckt sie ihren Bissen hinunter. »Na du.« Sie zeigt auf mich. »Und Sam«, mit dem Daumen deutet sie zur Eingangstür. »Da sprühen ein paar Funken. Nein, sie explodieren förmlich. Bei jedem Blick, den ihr euch zugeworfen habt, habe ich praktisch kleine Explosionen in meinem Kopf gehört. Peng, peng, peng.« Mit ihren Händen formt sie diese nach.

Ich merke, wie mir die Hitze in die Wangen steigt. Was sage ich jetzt bloß? »Aber Sam …«, setze ich an, doch wir werden von einem lauten Maunzen unterbrochen.

»Snowball, was ist denn?« Claire hebt ihre weiße Katze hoch und vorbei ist der Moment, in dem ich sie wegen dem Mädchen fragen wollte.

»Hast du etwa noch Hunger?« Aus ihrer Strickjacke zieht sie ein paar Leckerlis hervor, die Snowball auf der Stelle verschlingt. Nach einer kleinen

Streicheleinheit setzt Claire die Katze wieder auf den Boden und wendet sich mir zu. »Also, was wolltest du sagen?«

Scheinbar ahnungslos zucke ich nur mit den Schultern. »Hab's vergessen, wird also nicht so wichtig gewesen sein.« Irgendwie habe ich das Gefühl, dass jetzt einfach nicht der richtige Zeitpunkt ist, Claire darauf anzusprechen.

Sie geht hinter die Theke und schaltet die Kaffeemaschine ein. »Es war irgendwas mit Sam.«

Na super, sie scheint nicht aufzugeben. »Ach ja, das war es«, lüge ich. »Wie lange wohnt er denn schon auf Cosy Island?«, denke ich mir schnell aus.

Während der Kaffee rauschend in eine Tasse läuft, dreht sie sich zu mir um. »Seit ein paar Jahren. Im Gegensatz zu mir hat er nicht sein ganzes Leben auf der Insel verbracht.« Sie schluckt. »Zusammen mit seinem Bruder und seinen Eltern hat er hier jeden Sommer Urlaub gemacht und so habe ich ihn kennengelernt. Vor ein paar Jahren ist er dann hierhergezogen.« Sie nimmt die Tasse und gibt irgendeinen Sirup hinein. »Aber den Rest muss er dir selbst erzählen. Er ist mir superwichtig und ich möchte nicht, dass er denkt, ich erzähle einfach seine Lebensgeschichte weiter. Ich hoffe, du verstehst das.«

»Total. Ihr beiden scheint wirklich sehr gut befreundet zu sein.«

Plötzlich verschleiern Tränen ihren Blick. »Ja, Sam ist der Beste. Er hat mir durch eine schwierige Zeit geholfen.« Sie wendet sich von mir ab und wurschtelt an der Tasse herum. Es scheint, als ob sie nicht weiter darüber reden möchte. Also beschließe ich, nicht weiter nachzubohren.

Nach einigen stillen Minuten, in denen ich meinen Gedanken nachhänge, schiebt Claire mir das Getränk zu. »Hier, der ist für dich. Ein Schoko-Cappuccino. Jetzt, wo du so oft hier bist, musst du unbedingt alles von der Karte probieren. Wenn du neue Ideen für Kreationen hast, teile sie mir unbedingt mit. Ich bin für jeden Vorschlag offen.«

Dankbar nehme ich die heiße durchsichtige Tasse entgegen und versuche nichts zu verschütten. »Wo hast du nur gelernt, Getränke so anzurichten?« Fasziniert betrachte ich die dekorativ platzierte Sahnehaube samt kleinen Schokoladenstückchen.

»Ganz ehrlich? Social Media und ein bisschen rumexperimentieren.« Abwechselnd wackelt sie mit ihren Augenbrauen.

Ich habe mich schon immer gefragt, wie Leute das schaffen. Jedes Mal, wenn ich es versuche, muss ich über mich selbst lachen, weil es einfach zu komisch aussieht.

»Was gibt's da zu lachen, Autumn?«

»Ach, gar nichts. Ich musste nur gerade daran denken, wie ich aussehe, wenn ich probiere meine Augenbrauen abwechselnd nach oben zu ziehen.«

Jetzt wackelt sie abermals damit. »Jaja, gib zu, dass du wieder an Sam denken musstest.«

Fast verschlucke ich mich an meinem Cappuccino. »Ich kenne Sam erst seit ein paar Tagen. Außerdem, wer weiß, ob ich überhaupt sein Typ bin.« Ganz zu schweigen davon, dass da noch jemand ist, der ihm bereits nähergekommen ist. Und dann wäre da noch die Tatsache, dass ich selbst keine Ahnung habe, wie lange ich überhaupt hierbleibe. Warum sollte ich das Ganze dann überhaupt verkomplizieren?

Claire macht eine wegwerfende Handbewegung. »Ach, völliger Quatsch, Autumn. Ich habe seinen Blick gesehen. Genauso schaut Lucky auch immer, wenn ich ihm ein Leckerli vors Gesicht halte.«

Vielleicht bin ich nicht die Einzige, die er so anschaut, denke ich. Aber dann fällt mir auf, womit sie uns gerade verglichen hat. »Vergleichst du Sam wirklich mit deiner Katze?« Ich halte einen Moment inne. »Und mich mit einem Leckerli?«

In dem Moment gibt Lucky ein Maunzen von sich. Wir drehen uns in die Richtung und sehen, wie er von einem der Sessel springt. Er tapst eilig auf mich zu und drückt sich gegen meine Beine.

»Er scheint mir zuzustimmen«, bringt Claire hervor und beißt sich auf die Lippen. Wir wechseln einen Blick und dann prusten wir los. Ein paar Sekunden lang geht das so weiter, bis wir uns sogar den Bauch davon halten müssen und Claire plötzlich eine Art Grunzen entfährt. Sie bemerkt es selbst und schlägt sich ihre Hand vor den Mund. Gleich darauf fangen wir noch mehr an zu lachen.

Ein paar Minuten später japsen wir noch ein paarmal auf und beruhigen uns langsam, wobei sich Claire über die Augen wischt. »Muss nur schnell fegen, dann können wir los. Ich habe schon wahnsinnigen Hunger.« In dem Moment gibt mein Magen ein lautes Knurren von sich. »Und du anscheinend auch.«

Ich nicke und helfe ihr dann beim Saubermachen, sodass wir das Café in Rekordzeit verlassen können. Als wir den Weg Richtung Diner einschlagen, durchströmt mich Dankbarkeit. Claire ist unheimlich nett und ich bin froh, hier jemanden kennengelernt zu haben, mit dem ich mich so gut verstehe.

Neben mir streicht sich Claire ein paar Haarsträhnen aus dem Gesicht. »Meine Mom hat heute übrigens bereits zweimal angerufen, um sich nach mir zu erkundigen. Auch wenn ich ihr immer wieder sage, dass ich erwachsen bin und auf mich selbst aufpassen kann, hört sie nicht auf damit.« Genervt verdreht sie ihre Augen.

Bei ihren Worten überkommt mich unvermeidlich die Sehnsucht. Leider schaffen es Mom und ich nicht so oft zu telefonieren, weil die Zeitverschiebungen durch ihre Reisen meistens viel zu groß sind.

»Wie lange wohnt sie denn mit ihrem Freund zusammen?«

»Etwas länger als ein Jahr. Ist deine genauso? Bitte sag mir, dass es nur so ein Mom-Ding ist.«

Mir versagt die Stimme und ich beschließe, ihrer Frage ein bisschen auszuweichen, ohne sie anzulügen. »Sie ist eigentlich immer am Arbeiten.« Ich kann nicht verhindern, dass meine Antwort stockend herauskommt.

»Was macht deine Mom denn?«

»Sie ist Journalistin und reist ganz viel durch die Welt.« Während wir durch den Park und damit auch seine immer herbstlicher werdende Landschaft schlendern, erzähle ich Claire, wo meine Mom und ich schon alles gelebt haben.

Erstaunt zieht sie ihre Augenbraunen hoch. »Wow, du hast in Seattle gewohnt? Das muss doch unglaublich spannend gewesen sein, oder nicht?«

»Na ja, dort haben wir die längste Zeit verbracht. Fast sieben Jahre und danach sind wir nach New York gezogen. Ansonsten haben wir ausschließlich in Großstädten gelebt. Chicago, Los Angeles, so was halt. Meistens war meine Mom aber auf der ganzen Welt unterwegs und meine Granny hat zu Hause auf mich aufgepasst.« Meine Stimme wird immer leiser und schnell blinzle ich die Tränen weg, damit Claire sie nicht bemerkt.

Ich lege meinen Kopf in den Nacken und sehe zum Himmel, an dem langsam ein paar Sterne aufleuchten. Wie froh ich bin, gerade nicht in einer vollen Stadt zu leben. Dort konnte ich so einen Anblick fast nie genießen. Vielleicht sollte ich mir als Nächstes auch erst mal einen kleinen Ort zum Leben suchen.

Sie holt tief Luft und schaut mich ernst an. »Und was ist mit deinem Dad?«

»An ihn kann ich mich fast nicht erinnern. Er ist gestorben, bevor ich drei Jahre alt war«, sage ich leise.

»Das tut mir leid.«

Ich zucke mit den Schultern, weil es mir jedes Mal schwerfällt, darauf etwas zu erwidern. Vermutlich bemerkt sie es, da sie augenblicklich das Thema wechselt.

»Wie war es denn, in den ganzen Städten zu wohnen?« Gespannt schaut sie mich an.

»Die Großstädte waren mir viel zu laut und voll. Ständig das Hupen der Autos oder die Menschen, die mich angerempelt haben, da sie so vertieft in ihr Smartphone waren.« Ich schnaube. »Schrecklich.«

Claire legt ihren Arm um meine Schulter. »Nun bist du ja zum Glück hier. Kein doofes Hupen und angerempelt wurde ich auch noch nie.«

Ich grinse sie an. »Mal gucken, wie lange ich bleibe.«

Sie legt kurz ihren Kopf auf meine Schulter. »Genieße erst mal die Zeit auf dieser Insel.« Dann deutet sie auf den Eingang des Diners vor uns. Ihre Augenbrauen fangen an abwechselnd zu wackeln. »Und jetzt siehst du Sam wieder.«

Das Kribbeln bei dem Gedanken wird von etwas Unbehaglichem begleitet. Keine Ahnung, wieso Claire solche Bemerkungen macht, vielleicht weiß sie selbst nichts davon, dass Sam etwas mit diesem Mädchen hat. Eventuell sind sie gar nicht zusammen, sondern haben nur was am Laufen, aber trotzdem habe ich noch immer ihren abschätzigen Blick vor Augen. So was brauche ich nicht erneut.

Ich seufze innerlich und folge Claire mit meinem Gedankenchaos ins Diner.

Kapitel 8

Stimmengewirr aus allen Ecken dringt an meine Ohren, Teller klappern, Gläser klirren, während Claire und ich langsam immer weiter ins Diner schlendern. Mein Blick schweift dabei umher und verharrt dann an der Bar, während sich mein Herzschlag beschleunigt. Natürlich habe ich mal wieder Pech, denn das Mädchen von neulich steht direkt bei Sam und redet auf ihn ein. Ich nehme nur nebenbei wahr, wie unverschämt gut er in seinem schwarzen T-Shirt aussieht, weil ich eher darauf achte, wie er dem Mädchen ruhig antwortet. Dann streicht sie über seinen Arm und sagt wieder etwas zu ihm, während er leicht den Kopf schüttelt.

Das alles passiert innerhalb weniger Sekunden, aber für mich fühlt es sich wie eine halbe Ewigkeit an. Unauffällig versuche ich mich in eine andere Richtung zu drehen, doch da sie genau in dem Moment losstolziert und anscheinend das Diner verlassen will, werden wir unweigerlich aufeinandertreffen. *Wirklich toll!*

Während Claire neben mir gerade jemanden an einem der Tische links von uns grüßt, erreicht das Mädchen uns und wirft mir einen abschätzigen Blick zu. Reflexartig senke ich den Kopf und ärgere mich sofort über mich selbst. Wieso kann ich nicht selbstbewusster sein, mein Kinn recken und ihr ebenso blöd entgegengucken?

Bevor sie endgültig aus dem Diner verschwindet, grüßt sie Claire flüchtig.

Diese bekommt das noch am Rande mit und dreht sich daraufhin zu ihr um. »Jenna – Hi«, sagt sie. Aber diese scheint es nicht mehr gehört zu haben, weil die Tür bereits hinter ihr zufällt.

Jenna, so heißt sie also.

»Was …«, setze ich dazu an, Claire nach ihr zu fragen, doch meine Worte gehen im lauten Stimmengewirr unter.

Meine neue Freundin deutet unterdessen in die Richtung der Bar, an deren Rückseite sich eine hochprozentige Flasche an die nächste reiht. »Schau mal.«

Sam ist jetzt damit beschäftigt, einen Cocktail zu mixen, das schwarze T-Shirt spannt sich dabei um seine Oberarme. Als er uns bemerkt, wandern seine Mundwinkel nach oben. »Hey, ihr zwei, ihr habt es geschafft.«

Claire hebt zum Gruß ihre Hand, aber ich komme gar nicht dazu, ihm zu antworten, denn sie zupft schon an meinem Ärmel. »Komm, Autumn, wir suchen uns einen Tisch.«

Während sie mich hinter sich herzieht, drehe ich mich zu ihm um und zucke entschuldigend mit den Schultern. Doch bevor Sam darauf reagieren kann, hält Claire abrupt inne und ich wende mich schnell wieder um, um nicht gegen sie zu stolpern. Ich bemerke, dass Claire uns zu einem dämmrigen Platz in einer Nische gelotst hat. Wie auch an jedem anderen Tisch brennt hier eine Kerze fröhlich vor sich hin und verleiht dem Ganzen eine gemütliche Atmosphäre, die durch das gedämmte Licht noch verstärkt wird.

Als wir uns setzen, lasse ich meinen Blick über die restlichen Tische gleiten, die bereits sehr gut belegt sind. Mich wundert es gar nicht, dass das Diner so beliebt zu sein scheint. Die einzigartige Stimmung, die mich eher an einen Pub denken lässt, spricht eindeutig für sich.

Ich deute zur Tür, die anscheinend in die Küche führt, denn gerade kommt jemand mit Tellern voller Pommes und Burger heraus. »Wem gehört das alles eigentlich? Es riecht hier total lecker und ist so gemütlich, das kenne ich sonst nicht so.«

»Siehst du den Kerl mit den Tattoos am Arm?« Claire nickt zu einem großen jungen Mann, der soeben aus der Küche kommt. An einem seiner Arme blitzen viele Tattoos auf, was ihm unglaublich gut steht. Von hier hinten kann ich leider nicht viel erkennen, aber ich würde zu gern wissen, was da auf seinem Arm verewigt ist.

»Du meinst den mit den ganz kurzen Haaren da vorne?« Ich rucke mit dem Kopf abermals in die Richtung von dem jungen Mann, um ganz sicherzugehen, dass wir von demselben sprechen.

»Ja, genau. Das ist Chase, ihm gehört das Diner seit ungefähr drei Jahren.« Ihre Augen werden träumerisch und einen Moment starrt sie vor sich hin. Dann spricht sie weiter. »Vorher hat es sein Grandpa geführt, nur leider ist er mittlerweile zu alt und schafft es nicht mehr.«

»Dieser Chase scheint aber noch relativ jung zu sein, oder?«

»Vor Kurzem ist er vierundzwanzig geworden. Er hat hier eine große Party geschmissen und das Beste war, es gab jede Menge Burger«, erzählt sie voller Begeisterung.

In der Sekunde kommt Sam an unseren Tisch und zieht sofort meinen Blick auf sich. Mein klopfendes Herz versuche ich zu ignorieren, was bei seinem verschmitzten Lächeln ziemlich schwer ist. »Kann ich euch schon was zu trinken bringen?«

Schnell schaue ich mich nach einer Karte um, doch finde leider keine. »Habt ihr Eistee?«, entscheide ich mich zu bestellen.

»Klar. Ich mache dir den leckersten, den du je getrunken hast. Warte es nur ab.«

»Angeber.« Claire verdreht genervt die Augen, wobei sie ihre Mundwinkel zu einem Schmunzeln verzieht.

Sam bemerkt ihren Blick und beugt sich zu mir herunter. »Pass mal auf, was ich ihr gleich für einen Cocktail bringe«, flüstert er mir zu. Sein Atem kitzelt dabei mein Ohr und ich kann sein Aftershave riechen. Irgendeine Mischung aus was Süßem und Minze.

Ich grinse ihm zu. »Okay.«

»Was?«, fragt Claire misstrauisch.

Ich komme jedoch gar nicht dazu, ihr zu antworten, denn Sam sagt schnell dazwischen: »Gar nichts. Das ist ein Geheimnis zwischen ihr und mir.«

Claire stöhnt laut auf. »Jetzt fangt ihr schon an euch gegen mich zu verschwören, super.« Dann deutet sie mit dem Finger auf Sam und setzt hinterher: »Sie ist meine neue Freundin, nimm sie mir nicht weg!«

Ich stemme meine Hände in die Hüften. »Hallo? Ich kann für mich selbst sprechen.«

Sam schmunzelt vor sich hin und will gerade etwas sagen, als Claire ihm zuvorkommt. »Wir machen nur Spaß, Süße.«

»Das weiß ich doch.« Ich lächle ihr zu.

In dem Moment werden wir von einer Frau unterbrochen, die ihre Hand hebt. Gleichzeitig schauen wir zum Nachbartisch. »Kann ich bitte eine weitere Portion Fritten haben, Sam?«, fragt sie.

»Kommt sofort.« Und schon rauscht er davon. Im Gehen dreht er sich noch mal zu uns um. »Ich komme gleich wieder, also wartet mit den spannenden Themen.«

Sobald er weg ist, wendet sich Claire wieder mir zu. »Autumn!«, sagt sie geschockt.

Panisch weiten sich meine Augen. »Was ist?«

»Du hast gar keinen Cocktail bestellt.« Sie stößt ihre Hand in die Luft und prostet mir gespielt zu.

Ich stoße ein lautes Seufzen aus. »O Mann, Claire, jag mir doch nicht so einen Schrecken ein.«

Sie kichert vor sich hin. »Du hättest mal dein Gesicht sehen sollen. Aber jetzt mal im Ernst, du musst unbedingt einen probieren. Unter uns gesagt ...« Sie beugt sich ein Stück weiter vor und schirmt ihren Mund mit der Hand ab. »Sam macht wirklich die leckersten, aber verrate ihm ja nicht, dass ich das gesagt habe!«

»Ich schweige wie ein Grab.« Dann fällt mir ein, dass wir Burger essen wollten, also schaue ich mich erneut nach einer Speisekarte um, finde jedoch immer noch keine. »Sag mal, wo gibt es hier eigentlich die Karten?«

»Oh – Ach so, ja klar, du bist zum ersten Mal hier.« Claire schlägt sich spielerisch die Hand vor die Stirn. »Die gibt es vorne an der Bar. Eigentlich weiß jeder hier schon ohne die Karte, was er möchte. Außer die Touristen natürlich.«

»Bin sofort wieder da.« Ich stemme mich aus der Bank und komme prompt an einem kleinen Tisch vorbei, der am Fenster steht. An diesem sitzen zwei Männer, was allerdings wirklich meine Aufmerksamkeit auf sich zieht, sind die Burger vor ihnen. Mir läuft das Wasser im Mund zusammen. Das Brot scheint knusprig zu sein und auch wenn ich sie nur flüchtig sehe, wirken sie nicht fettriefend. Ich mag es nämlich gar nicht, wenn das nur so herausläuft.

An der Bar ist Sam gerade dabei, ein Glas abzutrocknen. Als sich unsere Blicke kreuzen, wandern seine Mundwinkel höher. Oder bilde ich mir das nur ein?

»Möchtest du doch was anderes bestellen?«, fragt er mich.

Ich schüttle den Kopf. »Eigentlich suche ich nur die Speisekarte.«

»Warte, ich schau mal nach, ob ich hier hinten eine finde. Nach den Sommermonaten packen wir sie immer weg.« Er fängt an Schubladen aufzuziehen und ich höre, wie Gläser klirren, als er sie wegrückt. »Irgendwo muss sie hier sein«, brummt er vor sich hin.

»Ist schon gut. Du kannst mir bestimmt etwas empfehlen, wenn du sie nicht findest.«

In dem Moment erklingt von tief unten seine Stimme. »Hab sie! Ich wusste doch, dass wir sie hier unten irgendwo hingeräumt haben.« Er kommt wieder hoch und reicht sie mir. Dabei fällt mir zum ersten Mal auf, dass in seinen dunkelgrünen Augen kleine goldene Sprenkel sind. Wie ein Tannenbaum mit einer strahlenden Lichterkette. Fasziniert versinke ich immer tiefer in ihnen und kann nur »Wow« denken.

Sam zieht seine Mundwinkel zu einem breiten Grinsen hoch. »So begeistert bist du von der Speisekarte?«

Shit! Habe ich das gerade wirklich laut von mir gegeben? Meine Wangen werden prompt warm. Was sage ich jetzt bloß? Ich entscheide mich für die Wahrheit. »Deine Augen, so was sehe ich zum ersten Mal. Die goldenen Sprenkel darin …« Mist. Wie blöd das klingen muss, besonders wenn er sowieso was mit Jenna hat und mich nun wahrscheinlich für ein durchgedrehtes Mädchen hält, das sich in den erstbesten Typen verguckt, in den sie blöderweise auch noch reingerannt ist. Oder er denkt, dass ich zu viel *Twilight* geschaut habe.

Glücklicherweise kommt er gar nicht dazu, mir zu antworten, denn wir werden von einem Räuspern unterbrochen.

»Ich hätte gerne noch ein Whiskysoda«, ertönt eine tiefe Stimme hinter mir. Ich drehe mich um und sehe einen großen dunkelhaarigen Mann, der mit seinem leeren Glas wedelt.

Ein wenig verlegen möchte ich gerade an ihm vorbei zurück an unseren Tisch flüchten, als mich eine Hand an der Schulter aufhält. Es ist eine warme, sanfte Berührung, die sofort ein angenehmes Kribbeln in mir auslöst.

»Vergiss die Karte nicht.«

Dankend schaue ich eine winzige Sekunde zu Sam und nehme sie entgegen. Dann eile ich zurück zu unserem Tisch, bevor ich noch so etwas Peinliches von mir gebe.

»Du hast ja lange gebraucht, um eine Speisekarte zu holen. Wo hast du sie denn her? Aus Mexico?« Claire sieht mich amüsiert an.

»Sam musste sie erst suchen«, versuche ich ihr auszuweichen. Schnell schlage ich die Karte auf, bevor sie das Thema wieder auf ihn lenkt. »Also, was isst du hier immer?«

»Hm, kommt drauf an, worauf ich Lust habe, aber mit einem Burger kannst du definitiv nichts falsch machen.«

Ich werfe einen Blick auf die verschiedenen Gerichte und sehe, dass die Auswahl nicht so riesig ist. Alles steht auf zwei Seiten. Erleichtert stoße ich ein kleines Seufzen aus. Wenn es zu viel gibt, bin ich meistens überfordert.

»Ich weiß, es ist nicht so viel, doch dafür schmeckt alles himmlisch.«

»Ich finde es sogar besser so.«

Bevor sie darauf etwas erwidern kann, werden wir von Sam unterbrochen, der unsere Getränke auf einem Tablett trägt. »Einmal einen Cocktail á la Claire und einen Eistee für Autumn.« Beides stellt er vor uns ab.

In dem Cocktail von Claire steckt ein Schirmchen, an dem eine Ananas baumelt. Als ihr Blick darauf fällt, werden ihre Augen riesig und dann funkelt sie Sam böse an. »Sam! Du weißt ganz genau, dass ich überhaupt keine Ananas mag!« Sie pult die Frucht von dem Schirm und legt sie auf ihre Serviette.

»Ach, komm schon, Claire, das war doch nur Deko. Ich habe den Cocktail extra für dich gemacht, probiere ihn wenigstens mal. Er wird dir bestimmt schmecken.« Ich sehe, wie er gespannt den Atem anhält, als sie ihre Lippen an den Strohhalm legt und einen Schluck nimmt.

Claire fängt an zu husten. »Was ist da drin, 99 % Ananas?«

Er kann sich sein Lachen jetzt nicht mehr verkneifen und auch ich muss bei dem Anblick von Claires Miene losprusten.

»Für deinen Spruch hast du es nicht anders verdient!«

»Probier du mal, vielleicht kannst du mich dann verstehen.« Schmollend schiebt Claire das Glas zu mir.

Ich nehme einen Schluck und schmecke eine süße Mischung aus verschiedenen Früchten. Klar, am meisten kommt tatsächlich die Ananas durch, jedoch ist da auch Kirsche und Himbeere. Ganz leicht kommt ein sahniger Geschmack dazu und der Cocktail ist nur ein Hauch bitter, also wird Sam bestimmt wenig Alkohol reingemacht haben. Ich nehme noch einen Schluck, weil er mir echt gut schmeckt.

»Ich glaube, sie mag ihn. Punkt für mich, haha.« Sam streckt Claire die Zunge raus.

»Tut mir leid, ich finde ihn wirklich gut.« Entschuldigend verziehe ich das Gesicht. »Aber er schmeckt echt extrem nach Ananas.«

Jetzt streckt Claire Sam die Zunge raus, woraufhin er mit den Schultern zuckt. »Dann trink du ihn. Claire, dir mache ich einen neuen.« Sam sieht in meine Augen. »Ich wollte unsere Neue nur ein bisschen zum Lachen bringen.«

Schnell wende ich den Blick ab, weil ich an den Moment mit Jenna vorhin denken muss. Wie ihre Hand vertraut über seinen Arm gestrichen ist …

»Na toll, auch noch auf meine Kosten«, unterbricht Claire mein Gefühlschaos.

Sam räuspert sich kurz. »Was wollt ihr denn für Burger?« Abwechselnd schaut er zwischen uns beiden hin und her.

Claire stemmt sich von ihrem Platz hoch. »Du weißt, was ich mag, aber diesmal bitte keine bösen Überraschungen. Ich muss mal eben für kleine Claires.« Sie funkelt ihn drohend an. »Bin sofort wieder da.« Dann tänzelt sie in Richtung der Toiletten davon.

Schmunzelnd verdrehe ich die Augen und widme mich dann dem zweiten Glas vor mir. »Mal gucken, wie dein weltbester Eistee schmeckt.« Ich ziehe an dem kleinen Strohhalm und schmecke eine leichte Süße nach Pfirsich und Zitrone. »Lecker«, murmle ich.

»Freut mich, dass er dir schmeckt.« Er zögert kurz. »Ähm – ich muss weiter, was möchtest du denn essen?«

»Ich glaub, ich lass mich von dir überraschen.«

»Okay.« Einige Sekunden versinkt er in meinen Augen und ich drohe in seinen zu ertrinken, aber bevor das passieren kann, unterbreche ich unseren Blickkontakt.

»Ich gehe dann mal, Autumn-Autumn.«

Verwirrt runzle ich die Stirn. »Autumn-Autumn?«

»Deine Augen.« Seine Mundwinkel verziehen sich zu einem schiefen Grinsen. »Sie sehen aus wie der Herbst.« Dann dreht er sich um und noch während er sich von mir entfernt, pocht mein Herzschlag immer kräftiger gegen meine Rippen.

Als hätte sie meine Unruhe gespürt, kehrt Claire genau in der Sekunde von den Toiletten zurück und berichtet mir von irgendeinem neuen Seifenspender, der anscheinend eingebaut wurde. Ich versuche ihr aufmerksam zuzuhören, doch immer wieder erinnert mich mein Puls, der sich langsam normalisiert, an den Moment von eben. Ich atme tief durch und versuche es auszublenden. Also verschränke ich die Hände unter meinem Kinn und blicke meiner neuen Freundin entgegen, die weiterhin dabei ist, von ihrem Toilettenausflug zu erzählen. Das Ganze bringt mich zum Schmunzeln, weil ich noch nie gehört habe, dass man so viel Neues bei einem einfachen Gang aufs Klo entdecken kann.

Ein paar witzige Momente mit Claire später werden wir aus unserer Unterhaltung gerissen, denn Sam schmeißt sich auf den Platz neben ihr. »Gut, wenn dein Boss gleichzeitig dein bester Freund ist.«

»Hallo, und was ist mit mir?«

Erschrocken sehe ich zur Seite, als jemand auf den Platz neben mir rutscht. Aber das ist nicht der Besitzer des Diners, sondern ein großer, schlanker Kerl mit hellen Haaren. Meine Finger fahren den Rand von meinem Glas nach, während ich beiden einen Moment verwirrt entgegenstarre.

Sam boxt dem anderen Typen gegen den Oberarm, dann schaut er zu mir. »Autumn, das ist Travis. Mein anderer bester Freund.«

Dieser nickt mir zu. »Der bessere von beiden.«

Sam verdreht nur die Augen.

Ich verziehe meine Lippen zu einem freundlichen Lächeln. »Freut mich.« Ich trinke einen Schluck. »Wenn deine Pause vorbei ist, kannst du mir gerne noch einen Eistee machen«, wende ich mich an Sam.

»Und mir dann einen weiteren Cocktail, bitte.« Claire wirft einen flüchtigen Blick zu Travis. »Lange nicht gesehen. Gibt's was Neues?«

Dieser zuckt die Schultern. »Alles beim Alten.«

Wir werden unterbrochen, als uns Sams anderer bester Freund Chase unsere Burger bringt. Sofort fängt mein Magen an zu knurren und meine Augen werden groß.

»Einmal drei Cheeseburger.« Er wackelt mit den Tellern. »Für euch mit Süßkartoffelpommes«, er stellt zwei Teller vor Sam und mich ab. »Und einen mit normalen Pommes für dich, Claire«, erklärt er mit einer relativ tiefen und rauen Stimme. Dann wendet er sich an Travis. »Sorry, ich wusste gar nicht, dass du hier bist.«

Dieser schüttelt den Kopf. »Bin ich auch erst seit ein paar Minuten da.«

Als Chase gerade etwas erwidern will, kommt ihm Travis zuvor. »Aber ich muss eh gleich weiter.«

»Du hast dich mal wieder selbst übertroffen, Mann.« Sam nimmt seinen Burger in beide Hände.

»Für euch nur das Beste.« Chase' braunes T-Shirt sitzt relativ locker, obwohl er nicht schmal wirkt, sondern seine Brust und Arme breit gebaut aussehen.

Sam verdreht die Augen. »Jetzt tu mal nicht so.«

Freundschaftlich klopft Chase ihm auf dem Rücken und wendet sich dann mir zu. »Und du musst Autumn sein? Ich habe schon einiges von dir gehört.« Er streckt mir seine Hand hin, die ich lächelnd schüttle.

»Freut mich. Ich bin gespannt auf deine Burger.«

»Dann lasst es euch mal schmecken, ich muss wieder. Wir sehen uns jetzt bestimmt öfter.« Er dreht sich um, aber ich erkenne noch, wie er flüchtig in Claires Richtung guckt, bevor er zur Küche läuft.

Diese wirkt jedoch, als wäre sie gerade in weiter Ferne, ihre Schultern sind nach unten gesackt und ein trauriger Schleier scheint sie zu umgeben.

»Ich liebe Süßkartoffelpommes«, versuche ich sie unauffällig aus ihrem Tagtraum zu befreien.

Sie schaut mich an, doch ihr Blick gleitet durch mich hindurch.

Sam stupst sie an. »Claire, bitte auf die Erde zurückkommen.«

Das zeigt Wirkung. »Oh, sorry. Gut, dass du daran gedacht hast, dass ich keine Süßkartoffelpommes mag.«

»Das war ich gar nicht, sondern Chase.«

Ihre Wangen färben sich rosa. »So, also wer von euch hat auch so riesigen Hunger? Die Burger sehen einfach fantastisch aus und riechen so gut. Mann, da läuft mir glatt das Wasser im Mund zusammen. Ich hasse Süßkartoffelpommes, ich verstehe gar nicht, wie man die Dinger essen kann! Aber die normalen, lecker«, bricht es aus ihr heraus.

»Na ja, ich esse Süßkartoffelpommes viel lieber als normale.«

Sam hält mir seine Hand ihn. »Willkommen im Club.«

Ich klatsche ab, doch dann verweilen unsere Hände kurz aneinander und ein Blitz durchzuckt meinen Körper. Rasch ziehe ich meine Finger zurück und senke den Kopf, damit er nicht bemerkt, dass meine Wangen womöglich viel rosiger sind als die von Claire eben. Zum Glück sind meine Gedanken nicht laut, sonst wüsste er nun, dass mich die Bemerkung von Jenna immer noch nicht losgelassen hat. Wie können so wenige Worte einen so durcheinanderbringen?

Ich beiße in meinen Burger, um mich abzulenken, und sofort breitet sich eine Geschmacksexplosion auf meiner Zunge aus. Schnell nehme ich einen weiteren Bissen.

Sam wendet sich mit vollem Mund an Travis. »Und was hast du heute noch vor?«

Ein paar Sekunden verharrt dessen Blick weiterhin auf dem Smartphone, dann schiebt er es in seine Hosentasche. »Ach, dies und das.«

»Na, hört sich ja spannend an«, mischt sich Claire sarkastisch ein. Dann weiten sich ihre Augen und sie nickt Sam zu. »Erzähl Autumn unbedingt von deinem Boot. Das findet sie bestimmt interessant.«

Ich nicke zustimmend, doch dann scheint Travis etwas einzufallen. »Ach, Sam, was ich fragen wollte, hast du gestern mit den Handwerkern telefoniert? Ich habe gehört, seit dem letzten Sturm sind sie ziemlich ausgebucht. Nicht dass wir vor Ende des Jahres keinen Termin mehr bekommen.«

Sam legt den letzten Rest von seinem Burger auf den Teller und schaut zu seinem besten Freund rüber. »In zwei Wochen haben wir einen Termin.«

»Was ist passiert?«, schaltet sich Claire ein.

»Es gab einen Wasserschaden in der Surfschule.« Sam macht eine wegwerfende Handbewegung.

»Surfschule?«, frage ich neugierig.

»Travis und mir gehört die Surfschule hier auf Cosy Island.«

Ich sehe beide gespannt an, wobei Travis wieder sein Smartphone aus der Tasche zieht. »Ich dachte, du arbeitest hier?«

»Mache ich auch, im Winter ist mit surfen nur nicht viel los.«

Plötzlich stemmt sich Travis von seinem Platz hoch. »Ich muss jetzt los, wir sehen uns.« Rasch verabschiedet er sich mit einem Winken und eilt dann mit schnellen Schritten aus dem Diner.

Irritiert blickt Claire ihm hinterher. »Was ist denn mit dem los?«

»Bestimmt hat er wieder eine neue Flamme, die ihn auf Trab hält«, sagt Sam.

Claire verdreht die Augen und wendet sich dann aber an mich. »Und Autumn, was machst du die nächsten Tage? Außer mir hoffentlich noch ein paar Tipps für Muffins und Cupcakes zu geben«, fragt sie mit halbvollem Mund.

Ich denke an die Kisten in der Werkstatt und dann an die ausgeblichene Farbe im Wohnzimmer. »Morgen möchte ich ein bisschen Farbe kaufen und anfangen das Cottage auf Vordermann zu bringen. Wisst ihr, ob ich so was im Supermarkt bekomme? Und wo es vielleicht ein bisschen Dekoration gibt?« Noch länger kann ich es nicht vor mich herschieben. Schließlich könnte ich Jenna überall begegnen, wie mir vorhin unweigerlich gezeigt wurde. Und die Haferflocken, die eingekochte Tomatensuppe und ein paar Nudeln können mich auf Dauer auch nicht mehr sättigen.

Sam schluckt seinen letzten Bissen runter. »Klar! Da gibt es eigentlich alles.«

»Teppiche und so was findest du bei *Macy & More*, es liegt direkt beim Gemüsehof von Mr Taylor unten zwischen dem Aquarium und dem *Oceans Sleep*, aber ich schicke dir später die Wegbeschreibung«, wirft Claire ein.

Dankend lächle ich ihnen zu und beiße erneut in meinen Burger.

»Wie groß ist das Cottage denn?«, fragt Claire interessiert.

Und damit beginne ich den beiden von dem Häuschen meiner Granny zu erzählen.

Kapitel 9

Ein Klopfen reißt mich aus dem Schlaf. *Wo kommt das denn her*? Verwirrt öffne ich die Augen und brauche erst mal ein paar Sekunden, um mich zu orientieren. Mein Blick fällt auf die Holzverkleidung an der Decke und als der vertraute Geruch in meiner Nase kitzelt, fällt es mir wieder ein. Ich bin in Grannys Cottage, auf Cosy Island. Ihrer geliebten Insel.

Und schon klopft es ein weiteres Mal. Ich reibe mir über die Augen und rapple mich müde vom Sofa hoch. Ein paar Sonnenstrahlen scheinen durch die Fenster und erhellen das Zimmer. Ich muss mir unbedingt Gardinen besorgen. Sonst wird das nichts mit dem Ausschlafen.

»Autumn?«, erklingt es nun. O nein. Jetzt realisiere ich auch, dass jemand auf der Veranda stehen muss. Mit den Fingern bürste ich notdürftig meine Haare und schlurfe zur Haustür. Ich ziehe sie auf und traue meinen Augen kaum, als ich direkt in denen von Sam versinke. Mein Blick fällt auf sein rotbraun kariertes Baumwollhemd. Er sieht gut aus. Okay, mehr als gut.

»Bist du bereit?«

Verwirrt sehe ich ihn an. »Wofür?«

»Zum Streichen? Dekorieren? Ich bin hier, um zu helfen. Außerdem habe ich ein Auto, du kannst ja schlecht die ganzen Sachen auf deinem Fahrrad hierherbringen.« Er macht eine kurze Pause und schaut an mir herunter. Dann fügt er mit einem schiefen Grinsen hinzu: »Übrigens süßer Schlafanzug.«

Shit. Ich spähe einmal an mir herab und stöhne gequält auf. Warum habe ich gestern ausgerechnet den Pyjama mit den Donuts angezogen?

Verlegen hebe ich meinen Blick und linse ihn durch meine Wimpern hindurch an. Na super, ich sehe wie ein Süßigkeiten-Traum aus und er ist in seinem Hemd einfach zum Anbeißen. Vielleicht habe ich ihn jetzt auch einfach mit den Donuts verwechselt. Obwohl ich mir Mühe gebe, kann ich leider nicht verhindern, dass meine Wangen heiß werden. Sie haben nun bestimmt die gleiche Farbe wie mein pinker Pyjama.

»Ja, also, ähm, Donuts esse ich super gerne. Besonders die pinken mit bunten Streuseln«, murmle ich und streiche meine Haare hinters Ohr.

»Und ich die mit Schokoladenfüllung«, sagt er und kann sich ein Schmunzeln nicht verkneifen.

Angewidert verziehe ich das Gesicht. »Igitt, wie kann man nur Donuts mit Füllung mögen? Das ist wie Schokoladencreme mit Butter.«

»In dem Punkt stimme ich dir zu.«

Ich schüttle meinen Kopf. »Absolut unvorstellbar.«

Sam räuspert sich und erst jetzt fällt mir auf, dass er zwei Becher in den Händen hält. »Hier, ich habe dir Kaffee mitgebracht. Der ist zwar nicht von Claire, weil sie heute geschlossen hat, aber ich habe mein Bestes gegeben.«

Dankbar nehme ich den warmen Becher entgegen. Aus der kleinen Öffnung steigt sogar leichter Dampf. Doch als ich ihn gerade ansetzen möchte, stoppt mich Sam.

»Vorsicht, der ist extrem heiß. Warte lieber noch einen Moment, nicht dass du dich verbrennst.«

»Okay«, erwidere ich leise. Ich puste durch die kleine Öffnung, wobei mir der herbe Geruch nach Kaffeebohnen in die Nase steigt.

»Warte mal, was ist das für einer?«, frage ich ihn misstrauisch und erinnere mich an die Unterhaltung vor ein paar Tagen im *Cat's Coffee*.

»Mit viel Milch und Zucker«, erklärt er.

Zufrieden puste ich weiter durch die Öffnung und freue mich beinahe auf die anstehende Arbeit. Dann wird mir plötzlich schwer ums Herz, weil sich eine Stimme in meinem Kopf hartnäckig in den Vordergrund drängt. *Er gehört mir.*

So schwer es mir auch fällt, hole ich tief Luft und schaue zu ihm auf. »Du musst mir nicht helfen.«

Über die Schulter wirft er einen Blick zu seinem Truck. »Lisbeth wollte es.«

Ich verdrehe amüsiert die Augen, schüttle dann aber den Kopf. »Wirklich.«

»Und wie willst du die ganzen Sachen dann herbringen?«, fragt er.

Mist. Wie recht er hat.

Er bemerkt, dass ich darauf nichts erwidern kann und lächelt mir hilfsbereit zu. »Ich verspreche, dich nicht mit einer Axt zu zerhacken.«

Bei seinen Worten verlässt ein Schmunzeln meine Lippen, weil ich wieder an unsere erste Begegnung denken muss. Ich atme tief ein. Was soll schon groß passieren? Ist ja nicht so, als ob ich direkt mit ihm ins Bett hüpfen würde.

»Okay«, gebe ich nach. »Das ist echt nett von dir, Sam. Aber wenn du was anderes zu tun hast, musst du das wirklich nicht. Also, ich meine ...«

Er unterbricht mich. »Autumn, ich mache das gerne.« Aus seinen dunkelgrünen Augen schaut er mich intensiv an, was mein Herz zum Rasen bringt. Ich kenne ihn gerade mal ein paar Tage, doch ich kann nicht anders, als mich in seiner Nähe wohlzufühlen. Was ich ganz schnell vergessen sollte, wenn ich mich nicht mit einem ganz bestimmten Mädchen auf dieser Insel anlegen möchte.

»Möchtest du dir vielleicht was anderes anziehen?«, dringt Sams Stimme an meine Ohren und holt mich aus meinem Gedankenchaos. »Ich denke, Macy findet deinen Pyjama zwar ganz toll, aber wir würden dadurch wahrscheinlich einigen Gesprächsstoff liefern, so schnell wie hier auf der Insel etwas die Runde macht«, witzelt er.

»Das kann ich mir sehr gut vorstellen. Komm ruhig rein, während ich mich umziehe.« *Und mir die Zähne putze*, füge ich noch in Gedanken hinzu.

Schnell räume ich die Decke auf dem Sofa zur Seite, Sam macht jedoch gar keine Anstalten, sich zu setzen. Stattdessen nimmt er das Wohnzimmer in Augenschein. »Hast du dir eigentlich schon eine Farbe überlegt?«

»Ja, ich dachte an Olivgrün.«

Er geht weiter Richtung Küche, doch dann stoppt er kurz. »Ist es überhaupt okay für dich, wenn ich mich hier ein wenig umschaue?«

»Klar, mach ruhig. Vielleicht hast du noch andere Ideen, bin sofort wieder da.« Barfuß tapse ich zum Badezimmer, stelle allerdings vorher den Kaffeebecher auf die Kommode.

Gedämpft höre ich ihn aus der Küche rufen: »Ich bin gespannt, wie alles aussehen wird, sobald wir fertig sind.«

Wir. Er will mir tatsächlich bei allem helfen? Schnell widme ich mich meinen Sachen, die noch im Trockner liegen. Zum Glück habe ich ihn gestern Abend angeschaltet, aber bisher keine Zeit gehabt, ihn wieder auszuräumen. Die alte Waschmaschine und der Trockner von Granny funktionieren super. Sie muss sie erst seit ein paar Jahren gehabt haben, bevor sie starb.

Ich seufze tief auf. Ich wünschte wirklich, sie wäre jetzt hier, dann könnte ich mit jemandem über all das reden. Mein Kopf ist voller unbeantworteter Fragen. Wie lange werde ich hierbleiben? Wo gehe ich danach hin? Werde ich einen Job finden, der mich vollends ausfüllt? Und was ist das für ein Kribbeln, wenn ich in der Nähe von Sam bin? Wie werde ich es wieder los, damit ich mich hier nicht unbeliebt mache, indem ich mich in einen Typen vergucke, der anscheinend bereits was mit einer anderen hat? Und wieso habe ich trotzdem das Gefühl, dass er manchmal mit mir flirtet?

Ich schüttle den Kopf, um alle Gedanken daraus zu vertreiben, und krame dann einen braunen Pullover hervor. Unter den Sachen finde ich noch meine geliebte enge Jeans, die ich überstreife. Meine Haare versuche ich mit einer Bürste zu bändigen, merke aber, dass es heute überhaupt nicht klappen will. Also schnappe ich mir ein Haargummi und mache einen unordentlichen Knoten hoch oben auf meinem Kopf. Zum Glück habe ich letztens im Seitenfach von meinem Koffer ein paar davon gefunden. Anschließend putze ich mir die Zähne und trete dann aus dem Badezimmer.

An den Türrahmen zur Küche gelehnt blickt Sam mir strahlend entgegen. In einer Hand hält er seinen dampfenden Becher. »Hübsch siehst du aus, Autumn.«

Damit beschleunigt er meinen Herzschlag um das doppelte.

»Übrigens ist der jetzt nicht mehr so heiß.« Er prostet mir mit dem Kaffeebecher zu und holt mich so wieder auf den Boden der Tatsachen zurück.

»Danke«, sage ich leise und hoffe, dass er versteht, wofür es gemeint war. Ich greife nach dem Becher auf der Kommode und trinke einen Schluck.

»Also, wo möchtest du zuerst hin? Zum Supermarkt oder zu Macy?«

Natürlich würde ich am liebsten zuerst Deko shoppen, da kann ich mich immer kreativ austoben und mich auf andere Gedanken bringen, aber ich entscheide mich für das Sinnvollere. »Vielleicht ist es besser, wenn wir zuerst nach der Farbe gucken. Falls sie kein Olivgrün haben und ich nachher passende Deko dafür habe, wäre das nicht so praktisch.«

»Okay, wollen wir dann los? Je schneller wir zurück sind, desto mehr bekommen wir hier geschafft.« Er klimpert mit seinem Autoschlüssel, den er inzwischen in der Hand hat, und mein Blick fällt sofort auf den Makramee-Anhänger, der daran baumelt.

»Der ist ja schön, woher hast du ihn?«

»Hat mir Claire zu meinem letzten Geburtstag geschenkt.« Er hält ihn mir hin, damit ich mir ihn näher anschauen kann.

Als ich nach ihm greife, berühren sich kurz unsere Hände. Das Kribbeln, das sich mal wieder bemerkbar macht, versuche ich energisch zu unterdrücken und fokussiere mich stattdessen auf den Anhänger. Ein Fischgrätenmuster. »Schön«, hauche ich. »Ich habe es selbst schon öfter probiert, es aber nie hinbekommen.«

»Wäre für hier vielleicht auch cool, oder?«

Ich deute ein Nicken an und schaue zu ihm hoch, dabei fällt mir auf, dass sein Blick immer noch auf mir ruht.

Mit warmen Wangen gebe ich ihm den Schlüssel zurück und laufe hastig zur Haustür. Sam folgt mir entspannt und während er nach draußen tritt, streife ich eine lockere Jacke über und schnappe mir einen Beutel. Dann folge ich ihm auf die Veranda und ziehe die Haustür hinter mir zu. Als ich sie gerade abschließen will, unterbricht mich Sam.

»Ähm, Autumn?«

Verwirrt blicke ich ihn an. »Ja?«

»Möchtest du dir nicht Schuhe anziehen?« Er deutet auf meine Füße.

»Fuck«, rutscht es mir raus.

Sam verzieht seine Mundwinkel zu einem schiefen Grinsen, was mich ebenfalls zum Lächeln bringt.

Ich habe wirklich nicht bemerkt, dass ich immer noch barfuß bin. Schnell drücke ich die Tür wieder auf und steige in die Boots, die danebenstehen. Als ich erneut nach draußen trete und endgültig abschließe, hoffe ich inständig, nicht wieder irgendwas Doofes vergessen zu haben.

»Dann wollen wir mal.« Sam nickt mir kurz zu und gemeinsam laufen wir die Veranda herunter und zu seinem Truck. Der Sand ist ganz nass vom Regen, der heute Nacht wie aus Eimern runterkam. Ein Blick zum Himmel verrät mir, dass er jetzt nur wolkenverhangen ist.

Sam sitzt schon hinterm Steuer, als ich auf der Beifahrerseite einsteige. »Hinten auf Lisbeths Laderampe passt auf jeden Fall einiges drauf. Du kannst dich also austoben und brauchst dich nicht zurückhalten, wenn du etwas kaufen möchtest. Und falls es doch nicht passt, fahren wir einfach zweimal.«

Vor Dankbarkeit bringe ich kein Wort über die Lippen und starre deshalb ein paar Sekunden vor mich hin. Dann fällt mir etwas ein, um die Stille zu durchbrechen. »Wie bist du eigentlich auf den Namen Lisbeth gekommen?«

Sein Blick ist ganz auf die Straße konzentriert, aber als er mir antwortet, schweift er flüchtig zu mir rüber. »Das ist die langweiligste Geschichte der Welt.«

»Ich möchte sie trotzdem gerne hören. Mir ist noch nie jemand begegnet, der seinem Auto einen Namen gibt.«

»Die Verkäuferin hieß so. Es war eine ältere Dame, die ihn mir für einen super Preis angeboten hat, also habe ich mich entschieden ihn ihr zu Ehren so zu nennen.«

»Okay, ich habe wirklich mit was Spannenderem gerechnet«, gebe ich zu.

»Sag ich ja.«

»Wie lange hast du es denn jetzt schon?«

»Solange ich hier wohne.« Er überlegt kurz. »Ungefähr sechs Jahre.«

Ich kann mir ein amüsiertes Schnauben nicht verkneifen, woraufhin mir Sam einen belustigten Blick zuwirft. »Ich weiß, was du denkst. Wieso braucht man hier auf der Insel einen Truck?«

»Na ja, so was in der Art habe ich tatsächlich gedacht«, schmunzle ich.

Sam senkt seine Stimme und schaut mich ernst an, bevor er den Blick wieder auf die Fahrbahn richtet. »Chase hat für seinen Grandpa immer das Gemüse bei Mr Taylors Farm geholt, allerdings hatte er dann einen Unfall und sein eigener Truck war Schrott.« Er bemerkt meinen schockierten Ausdruck und fügt noch schnell hinzu: »Keine Angst, ihm ist nichts passiert.«

Ich stoße ein erleichtertes Seufzen aus. »Aber das erklärt trotzdem nicht, wieso du jetzt einen Truck hast.«

»Gut aufgepasst, Autumn-Autumn. Leider ging es zu dem Zeitpunkt Chase' Grandpa ziemlich schlecht und sie mussten die ganzen Ersparnisse für Medikamente und so was ausgeben. Also habe ich einen Truck gekauft und fahre seitdem jede Woche zu Mr Taylor und hole die Bestellungen fürs Diner ab.«

Dass die Geschichte so endet, hätte ich nicht gedacht. Sofort bekomme ich ein schlechtes Gewissen, weil ich dachte, er hätte den Truck einfach *krass* gefunden. Ich werfe einen Blick aus dem Fenster und sehe die Bäume an uns vorbeiziehen, dann konzentriere ich mich wieder auf Sam. »Das ist wirklich großzügig von dir.«

Ein Lächeln umspielt seine Lippen. »Das ist das Mindeste, was ich für sie tun kann. Sie sind wie eine Familie für mich und ich bin ihnen einiges schuldig.«

Mit den Zähnen knabbere ich an meiner Unterlippe und wäge ab, ob ich weiter bohren soll oder nicht.

Er scheint die Fragezeichen in meinem Kopf zu bemerken, denn nach einigen Sekunden setzt er erneut an zu sprechen. »Eine Zeit lang konnte ich bei ihnen auf der kleinen Farm wohnen, bis Chase und ich auf die Idee mit unserer WG kamen.« Einen kurzen Moment starrt er nur geradeaus, dann sacken seine Schultern nach unten, bevor er mir wieder in die Augen schaut. »Meine Eltern sind ziemlich bekannte Anwälte in Chicago und haben dort eine Kanzlei. Sie waren überhaupt nicht begeistert von meiner Idee, eine Surfschule zu eröffnen, und haben kurzerhand meine Konten eingefroren, in der Hoffnung, dass ich zur Besinnung komme.«

Ich bringe lediglich ein Nicken zustande.

»Jeden Sommer haben wir ein paar Wochen auf Cosy Island verbracht, mein Bruder und ich länger als Mom und Dad, weil sie sich nie lange von der Arbeit zurückziehen wollten. Daher kannte ich hier so gut wie jeden, vor allem Chase wurde mit jedem Sommer mehr zu meinem besten Kumpel. Als ich ihm dann von der Sache mit meinen Eltern erzählt habe, hat er sofort mit seinem Grandpa geredet und so habe ich letztendlich ein paar Monate bei ihnen gewohnt.«

»Und was ist jetzt mit deinen Eltern?«, frage ich kaum hörbar.

»Als sie gemerkt haben, dass die Surfschule gut läuft, haben sie nichts mehr dazu gesagt und mittlerweile scheinen sie es akzeptiert zu haben. Bis auf ein paar Nachrichten von meiner Mom sehe ich sie meistens nur ein- oder zweimal im Jahr.«

Weil ich nicht weiß, was ich darauf erwidern soll, versuche ich ihm mit einem aufrichtigen Lächeln mein Verständnis zu zeigen.

»Jetzt aber genug von den ernsten Themen, lass uns deine Wandfarbe kaufen.« Sam schnallt sich ab, wobei er mich motiviert anschaut.

Ich habe gar nicht bemerkt, wie er den Motor abgestellt hat, und finde mich nun auf dem großen Parkplatz vor dem Supermarkt wieder.

Mein Blick schweift zum Kino daneben, wo ich Sam zum ersten Mal begegnet bin. Ich schüttle den Kopf, um den Gedanken nicht weiterzuspinnen und so schlussendlich wahrscheinlich wie immer bei Jenna zu landen. Stattdessen schnalle ich mich ab und organisiere nach dem Aussteigen einen Einkaufswagen. Kurz bevor Sam und ich den Eingang erreichen, läuft uns jedoch ein bekanntes Gesicht über den Weg.

Travis' schwarze Jacke raschelt bei jedem Schritt und als Sam ihn jetzt mit einem Winken auf uns aufmerksam macht, hebt dieser überrascht seinen Blick. »Jo, Travis, was machst du denn so früh schon hier?«

Ein paar Sekunden lang schaut er uns verwirrt an. Unter seiner Mütze blitzen ein paar seiner hellen Strähnen hervor. »Äh – Hey.«

»Hi«, begrüße ich ihn leise.

Er sieht flüchtig auf seine Armbanduhr. »Also dann, ich muss weiter. Hat mich gefreut euch zu sehen.« So schnell, dass ich gar nichts mehr erwidern kann, macht er sich in die andere Richtung davon.

»Der hat es ja eilig.«

Sam zuckt mit den Schultern und schiebt den Einkaufswagen in Richtung der automatischen Schiebetüren. »So ist er immer, typisch Travis. Hat nie eine ruhige Minute.«

Wir betreten den Supermarkt, wo um diese Uhrzeit anscheinend noch nicht viel los ist. Der Wagen rattert über die schwarz-weiß gekachelten Fliesen, während Sam ihn schiebt und uns in die Abteilung für Farben lotst.

»Guck mal.« Er deutet auf ein Regal mit einigen Eimern. An der Wand hängt eine kleine Karte zum Abnehmen, die mit Farbbeispielen und Nummern versehen ist, die ich mir direkt schnappe. Es ist jetzt nicht die riesige Auswahl, aber vielleicht habe ich Glück.

»Aha, mit der Karte hier können wir die Farben viel leichter finden und müssen uns nicht alle Eimer einzeln anschauen.« Mir ist nämlich aufgefallen, dass auf denen ebenfalls Nummern stehen.

»Dann lass uns direkt prüfen, ob wir dein Olivgrün finden.« Er stellt sich dicht neben mich, um ebenfalls einen Blick auf die Farbkarte zu werfen.

Wenn ich jetzt meine Fingerspitzen ausstrecken würde, könnte ich ihn berühren. *Autumn, lass es bleiben,* rufe ich mich zur Ordnung.

»Erde an Autumn.« Er stupst mir leicht in die Seite.

O shit. »Sorry, war in Gedanken. Was hast du gesagt?«

Seine Mundwinkel zucken. »Das habe ich gemerkt. Ist das nicht so eine Farbe, die du suchst?« Er hält mir die Karte hin, auf der ein tiefdunkles Grün abgebildet ist.

»Genau an so was dachte ich.«

»Mal sehen, ob sie vorrätig ist. Nummer 23.« Sanft zieht er mich zu den Regalen.

Einen Moment mustern wir stumm die verschiedenen Behältnisse und suchen nach dem richtigen.

»Da. Ich habe ihn.« Er zeigt auf einen Eimer weit oben im Regal. »Meinst du, die Menge reicht?«

Hier unten stehen ein paar mit weißer Farbe und die sind im Gegensatz zu dem olivgrünen wirklich deutlich größer, aber eigentlich müsste ich damit auskommen. »Hm, also ich denke, das könnte reichen. Ich habe mir überlegt, nur zwei Wände damit zu streichen.«

»Sollte passen, jetzt haben wir nur ein Problem.«

Verwirrt blicke ich zu ihm rüber. »Welches denn?«

»Wie sollen wir den Eimer da oben runterbekommen?«

Mein Blick landet wieder auf dem hohen Regal. Stimmt, er hat recht. Die Farbe befindet sich fast ganz oben. »Vielleicht gibt es hier irgendwo eine Leiter?«, denke ich laut.

»Ich glaube eher nicht und so früh morgens rennen hier nicht viele Mitarbeiter rum. Ich wüsste, wie es schneller geht.«

»Und wie?«, frage ich ein klein wenig skeptisch.

»Steig auf meine Schultern.«

Ist das sein Ernst? Bei dem Gedanken, wie nah ich ihm dann komme, steigt unmittelbar Hitze in meine Wangen. Nein, nein, nein, das kann ich nicht machen.

»Autumn, du solltest mal dein Gesicht sehen, so schaust du bestimmt immer, wenn du merkst, dass dir eine Zutat für deine Cupcakes fehlt.«

Wie recht er damit hat, werde ich ihm sicher nicht verraten, aber zumindest ist meine Stimmung wieder aufgelockert.

»Wir können auch ruhig eine Leiter suchen, wirklich«, sagt er beruhigend.

Komm Autumn, denk heute mal nicht so viel nach, sondern mach einfach, spreche ich mir selbst Mut zu. Was ist schon dabei? Freunde klettern doch oft auf die Schultern des anderen, ohne sich direkt an die Wäsche zu gehen.

Ich atme tief ein. »Okay, lass es uns probieren.«

»Los, hüpf auf.«

»Bitte lass mich nicht fallen.«

Er schüttelt leicht den Kopf. »Niemals.«

In dem Augenblick hasse ich mein verräterisches Herz, das anfängt doppelt so schnell gegen meine Rippen zu schlagen.

Sam geht derweil in die Hocke und bekommt von meinem ganzen Gefühlschaos nichts mit. Ich klettere auf seine Schultern und versuche zu ignorieren, wie nah ich ihm jetzt bin. Dann umklammert er meine Beine, damit ich einen besseren Halt habe. Selbst durch meine Jeans merke ich, wie warm seine Hände sind. Ich schätze Sam auf gute 1,90 und da ich viel kleiner als er bin, will ich mir gar nicht ausmalen, wie hoch ich im Augenblick bin. Auch wenn ich durch die Jahre in Seattle und New York an Höhe gewöhnt bin, ist es irgendwie was anderes, vor allem, weil mich seine Anwesenheit sowieso schon aus der Fassung bringt.

»Kommst du dran?«, reißt er mich aus meinen Gedanken.

Ich schaue mich nach der Farbe um und entdecke sie direkt über mir. »Ja, ich muss mich nur ein wenig strecken.« Ich versuche mich so lang wie möglich zu machen und komme so gerade eben an den Eimer dran, aber es klappt. »Hab ihn«, stoße ich aus.

»Super, ich lass dich jetzt wieder runter.« Sam geht in die Hocke und als ich absteigen möchte, verliere ich den Halt und reiße ihn mit mir zu Boden. Ich falle halb auf ihn drauf, während er noch seine Hände nach mir ausstreckt, um meinen Aufprall abzufangen. Was eher weniger klappt. Mein Kopf landet auf seiner Brust und meine Hand krallt sich dabei in seinem Hemd fest. Unsere Blicke treffen sich und es fühlt sich wie eine halbe Ewigkeit an, dass wir hier liegen und einander anstarren, dabei sind es wahrscheinlich nur ein paar Sekunden.

Dann stehe ich ruckartig auf und der Moment ist vorbei. Ich fische den Eimer vom Boden und umklammere ihn, damit Sam mein Zittern nicht bemerkt.

»Hast du dir wehgetan?« Er rafft sich ebenfalls auf und blickt mich besorgt an. In seinen Augen blitzt aber auch etwas auf, das ich nicht ganz deuten kann. Wahrscheinlich ist er wegen meines überstürzten Rückzugs verwirrt.

Ich klopfe mir mit der freien Hand den Staub von meiner Jeans und blicke zu ihm auf. »Nein, alles gut. Danke.« Dann drehe ich mich wieder in die Richtung des Regals, damit er nicht sieht, wie gerötet meine Wangen sind.

»Welche Farbe möchtest du noch?«, fragt er leise.

»Die da finde ich ganz passend.« Ich deute auf einen hellen Beigeton, den ich mir sehr gut in der Küche vorstellen kann.

Sam geht zum Regal und nimmt sich einen Eimer aus der Mitte. »Perfekt, den haben sie auch hier. Heute ist dein Glückstag, Autumn.«

Wurde ja langsam Zeit, nach der Riesenpechsträhne an meinen ersten Tagen.

Er stellt ihn in unseren Einkaufswagen und ich platziere den anderen daneben. »Wo wir schon mal hier sind, brauchst du noch etwas?«

Ich denke an die gähnende Leere in meinem Kühlschrank. »Wenn es dir nichts ausmacht. Die letzten Tage habe ich mich ausschließlich von uralten Vorräten ernährt.«

Er schiebt den Wagen weiter. »Dann wollen wir mal gucken, worauf du so alles stehst.« Verdattert halte ich inne, doch dann dreht er sich zu mir um. »Kommst du?«

Ich weiß, dass er vom Essen geredet hat und nicht von dem, woran ich eigentlich gedacht habe, trotzdem kann ich nicht verhindern, dass mein Kopf anfängt zu glühen.

»Ja«, murmle ich und hole die paar Schritte zu ihm auf.

Wir gehen an den verschiedensten Regalen vorbei und ich packe alles in den Wagen, wonach mein Magen schreit. Hauptsächlich ungesundes Zeugs, aber das ist mir heute so was von egal. Alles, womit ich mein Innerstes auf andere Gedanken bringe, ist mir nun willkommen.

An der Kasse angekommen begrüßt Sam den Kassierer, als würde er ihn schon ewig kennen und während dieser alle Sachen einscannt, plaudern sie über die Pumpkin Night, die Ende des Monats stattfindet. Eine Art Halloweenfest. Claire hat mir letztens davon erzählt. An diesem Abend werden im Park jede Menge Stände mit Essen und so einem Kram aufgestellt. Ist wohl eine Tradition hier und da wir seit gestern Oktober haben und damit meine liebste Zeit im Jahr beginnt, bin ich ziemlich gespannt darauf.

Als wir schließlich wieder im Truck sitzen, breitet sich langsam Vorfreude in mir aus. Und als hätte Sam meine Gedanken gelesen, dreht er sich in dem Moment kurz zu mir. »Dann wollen wir mal Deko shoppen gehen. Na, freust du dich?« Der Motor brummt auf, als er den Schlüssel im Zündschloss dreht.

»Ja, total. Ich versuche mir schon auszumalen, wie das Cottage aussehen wird, wenn es fertig ist.«

»O ja.« Er holt tief Luft und schaut mir ein paar Atemzüge lang intensiv in die Augen, bevor er den Wagen aus der Parklücke manövriert. »Ich weiß, die Frage ist jetzt sehr persönlich und fühl dich bitte nicht gezwungen darauf zu antworten, nur kreist sie mir jetzt bereits länger im Kopf herum.«

»Alles gut. Frag ruhig, Sam«, sage ich leise halte dann die Luft an, weil ich keine Ahnung habe, was er wissen möchte.

»Warum habe ich dich hier vorher noch nie gesehen, also obwohl deine Grandma hier gelebt hat?«

Ich stoße leise meine angehaltene Luft aus. »Meine Mom ist Journalistin und ständig in der ganzen Welt unterwegs. Ihr ist meine Schulbildung immer sehr wichtig gewesen, deshalb ist Granny ziemlich oft bei mir gewesen, damit ich nichts verpasse.« Ich starre einen Moment aus dem Fenster. »Und außerdem war alles hier zu hart für meine Mom.«

»Hart?«, fragt er verwirrt.

»Mein Dad ist gestorben, als ich drei Jahre alt war und alles hier hat sie an ihn erinnert. Deshalb hat es meine Mom dann nicht mehr lange ausgehalten und ist weggezogen. Kurz danach kam schon das Jobangebot der Nachrichtenfirma, bei der sie jetzt immer noch ist.« Sobald ich ende, wird mir noch einmal so richtig bewusst, wie schade es ist, dass ich nicht öfter hier gewesen bin. Grandma hätte mir ihre liebsten Ecken zeigen können und eventuell hätte sie sogar den ein oder anderen Geheimtipp für mich gehabt. Vielleicht wo ich die besten Stellen am Strand finde oder wo ich in Ruhe die Wunder dieser Insel betrachten kann. Gedankenverloren stoße ich meinen Atem aus. Ich wünschte, sie wäre hier.

»Entschuldigung, ich wollte dich nicht kränken.« Sein Blick ist voller Bedauern und sofort habe ich das Bedürfnis, ihn zu beruhigen.

»Nein, alles gut. Ist nicht schlimm, wirklich. Wäre ich an deiner Stelle, hätte ich mir dieselbe Frage gestellt.«

»Aber ich möchte nicht, dass du traurig bist.« Er greift über die Mittelkonsole nach meiner Hand und drückt sie einmal kurz.

Völlig überrumpelt von der Geste weiß ich nicht, was ich sagen soll. Daher lächle ich ihm nur dankbar zu und ziehe dann, so schwer es mir auch fällt, ganz langsam meine Hand zurück.

Sein Blick bleibt zwar weiterhin auf die Straße gerichtet, doch ich sehe für eine winzige Sekunde, wie sich seine Stirn dabei kräuselt. Unsicher, wie ich darauf reagieren soll, blicke ich aus dem Fenster und beobachte, wie die Bäume an uns vorbeiziehen; mit jedem weiteren Tag verfärben sich die Blätter immer mehr.

Irgendwann halte ich die Stille jedoch nicht länger aus und plappere drauflos. »Ich habe gerade daran gedacht, dass es schön gewesen wäre, gemeinsam mit Granny die Insel zu erkunden.«

»Das glaube ich. Aber soll ich dir mal das Geheimnis von Cosy Island verraten?«

Gespannt schaue ich zu ihm rüber.

»Wenn du früh morgens am Meer stehst und die ersten Sonnenstrahlen durch die Wolken brechen, der Himmel langsam in Farbe getaucht wird, sind es die Menschen dort oben, die diesen Zauber bewirken.«

Er verschwimmt vor meinen Augen. Ich bemerke erst, dass es daran liegt, weil Tränen darin sind, als eine davon auf meine Wange fällt. Mit einer Hand wische ich sie schnell weg. »Das klingt wirklich schön.«

Kapitel 10

»Nur noch den Teppich, dann haben wir alles.«

Während Sam ein letztes Mal Richtung Truck läuft, stemme ich schwer atmend die Hände in die Hüften und schaue mich zufrieden im Wohnzimmer um. Der Besuch bei *Macy & More* war erfolgreicher als angenommen und dank Sam hat es nicht mal eine halbe Stunde gedauert, um das Meiste davon im Cottage unterzubringen. In Gedanken sehe ich schon genau vor mir, wo ich die zwei kleinen Teppiche, ein paar Vasen, die ich mit Trockenblumen füllen möchte, ein großes Makramee und die Stehlampe platzieren will, doch ein lautes Geräusch lässt mich zusammenzucken.

Schnell drehe ich mich um und entdecke Sam, der versucht den zweiten Teppich hereinzuziehen. Bei dem Anblick wandern meine Mundwinkel sofort nach oben. Der Kampf zwischen den beiden verdient glatt einen Oscar.

»Warte, ich helfe dir.« Ich eile zu ihm.

»Wo soll der hin?« Er schaut sich um und wischt sich mit dem Handrücken einmal über die Stirn.

»Ich habe mir gedacht, im Schlafzimmer?« Ich weiß auch nicht, wieso ich es als Frage formuliere, aber irgendwie bin ich sehr an seiner Meinung interessiert.

Er stellt sich in den Türrahmen zwischen Schlaf- und Wohnzimmer. Immer wieder wechselt sein Blick zwischen den beiden Räumen hin und her. »Klingt gut.« Dann hält er kurz inne, um den Raum genauer in Augenschein zu nehmen und dann hinzuzufügen: »Moment, Autumn? Wo ist dein Bett?«

»Äh – Ich habe noch keins.«

»Und wo schläfst du dann die ganze Zeit?«

»Hier auf dem Sofa.« Ich drehe mich um und deute auf die kleine Couch in der Mitte des Wohnzimmers. Dann schaue ich wieder zu ihm und sehe gerade noch, wie er einen flüchtigen Moment sein Gesicht verzieht.

»Muss ziemlich unbequem sein, oder?«

»Es geht schon.« Ich zucke mit den Schultern.

Einen flüchtigen Moment starrt er auf die Stelle, dann wendet er sich wieder mir zu. »Was möchtest du denn zuerst machen?«

Ich betrachte die weißen Wände im Schlafzimmer. »Streichen?«

Sam deutet ein Nicken an und während er das Material aus einer Ecke holt, gehe ich voraus und stelle mich vor die Wand, an die die Farbe soll. Es ist die größte im Raum und direkt gegenüber befindet sich das breite Fenster mit Blick auf die Dünen.

Keine Minute später steht Sam vollbepackt neben mir. Er reicht mir einen der Pinsel, aber mitten in der Bewegung verharrt er. »Sollten wir nicht zuerst die Leisten abkleben?«

Ich sehe mich in dem Raum um. »Und vielleicht noch die Kommode rausschieben?«

Während er die restlichen Sachen auf dem Boden abstellt, schaut er zu mir hoch. »Eigentlich müsste es reichen, wenn wir was drüberlegen. Die Wand dahinter bleibt eh so, oder?«

Ich nicke. »Ja, nur die hier soll gestrichen werden.« Mit meinem Kinn deute ich zu der Wand vor uns.

»Okay.« Er eilt ins Wohnzimmer und kommt kurz darauf mit Kreppband und einer durchsichtigen Plane zurück. »Ein Glück, dass wir die Sachen im Supermarkt noch mitgenommen haben.«

»Ein Hoch auf den gut ausgestatteten Laden.« Ich schmunzle.

»Cosy Island ist für einige Überraschungen gut«, witzelt er zurück. »Wollen wir?«

Ich nicke und zusammen breiten wir die Plane über der Kommode aus. Anschließend klebt Sam die untere Leiste ab. Dann blickt er nachdenklich nach oben. »Wie kommen wir daran?«

Meine Augen weiten sich bei dem Gedanken, dass er wieder auf dieselbe Idee kommen könnte wie im Supermarkt. Das Chaos in meinem Kopf kehrt zurück und dazu ganz fett das Gesicht von Jenna.

»Ich hole eine Leiter«, plappere ich hastig und eile aus dem Schlafzimmer. Mit polternden Schritten laufe ich durch das Wohnzimmer, aus der Tür raus, runter zur Werkstatt und schnappe mir dort die Leiter.

Schnaufend kehre ich damit zurück. »Hiermit sollte es gehen«, keuche ich.

»Ich hätte dir auch helfen können.«

»Geht schon«, flüstere ich und bedeute ihm mit einem Nicken, auf die Leiter zu steigen.

Mit einem letzten besorgten Blick in meine Richtung steckt er sich die Rolle Kreppband zwischen die Lippen und erklimmt die Stufen.

Während er den Rest abklebt, versuche ich meinen erhöhten Puls zu beruhigen, was ziemlich schwer ist, bei seinem Anblick da oben. Und sobald er wieder unten ist, weiche ich seinen Blicken aus, damit er nicht bemerkt, wie sehr mich seine Anwesenheit aus der Fassung bringt. Gemeinsam tauchen wir die Pinsel in die Farbe und verpassen der Wand die ersten grünen Tupfer.

»Irgendwie hat es etwas Meditatives, oder?«, frage ich.

»Besonders, wenn man das Meer dabei hören kann.«

Ich lausche und verziehe dann mein Gesicht. »Ich nicht.«

Er schaut ein paar Sekunden zu mir rüber und legt dann seinen Pinsel auf eine Stufe der Leiter. Mit vorsichtigen Schritten kommt er zu mir. »Mach deine Augen zu«, fordert er mich flüsternd auf.

Also schließe ich sie, während er ganz dicht vor mir steht. Jeden seiner sanften Atemzüge nehme ich überdeutlich wahr, als wir versuchen den Klängen des Meers zuzuhören.

»Da, hörst du es?«, haucht er.

Ich spitze meine Ohren. Ein leises Rauschen dringt immer wieder zu ihnen durch. Das müssen die Wellen sein, die unaufhörlich ans Ufer gespült werden.

»Wow«, kommt es fast lautlos über meine Lippen. Langsam öffne ich die Augen und blicke direkt in die von Sam. Ein paar Sekunden stehen wir reglos da, bis uns ein Klingeln aus dem Moment reißt.

Ich nicke in die Richtung, aus der der Ton kommt. »Das muss deins sein«, flüstere ich.

Zögernd wendet er sich von mir ab. »Ja, ich sollte mal drangehen.« Und schon verschwindet er in Richtung Küche.

Sobald er außer Sichtweite ist, stoße ich laut meine angehaltene Luft aus. Ich sollte mich echt von ihm fernhalten, sonst bringt mich seine Nähe noch um den Verstand. Was ist das bloß mit ihm? Wieso stolpert mein Herz jedes Mal, wenn er mir nur einen Blick zuwirft und wieso kann ich es nicht abstellen?

Ich lehne mich leicht gegen die Leiter, wobei seine Stimme unweigerlich zu mir schwappt. Eigentlich versuche ich ihm Privatsphäre zu lassen und nicht hinzuhören, doch das Cottage ist so klein, dass jedes Wort von ihm zu mir durchdringt.

»Eigentlich nicht. Ja. Ja. Okay. Ein paar Stunden müssten gehen. Okay. Bis gleich.«

Er kommt zu mir ins Schlafzimmer zurück und räuspert sich. »Das war Chase. Es gibt einen Notfall im Diner, die andere Aushilfe hat sich krankgemeldet und die Hütte scheint gerade zu brennen.«

Ich falle ihm schnell ins Wort, bevor er sich entschuldigt. Er hat mir schon so viel geholfen, da soll er deswegen kein schlechtes Gewissen bekommen. »Alles gut, geh ruhig. Ich schaff den Rest allein. Du warst mir echt eine große Hilfe.«

»Ich bin nur ein paar Stunden weg. Vielleicht drei, maximal vier. Dann komme ich wieder und helfe dir alles fertigzustellen.«

»Das brauchst du nicht«, sage ich schnell dazwischen.

Er schüttelt den Kopf. »Natürlich komme ich zurück. Das Ganze wird ja nicht ewig gehen. Montags mittags trifft sich nur immer eine Gruppe älterer Männer im Diner. Dann ist so viel zu tun, dass Chase es nicht allein mit Küche, Bar und allem Drum und Dran schafft.«

»Bestimmt tauschen sie da die neusten Gerüchte aus, oder?«

Seine Mundwinkel wandern nach oben. »Du hast Cosy Island ganz schön gut durchschaut.«

»Absolut.« Während ich ins Wohnzimmer gehe, werfe ich ihm ein freches Grinsen über die Schulter zu.

Kopfschüttelnd folgt Sam mir. »Ich geh dann mal besser. Chase dreht gerade wahrscheinlich bereits durch.« Sein Autoschlüssel klimpert, als er ihn von der Kommode nimmt. Er zögert kurz, hebt dann aber seine Hand und verschwindet durch die Tür nach draußen.

Ein paar Sekunden blicke ich ihm hinterher, drehe mich dann aber um und laufe zurück ins Schlafzimmer. Dort nehme ich mir den Pinsel und mache mich wieder an die Arbeit. Auf meinem Smartphone wähle ich eine Playlist aus, die mir vorgeschlagen wird, und genieße die Sonnenstrahlen, die durch das Fenster hereindringen. Das Wetter hat sich noch zu einem schönen und sonnigen Herbsttag entwickelt. Hoffentlich bleibt es ein bisschen so.

***

Ich merke gar nicht, wie die Zeit vergeht, doch als ich gerade dabei bin, die letzten Pinselstriche in der Küche zu machen, reißt mich ein Klopfen an der Tür aus meinen Gedanken.

Als ich sie aufziehe, steht Sam mit Claire im Schlepptau vor mir. »Habe Verstärkung mitgebracht.«

»O Autumn, wie schön.« Claire tänzelt auf mich zu.

»Wa –«, weiter komme ich nicht und schon reißt sie mich für einen flüchtigen Moment in die Arme. Ihr süßes Parfüm kitzelt dabei in meiner Nase. Danach schaut sie prüfend in mein Gesicht und zieht ihre Augenbrauen hoch.

»Ich bin voller Farbe.«

Ihre Miene erstarrt, während sie an mir herunterschaut. Dann nimmt sie ihr schwarzes Strickkleid in Augenschein, an dem nun ebenfalls kleine Farbkleckse hängen. »Jetzt sieht es wenigstens so aus, als hätte ich was gemacht«, sagt sie schmunzelnd und betrachtet das Zimmer.

»Wie gemütlich es hier ist. Irgendwie habe ich es mir so gar nicht vorgestellt.« Claire zieht ihren langen Cardigan enger um sich und schmeißt sich auf das Sofa. Keine Ahnung, warum sie den trotz ihres Strickkleids trägt.

Ihre Haare fallen in leichten Wellen auf ihre Schultern. Fehlen nur noch ihre Flügel und sie wäre die perfekte Fee in einem Musical.

Sam geht hinter ihr her und bleibt anschließend vor dem Sofa stehen. »Claire, wir sind hier, um Autumn zu helfen. Nicht um ein Kaffeekränzchen zu halten.«

»O ja, upsi. Sorry!« Ihre Mundwinkel fangen an zu zucken und verziehen sich dann zu einem Grinsen.

Ich mache eine wegwerfende Handbewegung. »Ist schon gut. Eigentlich bin ich sowieso gerade fertig.«

Plötzlich entdeckt Claire das Makramee auf dem Wohnzimmertisch und hält es hoch. »Das ist aber schön.« Sie schaut sich um. »Wo soll das hin?«

»Vielleicht da?« Ich zeige auf die weiße Wand neben dem Sofa. Gegenüber von der, die ich gestrichen habe. »Die Stehlampe soll direkt in die Ecke daneben«, füge ich noch hinzu. Ich kann es gar nicht mehr abwarten, dass alles fertig ist.

»Dann lass uns loslegen.« Sam nimmt sich einen Hammer und einen Nagel aus dem Werkzeugkoffer, den ich aus dem Schuppen mit ins Wohnzimmer genommen hatte. Anschließend geht er um das Sofa herum und bleibt vor der Wand stehen.

Plötzlich springt Claire auf und schubst Sam spielerisch weg. »Lass mich mal.«

Er zuckt mit den Schultern und überreicht ihr den Hammer, als wäre er etwas Heiliges. »Wenn du meinst.«

Sorgsam darauf bedacht, nicht ihren Daumen zu treffen, haut sie den Nagel in die Wand. »Ta-da.«

Ich übergebe ihr das Makramee, welches sie stolz daran aufhängt.

Ihr Blick fällt auf die Lichterkette, die auf der Kommode liegt. »Und jetzt bitte die, Sam«, fordert sie ihn auf.

Gehorsam reicht er ihr die Schnur mit den kleinen Kugeln, die sie mit zwei weiteren Nägeln rund um das Makramee an der Wand befestigt.

Ich stoße meine Luft aus. »Sieht toll aus.«

Sam betrachtet die Wand einen Moment. »Hast du gut gemacht, Claire.«

Stolz strahlt sie uns beide an.

»Jetzt fehlt nicht mehr viel.« Ich tapse auf die andere Seite des Raum, wo ich mir die Stehlampe greife und sie rüber in die Ecke trage. Dort stecke ich sie ein und ziehe an der Schnur. Sofort erstrahlt das Wohnzimmer in einem gedimmten warmen Licht. Erst da fällt mir auf, dass draußen die Sonne am Untergehen ist.

Aber ich komme gar nicht dazu, weiter darüber nachzudenken, denn Claire tänzelt aufgeregt zu den zwei Pflanzen. »Jetzt die.«

Und damit stellen wir gemeinsam die restlichen Sachen an ihre Plätze und kurz darauf schmücken diese Pflanzen mein Schlaf- sowie Wohnzimmer.

Zufrieden stoße ich einen kleinen Seufzer aus. »Wirklich schön.«

Sam hält Claire und mir jeweils eine Hand hin, damit wir sie abklatschen. »Das finde ich auch. Sieht super aus.«

»Ohne euch hätte ich das aber nicht geschafft. Ich bin euch echt dankbar.« Ich kann nicht verhindern, dass mir Tränen in die Augen schießen. Schnell versuche ich sie wegzublinzeln.

»Na ja, also viel habe ich nicht gerade gemacht«, witzelt Claire.

Ich zucke mit den Schultern. »Trotzdem bist du hier.«

»Für Freunde macht man so was.«

Ich wische mir über die Augen. »Danke, Claire.«

»Wie spät es wohl mittlerweile ist?«, denkt Sam laut und schaut auf sein Smartphone. »Oh – acht Uhr.«

»Ich würde uns jetzt ja gerne eine Pizza bestellen, aber ich glaube, die gibt es hier auf der Insel nicht, oder?«

»Weitere Überraschung von Cosy Island: doch.« Er zwinkert mir zu.

»Na dann macht es euch gemütlich.« Ich breite meine Arme aus und deute auf das Wohnzimmer, in dem ich mich bereits ziemlich wohlfühle, auch wenn ich gar nicht weiß, wie lange ich überhaupt bleibe. Doch den Gedanken versuche ich erst mal beiseitezuschieben.

Kapitel 11

»Das macht dann sechsundzwanzig Dollar, bitte.«

Ich reiche der Kassiererin das Geld und packe alle Einkäufe in eine braune Papiertüte. Die Vorräte, die Sam und ich vor einer Woche besorgt haben, sind allmählich aufgebraucht. Ein Glück, dass es hier alles für meine neuste Cupcake-Idee gab. So langsam gehen mir die fertigen Rezepte in meinem Notizbuch aus und ich brauche neue Kreationen, damit ich wieder etwas an das Online-Magazin schicken kann.

Ich ziehe mir meinen Schal tief ins Gesicht und trete durch die Schiebetüren nach draußen. Die Papiertüte ist dabei gefährlich am Wackeln und so nehme ich lieber noch meinen zweiten Arm dazu, damit sich die ganzen Sachen darin nicht über den Boden verteilen. Rührei wollte ich jetzt nicht auf dem Pflaster braten. Obwohl es dafür sowieso viel zu kalt ist. Zu meinem Glück schaffe ich es erfolgreich zu meinem Fahrrad.

Während ich die Tüte in den Korb stelle, der am Lenker befestigt ist, bin ich froh um meinen dicken Parker. So langsam wird es mit jedem Tag kälter und meine Finger fühlen sich an, als bekämen sie gleich Erfrierungen. Vielleicht spricht da aber auch einfach nur die Frostbeule aus mir.

Mit zitternden Fingern ziehe ich mein Smartphone aus der Jackentasche. Ein Blick darauf verrät mir, dass ich nur noch zehn Minuten Zeit habe, bis das *Cat's Coffee* öffnet.

Ich habe Claire versprochen einzuspringen und ein paar Cupcakes für sie zu backen. Ihre Aushilfe hat sich mal wieder krankgemeldet, was in letzter Zeit ziemlich häufig vorkam. Wenn ich aber ehrlich bin, habe ich mich ziemlich gefreut, als Claire mich vor ein paar Tagen zum ersten Mal gefragt hat. Denn die Chance, in dieser coolen Küche neue Rezeptideen auszuprobieren und dabei Geld zu verdienen, spricht eindeutig für sich. Claire ist dabei die Kirsche auf der Sahnetorte. Sie macht jeden Moment umso kostbarer und witziger. Und wo lässt es sich besser arbeiten als in dem gemütlichen kleinen Café?

Von meinen Gedanken angespornt schwinge ich mich auf das Rad und trete stark in die Pedale. Ich bin mir zwar ziemlich sicher, dass Claire kein schlechtes Wort darüber verlieren würde, sollte ich zu spät kommen. Trotzdem möchte ich nicht, dass sie denkt, ich wäre unzuverlässig. Zu unseren Backtreffen war ich bisher auch immer mehr als pünktlich. Die haben wir aber ausgelassen, seit ich ihr aushelfe, und uns stattdessen lieber irgendwas zu Abendessen gemacht, stundenlang gequatscht und uns von ihren Katzen unterbrechen lassen.

Während ich an den Herbstbäumen vorbeirase und durch den Park brettere, denke ich an die Kürbis-Cupcakes, die ich heute testen möchte. In ein paar Wochen steht die große Pumpkin Night an und von Claire weiß ich, dass sie dort jährlich einen Stand hat. Da sie plant den Pumpkin Spice Latte anzubieten, habe ich mir überlegt passende Cupcakes zu backen. Mich kribbelt es schon in den Fingern, ihr die Idee vorzuschlagen. Oder ist es vielleicht doch nur die Kälte?

Ich lasse das Diner hinter mir und muss dabei an den Abend vor ein paar Tagen denken. Der Einzige, der an diesem witzigen Abend mit Claire gefehlt hat, war Sam. Auch wenn ich meinem Herz verboten habe, schneller zu klopfen, wenn ich an ihn denke, kann ich es trotzdem kräftig gegen meine Rippen schlagen spüren. In den letzten Tagen war ich fast nur bei Claire im Café oder habe Kleinigkeiten am Cottage repariert. Dadurch habe ich Sam gar nicht mehr gesehen und so langsam fange ich an sein schiefes Grinsen zu vermissen. Aber ein Gutes hat es, denn so bin ich weniger in brenzlige Situationen geraten, die seine *Jenna* bestimmt nicht gutheißen würde. Ich will mir gar nicht ausmalen, was sie dazu sagen würde, wenn sie wüsste, dass er mir dabei geholfen hat, das Cottage herzurichten.

Um mich abzulenken, konzentriere ich mich darauf, das Fahrrad neben dem Café abzustellen. Vorsichtig ziehe ich die braune Tüte mit beiden Händen aus dem Korb. Wieso haben sie eigentlich nie Griffe? Das wäre viel praktischer. Trotzdem schaffe ich es heil bis zur Eingangstür und stoße sie mit dem Po auf. Mein Blick gleitet dabei flüchtig zur Decke, als die Glocke ein kleines Bimmeln von sich gibt.

»Warst du heute Morgen schon fleißig und hast was eingekauft?«, werde ich direkt von Claire begrüßt. Mit fliegenden Schritten kommt sie auf mich zu und wirft einen Blick in die Tüte. Ihre Augen beginnen zu funkeln, sobald sie den Kürbis sieht. »Was hast du denn mit dem vor?«

Ich drehe meinen Oberkörper von ihr weg und versuche die Tüte in Sicherheit zu bringen. »Hey! Hör auf so neugierig zu sein.« Trotzdem kann ich über meine Schulter erkennen, wie sie ungeduldig mit ihrem Fuß auf der Stelle klopft und die Unterlippe vorschiebt.

»Ach, bitte bitte, Autumn. Sag es mir.«

Ich flüchte in die Küche. »Ich kann dich gar nicht hören«, rufe ich noch, bevor sich die Schwingtür hinter mir schließt.

Mit einem Schnaufen wuchte ich die Einkaufstüte auf den Küchentresen und beginne sie auszuräumen.

Als Claire durch die Tür kommt, bin ich nur wenig überrascht. »Komm schon, was hast du vor?«

Entschieden schüttle ich den Kopf. »Nein, du musst dich gedulden!« Wie kann man nur so neugierig sein?

Plötzlich rettet mich ein lautes Klingeln aus der Situation.

»Oh, das ist meins.« Auf der Suche nach ihrem Smartphone klopft Claire ihre hinteren Hosentaschen ab. »Hab's. Meine Mom.« Mit ihrem Daumen wischt sie das Anrufer-Symbol zur Seite, um den Anruf entgegenzunehmen. »Hey, Mom.« Das Smartphone ans Ohr gedrückt geht sie zurück ins Café, aber nicht, ohne mir vorher zu signalisieren, dass sie mich im Auge behält.

Ich verdrehe schmunzelnd die Augen und ziehe dann den kleinen Kürbis ganz unten aus der Tüte. Tatsächlich ist es das erste Mal, dass ich Pumpkin-Cupcakes machen werde. Ich habe sie zwar schon total oft gesehen und gehört, wie viele davon schwärmen, aber irgendwie hat es mich nie gereizt, sie selbst zu backen. Claire hat mich jedoch mit ihrem ganzen Halloween-Hype, der Pumpkin Night und ihrer cozy mood ziemlich angesteckt und jetzt habe ich selbst total Lust drauf. Vor allem da es ihr in letzter Zeit besser zu gehen scheint. Ich hole mir die mit kleinen Kätzchen bedruckte Schürze aus dem Schrank und binde sie mir um. Als ich sie vor ein paar Tagen zum ersten Mal in die Hand genommen habe, hat es mich überhaupt nicht gewundert, dass sie so eine besitzt. Ich ziehe mein eigenes Smartphone aus der Hosentasche und schalte meine Playlist ein. Dann stürze ich mich in die Arbeit und werde erst wieder in die Realität gerissen, als ich ein lautes Scheppern höre.

»Shit.« Claires Stimme dringt laut zu mir durch, selbst die Musik kann sie nicht dämpfen.

Sofort stelle ich die Schüssel beiseite, in der ich gerade die Creme angerührt habe, und eile aus der Küche. Schlitternd komme ich vor ihr zum Stehen. Sie sieht ziemlich verzweifelt aus, während sie auf dem hellen Parkettboden kniet und auf einen Haufen Scherben starrt. Es müssen bestimmt fünf Tassen zerbrochen sein.

»Was ist passiert?«, frage ich besorgt.

»Ich weiß auch nicht, irgendwie war ich in Gedanken, als ich über meine eigenen Füße gestolpert bin. Ich wollte nur die Tassen wegräumen und dann war es schon zu spät und sie lagen am Boden. So ein Mist, zum Glück sind es nicht viele und keine Kunden sind hier und …« Ihre Unterlippe fängt an zu zittern.

»Claire, stopp«, unterbreche ich sie sanft.

Ihre Augen weiten sich, während sie ihren Kopf hebt, um mich anzusehen.

»Tief Luft holen. Es ist doch nichts weiter passiert. Hast du dich verletzt?«

Sie schaut auf ihre Hände hinunter, wo ihr Blick ein paar Sekunden verharrt.

»Nein, alles gut«, sagt sie leise.

»Siehst du, den Rest bekommen wir auch wieder hin.« Ich stupse sie an und hoffe, dass ich sie damit ein wenig aufmuntern kann.

Ihre Mundwinkel wandern nach oben, aber das Lächeln erreicht ihre Augen nicht.

»Gleich haben wir das erledigt.« Vorsichtig hebe ich die großen Teile auf und werfe sie in den Mülleimer, bevor ich einen Besen hole. Dabei nehme ich wahr, wie Claire ebenfalls vom Boden hochkommt und hinter dem Tresen ein Kehrblech hervorzieht.

Als ich gerade die letzten Überreste beseitigt habe, läutet die Glocke über der Tür. Ich drehe mich um und beobachte, wie ein junges Mädchen durch die Tür kommt. Mich nach allen Seiten umschauend, stelle ich fest, dass ich allein bin. Shit. Die letzten Male war ich immer nur in der Küche oder habe ab und an ein paar Bestellungen verteilt, aber noch nie eine aufgenommen. Was ist, wenn mich das Mädchen etwas fragt und ich ihr nicht weiterhelfen kann? Oder sie irgendeinen Kaffee bestellen möchte und ich gar nicht weiß, wie ich ihn zubereiten soll? *Jetzt reiß dich mal zusammen! Tief durchatmen, wie du es vorhin zu Claire gesagt hast.*

Ich schiebe meine Schultern zurück, gehe hinter die Theke und versuche so selbstbewusst wie möglich meine Frage herauszubringen. »Hey, was hättest du gern?« Meine Stimme klingt zwar ein bisschen brüchig, aber vielleicht denkt sie ja, es liegt einfach an der Tageszeit, schließlich werde ich nicht die Einzige sein, die morgens noch nicht richtig wach ist.

»Ich hätte einfach gerne einen ganz normalen Kaffee. Zum Mitnehmen bitte.«

Erleichtert atme ich aus. Das bekomme ich hin. »Alles klar, kommt sofort.«

Erst als sie mir jetzt freundlich zulächelt, fällt mir auf, dass ihre Haarspitzen feucht sind. Auch auf ihrer gelben Regenjacke glitzern Regentropfen um die Wette. Verwundert schaue ich nach draußen und bemerke, dass es regnet. Schüttet, um genau zu sein. Vor wenigen Minuten schien noch die Sonne am Himmel. Das erinnert mich leider ein bisschen an Claire; in einem Moment leuchtet die Sonne in ihr und dann kommt plötzlich ein Regenschauer und spült alles wieder weg.

»Du bist neu hier, oder?«, kommt es zögerlich von dem Mädchen, sie muss ungefähr in meinem Alter sein.

»Ja, ich wohne erst seit Kurzem hier.« Ich drücke den Knopf der Kaffeemaschine, damit sie schon mal hochfährt. »Mal sehen, wie lange ich bleibe.«

Sie stößt ein kleines erleichtertes Seufzen aus. »Jetzt bin ich zum Glück nicht mehr die Neue.«

Neugierig blicke ich auf. »Du wohnst auch noch nicht lange hier?«

Sie schüttelt den Kopf und dabei rutschen ihr die langen Haare vors Gesicht, die sie direkt wieder nach hinten streicht.

»Nein, erst seit knapp ein paar Monaten. Ich arbeite bei Dr. Evans in der Praxis.« Die Fragezeichen in meinem Kopf müssen nicht zu übersehen sein, denn sofort fügt sie hinzu: »Das ist der Inselarzt hier.«

»Ach so, muss spannend sein, bei einem Arzt zu arbeiten.«

Sie beißt sich auf die Unterlippe. »Na ja, hier auf Cosy Island ist natürlich nicht viel los, aber trotzdem wird es nicht langweilig. Ach so und du kannst den Kaffee übrigens hier reinfüllen.« Aus ihrem Beutel holt sie einen To-Go-Becher und reicht ihn mir.

Interessiert drehe ich ihn in meiner Hand, weil mich kleine glitzernde Schneeflocken anfunkeln. »Der sieht echt schön aus.«

Erneut erscheint ein Lächeln auf ihrem Gesicht, wobei mir ihre haselnussbraunen Augen auffallen. »Ja, den habe ich mal geschenkt bekommen.«

Ich gieße den Kaffee durch die kleine Öffnung und dabei kitzelt der Dampf in meiner Nase, doch der Geruch ist einfach himmlisch. Für mich gibt es nichts Besseres als den Duft von frisch gebrühtem Kaffee am Morgen.

Sobald ich ihr den Becher reiche, legt sie mir das Geld auf die Ablage. »Stimmt so.« Während sie zum Ausgang läuft, dreht sie sich noch einmal zu mir um. »Übrigens, ich bin Grace.«

Ich möchte ihr gerade meinen Namen hinterherrufen, da ist sie schon aus der Tür raus und das Einzige, was ich höre, ist das Läuten der kleinen Glocke.

Sobald es verklungen ist, sehe ich mich suchend um, doch von Claire fehlt weiterhin jede Spur. Um mir die Zeit zu vertreiben, ordne ich alle Tassen auf der Ablage hinter dem Tresen neu an. Anschließend hole ich ein paar Muffins aus dem Kühlschrank, die ich gestern gemacht habe. Ich stelle sie auf die Etagere, die direkt vorne neben der Kasse steht. Aus der Schublade neben der

Kaffeemaschine ziehe ich ein schwarzes Kärtchen und schreibe die Sorte mit einem weißen Stift drauf. *Schoko-Kirsch-Muffins*. Als ich es gerade vor die kleinen Gebäcke platziere, öffnet sich die Tür hinter mir und ich höre Schritte, die mir mittlerweile so vertraut sind. Sofort fällt mir auf, wie gerötet Claires Augen sind. Sie so traurig zu erleben, versetzt meinem Herzen einen kleinen Stich.

»Claire, kann ich irgendwas für dich tun?«, frage ich zögerlich.

»Es reicht schon, dass du einfach da bist.« Sie wirft mir ein Lächeln zu, doch ich sehe, wie verkrampft es ist.

Ich möchte sie nicht zwingen mir etwas zu erzählen, wofür sie eventuell noch gar nicht bereit ist, also schließe ich sie einfach in die Arme. »Wenn du reden willst, ich bin da. Jederzeit.«

Ein kleines Schluchzen bricht aus ihr heraus. »Danke, Autumn.«

Behutsam löse ich mich von ihr und schaue sie eindringlich an. »Warte hier, ich hole nur schnell etwas.« Eilig laufe ich in die Küche und schnappe mir einen Cupcake von der Küchenzeile. Vorsichtig kehre ich damit zu Claire zurück, darauf bedacht, ihn ja nicht fallen zu lassen. Wäre nicht das erste Mal, dass mir das passiert.

»Hier, der ist für dich. Sollte eine Überraschung werden.«

Mit einer Hand versucht sie die verschmierte Wimperntusche unter ihren Augen wegzureiben, während sie zögernd den kleinen Cupcake entgegennimmt. »Danke. Der sieht aber lecker aus.«

»Das ist ein Pumpkin-Cupcake. Ich hatte schon länger überlegt ihn zu testen. Falls er dir schmeckt, könnte ich sie für die Pumpkin Night machen. Also natürlich nur, wenn du möchtest.«

Augenblicklich schwimmen erneut Tränen in ihren Augen. »O Autumn, das wäre großartig.«

»Probier ihn doch erst mal, vielleicht schmeckt er dir überhaupt nicht.«

Vorsichtig nimmt sie einen Bissen und ihre Mundwinkel verziehen sich ganz langsam zu einem kleinen Lächeln. Auch wenn die Traurigkeit in ihren Augen nicht zu übersehen ist, hat mein kleiner Versuch, sie wenigstens ein winziges bisschen aufzumuntern, anscheinend Wirkung gezeigt.

»Schmeckt er dir?«

Außer einem großen Nicken bringt sie nichts weiter zustande, denn ihr Mund ist sofort mit dem zweiten Bissen gefüllt.

Ich sag's ja immer wieder, Cupcakes können selbst den größten Schmerz in der Seele wenigstens für einen kleinen Augenblick vertreiben.

Kapitel 12

Müde reibe ich mir über die Augen, als ich von der strahlenden Sonne geweckt werde. Es ist jetzt der zweite Tag, an dem ich in meinem Schlafzimmer aufwache und ich kann von dem Ausblick gar nicht genug bekommen. Wer möchte denn nicht jeden Morgen ein Stück vom Meer sehen?

Gähnend strecke ich die Arme und rapple mich hoch, um mich vor mein Fenster zu stellen. Ich öffne es ganz weit, schließe die Augen und versuche mich einzig und allein auf diesen Moment zu konzentrieren. Ganz leise dringt das Wellenrauschen an meine Ohren und die salzige Luft kitzelt in der Nase. Der kühle Wind weht mir ins Gesicht und in diesem Augenblick wird mir etwas bewusst. So muss es sich wohl anfühlen, wenn man ein Zuhause hat. Zum ersten Mal in meinem Leben habe ich das Gefühl, irgendwo vollständig angekommen zu sein.

Hinter mir gibt mein Smartphone ein Summen von sich und reißt mich aus den Gedanken. Ich sehe mich um und entdecke es auf dem Nachttisch, wobei mein Blick das neue Bett streift. Voller Dankbarkeit erinnere ich mich an den Moment im Café, als Macy von ein paar neuen Möbeln erzählt hat, die sie für ihren Laden reinbekommen hat. Ein Glück, dass ich die Chance genutzt habe, um weiter nachzubohren. Zusammen mit Claire hat sie es mir sogar bis vor die Tür gefahren und zu dritt haben wir es gemeinsam reingetragen und aufgebaut. Für Macys hohes Alter ist sie ganz schön fit.

Aus dem Augenwinkel nehme ich wieder das Leuchten von meinem Smartphone wahr und strecke meine Hand danach aus. *Vielleicht Mom,* denke ich mit klopfendem Herzen. Bestimmt möchte sie mir mitteilen, wann sie kommt. Ehrlich gesagt fände ich es inzwischen gar nicht so schlimm, wenn sie damit noch ein bisschen warten würde. Wenn ich noch ein bisschen mehr Zeit auf Cosy Island verbringen könnte, ohne mir Gedanken darüber zu machen, wo ich danach hingehe. Vielleicht ist das auch der Grund, wieso ich sie in den letzten Tagen gar nicht darauf angesprochen habe. Aber als ich auf das helle Display schaue, ist da eine Nachricht von einer unbekannten Nummer.

Unbekannte Nummer: Hi, Autumn-Autumn. Hast du nicht Sehnsucht nach dem weltbesten Eistee?

Kann es sein, dass ...? Eine erneute Nachricht unterbricht mein Grübeln.

Unbekannte Nummer: Kleiner Tipp, ich mache nicht nur den weltbesten Eistee, sondern habe auch einen Truck, dem ich einen Namen gegeben habe.

Sam. Woher hat er meine Nummer? Ohne weiter drüber nachzudenken, fange ich an zu tippen.

Ich: Hi Sam.

Sam: Claire hat mir deine Nummer gegeben, ich hoffe, das ist in Ordnung für dich?

Soso, Claire steckt also dahinter. Langsam wandern meine Mundwinkel nach oben.

Ich: Klar, solange du mich nicht früh morgens aus dem Bett klingelst.

Sam: Nein, wenn dann klopfe ich.

Ein kleines Lachen dringt aus meinem Mund.

Ich: Abgemacht.

Sam: Und was machst du gerade?

Ich: Das Cat's Coffee hat heute zu, also muss ich Claire nicht unterstützen. Wahrscheinlich gehe ich an den Strand. Dafür, dass ich gerade auf einer Insel bin, habe ich den bisher erstaunlich wenig gesehen.

Wenn ich so darüber nachdenke, habe ich ihn tatsächlich nur kurz nach meiner Ankunft zu Gesicht bekommen. Okay, es ist definitiv an der Zeit, mich später in den Sand zu setzen und den Wellen zu lauschen. Laut meiner Wetter-App soll es heute sogar trocken bleiben. Also ein perfekter Tag für den Strand.

Sam: Hört sich entspannt an. Ich muss jetzt leider direkt arbeiten. Habe die Frühschicht im Diner.

Ich: Oje, aber die geht bestimmt schnell rum.

Sam: Mal sehen. Hoffentlich bis bald, Autumn-Autumn. War schön, mal wieder was von dir zu hören.

Ich: Das fand ich auch. Bis dann, Sam.

Ich drücke mein Smartphone an die Brust und das Lächeln will dabei gar nicht mehr aus meinem Gesicht weichen. Doch dann schiebt sich ein braunhaariges Mädchen namens Jenna davor und schon sind die Schmetterlinge schreckhaft davongeflogen.

Seufzend begebe ich mich in die Küche, denn mein Magen knurrt bereits verdächtig laut. Aus dem Schrank über der Spüle hole ich meine geliebten Froot-Loops und nehme mir eine Packung Milch aus dem Kühlschrank. Ich gieße mir eine ordentliche Portion in eine Schüssel und schlendere damit auf die Veranda, aber nicht ohne vorher meine Wolldecke mitzunehmen. Claire hat mir vor ein paar Tagen einen alten Schaukelstuhl gezeigt, der ewig in ihrem Abstellraum verstaubt ist und für den sie einfach keine Verwendung hat. Sie hat sofort meine leuchtenden Augen bemerkt und seitdem steht er hier draußen und zaubert jedes Mal ein Lächeln auf meine Lippen, wenn ich ihn sehe.

Er quietscht ein wenig, als ich mich setze, doch das stört mich überhaupt nicht. Eher im Gegenteil, ich finde, es verleiht ihm das gewisse Etwas. Bei dem Gedanken kuschle ich mich noch weiter in den Stuhl und ziehe die Decke ein Stück höher. Während ich meine aufgeweichten Cornflakes herunterschlinge, nehme ich meine Umgebung in Augenschein und entdecke an der Straße ein paar Bäume, an denen ich jeden Tag vorbeikomme, wenn ich zum Café fahre. Mittlerweile haben sie schon fast die Hälfte ihrer Blätter verloren. Sie liegen in vielen bunten Haufen auf dem Boden.

Ein Windstoß löst nun weitere von den Ästen und sachte schweben sie auf die Haufen, um sie nur weiter zu vergrößern. Fasziniert schaue ich dem Farbenspiel einen Moment dabei zu, räume aber dann in Windeseile meine Sachen weg, springe unter die Dusche und mache mich für den Tag bereit. Kurz darauf bin ich in meiner Strickjacke auf dem Weg zum Strand. Mit dabei habe ich natürlich meinen Beutel, in dem eine Flasche Wasser und ein Buch stecken.

Der Weg bis zum Strand kommt mir heute sogar noch kürzer vor als beim ersten Mal. Ich stapfe über die sandigen Dünen hinweg und bin schon so gut wie da. Mit jedem Schritt komme ich meinem Ziel näher und irgendwie ist es auch heute aufregend. Egal wie oft man schon am Meer war, diese Magie versiegt nie.

Mir kitzelt die salzige Luft immer weiter in der Nase und das Wellenrauschen wird stetig lauter. Langsam steige ich die letzte Düne runter und bleibe einen Moment völlig überwältigt stehen, weil sich vor mir das endlose Meer erstreckt. Ich lege meinen Beutel in den Sand und schlüpfe aus meinen Boots. Schnelle renne ich auf die sachten Wellen zu und kann es gar nicht abwarten, meine Füße ins Wasser zu tauchen. Der nasse Sand klebt an meinen Zehen und jedes Mal, wenn ich einen weiteren Schritt gehe, gibt er ein flapsiges Geräusch von sich. Kleine Steine und Muscheln piksen mich, als ich dem Ozean immer weiter entgegenlaufe. Kurz vor dem Wasser bleibe ich stehen und sinke ein bisschen tiefer in den Sand. Eine leichte Welle spült über meine Füße und ich kann ein Schaudern nicht unterdrücken. Es ist aber eins von den guten, kein ängstliches oder erschreckendes, sondern eins von denen, das mir zeigt, es passiert gerade etwas Überwältigendes.

Am Horizont zeichnen sich einige flauschige Wolken ab, die Sonne dringt an einer größeren vorbei und ein paar Strahlen treffen das Wasser. Das Glitzern wirkt fast schon magisch und prompt muss ich an die Worte von Sam neulich im Truck denken. Ein kleines Lächeln stiehlt sich auf meine Lippen und für ein paar Minuten bemühe ich mich, alles von diesem Moment in mich aufzunehmen. Solche Augenblicke sind kostbar und man sollte sie so gut es geht festhalten.

Ich atme tief ein und drehe mich dann um. Langsam schlendere ich zurück zu meinem Platz und setze mich in den Sand. Ich hole mein Buch heraus und schlage es an der Stelle auf, an der ich vor ein paar Tagen aufgehört habe zu lesen. Sogleich ziehen mich die geschriebenen Worte erneut in ihren Bann und erst als mir so kalt wird, dass ich meine Arme um mich schlinge, kehre ich in die Realität zurück. Ich hebe meinen Blick von den Seiten und sehe, wie die Sonne langsam Richtung Horizont wandert, während der Wind mich immer mehr zum Frösteln bringt. Mittlerweile müsste es bestimmt früher Abend sein.

Schnell richte ich mich etwas auf und schlüpfe in meine Schuhe, die zu meinen Füßen liegen. Ich setze gerade dazu an, das Buch zurück in meinen Beutel zu stecken, als ich aus dem Augenwinkel eine Silhouette auf dem Wasser entdecke. Mit einer Hand versuche ich die grellen Sonnenstrahlen abzuschirmen, um etwas mehr zu erkennen. So wie es aussieht, scheint jemand auf einem Surfbrett die letzten Wellen zu reiten. Wenn ich daran denke, wie eisig sich vorhin meine Zehen angefühlt haben, möchte ich mir gar nicht ausmalen, wie derjenige sich im Wasser fühlen muss.

Fasziniert und völlig gespannt beobachte ich den Surfer ein paar Minuten, bis er sich mit der nächsten Welle ans Ufer treiben lässt und aus dem Wasser steigt. Das Surfbrett trägt er unter seinem Arm, es muss leichter sein, als ich gedacht hätte. Als er seine nassen Haare aus dem Gesicht streicht, erkenne ich ihn. Dunkle Haare, das wunderschöne Gesicht und der leichte Bartschatten. *Sam*.

Kurz sieht er in meine Richtung und da fällt mir eine Regung in seiner Mimik auf. Ist es Freude? Überraschung? Ich weiß es nicht. Langsam drücke ich mich aus dem Sand hoch, um ihn zu begrüßen, schnappe mir meinen Beutel und will gerade losgehen, als mich etwas straucheln lässt. Ich kann mein Gleichgewicht nicht halten und lande im Sand. Plötzlich zieht ein stechender Schmerz meinen linken Knöchel hinauf und gleichzeitig ziehe ich scharf die Luft ein. Mir schießen Tränen in die Augen und ich blicke auf den Boden. Ich bin genau auf einen Stein gefallen. Bin ich darüber gestolpert? Ich hatte ihn gar nicht bemerkt. Langsam versuche ich aufzustehen, als mich eine neue Welle des stechenden Schmerzes zurück in den Sand wirft. Fuck.

Verzweifelt schaue ich auf und sehe, wie Sam auf mich zugerannt kommt.

»Autumn?« Ein erschrockener Ausdruck blitzt in seinen Augen auf. »Was ist passiert?«

»Ich bin über einen Stein gestolpert und jetzt tut mein Knöchel höllisch weh.« Ich kann das Zittern in meiner Stimme nicht unterdrücken.

»Darf ich mal schauen?«

Ich bringe lediglich ein Nicken zustande, während er sein Board in den Sand legt und sich zu mir kniet. Ganz vorsichtig nimmt er meinen Fuß in die Hand und legt ihn auf seinen Oberschenkel. Behutsam streift er meinen Schuh ab und fährt dann mit den Fingerspitzen ganz sanft über meinen Knöchel. Obwohl er gerade bestimmt über zwanzig Minuten im Wasser verbracht hat, sind sie warm und fühlen sich angenehm auf meiner Haut an.

»Er ist sehr gerötet. Hast du schon versucht, ob du aufstehen kannst?«

Ich schüttle meinen Kopf. »Es geht nicht.«

»Ich würde das Ganze lieber von einem Arzt untersuchen lassen. Sieht ziemlich übel aus.«

»Okay, aber wie soll ich dahin kommen?« Die Verzweiflung ist deutlich aus meiner Stimme herauszuhören.

»Ich fahre dich.«

Als eine neue Welle des Schmerzes durch meinen Knöchel schießt, keuche ich auf.

»Komm, ich trage dich zum Truck.« Aufmunternd lächelt er mir zu. »Das wird wieder, Autumn.«

Tragen? Meine Augen weiten sich bei dem Gedanken. Es ist schon schlimm genug, dass er mich so hier gefunden hat. Ganz zu schweigen davon, dass ich mich echt nicht zwischen ihn und Jenna drängen möchte.

Entschieden schüttle ich den Kopf. »Geht schon.« Ich hole tief Luft und will mich vom Boden drücken, als mich der Schmerz zurückkatapultiert. »Shit«, zische ich und blicke zu Sam, der mich besorgt mustert. Jetzt funkelt irgendwas in seinen Augen auf. Etwas, von dem ich nicht weiß, ob es etwas Gutes oder etwas Schlechtes für mich bedeutet.

Er macht es sich im Sand bequem und umschlingt seine Knie. Dann schaut er ein paar Sekunden in den Himmel, bis seine Augen wieder meine suchen. »Was ist los?«, fragt er besorgt.

Bei seinen Worten verdreifacht sich mein Herzschlag, weil ich irgendwie ahne, dass er nicht meinen Knöchel meint. Trotzdem hebe ich nur meine Augenbrauen als Antwort.

»Stimmt was nicht?«, setzt er nach.

»Was meinst du?«, wispere ich.

Er holt kurz Luft und ich sehe, wie er um Worte ringt. »Ich mag dich, Autumn, und zwischendurch denke ich, dass es bei dir genauso ist. Aber dann gehst du mir wieder plötzlich aus dem Weg. Meidest meinen Blick oder machst dich ruckartig los.« Er zuckt mit den Schultern. »Habe ich was falsch gemacht?«

Ohne länger drüber nachzudenken, schüttle ich heftig meinen Kopf, weil ich nicht will, dass er so was von sich denkt. »Nein, das ist es nicht.«

»Und was dann?«

Ich nehme all meinen Mut zusammen. Was habe ich schon zu verlieren, wenn ich ihm von ihr erzähle? Also versuche ich den Schmerz in meinem Knöchel beiseitezudrängen und hole tief Luft. Dann bringe ich lediglich einen Namen über die Lippen. »Jenna.«

Ich muss mich dazu zwingen, Sam weiterhin anzusehen, weil ich irgendwie Angst vor seiner Reaktion habe. Doch er sieht aus, als würde er überhaupt nicht verstehen, was ich meine.

»Jenna?«, wiederholt er ihren Namen.

Ich nicke. »Habe sie im *Cat's Coffee* getroffen«, murmle ich, kann am Ende aber ein kleines Stöhnen nicht unterdrücken, da ich meinen Fuß ein bisschen gedreht habe.

»Autumn, das verstehe ich nicht. Was ist mit ihr?« Das Funkeln in seinen Augen verrät mir, wie besorgt und verwirrt er gleichzeitig sein muss.

»Sie hat was zu mir gesagt«, hauche ich.

»Und was?« Er stupst leicht gegen meine Schulter.

»Na ja, sie meinte, ...« Ich schlucke. »... dass du ihr gehörst.«

Jetzt legt er seinen Kopf in den Nacken und stößt ein lautes Lachen aus.

Also, mit dieser Reaktion habe ich bei Weitem nicht gerechnet. Verwirrt kräusle ich die Stirn.

Er schaut wieder zu mir rüber und bemerkt meinen Ausdruck. »Vor ein paar Monaten hatten wir einen kurzen Moment was miteinander. Das Ganze ging nur wenige Wochen, dann habe ich gemerkt, dass das zwischen uns nichts wird.« Er fährt sich mit der Hand durch die Haare. »Wir waren zu unterschiedlich. Sie ist sehr oberflächlich und nur auf ihr eigenes Wohl bedacht. Das mochte ich gar nicht und dann habe ich es beendet.«

»Was ihr nicht gefallen hat«, schlussfolgere ich.

Er seufzt. »Genau.«

Jetzt kann ich nicht anders, als darüber zu schmunzeln, dass ich mir deshalb in den letzten drei Wochen ständig den Kopf zerbrochen habe. »Das erklärt einiges.«

»Tut mir leid, wenn sie blöd zu dir war. Sie testet es immer mal wieder bei mir. Egal wie nett ich ihr zu erklären versuche, dass es einfach nicht passt.«

Irgendwie keimt sofort ein kleines bisschen Mitleid in mir auf. Was aber so schnell wieder verfliegt, wie es gekommen ist.

»Weißt du, Autumn …«, flüstert er jetzt rau.

»Hm?«

Behutsam stupst er mir gegen die Nase. »Ich würde wirklich gerne wissen, was das zwischen uns ist. Wohin es sich entwickelt.«

Bei seinen Worten macht mein Herz einen Purzelbaum. »Ich auch«, kommt die Erwiderung kaum hörbar aus meinem Mund.

Sein Lächeln lässt mich fast vergessen, warum wir hier sitzen, doch es weicht schnell einer entschlossenen Miene. »Jetzt bringen wir dich erst mal zu einem Arzt.«

»Okay«, stimme ich zu. »Aber was ist mit deinem Surfbrett? Du kannst ja schlecht uns beide tragen.« Das Board ist ziemlich groß und ich war ja schon verwundert, dass er das Ding überhaupt mit einer Hand unterm Arm halten konnte.

»Das komme ich später holen.«

Ob es ihm wirklich nichts ausmacht? Ich weiß nicht. Nachher ist er noch völlig genervt von mir, weil er mir irgendwie ständig helfen muss.

Als hätte er meine Gedanken gelesen, lächelt er mir zu, wobei sein Grübchen aufblitzt. »Autumn, es ist wirklich okay.«

»Na gut. Aber ich warne dich, ich bin bestimmt schwerer als das Board.«

»Na komm.« Er streckt mir eine Hand hin, um mir aufzuhelfen, und dabei dringt ein leises Stöhnen über meine Lippen. Ich habe das Gefühl, meinen Knöchel in jeder Faser des Körpers zu spüren.

Sam wirft mir einen besorgten Blick zu. »Das wird schon wieder, versprochen.« Er schiebt einen Arm hinter meinen Rücken und den anderen vorsichtig unter den Beinen hindurch. Dann hebt er mich sanft hoch und drückt mich an seinen Oberkörper, wobei mir sofort auffällt, dass er nach Meer riecht. Erneut steigt mir Hitze in die Wangen. Hoffentlich bemerkt er es nicht. Ich versuche auszublenden, dass ich gerade an seine nackte Brust gedrückt bin. Was mir nicht gelingt.

»Geht es?«, frage ich ihn leise.

Er nickt und eilt den sandigen Weg entlang, bis wir keine hundert Schritte weiter seinen Truck erreichen. Vorsichtig lässt er mich auf den Beifahrersitz gleiten. Danach läuft er um sein Auto herum und nimmt auf dem Fahrersitz Platz. Er schaut mich noch einmal besorgt an, während er von seinem Rücksitz einen schwarzen Hoodie zieht, den er über seinen Kopf streift.

»Und deine Hose?«, frage ich mit einem Nicken zu den tropfnassen Shorts, die seinen Sitz durchweichen.

Er zuckt mit den Schultern. »Es gibt gerade Wichtigeres. Dann wollen wir mal.« Er dreht den Schlüssel im Zündschloss und röhrend springt der Motor an. »Was hast du eigentlich am Strand gemacht? Ich hätte nicht gedacht, dass du so lange dortbleibst.«

»Ach, ich war so in mein Buch vertieft, dass ich gar nicht bemerkt habe, wie schnell die Zeit vergangen ist.« Dann fällt mir etwas anderes ein. »War dir im Wasser nicht kalt?« Bei dem Gedanken bekomme ich ein innerliches Frösteln.

»Heute war es noch okay, aber länger wäre ich nicht mehr dringeblieben. Wenn es jetzt bald kälter wird, trage ich immer einen Neoprenanzug und gehe nur noch sehr selten raus.«

»Du warst unglaublich da draußen. Als wären du und das Meer ein Element.«

Er gibt ein typisch männliches Brummen von sich, doch als ich zu ihm rübersehe, bemerke ich das Lächeln auf seinen Lippen.

Plötzlich deutet er zum Meer. »Schau mal, die Sonne geht unter.«

Als mein Blick durch die Scheibe fällt, vergesse ich beinahe meinen schmerzenden Knöchel. Die letzten Sonnenstrahlen blitzen am Horizont auf und lassen den Himmel in einer Mischung aus Orange, Blau und Rosa erstrahlen.

»Wahnsinn«, kommt es aus meinem Mund. Ich habe schon oft Sonnenuntergänge gesehen, aber noch nie an einem Meer. Es sieht aus, als würde die Sonne ins Wasser abtauchen, nur um am nächsten Morgen wieder daraus hervorzukommen.

»Schön, nicht?«

Ich bringe lediglich ein Nicken zustande. Kurz darauf fahren wir an einem großen Gebäude mit einer Glaskuppel vorbei. »Was ist das?«

»Hat dir Claire nichts davon gesagt? Ich finde, das ist eins unserer schönsten Dinge hier auf Cosy Island.«

»Nein. Erzähl schon«, kommt es neugierig über meine Lippen.

»Das ist unser Aquarium. Dort werden verletzte Meerestiere aufgepäppelt und anschließend wieder zurück in ihren natürlichen Lebensraum gelassen.«

Fasziniert werfe ich einen letzten Blick auf das helle Gebäude. »Das hört sich toll an.«

»Ist es auch. Du musst es dir bei Gelegenheit unbedingt anschauen. Es ist jede Minute wert.«

Kapitel 13

Mit leichten Schritten läuft Sam den Eingang zu der kleinen Arztpraxis hoch. Zu spät merke ich, dass ich meinen Beutel in seinem Truck vergessen habe. Als dieser Gedanke endet, schießt ein neuer Schmerz in meinen Knöchel und ich zische leise auf. In dem Augenblick rückt alles andere in den Hintergrund, weil ich nur noch möchte, dass dieses Pochen aufhört.

Als Sam die Tür zum Eingang öffnet, schlägt mir direkt dieser typische Geruch nach Desinfektionsmittel entgegen. Hinter einem großen Tresen erkenne ich ein bekanntes Gesicht. Grace scheint sich ebenfalls an mich zu erinnern, doch es sieht so aus, als wollte sie gerade Feierabend machen. Doch sobald ihr Blick meinen trifft, lässt sie ihre Jacke, nach der sie vor wenigen Sekunden noch greifen wollte, über dem Stuhl hängen.

»Hi, Grace.« Ich hebe meine Hand, während ich immer noch an Sams Brust gedrückt bin. Eigentlich sollte mir der Moment unangenehm sein. Ist es aber nicht, weil der Schmerz in meinem Knöchel mittlerweile so stark ist, dass er mich alles andere vergessen lässt.

»Oh – Hallo.« Sie kommt um den Tresen herum und mustert mich in ihrem weißen langen Kittel besorgt. »Was ist passiert?«, fragt sie routiniert.

»Ich bin am Strand gestürzt und habe mir den Knöchel verletzt.«

Sofort öffnet sie eine Tür zu einem Behandlungsraum, in dem mich Sam vorsichtig auf einer Liege absetzt.

»Dankeschön«, forme ich lautlos mit den Lippen.

Er will gerade etwas erwidern, als sich Grace einschaltet. »Wie ist eigentlich dein Name? Ich musste letztens so schnell weg, dass ich dich gar nicht mehr danach fragen konnte.«

»Autumn.«

»Was für ein wunderschöner Name. Ich liebe den Herbst.« Sie schenkt mir ein kurzes Lächeln. »Ich sage schnell Jackson, äh, ich meine Dr. Evans Bescheid und dann kommt er zu dir, bis gleich.« Schnell verlässt sie den Raum und schließt leise die Tür hinter sich. Jetzt sind Sam und ich allein.

»Soll ich draußen warten?« Er steht immer noch neben mir und ich kann den Geruch nach Meer nur allzu deutlich wahrnehmen.

»Wenn es okay ist, bleib bitte.« Seine ruhige Art ist ansteckend. Wäre er nicht hier, würde ich wahrscheinlich bei dem Gedanken, dass mein Knöchel eventuell gebrochen ist, durchdrehen.

»Klar«, erwidert er sanft.

Die Tür öffnet sich und ein sehr junger Arzt betritt zusammen mit Grace den Raum. Holy moly, ich wische mir einmal über die Augen, weil ich das Gefühl habe, eine Folge *Greys Anatomy* zu schauen. Dr. Jackson Avery und er teilen sich anscheinend nicht nur den Vornamen, sondern ebenfalls das Aussehen.

»Jetzt lerne ich unsere neuste Bewohnerin endlich mal kennen, auch wenn es unter so ungünstigen Umständen ist.« Lächelnd reicht er mir seine Hand. »Du kannst mich gerne Jackson nennen.«

»Ich bin Autumn.«

»Was ist denn passiert?« Während er prüfend an mir herabblickt, schiebt er seine Hände in die Taschen seines weißen Kittels.

»Na ja, ich war am Strand und wollte aufstehen, da bin ich, keine Ahnung wie, gestolpert und mit dem Knöchel auf einen Stein geschlagen. So was Blödes.« Ich verziehe mein Gesicht.

»Okay, dann schau ich mir ihn jetzt an.« Er schiebt meine Leggins ein Stück höher und untersucht meinen Fuß. Ich weiß nicht, was er da alles macht, aber er scheint zu wissen, was er tut. »Also, Autumn, auf den ersten Blick kann ich nichts Gravierendes feststellen, nach einer Fraktur sieht es nicht aus.«

Grace, die neben ihm steht und aufmerksam zuhört, scheint meinen verwirrten Ausdruck sofort zu bemerken. »Er meint einen Bruch.«

»O ja, tut mir leid, genau das meinte ich«, ergänzt Jackson. »Zur Sicherheit würde ich den Köchel aber gerne einmal röntgen.«

Grace nickt und holt aus einem Nebenzimmer einen Rollstuhl. »Du kannst dich hier reinsetzen, dann bringe ich dich zu unserem Röntgenraum.«

Vorsichtig lasse ich mich auf dem Rollstuhl nieder.

»Soll ich mitkommen?«, fragt Sam mich.

»Du kannst ruhig hier warten, das dauert nicht lange«, antwortet Grace für mich.

Ich traue mich nicht ihr zu widersprechen, denn ich hätte ihn irgendwie schon gerne dabei. Auch wenn ich meine Krankenhausserie so sehr liebe, machen mich Ärzte und besonders die Praxen seit Grannys Krankheit immer ein bisschen nervös. Ich versuche den Gedanken auszublenden und mich auf Grace zu konzentrieren, die mich nun den Flur runterschiebt, bis wir einen weiteren Raum erreichen.

»Dann gehe ich mir in der Zeit mal eine trockene Hose anziehen«, höre ich Sam noch über den Flur rufen, bevor ich mich an Grace wende, die zu einem weißen Etwas deutet.

»So, ich stelle deinen Fuß jetzt in das Röntgengerät. Vorher muss ich dich aber noch ein paar Sachen fragen.« Sie holt ein Klemmbrett aus dem Nebenzimmer. Zusammen gehen wir einen kurzen Bogen durch, dann blickt sie zu mir runter. »Ich bin nur kurz weg. Es dauert vielleicht ein paar Sekunden und dann hast du es geschafft.«

Schnell zieht sie mir eine schwere Weste an, die mich vor der Strahlung schützt, und schon ist sie weg. Durch eine Tür mit Sichtfenster kann ich sie sehen. Sie drückt kurz einen Knopf und kommt dann zurück.

»Und fertig.«

»Das ging wirklich schnell.« Ich lächle ihr zu und sie erwidert die Geste.

Als wir ins Behandlungszimmer zurückkehren, wartet Sam bereits auf uns. »Hat alles geklappt?«

»Ja, das ging echt schnell. Grace kann das richtig gut.«

Sie macht eine wegwerfende Handbewegung. »Ach Quatsch. Ich drücke doch nur einen Knopf.«

Jackson kommt mit einem Tablet herein, auf dem ein paar Schwarz-Weiß-Bilder zu sehen sind. Er lässt sich auf einem Stuhl nieder, stützt seine Arme auf den Knien ab und schaut uns alle drei nacheinander an. Letztendlich bleibt sein Blick an mir hängen. »Du hast großes Glück gehabt. Dein Knöchel ist leicht verstaucht, aber nicht gebrochen.«

Sam und ich stoßen gleichzeitig Luft aus. Amüsiert sehen wir uns kurz an.

»Gibt es denn etwas, was sie machen kann, damit die Schmerzen besser werden?«, fragt Sam.

»Du solltest dich ein paar Tage ausruhen, also wirklich den Knöchel schonen. Falls der Schmerz gar nicht auszuhalten ist, kannst du ein Schmerzmittel nehmen, das Grace dir gleich mitgibt. Ansonsten kühlen und Bettruhe, dann wird es dir in ein paar Tagen wieder besser gehen. Gut wäre, wenn du den Fuß hochlagerst. Der erste Schmerz ist am schlimmsten, aber von Tag zu Tag sollte er weniger werden«, erklärt Jackson.

»Danke.« Ich würde gerne noch mehr sagen, doch ich bin einfach super dankbar, dass die beiden so nett und kompetent sind.

Sam schiebt meinen Rollstuhl zum Ausgang und Grace begleitet uns bis zu seinem Truck. Dort gibt sie mir eine Tüte mit. »Hier – Falls es schlimmer wird. Du darfst maximal zwei davon am Tag nehmen und bitte nur im Abstand von zwölf Stunden.«

Dankbar nehme ich sie entgegen. »Ich warte erst mal ab, vielleicht ist es morgen früh schon besser.«

»Bestimmt. Kühlen hilft auf jeden Fall und ganz viel ausruhen. Am besten verlässt du das Bett gleich gar nicht mehr.«

Ich drücke mich aus dem Rollstuhl, während Sam seinen Arm stützend um mich legt. Dann humple ich den Schritt zum Beifahrersitz und lasse mich stöhnend reinfallen. »Bis bald, Grace.« Mit schmerzverzerrtem Gesicht hebe ich die Hand.

»Ja, bis dann, aber hoffentlich sehen wir uns dann nicht hier in der Praxis.«

***

»Danke für deine Hilfe.« Sams Truck kommt röchelnd zum Stehen und das Vibrieren verstummt schlagartig.

»Jederzeit wieder.«

Ich öffne die Tür und versuche meinen Fuß aus dem Auto zu strecken. Ein scharfer Schmerz lässt es mich gleich wieder bereuen. Zischend atme ich ein.

»Hey, hey, warte. Ich kann dir doch helfen.« Sofort schnallt sich Sam ab und kommt eilig zu mir herumgelaufen.

»Aber du hast mir heute schon so viel geholfen. Ich will dich nicht aufhalten, du hast bestimmt noch anderes zu erledigen.«

»Alles gut, wirklich.« Seine Stimme klingt so aufrichtig und ehrlich, dass ich nur ein Nicken zustande bringe. »Komm«, sagt er sanft, fischt meinen Beutel aus dem Fußraum und hebt mich erneut hoch.

Schweigend trägt er mich bis zur Haustür und setzt mich vorsichtig auf dem Schaukelstuhl ab, der das bekannte Quietschen von sich gibt. Unruhig beginne ich mit den Griffen von meinem Beutel zu spielen, damit meine Hände irgendwas zu tun haben, während ich zu Sam hochschaue. Also senke ich meinen Blick und versuche meinen Schlüssel daraus hervorzukramen. Wo ist er nur? Es sollte etwas erfunden werden, mit dem man ihn schneller findet, ohne vorher seine halbe Tasche leerzuräumen.

»Hab ihn!«

Sam schaut mich irritiert an. Habe ich das gerade laut gesagt?

»Meinen Schlüssel. In diesem Beutel findet man einfach nichts wieder.«

Schmunzelnd wandern seine Mundwinkel nach oben.

»Kannst du vielleicht aufschließen?« Ich reiche Sam den Schlüsselbund.

»Klar.« Er dreht ihn im Schloss herum und mit einem Klack springt die Tür auf.

Humpelnd schaffen wir es bis zum Sofa und ich schmeiße mich stöhnend in die Kissen. »War das ein Tag.« Ich seufze. »Zum Glück bin ich jetzt hier.«

»Das glaub ich dir, Autumn.« Er holt sich einen von den Korbstühlen aus der Küche und setzt sich zu mir. »Du solltest deinen Fuß hochlegen.«

»O ja.« Ich blicke mich nach einem Kissen um und lege es in die eine Ecke des Sofas. Erschöpft lasse ich meinen Fuß dagegensinken, während ich selbst in eine bequemere Position rutsche. Doch dann schieße ich wieder hoch. »Ich muss Claire anrufen und ihr Bescheid geben, dass ich sie die nächsten Tage nicht unterstützen kann. Jetzt sagt auch noch die Aushilfe ihrer Aushilfe ab.« Mit jedem Wort wird meine Stimme schneller und die Sätze überschlagen sich beinahe.

»Claire wird dafür Verständnis haben. Glaub mir.«

Langsam legt sich die Unruhe in mir. »Ja, das denke ich auch«, murmle ich schließlich. Für einen Moment kreuzen sich unsere Blicke und zum ersten Mal fällt mir eine winzige Einbuchtung in seiner ansonsten geraden Nase auf. Doch bevor ich ihn darauf ansprechen kann, wendet er sich ab und sieht zur Küche.

»Soll ich dir einen Tee machen? Vielleicht würde dir was Warmes guttun.«

»Gern«, murmle ich. »Der Wasserkocher steht direkt auf der Anrichte.«

Er stemmt sich aus dem Stuhl hoch und geht mit leichten Schritten nach nebenan. Dort höre ich, wie er Wasser in den Kocher füllt und ihn anstellt.

Währenddessen ziehe ich mein Smartphone aus dem Beutel und tippe Claire in einer Nachricht, was geschehen ist. Keine Minute später kommt ihre Antwort.

Claire: Ach du Schreck! Bleib auf jeden Fall zu Hause und ruh dich ordentlich aus. Wenn etwas ist, ruf mich an. Fühl dich von Buttercup, Snowball, Lucky und mir gedrückt, du arme Nudel ♥

Autumn: Bist die Beste! Danke.

Aus der Küche dringt Sams Stimme zu mir. »Wo ist denn dein Tee?«

»In der Schublade neben der Spüle.«

Keine zwei Minuten später kommt er mit zwei dampfenden Tassen und einem Tuch zurück. »Ich hoffe, heiße Kirsche ist okay? Hier, ich habe dir noch ein nasses Tuch für deinen Fuß mitgebracht.«

»Perfekt. Dankeschön.«

Er stellt seine dampfende Tasse auf den Tisch und legt das Tuch behutsam auf meinen Knöchel.

Ich verziehe das Gesicht, merke jedoch sofort, wie die Kälte ihre Wirkung entfaltet. »Ah.« Ich schließe kurz die Augen und als ich sie wieder öffne, fällt mir auf, wie er in seine Tasse pustet. Dabei flattern seine Augenlider, was irgendwie superniedlich aussieht. »Trinkst du gerne Tee?«

»Eigentlich mag ich lieber Kaffee, aber Tee ist auch in Ordnung.«

Ein paar Sekunden lang betrachte ich ihn. Das ruhige Lächeln auf seinen Lippen und das stetige Heben und Senken seines Brustkorbs. Und plötzlich meldet sich das schlechte Gewissen in mir, weil er die ganze Zeit bei mir ist. Ob ich ihn nicht von irgendetwas Wichtigem abhalte? »Sam. Es ist wirklich okay, wenn du gehen musst. Ich schaffe das jetzt.« Leise dringt meine Stimme dringt durch den Raum.

Er zuckt mit den Schultern. »Ich verbringe gerne Zeit mit dir.«

Für wenige Wimpernschläge ist es völlig still im Raum. Wenn es hier eine große Uhr geben würde, könnte man nun bestimmt die einzelnen Sekunden ticken hören. Tick, tack, tick, tack.

»Okay«, ist das Einzige, was ich schließlich flüsternd hervorbringe.

Sam löst sich langsam von meinem Blick und schaut sich im Wohnzimmer um, wo er letztendlich am Fernseher hängen bleibt, den ich bisher eher ignoriert habe. Ich widme mich lieber meinen Büchern oder verbringe meine Zeit zwischen Mehl und Zucker. Claire hat mir zwar schon unzählige Reality-TV-Sendungen empfohlen, aber ich habe noch bei keiner einzigen eingeschaltet. Buchverfilmungen sind die einzigen Movies, die mich wirklich interessieren und die ich fast alle gesehen habe.

»Wollen wir uns einen Film anschauen?« Seine Stimme reißt mich aus meinen Gedanken.

»Gerne. Die Frage ist nur welchen?«

»Was guckst du denn sonst so?«

»Also, Horror und Thriller mag ich gar nicht.«

»Echt? Ich stehe total auf Horrorfilme.«

Empört keuche ich auf. »Nein! Wenn ich die sehe, kann ich abends nicht schlafen.« Ich kann mir ein winziges Schmunzeln nicht verkneifen.

»Dann was Lustiges?«

»Ja, gerne, das kann ich jetzt gut gebrauchen.«

Wir klicken uns ein bisschen durch die verschiedenen Sender. Da ich hier noch kein Internet habe, müssen wir uns mit dem üblichen TV-Kram zufriedengeben.

»O mein Gott«, keuche ich auf.

Sam dreht sich erschrocken zu mir. »Was ist los?«

»Den Film, kennst du ihn?« Ich deute auf den flackernden Bildschirm.

Er schaut ihn sich ein paar Sekunden an und schüttelt dann den Kopf. »Nein, welcher ist es?«

»Du kennst nicht *The Hunger Games*?«

»Nein?« Seine Lippen verziehen sich zu einem schiefen Lächeln.

»Den kennt doch eigentlich jeder. Ich habe ihn bestimmt schon achtmal gesehen.« Ich hebe meine Augenbrauen. »Aber soll ich dir mal was verraten?«

»Hm?«

»Die Bücher sind sogar noch besser.«

»Lass uns erst mal mit dem Film anfangen«, sagt er grinsend und konzentriert sich wieder auf den Fernseher. Dabei rutscht er auf dem Küchenstuhl hin und her. Wirklich gemütlich sieht das nicht aus.

»Möchtest du dich nicht lieber hier aufs Sofa setzen? Das muss doch total unbequem sein.«

Ein paar Herzschläge lang nimmt er meine Couch in Augenschein. »Wenn es dir nichts ausmacht, gern.«

»Nein, echt nicht. Hier ist genug Platz.« Ich rutsche ein Stück zur Seite.

Er erhebt sich und trägt den Stuhl vor das Sofa, sodass ich meinen Fuß darauf ablegen kann. Als er sich neben mir niederlässt, bemerke ich sofort die Wärme, die er ausstrahlt und die meine eigene Temperatur augenblicklich um einige Grade ansteigen lässt. Vielleicht liegt das aber auch an der Hitze in meinem Inneren, die in seiner Nähe aufflammt.

»Geht das so?«, fragt er.

»Ja, alles bestens.« Ich starre ein paar Sekunden auf den Bildschirm. »Eine Sache muss ich dir allerdings noch verraten.«

Fragend zieht er seine Augenbrauen ein Stück nach oben.

»Es ist keine Komödie.«

»Hab ich mir bei dem Titel schon gedacht.«

Wir wenden uns wieder dem Film zu und lassen uns von der Geschichte mitreißen. Als wir an der Stelle sind, an der Katniss sich freiwillig als Tribut meldet, halte ich gespannt den Atem an, obwohl ich längst weiß, was passiert. Neugierig werfe ich einen Blick zu ihm rüber. »Spannend oder?«, flüstere ich.

»Warum habe ich diesen Film noch nie eher gesehen?«

»Das frage ich mich auch. Da hast du was verpasst, oder?« Ich kann nicht anders, als ihn breit anzugrinsen, während er mir zunickt. In seiner Nähe fühle ich mich wirklich wohl und vergesse die Sorgen, die mich sonst umtreiben. Generell scheint sich diese Insel unglaublich auf meine Stimmung auszuwirken. Wobei das auch für mein Schlafbedürfnis gilt, denn je länger wir dem Geschehen folgen, desto schwerer werden meine Lider und irgendwann versinke ich in der Dunkelheit.

Irgendwann werde ich von einer sanften Stimme geweckt. »Autumn, ich muss jetzt leider los«, dringen Sams Worte leise zu mir durch.

»Danke, Sam«, nuschle ich. Flatternd öffnen sich meine Augen und sobald ich seinem Blick begegne, bin ich hellwach und setze mich auf. »Warte.«

Überrascht sieht er zu mir herunter.

»Ist der Film schon aus?«

Er schmunzelt. »Erst gerade. Vielleicht sollten wir bald mit dem zweiten Teil weitermachen, ich muss wissen, was noch passiert.«

»Klingt gut.«

»Ja, ich muss nur morgen früh aufstehen und sollte deshalb so langsam mal nach Hause.«

»Okay.« Vorsichtig drücke ich mich hoch und nicke zur Tür. »Ich bringe dich raus.«

Flüchtig nimmt er meinen Knöchel in Augenschein. »Das brauchst du nicht, bleib lieber liegen.«

Entschieden schüttle ich den Kopf. »Das schaff ich schon.« Humpelnd mache ich mich auf den Weg zur Haustür, zum Glück ist sie nur ein paar Schritte von meinem Sofa entfernt. Hinter mir höre ich Sam, der mir folgt. Als ich die Tür aufdrücke, strömt eisige Luft in das warme Wohnzimmer. Die Sterne glitzern sternenklar am Himmel und zaubern mir ein Lächeln aufs Gesicht. Ich trete einen Schritt auf die Veranda. »Danke, Sam«, flüstere ich erneut.

»Jederzeit wieder.« Er stellt sich ganz dicht vor mich, wobei seine Worte kleine Wolken bilden.

Einen Moment bleiben wir so stehen. Als er sein Gesicht dann ein Stück zu mir streckt, kitzelt sein Atem meine Stirn, was die Schmetterlinge in meinem Bauch zum Flattern bringt. Er beugt sich näher zu mir und legt seine Hand an meine Wange. Sie fühlt sich angenehm und sanft an. Gespannt halte ich die Luft an, während ich ihm ein Stück entgegenkomme. Ich mustere seine intensiv grünen Augen und senke dann meine Lider. Alles um mich herum kommt in diesem Moment zum Stillstand, zumindest fühlt es sich so an, sobald sich unsere Lippen berühren. Über uns glitzern die Sterne um die Wette, in meinem Rücken spüre ich die Wärme des Wohnzimmers und vor mir die kalte Oktobernacht, doch all das vergesse ich, sobald ich Sams weiche Lippen auf meinen spüre. Es ist ein langsamer, zärtlicher und weicher Kuss. Der mein Herz zum Rasen bringt, es pocht, pocht und pocht, während wir uns immer weiter ineinander verlieren.

Doch schneller als mir lieb ist, löst er sich wieder von mir und zieht seine Hand zurück, nach der ich mich augenblicklich zurücksehne. Er sieht mir tief in die Augen, wobei sich seine Mundwinkel zu dem schiefen Lächeln verziehen, das ich so sehr an ihm mag. »Gute Nacht, Autumn.«

Kapitel 14

Selbst ein paar Tage später spüre ich noch immer die Lippen von Sam auf meinen. Das Kribbeln, das er in mir ausgelöst hat. Mein Herzschlag, der sich selbst bei dem Gedanken daran verdreifacht und meine Sehnsucht nach ihm. Nach Sam, dem Kuss, seiner Nähe und seiner Stimme. Besonders, weil ich ihn seit dem Abend neulich nicht mehr gesehen habe und geschrieben haben wir uns auch nicht. Ob er es bereut? Oder vielleicht interpretiere ich auch mehr in diesen kleinen Kuss hinein als er?

Ich seufze und konzentriere mich wieder darauf, über einen der unbesetzten Tische im Café zu wischen. Heute ist nicht viel los, was laut Claire für diese Saison aber nicht ungewöhnlich ist. Im Gegensatz zum Sommer. Da kann sie sich vor Gästen kaum retten und überlegt sogar, für draußen ein paar zusätzliche Tische zu besorgen. Bei dem Gedanken an die warmen Tage zieht automatisch ein Frösteln über meine Arme und ich verkrieche mich nur noch mehr in meinen dicken Kapuzenpullover. Heute ist einer der kältesten Tage, seit ich hier bin und es ist jetzt gerade mal ein paar Grad über Null. Was aber auch kein Wunder ist, schließlich ist in vier Tagen bereits Halloween.

»Die Halloween-Deko sieht wirklich fantastisch aus«, sagt die ältere Frau zu mir, die soeben an einem benachbarten Tisch Platz genommen hat.

»Dankeschön.« Ich richte mich auf und laufe zu ihr, um ihre Bestellung aufzunehmen. Glücklicherweise geht es meinem Knöchel seit gestern wieder viel besser und er ist fast der Alte. Nur wenn ich ihn falsch belaste, spüre ich noch ein ganz leichtes Ziehen. Was im Gegensatz zum anfänglichen Schmerz ein Klacks ist. Ein Glück, dass ich hier eine so tolle Freundin gefunden habe, die die Genesung mit viel Lachen, Gesprächen und Filmabendenden, ich könnte fast schon sagen, schön gemacht hat.

Ansonsten habe ich bestimmt fünf Bücher gelesen und permanent über den Kuss mit Sam nachgedacht. Gott sei Dank kann ich mich durch die Arbeit im Café wieder besser von dem Gefühlschaos in mir ablenken. Gestern hat mich Claire sogar in ihren bis oben hin vollgestopften Abstellraum beordert, um die Halloween-Deko hervorzukramen. Nachdem ich endlich fündig geworden bin, haben wir zusammen ein paar Spinnennetze an den Eingang gehängt, einige Kürbisse mit Lichtern drinnen auf den Tischen verteilt und ein bisschen Fake Blut an die Fenster gespritzt.

»Ich bin schon gespannt auf die Pumpkin Night. Es wird bestimmt wie jedes Jahr hinreißend.« Graue Strähnen ziehen sich durch die blonden, schulterlangen Haare der Frau. Um ihre strahlenden Augen liegen kleine Falten. Sie scheint in ihrem Leben viel gelacht zu haben, denn sie treten jetzt nur deutlicher hervor, als sie ein Stück von meinem Kuchen probiert, den ich ihr in der Zwischenzeit gebracht habe. »Mhm, das schmeckt köstlich. Wer hat den gebacken?«

Augenblicklich schlägt mein Herz schneller als zuvor. Das passiert mir immer, wenn mir jemand ein Kompliment zu meinem Gebäck macht. »Das war ich«, sage ich leise. Durch die orangefarbene Creme oben auf dem Kuchen hatte ich die Idee, mit schwarzem Zuckerguss kleine Spinnennetze darauf zu verteilen. So passt er jetzt irgendwie gut hierher, so kurz vor Halloween.

»Wirklich lecker.« Sie nimmt einen Schluck von ihrem Kaffee. »Ich würde gleich direkt ein zweites Stück davon nehmen, bitte.«

»Gerne, freut mich, dass er Ihnen schmeckt.« Ich drehe mich um und gehe hinter die Theke.

Dort ist Claire dabei, einen Kaffee zuzubereiten oder eher zu zaubern. Sie macht eine große Ladung Sahne darauf und verziert sie dann mit kleinen Schokostücken und Kakaopulver. Meine Lippen verziehen sich zu einem

Schmunzeln, als mir ihr T-Shirt ins Auge fällt, auf dem eine Katze mit einem Zauberhut abgebildet ist. Seit ein paar Tagen trägt sie immer irgendwelche Shirts mit passenden Halloween-Sprüchen oder Symbolen.

»Übrigens, wo ich euch gerade von der Pumpkin Night sprechen gehört habe …« Sie stellt die Tasse beiseite und blickt mich an.

»Ja?« Ich lehne mich gegen den Tresen und ziehe erwartungsvoll die Augenbrauen hoch.

»Wie wär's, wenn wir zusammen mit den anderen hingehen? Mit Sam, Grace und so?«

Als sein Name fällt, werden meine Wangen automatisch wärmer und meine Gedanken wandern zurück zu unserem Kuss auf der Veranda. »Klar, wieso nicht.«

»Gut, ich habe den anderen sowieso schon zugesagt, weil ich wusste, wie deine Antwort ausfallen wird.«

Amüsiert verdrehe ich die Augen. Das wundert mich irgendwie überhaupt nicht.

»Pass auf, Chase schmeißt immer eine Party auf der Farm von seinem Grandpa und wir brauchen dringend ein passendes Kostüm.«

»Kostüm?«

»Klar, es ist eine Halloween-Party, natürlich kommen alle verkleidet.«

Stöhnend verziehe ich das Gesicht. »Ich weiß nicht.«

Claire legt ihre Hände aneinander und sieht mich flehend an. »Komm schon, das wird super und wir können doch im Partnerlook gehen.«

Bei ihrem schmollenden Mund kann ich gar nicht anders, als nachzugeben. »Okay, na gut«, stöhne ich leise.

»Super!« Freudig klatscht sie in die Hände und widmet sich wieder ihrem Kaffee.

»Was ist das?« Ich beuge mich näher und nehme einen tiefen Atemzug. Es riecht nach einer Mischung aus Vanille, Schokolade und Ahornsirup.

»Das ist eine neue Idee. Ich hoffe, sie schmeckt, habe aber noch keinen Namen dafür gefunden.« Sie schiebt mir die heiße Tasse zu. »Hier, möchtest du probieren?«

»Klar.« Ich nehme den Kaffee in beide Hände und dann einen großen Schluck. Er schmeckt fast genauso gut, wie er riecht. Die Vanille sticht am meisten heraus. Total süß, trotzdem ist da noch der herbe Geschmack vom Kaffee. »Lecker.«

»Echt?« Ein breites Grinsen erscheint auf ihrem Gesicht und nun nimmt sie selbst einen großen Schluck. »Wirklich gut. Sorry, ich muss mich einfach selbst loben.«

»Ach quatsch, ich finde, es ist wichtig, dass man auch auf sich selbst stolz sein kann!«

»Jetzt brauche ich trotzdem noch einen Namen.« Sie legt einen Finger an ihre Lippen.

»Hast du schon mal darüber nachgedacht, dir ausgefallenere Titel dafür auszudenken?«

»Ausgefallenere?« Sie schaut mich völlig irritiert an und scheint überhaupt nicht zu wissen, worauf ich hinaus möchte.

»Na so was wie zum Beispiel *Claires Vanille Dream,* weil der Geschmack am meisten heraussticht. Auf der Karte könntest du dann hinzufügen, wonach der Kaffee genau schmeckt.«

Ich hätte nicht damit gerechnet, aber ihre Augen werden mit jeder Sekunde größer. »Autumn«, quiekt sie auf. »Du bist genial!«

»Ja?« Ihre Freude ist unglaublich ansteckend.

»Definitiv! Dass ich da selbst noch nicht draufgekommen bin. Das ist *die* Idee.«

»Freut mich, dass sie dir gefällt.«

»Du bist die Beste.« Sie fällt mir um den Hals. »Ich muss mir direkt ein paar weitere Namen überlegen. Das könnte dem *Cat's Coffee* etwas Einzigartiges verleihen.«

Dass es schon ziemlich einzigartig ist, behalte ich für mich und beobachte stattdessen amüsiert, wie sie voller Eifer in einer Schublade nach Block und Stift kramt. Dann fällt mir jedoch ein, dass die Frau von gerade ein weiteres Stück Kuchen haben wollte. Also hebe ich die Glasglocke von der entsprechenden Platte und ein weiteres Stück auf einen Teller.

Doch bevor ich es servieren kann, vibriert meine Schürze. Vorsichtig stelle ich den Teller mit dem Kuchen zur Seite und ziehe mein Smartphone hervor. Als ich den Namen des Absenders sehe, wird mir auf der Stelle ein paar Grad wärmer.

»Autumn, warum bist du denn auf einmal so rot?« Claire grinst mich von der Seite an. »Na, wer hat dir geschrieben?« Sie versucht einen Blick auf die Nachricht zu erhaschen.

»Ach niemand.« Schnell verdecke ich sie an meiner Brust und verschwinde durch die Seitentür in die Küche.

Mit klopfendem Herzen schaue ich erneut auf den Bildschirm runter.

Sam: Hey, Autumn-Autumn, sorry, dass ich mich jetzt erst melde, war super viel los in den letzten Tagen! Ich hoffe, deinem Knöchel geht es wieder gut?

Mit keinem Wort erwähnt er den Kuss. Vielleicht mache ich ihn wirklich viel größer als er.

Autumn: Das macht doch nichts. Ich soll dir von meinem Fuß ausrichten, danke für die Hilfe. Ihm geht es mittlerweile prächtig.

Sam: Na, dann sag ihm mal gern geschehen.

Was soll ich jetzt darauf antworten? Eigentlich möchte ich nicht, dass unsere Konversation schon vorbei ist. Vor allem, nachdem ich einige Tage überhaupt nichts von ihm gehört habe. Und besonders nachdem ich immer noch nicht weiß, ob der Kuss für ihn ohne Bedeutung war oder nicht. Ein weiteres *Pling* kündigt eine neue Nachricht an. Mit angehaltenem Atem lese ich sie mir durch.

Sam: Ich habe die letzten Tage oft an dich gedacht, Autumn.

Ob einem das Herz aus der Brust springen kann? Bevor mich mein Mut verlässt, tippe ich schnell meine Antwort.

Autumn: Geht mir genauso.

Ich zähle die Sekunden, in denen ich auf seine nächste Nachricht warte. Eins, zwei, drei, vier. *Pling*

Sam: Wann können wir uns wiedersehen?

Mit zitternden Fingern lehne ich mich an die Küchenarbeitsplatte.

Autumn: Ich weiß nicht, ich habe Claire versprochen bis Halloween im Café auszuhelfen. Tessa ist immer noch krankgemeldet. Und heute Abend wollen wir ein paar neue Rezepte backen, damit sie die später auch ohne mich hinbekommt.

Sam: Und ich bin die nächsten Tage für die Abendschichten im Diner eingeteilt. So wie es aussieht, wird das bis Halloween leider nichts.

Ja, leider.

Autumn: Ich glaube auch.

Sam: Kann es gar nicht abwarten. Meine Pause ist jetzt rum, bis bald Autumn-Autumn.

Ich schiebe mein Smartphone zurück in die Tasche und atme einmal tief durch. Dann streiche ich meine Haare hinter die Ohren, drücke die Tür zum Café auf und gehe wieder hinter den Tresen, wo mich Claire bereits erwartet.

Mit dem breitesten Grinsen, das die Menschheit je gesehen hat, wackelt sie provozierend mit den Augenbrauen. »Na, was hast du denn so lange darin gemacht? Ich habe die ganze Zeit nur *Plings* gehört.«

»Gar nichts.« Ich strecke ihr die Zunge raus, schnappe mir den Teller mit dem Kuchen und mache mich mit eiligen Schritten wieder an die Arbeit.

***

»Keine Angst, wir werden schon was Tolles bekommen«, versuche ich Claire am nächsten Tag zu beruhigen, als wir uns auf den Weg zum Bekleidungsgeschäft von Cosy Island machen.

»Meinst du?« Aus großen Augen schaut sie mich an.

»Ganz sicher.« Ich lächle ihr aufmunternd zu und beobachte dann, wie sie das Auto auf einem Seitenstreifen wendet und den Motor abstellt.

»Wir müssen uns nur beeilen«, erinnere ich sie.

Sie kommentiert meinen Satz mit einem Augenverdrehen. »Ja, ich weiß, sonst tauen die Einkäufe auf.«

»Du bist diejenige, die unbedingt vorher in den Supermarkt wollte anstatt hierher.«

»Ja, das Schönste kommt bekanntlich zum Schluss.«

Ich schmunzle. »Vielleicht hättest du dann nicht so viel einkaufen sollen, damit wir dein Erlebnis in Ruhe genießen können.«

»Ich war nicht die, die nur Cornflakes gekauft hat.«

Ich zucke mit den Schultern. »Ist halt mein liebstes Frühstück.«

»Dann wollen wir mal und wehe, du erwähnst mit einem Wort die Einkäufe und setzt damit meinen liebsten Einkauf ihm Jahr unter Druck.« Sie schnallt sich ab und schnappt sich ihre Tasche vom Rücksitz.

Ich schüttle lachend den Kopf, greife nach meinem Beutel und folge Claire nach draußen. Sofort weht mir ein kalter Wind ins Gesicht und ich kuschle mich tiefer in meine Jacke, während ich unser Ziel näher in Augenschein nehme. Tatsächlich bin ich schon öfter an dem Laden vorbeigekommen, war aber noch nie drin. Daneben befindet sich direkt die Buchhandlung und wer kauft sich denn nicht lieber ein Buch anstatt eines neun Oberteils?

Ich löse mich von dem Anblick und sehe mich nach meiner Freundin um, die bereits ein paar Schritte weiter ist als ich. Also beschleunige ich meinen Gang und hole zu ihr auf. Claire stößt die Tür auf und warme Luft strömt uns entgegen. Sofort quiekt sie vergnügt auf, denn vor uns stehen unzählige Ankleidepuppen voller Kostüme.

»Siehst du, es ist noch genug da.«

Zusammen gehen wir direkt zu einigen Ständern und wühlen uns durch die Auswahl, bis sie lachend etwas in meine Richtung hält. »Das wäre doch was für dich, oder nicht?«

»Ich soll mich als Kürbis verkleiden?« Mit hochgezogenen Augenbrauen blicke ich auf das große orangefarbene Etwas in ihrer Hand.

»Die Aufmerksamkeit würde dann definitiv dir gehören.« Fröhlich wedelt sie mit einer Mütze, die als grüner Stiehl für den Kopf dienen soll.

»Nein, danke«, erwidere ich nun ebenfalls lachend.

Grinsend hängt sie es zurück auf den Ständer.

»Hast du denn schon eine Idee, wonach du suchst?«

Sie überlegt einen Moment und blickt dann träumerisch in meine Richtung. »Eigentlich wollte ich schon immer als Katze gehen, habe bisher aber noch nie ein Kostüm gefunden, mit dem ich zufrieden war, denn meistens waren es immer nur so sexy Katzen.«

»Sexy Katzen?«

Sie verdreht die Augen. »Ja, du weißt schon, ganz kurzer Rock, kniehohe Strümpfe, so was halt.«

»Ach so, ja klar. Sexy Katze.« Ich verdrehe die Augen über mich selbst. »Schauen wir mal, vielleicht finden wir ja eine Katze, die etwas weniger sexy für uns ist.« Ich zwinkere ihr zu. »Wobei man natürlich auch in einem Kostüm mit nicht so kurzem Rock sexy aussehen kann.«

Also wühlen wir uns weiter durch die verschiedensten Kostüme. Bei einem Clown bleibe ich schaudernd stehen und halte ihn hoch.

»Claire, bitte sag mir, du findest das hier genauso gruselig wie ich.«

Schockiert weiten sich ihre Augen. »Pack den sofort weg. Hoffentlich bekomme ich das Bild gleich schnell aus dem Kopf, sonst müssen wir heute Abend wohl eine Pyjamaparty machen.«

Lachend hänge ich ihn zurück. Dann blicke ich schnell zu Claire, weil diese auf einmal laut loskreischt.

»AUTUMN! GUCK MAL!« Strahlend hält sie ein Katzenkostüm hoch.

»Das sieht doch super aus.« Die Verkleidung besteht aus einem grauen Rock, einem grau-weiß gestreiften Oberteil und einem Haarreif mit Katzenohren.

Plötzlich wackelt Claire mit den Augenbrauen.

Misstrauisch blicke ich sie an. »Was ist?«

»Hier sind sogar zwei davon. Na, willst du meine Katzenschwester sein?«

Niemals könnte ich ihr diesen Wunsch abschlagen, besonders wenn ihre Augen vor Aufregung so funkeln wie jetzt. »Lass sie uns anprobieren.«

Während sie mich hinter sich her zu den Umkleiden zieht, kommen wir wieder an der Eingangstür vorbei. Ruckartig hält Claire inne und lässt mich los.

»Was ist?«, frage ich verwirrt.

Anstatt mir zu antworten, drückt sie die Tür nach draußen auf. »Sam«, ruft sie laut über die Straße.

Jetzt verstehe ich gar nichts mehr. Ich versuche durch die Scheibe etwas zu erkennen, doch sehe weder Sam oder sonst jemanden, der ihm ähnlich sieht.

Aber dann taucht sein schiefes Grinsen plötzlich vor uns auf. Sein Blick findet meinen und sofort heben sich meine Mundwinkel. »Was machst du denn hier?«, piepse ich.

»Er braucht doch auch ein Kostüm«, antwortet Claire für ihn.

»Ich muss«, sagt er mit Nachdruck.

Sie tänzelt an ihm vorbei und schwingt dabei das Katzenkostüm in ihrer Hand. »Ich gehe das dann schon mal anprobieren.«

Und in der nächsten Sekunde bin ich mit ihm allein. Dabei keimt die leise Vermutung in mir auf, dass Claire das absichtlich gemacht hat.

Er kommt auf mich zu und bleibt dicht vor mir stehen. »Hey, Autumn-Autumn.«.

»Hi«, flüstere ich.

Er streckt seine Finger nach meiner Wange aus und schiebt anschließend eine meiner Haarsträhnen hinter mein Ohr. Dann verharrt seine Hand an der Stelle und er schaut mir tief in die Augen. Doch in der nächsten Sekunde geht die Tür erneut auf und reißt uns aus dem Moment. Ich blicke an Sam vorbei und erstarre.

Jenna.

Obwohl sie eine dicke schwarze Jacke trägt und ein brauner Schal ihr halbes Gesicht verdeckt, erkenne ich sie sofort und bringe keinen einzigen Ton über die Lippen.

Sie scheint sich etwas schneller von der Überraschung zu erholen und macht nun einen drohenden Schritt auf mich zu. »Du«, presst sie hervor.

Unwillkürlich weiche ich zurück, als sich Sam vor mich schiebt. »Jenna«, sagt er einfühlsam und hebt beide Hände.

Ich schiele an seiner Schulter vorbei und erkenne, dass Jenna stehen bleibt und ihre Augenbrauen nach oben schnellen.

»Jenna, lass Autumn bitte in Ruhe«, versucht er auf sie einzuwirken.

Doch sie schüttelt den Kopf. »Lass mal Sam, das ist eine Sache zwischen ihr und mir.«

»Nein.« Er holt tief Luft. »Eigentlich ist das eine Sache zwischen *dir* und *mir.*«

Wie recht er hat. Ich stupse ihn an, bevor Jenna darauf etwas erwidern kann. »Ich lass euch mal allein«, flüstere ich ihm zu.

Er nickt mir dankbar zu und ich wende mich von den beiden ab, kann aber noch erkennen, wie eine starke Emotion über Jennas Gesicht huscht. Es ist mehr als lodernde Eifersucht. Viel mehr. Und als ich diesen Ausdruck sehe, bekomme ich ein wenig Mitleid mit ihr.

Schnell biege ich um eine Ecke und renne fast in Claire hinein, die mir bereits in ihrem Katzenkostüm gegenübersteht. »Guck mal«, sagt sie aufgeregt.

In meinen Gedanken packe ich das Aufeinandertreffen mit Jenna in eine Kiste, die ich ganz fest verschließe. Hoffentlich ist sie irgendwann über ihn hinweg. Obwohl sie so fies zu mir war, würde ich mir das für sie wünschen.

»Autumn?«, reißt mich Claire zurück in das Geschäft.

Wie gewünscht mustere ich den grauen Rock und das gestreifte Oberteil, das darin steckt. Als sie jetzt auch noch anfängt mit dem Schwanz zu wedeln, muss ich schmunzeln.

»Sieht super aus.«

»Findest du?«, quiekt sie.

Ich schenke ihr ein aufrichtiges Nicken.

»Los – Probier deins an.«

Pflichtbewusst stapfe ich in die Kabine und schlüpfe in das zweite Kostüm. Sobald ich wieder zu Claire trete, kommt auch Sam um die Ecke. Er schaut kurz zu ihr, dann zurück zu mir. »Ihr seht toll aus.«

»Ja, oder?«, ruft Claire vergnügt.

Ich drehe mich zu dem Spiegel in meiner Kabine um, während Claire sich neben mich stellt. »Gehen wir als Katzenschwestern?«, flüstert sie mir aufgeregt zu.

Ich betrachte einen Augenblick unser Spiegelbild. Weil ich ein bisschen größer als Claire bin, ist der Rock bei mir ein Stück kürzer. Ansonsten sehen wir fast identisch aus, nur dass sie eben helle Haare hat, die ihr heute in leichten Wellen auf die Schultern fallen, und meine braun und glatt sind.

»Autumn?« Sie stupst mich an. »Sind wir Katzenschwestern?«, wiederholt sie die Frage von gerade.

Ich schaue sie an und nicke.

»Ja?«

Ich nicke erneut und dann fällt sie mir jubelnd um den Hals. Kurz darauf macht sie sich von mir los und tänzelt zu Sam, um seine Hände zu nehmen und ihn einmal im Kreis zu drehen. »Autumn und ich gehen als Katzen«, singt sie.

Amüsiert verdrehe ich die Augen.

»Ich ziehe mich dann mal wieder um.« Sie lässt ihn los und führt ihren Tanz bis in die Umkleidekabine fort, wo sie den Vorhang zuzieht, aber nicht ohne uns vorher freudig zuzugrinsen.

»Du hast sie damit ganz schön glücklich gemacht«, kommt es nun von Sam.

Ich zucke mit den Schultern. »Wenn das so einfach klappt, bin ich froh.« Ich breite meine Arme aus und deute auf mein Kostüm. Dann erstarre ich. »Wie geht es Jenna?«

Sam seufzt. »Ich hoffe, sie hat es jetzt verstanden.«

Ich verziehe mein Gesicht. »Tut mir leid. Ich wollte echt kein Drama heraufbeschwören.«

Er kommt auf mich zu und hebt mein Kinn mit seinem Finger an, damit ich ihm besser in die Augen schauen kann. »Autumn«, sagt er ruhig. »Das ist nicht deine Schuld. Ich versuche es ihr schon seit Monaten zu erklären.«

»Okay«, hauche ich.

Er beugt sich zu mir runter und legt für einen kurzen Moment seine Lippen auf meine. Viel zu kurz.

Dann wird der Vorhang von Claires Kabine ruckartig zur Seite gerissen. Erschrocken drehe ich mich zu ihr um.

Ihr betretener Blick verrät, dass sie bemerkt hat, wie ungünstig ihr Timing war.

Sam räuspert sich. »So, ihr beiden, ich lasse euch dann mal wieder allein.«

Claire kneift die Augen zusammen. »Nichts da, du hast noch gar kein Kostüm.«

Sam geht rückwärts, während er die Hände hebt. »Ich denke mir spontan was aus.«

»Sam Parker, hast du meine Idee, zusammen ein Kostüm zu suchen, etwa nur als Vorwand benutzt, um mehr Zeit mit jemandem zu verbringen?« Sie nickt amüsiert in meine Richtung.

Er übergeht ihre Bemerkung, zwinkert mir zu und verschwindet dann Richtung Ausgang. »Bis dann, ihr zwei«, ruft er uns noch über die Schulter zu.

»Du hinterhältiger …«, beginnt Claire, verkneift sich dann jedoch den Rest. Stattdessen dreht sie sich zu mir. »Und nun zu dir!«

Verwirrt deute ich auf mich.

»Ja genau, du wirst mir jetzt augenblicklich erzählen, was ich verpasst habe.«

Sofort merke ich, wie meine Wangen sich erwärmen.

Sie hält die Luft an und kommt auf mich zu, um meine Schultern zu umklammern. »Autumn! Sag schon, irgendwas verschweigst du mir doch.«

Also hole ich tief Luft. »Wir haben uns geküsst.«

»Echt?«

»Ja«, gestehe ich leise.

Sie wackelt lediglich mit den Augenbrauen. »Ein Kuss oder ist auch noch mehr passiert?«

Ich schüttle den Kopf.

»Wann ist es denn passiert?«

»Als er mich von Jackson nach Hause gebracht hat. Er war danach ein wenig bei mir und als ich ihn zur Tür gebracht habe, kam eins zum anderen.«

»Und habt ihr euch danach wieder getroffen, also außer heute?«

»Leider nicht.«

»Das ist ja spannend.« Sie seufzt und das Strahlen ist aus ihrem Gesicht gar nicht mehr wegzudenken.

Ich fange an auf meiner Unterlippe zu kauen, was sie sofort bemerkt. »Was ist los?«

Ich zucke meine Schultern und spreche das aus, was mir seit einiger Zeit im Kopf rumgeht. »Ich weiß ja noch gar nicht, wie lange ich überhaupt bleibe. Sobald hier alles wegen meiner Granny geregelt ist, war mein Plan eigentlich weiterzuziehen.« Meine Gedanken wandern zu der Urne mit der Asche, die im Cottage weiterhin darauf wartet, von Mom und mir verstreut zu werden.

Claire nickt verstehend. »Warte doch erst mal ab und lass die ganzen Dinge seinen Lauf nehmen. Meistens fügt sich alles von allein.« Flüchtig nimmt sie das Kostüm in ihrer Hand in Augenschein. »Und außerdem würdet ihr super zusammenpassen.«

»Findest du?«

»Ja, bisher hatte Sam immer nur kleine Bettgeschichten und nie was Ernstes. Aber wie dich hat er noch keine Frau angeschaut.«

Ich denke an Jenna und ihren gebrochenen Ausdruck, als sie uns beide gesehen hat, und bringe lediglich ein Nicken zustande.

»Komm, zieh dich um und dann kannst du mir jede Einzelheit erzählen.« Sie grinst mich an, doch dann verändert sich ihr Gesichtsausdruck schlagartig. »Moment, warte, gehe bitte nicht zu sehr ins Detail. Ich will nicht wissen, wie Sam schmeckt, igitt.«

Kapitel 15

Die Froot-Loops knistern, als ich neue Milch dazugieße. Vielleicht hätte ich gestern zusammen mit Claire doch mehr als diese Cornflakes kaufen sollen, dann hätte ich mir jetzt wenigstens ein anständiges Abendessen zubereiten können.

Ich zappe ein paarmal durch die Fernsehkanäle, bis ich das Gerät seufzend ausschalte. Selbst eine der Reality-TV-Sendungen, von denen Claire immer schwärmt, läuft nicht.

Also widme ich mich hingebungsvoll meinen Cornflakes. Zumindest bis ich draußen ein Auto vorfahren höre. Ich runzle die Stirn und stehe vom Sofa auf.

Die Haustür quietscht ein wenig, als ich sie aufziehe. Aber sobald ich den Truck erblicke, verdoppelt sich mein Herzschlag. *Sam.* Er drückt die Autotür hinter sich zu und kommt mit einer braunen Tüte in den Händen meine Veranda hoch.

»Sam?«

Er hält die Papiertüte ein Stück höher. »Schon mal Tacos gegessen?«

Ich deute ein Nicken an.

»Gut.«

Verwirrt ziehe ich meine Augenbrauen hoch.

Er kommt einen Schritt näher und streicht eine meiner Haarsträhnen nach hinten. »Ich konnte nicht bis Halloween warten, um dich wiederzusehen.«

Meine Mundwinkel wandern immer höher.

Dann hält er inne. »Magst du Tacos überhaupt?«

»Ich liebe sie sogar.« Mit dem Türknauf in der Hand bedeute ich ihm reinzukommen; sofort laufen wir durch zur Küche, wo er die Tüte auf dem kleinen Tisch abstellt.

Während ich versuche einen Blick hineinzuwerfen, streift er sich seine Jeansjacke ab und sofort sind mir die Einkäufe egal. Heute trägt er wieder eins seiner Baumwollhemden, die ihm so gut stehen. Es ist dunkelgrün kariert und am liebsten würde ich ihn weiter anstarren, zwinge mich dann aber wegzusehen.

Ich beuge mich über die Tüte und spähe erneut hinein. »Was hast du denn alles mitgebracht?«

»Du bist ja echt ziemlich neugierig.« Seine Hände greifen in die Tüte und ziehen ein paar Sachen heraus. Als er bei meinem liebsten Tacotopping ankommt, fasse ich vergnügt nach seinem Arm.

»Avocado!«

Seine Mundwinkel wandern höher. »Ich glaube, da liebt jemand diese grüne Frucht.«

»Avocado ist doch keine Frucht.«

Er hält das dunkelgrüne Teil in die Höhe. »Worum willst du wetten?«

Ich verenge die Augen. »Schlag was vor.«

Sam macht einen Schritt auf mich zu und überlegt ein paar Sekunden. »Wenn ich recht habe, darf ich dir eine Frage stellen, die du mir ganz ehrlich beantworten musst.«

Ich zucke entspannt mit den Schultern. »Aber *wenn* ich recht habe, gilt dasselbe für dich.«

Seine Hand schnellt nach vorn. »Abgemacht.«

Ich schlage ein und beobachte dann, wie er aus seiner Hosentasche das Smartphone fischt.

Einen Moment tippt er darauf herum, bis er mir das helle Display entgegenhält. Ich werfe einen Blick auf die Website und sofort stechen zwei Wörter hervor: *Avocado* und *Beere.*

Gequält stöhne ich auf.

Siegessicher legt Sam die Frucht auf die Arbeitsplatte. »Sie gehört zum Obst, sie gehört zum Obst«, trällert er.

Ich verdrehe die Augen. »Ist ja gut. Du hast gewonnen.«

Er funkelt mich vergnügt an und zieht eine Packung Tacoschalen aus der Tüte. »Ich weiß.«

Ich knuffe ihn in den Arm. »Freust du dich immer so, wenn du was gewinnst?«

»Kommt drauf an was.«

Ich ziehe meine Augenbrauen hoch. »Na los, frag schon.«

Seine Finger greifen nach einer Tomate, die er ein paarmal in die Luft wirft. »Nö, ich warte auf den richtigen Moment.« Sein Blick schweift durch meine Küche. »Hast du hier irgendwo ein Messer?«

Aus der Schublade über dem Backofen krame ich ein großes Exemplar hervor und halte ihm die blitzende Schneide entgegen.

Sam hebt beide Hände. »Wow, okay ich wollte mich nicht mit dir anlegen, tut mir leid.« Belustigt grinst er mich an.

»Das will ich dir auch geraten haben.« In dem Moment kann ich nicht mehr ernst bleiben und stoße ein kleines Lachen aus. »Hier, bitte.« Ich reiche es ihm.

Vorsichtig nimmt er es mir ab und schneidet die Tomaten auf einem Brett gekonnt in kleine Stücke.

»Wieso musst du heute eigentlich nicht arbeiten?«

Er dreht sich zu mir um, während ich den Salat aus der Tüte ziehe. »Chase war mir was schuldig.«

Ich verkneife mir zu fragen, ob er sich extra wegen mir freigenommen hat, stattdessen sage ich: »Kann ich bitte mal das Messer haben?«

Sam blickt mich leicht skeptisch an, so als ob er sich nicht sicher wäre, was ich damit vorhabe, schließlich folgt er aber meiner Bitte.

Gegen ein Lächeln ankämpfend stelle ich mich neben ihn und lege den Salatkopf auf das Brett. Dann beginne ich ihn in kleine Stücke zu schneiden, während ich aus den Augenwinkeln sehe, wie sein Blick ein paar Sekunden auf mir ruht. Dann dreht er sich um und holt das Backblech aus dem Ofen. Er reißt die Tüte mit den Tacos auf und verteilt anschließend die Schalen auf dem Blech.

Kurz darauf ist es so still, dass man jeden unserer Atemzüge in der kleinen Küche hören kann. Die Luft knistert um uns herum und am liebsten würde ich ihn nach neulich Abend fragen. Ob ich zu viel in diesen kleinen Kuss hineininterpretiere. Ob ich mir das zwischen uns nur einbilde und es für ihn nur ein Zeitvertreib ist.

Als ich gerade nach einer Zwiebel greifen will, hält mich seine Hand davon ab. Ich hebe den Blick und schaue geradewegs in seine grünen Augen. Seine Brust hebt und senkt sich ein paarmal, während keiner von uns was sagt.

»Ich glaube, jetzt würde ich gerne meinen Wettgewinn einlösen.«

Ich beiße auf meine Unterlippe und betrachte einen Moment seinen Mund. Der, der vor ein paar Tagen noch auf meinem lag und seitdem meinen Kopf vernebelt, weil ich an nichts anderes mehr denken kann, als seine Lippen wieder auf meinen zu spüren.

»Ja?«, frage ich ihn leise.

Er schluckt. »Wenn du eine Sache wiederholen könntest, was wäre das?«

Mein Herzschlag verdreifacht sich und meine Wangen werden warm. Ich starre in sein Gesicht, während ich kein Wort über meine Lippen bekomme.

»Du musst ehrlich sein, das war die Abmachung«, flüstert er.

Ich atme tief ein und mache einen Schritt auf ihn zu. »Das hier.« Und dann stelle ich mich auf die Zehenspitzen und drücke meine Lippen auf seine.

Kurz verharrt er, doch dann umschlingen seine Hände mich, während ich meine in seinen Haaren vergrabe. Er schmeckt nach etwas Aufregendem, nach etwas Neuem und nach etwas, das ich immer wieder probieren möchte. Ich drücke mich an ihn, während wir unseren Kuss intensiver werden lassen. Unsere Zungen umschlingen sich weiter, während ein kleines Stöhnen aus mir hervorbricht.

»Sam«, wispere ich an seinen Lippen.

Er legt seine Hand an meine Wange und einen Augenblick stoppen wir unseren Kuss, um uns in die Augen zu sehen. Seine funkeln vor Spannung und Verlangen und spiegeln genau das wider, was ich gerade empfinde.

Ich presse meinen Mund erneut auf seinen und wir stolpern gegen den Küchentisch. Die Tüte darauf fällt zu Boden, was ich in dem Moment völlig ignoriere. Genauso wie Sam. Stattdessen hebt er mich hoch und setzt mich auf den Tisch, während ich mit meinen Beinen seine Hüften umschlinge.

Dabei fährt er mit seinen Händen meinen Körper entlang. Ich lege den Kopf flüchtig in den Nacken, wobei er seinen Mund auf meinen Hals drückt und von da an kleine Küsse bis zu meinem Schlüsselbein verteilt.

Mit den Fingern fahre ich sein Hemd entlang, bis ich die Knöpfe finde. Ich öffne jeden einzelnen und schaue dabei genau zu, weil ich keinen Moment davon verpassen will.

»Autumn, …«, knurrt Sam, während ich weiterhin mit seinem Hemd beschäftigt bin. »Genau daran habe ich die letzten Tage nur denken können.« Er greift nach meiner Wange und ich halte einen Augenblick inne, um ihm ebenfalls ins Gesicht zu schauen. Sam holt tief Luft. »An dich und an das hier.«

Seine Worte steigern das Kribbeln in meinem Inneren nur noch mehr. Ich drücke meine Lippen auf seine und drücke dann den letzten Knopf von seinem Hemd auf. Mit seiner Hilfe ziehe ich es ihm aus und löse mich dabei kurz von ihm, um seinen Oberkörper in Augenschein zu nehmen. Fasziniert fahre ich mit den Fingern seine Brust und dann seinen Bauch entlang, wobei ich ein paar seiner Muskeln spüre.

Daraufhin legt er seinen Kopf auf meine Schulter und atmet heftig ein und aus. Dann drückt er seine Lippen auf die Stelle und greift nach meinem Shirt. Ich finde seine Hände und helfe ihm dabei, es mir auszuziehen.

Als ich jetzt in meinem schwarzen Spitzen-BH vor ihm sitze, stöhnt er auf. Wie in Zeitlupe fährt er mit dem Finger von meinem Hals zu meiner Schulter. Dort schiebt er ihn unter meinen BH-Träger und lässt diesen anschließend herunterrutschen, was mir ein weiteres Seufzen entlockt.

Von meiner Reaktion ermuntert, tastet er nun beharrlich nach dem Verschluss auf meinem Rücken und drückt ihn auf. Den Rest von meinem BH schiebt er behutsam beiseite und die Zärtlichkeit, die in dieser Geste mitschwingt, lässt mich erzittern.

Er hebt den Kopf, um mich intensiv zu betrachten, und platziert anschließend kleine Küsse auf meinem Schlüsselbein. Langsam arbeitet er sich bis zu meiner linken Brust vor, was mich beinahe wahnsinnig macht. Doch als er schließlich leicht in meine Brustwarze beißt, stöhne ich laut auf.

»Sam«, flüstere ich.

Ich kann nicht länger warten und will ihn endlich ganz spüren. Also greife ich nach seinem Gürtel, aber als ich ihn gerade aufziehe, durchbricht ein lautes Klingeln die knisternde Luft.

»Shit«, murmelt Sam.

Ich atme heftig ein und aus, weil der Moment nicht unpassender hätte sein können. Sam drückt seine Lippen wieder auf meine und wir versuchen beide den schrillen Ton, der von der Arbeitsplatte kommt, zu ignorieren. Als er verstummt, seufzen wir auf und ich greife wieder nach seinem Gürtel, um da weiterzumachen, wo ich aufgehört habe.

Dann jedoch bricht das Klingeln von Neuem los.

»So ein Mist«, knurrt er. Er macht sich leicht von mir los und schaut in meine Augen. Sein Blick ist voller Bedauern.

Ich schüttle den Kopf und nicke in die Richtung, aus der ununterbrochen der schrille Ton die Küche erfüllt. »Geh ruhig ran.«

Er drückt seine Lippen noch mal kurz auf meine und greift dann hinter sich. Sobald er das Display sieht, verdreht er die Augen, nimmt den Anruf aber entgegen.

»Ja?«, sagt er tonlos.

Ich kann am anderen Ende der Leitung nichts verstehen, bleibe jedoch auf dem Küchentisch sitzen und beobachte, wie Sam sich durch seine Haare fährt.

Während er dem Anrufer zuhört, wirft er mir ein schiefes Lächeln zu und zuckt mit den Schultern. Dann wendet er sich wieder seinem Handy zu. »Ist gut, ja okay. Ja, bis gleich.« Er legt auf und wirft sein Smartphone zurück auf die Arbeitsplatte. Dann stöhnt er laut auf.

Ich hopse vom Tisch und laufe auf ihn zu. In dem Moment wendet er sich bereits mir zu.

»Du musst los, oder?«, spreche ich das Offensichtliche aus.

Er verzieht sein Gesicht und deutet dann ein Nicken an. »Es tut mir leid.«

Ich drücke meine Lippen kurz auf seine und schaue dann in seine Augen. »Ist nicht schlimm. Wir holen das nach.«

Kurz drückt er seine Stirn an meine. »Ich verspreche es dir.«

Während er sich sein Hemd überzieht, sieht er immer wieder zu mir rüber. Ich angle mein Shirt von dem Stuhl hinter mir und stülpe es über meinen nackten Oberkörper.

»Jetzt ist Chase mir erst recht was schuldig«, sagt er.

Ich muss kurz schmunzeln. »Ist so viel los im Diner?«

Als er meinen Blick bemerkt, heben sich auch seine Mundwinkel. »Ja, eine große Gruppe ist reingekommen, womit er heute nicht gerechnet hat.« Er zuckt mit den Schultern. »Allein dreht er wahrscheinlich in dieser Minute schon durch«, knurrt er. »Verdient hat er es.«

Ich deute schmunzelnd zum Wohnzimmer. »Dann beeil dich lieber, bevor er noch etwas macht, was er bereut.«

Sam seufzt auf und kommt ein letztes Mal auf mich zu. »Iss einen Taco für mich mit.«

»Mach ich.«

Langsam beugt er sich zu mir runter und legt für ein paar Sekunden seine Lippen auf meine. »Bis bald, Autumn-Autumn.« Er macht sich endgültig von mir los und verschwindet durch die Tür.

Kapitel 16

Mit einem Lächeln reiche ich dem Kunden seine Bestellung. »Das macht dann fünf Dollar bitte.«

Der Mann legt mir den Schein auf die Theke und ich stecke ihn in die Kasse. Als die Glocke hinter ihm läutet, stoße ich einen tiefen Seufzer aus. Der ist vielleicht nicht ganz so laut wie der von Claire, als ich ihr vorhin von dem Beinahe-Sex mit Sam erzählt habe, aber schon nah dran. Ich glaube, in diesem Moment hätte sie Chase für seine Störung am liebsten aus dem Diner geschubst.

Bei dem Gedanken daran fängt mein Herz wie wild an zu klopfen und um es zu beruhigen, schaue ich mich im leeren Café um. Das war der letzte Gast für heute. Ich helfe Claire wirklich wahnsinnig gerne aus, vor allem, weil ich das zusätzliche Geld sehr gut gebrauchen kann, trotzdem war heute einer der anstrengendsten Tage hier. Jeder redet über die Pumpkin Night und alle scheinen deshalb total gestresst zu sein. Ich habe sogar mitbekommen, wie sich zwei Männer über eine Lichtmaschine gestritten haben, die sie beide gleichzeitig bei einem anderen Mann ausleihen wollten. Jeder ist irgendwie in Eile, keiner bleibt mehr in Ruhe sitzen, wie es sonst die Tage zuvor war, und wahnsinnig viele haben ihre Smartphones am Ohr, um irgendwas zu besprechen.

»Ist er weg?« Claire streckt den Kopf aus der Küche.

Ich nicke ihr zu und gehe dann zur Eingangstür, um das Schild auf *Geschlossen* zu drehen.

»Zum Glück! Das war echt anstrengend heute. Ich kann dir gar nicht genug für deine Hilfe in letzter Zeit danken.« Mit diesen Worten kommt sie ins Café und lächelt mir mit großen Augen zu. Routiniert beginnt sie die Stühle auf die Tische zu stellen.

Ich hole den Besen aus der kleinen Abstellkammer. »Ach, das ist doch kein Problem. Das mache ich gerne.«

»Trotzdem ist das für mich nicht selbstverständlich.«

»Freust du dich schon auf das Fest?« Eigentlich kenne ich die Antwort bereits, doch ich weiß, dass diese kleine Frage ihre Vorfreude nur noch mehr steigert. In letzter Zeit hört sie gar nicht mehr auf davon zu reden.

»Und wie, aber eigentlich ist es nicht wirklich ein Fest. Eher ein Abend, an dem man sich den Bauch vollschlägt.« Sie grinst mich breit an. »Glaub mir, das wird wunderbar. Ich bin so aufgeregt, was du danach zu deiner ersten Pumpkin Night hier sagen wirst.«

»Wieso eigentlich Pumpkin Night?«

Claire zuckt mit den Schultern. »Hat sich mal irgendwer ausgedacht. Ich glaube, weil alles mit leuchtenden Kürbissen geschmückt ist und es erst losgeht, wenn die Sonne untergegangen ist.«

»Ich bin echt gespannt.« So viel, wie sie davon schwärmt, habe ich ziemlich hohe Erwartungen, obwohl ich noch keine große Ahnung habe, was da alles auf mich zukommen wird. Dann fällt mir ein, was ich sie heute den ganzen Tag bereits fragen wollte. »Wann bauen wir eigentlich alles auf?«

»Es reicht, wenn wir das nachmittags machen. Also übermorgen. Die meisten fangen schon morgen an, aber die müssen auch viel mehr aufbauen.«

»Okay, wann soll ich dann bei dir sein? Nicht dass ich sonst zu spät komme und du schon fertig bist.«

»Ach, es reicht, wenn du um fünf da bist.«

Ich lege meine Hand an die Stirn und salutiere. »Aye, aye, Captain!«

Ein kurzes Lachen bricht aus ihr heraus. Dann zucken wir beide zusammen, weil ein lautes Klopfen an der Tür uns unterbricht.

»Wer ist das denn jetzt noch?« Als Claire die Tür öffnet, weht ein stürmischer Wind herein und ein paar Laubblätter fallen in den Gang.

Das stürmische Wetter wird mir noch stärker vor Augen gehalten, als jetzt ein triefend nasses Mädchen hereingelaufen kommt.

»Ach, Grace, du bist es«, sagt Claire erleichtert.

Bibbernd reibt diese ihre Hände aneinander. »Ich habe euch zwei hier drinnen gesehen und dachte, vielleicht kann ich kurz hier warten, bis der Regenschauer aufgehört hat?«

»Aber natürlich. Brauchst du was zum Aufwärmen? Ich könnte dir noch schnell einen Kaffee machen? Oder was anderes?«

»Und ein paar Muffins haben wir auch, wenn du möchtest?«, ergänze ich.

Dankbar lächelt sie uns an. »Sehr gerne. Das ist so lieb von euch.« Dann weiten sich Grace' Augen jedoch vor Schreck, als sie zu den hochgestellten Stühlen schaut. »Oh, ich möchte euch aber nicht von der Arbeit abhalten.«

Claire winkt ab. »Ach, du hältst uns von gar nichts ab. Ich habe heute sowieso nichts mehr vor.«

»Geht mir genauso.« Ich zucke mit den Schultern.

Nachdem ich den Besen an die Wand gelehnt habe, eile ich in die Küche und hole zwei Muffins aus dem Kühlschrank. Zurück im Café platziere ich sie auf einem Teller und bringe sie zu ihr. »Hier, ich hoffe, du magst Kirschen.«

Grace, die inzwischen auf einem Sessel Platz genommen hat, den wir natürlich nicht hochgestellt haben, wirft direkt einen neugierigen Blick darauf. Dann nimmt sie einen von den kleinen Muffins hoch und riecht daran.

Verwundert hebe ich die Augenbrauen, was sie mit einem entschuldigen Achselzucken und einem kurzen Schmunzeln quittiert.

»Sorry, ist so ein Tick von mir. Bevor ich etwas esse, muss ich erst einmal daran riechen, egal ob ich schon weiß, dass ich es mag oder nicht.«

»Na dann hoffe ich, sie riechen gut.«

Anstatt zu antworten, beißt sie genüsslich hinein.

Claire stellt eine große Tasse vor ihr ab, »Ob du hiernach noch schlafen kannst?«

»Aber klar. Koffein macht mir nichts mehr aus.« Sie nimmt einen großen Schluck, wobei die riesige Tasse fast ihr ganzes Gesicht verdeckt. Es ist schon beinahe eine Suppenschüssel.

»Kenn ich«, sagt Claire lachend.

»O ja, sie ist das Koffein in Person.« Ich deute mit dem Daumen auf sie.

»Da hat sie recht«, gibt Claire zu und stiehlt sich dabei einen der Muffins, den sie grinsend verdrückt.

»Hey, die sind für Grace!«

»Upsi«, kichert Claire und bringt damit auch uns zum Lachen.

Schmunzelnd nimmt Grace einen weiteren Schluck und nickt dann zu meinem Knöchel. »Was macht eigentlich dein Fuß?«

»Wird wieder. Habe mich brav an die Anweisungen von euch gehalten und jetzt ist er schon fast der Alte. Claire hat mir in der Zeit oft die Langeweile vertrieben.«

»Sehr gut.« Sie streckt einen Daumen hoch und sieht plötzlich aus, als hätte sie einen Geistesblitz. »Bei den Abenden wäre ich auch gern dabei gewesen. Wie wäre es, wenn wir uns ein paar Burger holen und es uns bei einer von uns gemütlich machen? Wir können auch gerne zu mir gehen.«

»Ja! Wirklich gute Idee. Ein richtiger Mädelsabend, wie aus diesen Teenie-Filmen von früher.« Claire klatscht in ihre Hände und schaut dann wie Grace in meine Richtung.

»Klar, warum nicht? Hört sich gut an.« Kurz lächle ich ihnen zu und frage mich, wann ich das letzte Mal etwas mit ein paar Freundinnen unternommen habe. Tatsächlich kann ich mich gar nicht daran erinnern. Dadurch, dass Mom und ich so oft umgezogen sind, konnte ich die Freundschaften, die ich aufgebaut habe, nie lange halten.

Grace streicht ihre Haare nach hinten und steht euphorisch auf. »Super, kann ich euch noch helfen? Zusammen geht es schneller.« Ihre Tasse und den Teller bringt sie hinter die Theke und stellt sie in die Spüle.

»Ähm, du könntest Autumn helfen die restlichen Stühle wieder runterzustellen, dann bringe ich in der Zeit den Müll raus.«

»Sollen wir das nicht morgen früh erledigen?«, wende ich ein. Normalerweise machen wir das nie abends.

»Na wenn Grace schon mal da ist und ihre Hilfe anbietet, sollten wir das nutzen«, schmunzelt Claire. Sie schlüpft in ihre Jacke und schnappt sich die beiden vollen Mülltüten. Bei jedem Schritt von ihr habe ich Angst, dass sie reißen und sich der gesamte Inhalt auf dem Boden ergießt. Aber sie scheint Vertrauen in die Tüten zu haben und läuft deshalb zielstrebig aus der Tür.

Ich drehe mich um und fange an die Stühle von dem Tisch vor mir herunterzunehmen. »Wie gefällt es dir denn bisher auf Cosy Island?«, kommt es von Grace.

»Echt gut.« Da fällt mir ein, dass sie auch noch nicht lange hier wohnt. »Wie war es eigentlich bei dir?«

»Am Anfang hatte ich ein paar Bedenken. Ich wusste nicht, ob ich mich nicht irgendwann von der Insel eingeengt fühle, weil ich ja nicht mal ebenso von hier wegkann. Man ist immer auf die Fähre angewiesen und besonders Angst hatte ich vor den Stürmen, denn dann sitzt man erst mal hier fest.« Sie scheint meinen schockierten Gesichtsausdruck zu bemerken und lächelt mir beruhigend zu. »Keine Angst, in meiner gesamten Zeit kam das erst ein paarmal vor und falls etwas wirklich Schlimmes passiert und du zum Beispiel ins Krankenhaus müsstest, ist immer noch der Hubschrauber da, um dich dorthin zu fliegen.« Ihre Stimme ist weich und ruhig, was meine Sorgen auf der Stelle vertreibt.

»Okay, das hört sich echt nicht so dramatisch an«, antworte ich dankbar.

Als sie ihren Kopf schüttelt, fallen ein paar ihrer lockigen Haare nach vorne, die sie sofort wieder nach hinten streicht. »Ist es wirklich nicht. Ich wohne jetzt schon über ein Jahr hier und kann mir eigentlich gar nicht mehr vorstellen, wieder von hier wegzuziehen. Dass ich jeden Tag die Möglichkeit habe, die Wellen zu sehen und die salzige Brise auf meinem Gesicht zu spüren, ist ein wahrgewordener Traum.«

»So geht es mir auch«, sage ich leise, denn ihre Worte beschreiben genau das, was ich tief in mir drin für diesen Ort empfinde.

»Wie schön, dass es dir hier so gut gefällt. Klar gibt es das Meer auch auf dem Festland, an einer Küste oder so, aber ich finde, hier auf Cosy Island ist es noch mal was ganz anderes. Eine Insel ist etwas Magisches und verzaubert einen jeden Tag aufs Neue.« Während die Worte ihren Mund verlassen und eine Gänsehaut auf meinen Armen verursachen, holt sie ihre Tasche vom Sessel.

»Wollen wir dann?« Claire kommt durch die Tür gestürmt und ein kalter Wind weht dabei herein. Ein paar Blätter finden erneut den Weg in den Gang und lassen sich darauf nieder.

Anklagend deute ich darauf. »Hey, hier ist gerade alles sauber«, sage ich und kann mir dabei das Lachen am Ende nicht verkneifen.

Claire hebt abwehrend beide Hände und sammelt die Blätter wieder auf, um sie anschließend in den Mülleimer hinter der Theke zu werfen.

Ich schnappe mir meine Jacke aus der Küche und hänge mir die Träger meines Beutels über die Schulter. Claire und Grace, die an der Eingangstür auf mich warten, haben im Gegensatz zu mir einen Rucksack und eine Tasche bei sich. Wir drei passen wirklich gut zusammen.

»Was grinst du denn so?« Claire schaut mich neugierig an.

»Ach nichts.«

Als Grace die Tür aufzieht, setze ich sofort die Kapuze meiner Jacke auf und schiebe den Reißverschluss weiter nach oben.

Neben mir zuckt Claire zusammen. »Ist das aber kalt.«

»Du sagst es.« Aus ihrer Tasche holt Grace eine senfgelbe Mütze hervor und zieht sie sich weit über die Ohren.

Während Claire den Schlüssel im Schloss umdreht, nehme ich aus den Augenwinkeln das Vorderrad von meinem Fahrrad wahr. Ich stupse meine Freundin an und deute darauf. »Das hol ich dann später, okay?«

»Klar.«

Zusammen machen wir uns auf den Weg zum Diner. Ob ich Sam dort sehen werde? Ich erinnere mich an seine Nachricht neulich, dass er im Moment viele Abendschichten hat, also wird er bestimmt da sein. Ein kleines Kribbeln breitet sich in meinem Bauch aus.

»Lasst uns durch den Park gehen, da sind wir ein bisschen vor dem Regen geschützt.« Claire deutet zum Himmel, wo sich erneut viele dunkle Wolken abzeichnen.

Neben mir stößt Grace ein lautes Seufzen aus. »So sehr ich es liebe, dass bald Weihnachten ist, der Regen kann trotzdem wegbleiben.«

Ich verkneife es mir, sie darauf hinzuweisen, dass Dezember noch ein gutes Stück entfernt ist, denn Grace scheint irgendwie ein noch größerer Weihnachtself zu sein als ich. Das verrät zumindest das Leuchten in ihren Augen, als sie davon erzählt.

Claire läuft ein Stück vor uns her, dreht sich im Laufen aber um und sieht Grace interessiert an. »Grace, wie ist es eigentlich, einen so heißen jungen Arzt als Boss zu haben?« Dabei wackelt sie mit ihren Augenbrauen.

»Ach.« Diese macht eine wegwerfende Handbewegung.

»Er ist zum Dahinschmelzen und doch höchstens zwei oder drei Jahre älter als wir, oder?«

»Ja, das stimmt«, kommt es ganz leise von ihren Lippen.

Unbemerkt versuche ich Claire zu verstehen zu geben, dass sie aufhören soll Grace auszufragen. Ihr Blick rutscht zu mir und schnell schüttle ich leicht den Kopf. Verwirrt hebt sie ihre Augenbrauen, deshalb schüttle ich noch mal möglichst unauffällig den Kopf.

Grace scheint von unserem stummen Austausch nichts mitzubekommen, denn ihr Kopf ist gedankenverloren nach unten gerichtet. Kurz stupse ich sie an. »Weißt du schon, was du für einen Burger nimmst?«

Sie hebt ihr Gesicht. »Wahrscheinlich den mit Bacon und doppelt Käse und ihr?«

»Den Vegan Chase.« Claire reibt sich mit der Hand über den Bauch. »Den esse ich einfach am liebsten.«

Vegan Chase? Da fällt mir was ein. »Oh, ich glaube, den nehme ich auch. Von dem hast du letztens so geschwärmt, oder?«

»Ganz genau! Der lohnt sich echt.«

Neugierig sehe ich beide an. »So heißt doch auch der Kerl, dem das Diner gehört, oder?«

»Jep«, bestätigt Claire schmunzelnd.

Grace schaltet sich wieder in unsere Unterhaltung ein. »Ich bleibe trotzdem bei Bacon, darauf habe ich heute total Lust, und Käse kann man gar nicht genug essen.«

»Käse, lecker«, schwärmt Claire langezogen.

Ich stimme den beiden zu und danach laufen wir schweigend die letzten paar Schritte bis zum Eingang. Da wir kein Wochenende haben, dringen nur vereinzelte Stimmen zu uns, als Grace die Tür aufdrückt.

Hinter der Bar entdecke ich sofort Sam und als er auch mich bemerkt, scheint sich seine Miene merklich aufzuhellen. Oder bilde ich mir das vielleicht nur ein?

»Hey, Sam.« Claire hüpft um die Bar herum und drückt ihn kurz an sich.

»Was macht ihr denn hier?« Sein Blick huscht erneut zu mir und einen kurzen Moment verharrt er auf meinem Gesicht. Dann verziehen sich seine Mundwinkel zu dem schiefen Grinsen, das ich so sehr mag.

»Wir wollen uns ein paar Burger bestellen und sie dann bei mir zu Hause essen.« Grace' Kopf schweift umher, während sie zu den Gästen an den Tischen schaut.

»Zweimal den Vegan Chase und einmal den mit Bacon und doppelt Käse. Ach und mach uns doch eine große Portion Fritten dazu«, rasselt Claire unsere Bestellung runter.

»Aye, aye, Chef, kommt sofort.« Sam kommt hinter der Bar hervor. »Ich gehe kurz in die Küche und gebe eure Bestellung durch. Setzt euch ruhig, dauert einen kurzen Moment.« Als er an mir vorbeiläuft, schlägt mein Herz plötzlich doppelt so schnell. Seine Lippen formen ein lautloses »Hi« und meine verziehen sich dabei zu einem kleinen Lächeln.

»Mann, habe ich einen Hunger«, stöhnt Claire.

»Hast du nicht vorhin noch einen Muffin verdrückt?«, versuche ich sie aufzuziehen.

Sie zuckt mit den Schultern. »Na und, ich könnte halt immer essen.«

Mein Blick schnellt sofort zu Sam, als er aus der Küche gestürmt kommt. Mit lässigen, aber schnellen Schritten läuft er zurück hinter die Bar. »So, in ein paar Minuten sind eure Sachen fertig. Chase ist verdammt schnell, keine Ahnung, was mit dem los ist.«

In dem Moment gibt der Magen von Grace ein lautes Knurren von sich. Entschuldigend sieht sie sich um. »Upsi, sorry.« Ihre Wangen färben sich leicht rosa.

»Was habt ihr heute denn vor?« Sam schaut uns neugierig an.

»Ach, wir machen uns nur einen gemütlichen Abend bei mir zu Hause, quatschen ein bisschen, so was halt. Oder was meint ihr?« Ein lautes Klingeln dringt aus Grace' Tasche und verschluckt unsere Antworten. Schnell zieht sie ihr Smartphone hervor, wirft uns einen entschuldigenden Blick zu und verschwindet dann nach draußen.

Ich schaue zu Claire, die mir zuzwinkert und dann auf der Stelle trippelt. »Ich muss mal eben aufs Klo. Bin gleich wieder da.« Sie dreht sich um und ist sofort verschwunden.

Ich verdrehe die Augen, weil ich die Vermutung habe, dass sie gar nicht auf die Toilette muss, sondern mir nur einen Moment mit Sam verschaffen wollte. Was dieser auch gleich nutzt, indem er sich über den Tresen zu mir rüberbeugt. »Hey, Autumn-Autumn«, sagt er ganz leise.

»Hi«, kommt es fast schon lautlos über meine Lippen. Ich merke, wie meine Wangen warm werden. Hoffentlich sehen sie jetzt auch so schön aus wie bei Grace vorhin und nicht so rot wie der Feuerlöscher neben der Tür zur Küche.

Mit beiden Händen streicht er mir meine Haare hinter die Ohren. Und diese kurze Berührung löst einen Sturm in mir aus. Einen Sturm voller bunter Farben, Explosionen und wenn ich ganz genau darauf achte, einem großen Kribbeln.

»Ich habe dich vermisst.«

»Geht mir genauso«, murmle ich, zucke dann jedoch zusammen, als wir von einer lauten Stimme unterbrochen werden.

»Eure Bestellung ist fertig.« Mit dem Rücken zu uns tritt Chase aus der Küche und dreht sich nun in unsere Richtung. Seine Augen weiten sich, als er uns so nah beieinander sieht und hebt dann entschuldigend die Augenbrauen. Anschließend überreicht er mir die Papiertüte, aus der ein herrlicher Duft strömt.

»Ah, super, das Essen ist fertig.« Claire taucht wieder neben uns auf und späht in die Tüte.

»Lasst es euch schmecken.« Mit schnellen und eiligen Schritten ist Chase wieder in der Küche verschwunden, noch ehe wir ihm etwas hinterherrufen können.

Mein Blick fällt auf Claire, als sie kurz an meiner Jacke rupft. »Komm, wir gehen schon mal nach draußen und sammeln Grace ein.« Aus ihrem Rucksack zieht sie ein paar Scheine und überreicht sie Sam. Sie deutet auf die Tüte in meiner Hand. »Es gibt nichts Ekligeres als kalte Burger.« Rasch schnappt sie sich diese und eilt in Richtung Ausgang.

»Ich sollte schnell hinterher, nicht dass sie noch meinen Burger stiehlt.« Kurz blicke ich in Sams tiefgrüne Augen. Meine Hand findet seine und einen flüchtigen Moment drücke ich sie. Am liebsten würde ich jetzt meine Lippen auf seine legen, aber es kommt mir hier in dem Moment irgendwie nicht richtig vor. Außerdem weiß ich nicht, wie ich das Ganze zwischen uns definieren soll und bevor irgendwer fragt, möchte ich erst selbst wissen, wie sich das zwischen uns entwickelt.

Kapitel 17

»Da vorne ist es.« Grace deutet auf ein winziges Häuschen ein paar Meter von uns entfernt, nachdem wir keine zehn Minuten gelaufen sind.

Claire ist die ganze Zeit super unentspannt, weil sie die Burger verschlingen möchte, bevor sie kalt werden. Irgendwie ist es total witzig, sie so zu erleben, auch wenn sie uns die ganze Zeit drängelt schneller zu laufen.

»Gut, dann sind wir ja gleich da«, sagt sie erleichtert.

Ich kann mir ein kleines Auflachen nicht verkneifen.

Irritiert blickt sie mich an. »Was ist so lustig?«

»Na du.«

Ganz langsam verziehen sich ihre Mundwinkel zu einem Grinsen. »Sorry, bei Essen verstehe ich keinen Spaß.«

Grace schmunzelt, wendet sich dann aber an mich. »Ich habe gehört, du willst das Cottage deiner Granny renovieren?«

»Ja, genau genommen bin ich sogar schon fertig«, murmle ich.

»Und dann wird es ein Ferienhaus, was andere mieten können?«

»Das ist der Plan.« Die leisen Zweifel, die sich bei diesen Worten wieder einmal in mir ausbreiten, lassen sich nur schwer vertreiben. Ich weiß einfach nicht, was ich möchte und das macht das Chaos in meinem Kopf umso schlimmer. Doch bevor ich dazu komme, die beide Mädchen neben mir nach ihrer Meinung zu fragen, wird Grace plötzlich angerempelt und fällt beinahe in mich rein.

Erschrocken kann ich sie gerade noch stützen. Ich blicke hoch und entdecke eine große Gestalt mit einer tief ins Gesicht gezogenen Kapuze, die verdattert vor uns steht. Es dauert ein paar Sekunden, dann erkenne ich jedoch Travis.

»Oh – Sorry«, brummt er.

Schnell wende ich mich zurück zu Grace. »Geht es?«

Sie klopft ihre Jacke ab. »Ja, nix passiert.«

Währenddessen tritt Claire näher an Sams Freund heran. Immer wieder dreht der sich um und blickt hinter sich. Ich rümpfe die Nase, weil er einen starken Geruch verströmt.

»Travis?« Besorgt schaut sie ihm ins Gesicht. »Ist alles in Ordnung?« Sein betrunkener Zustand ist nicht zu übersehen.

Dieser zuckt kurz zusammen und hebt dann seine Hände. »Sorry, ich habe euch gar nicht bemerkt. Muss jetzt weiter, bis dann.« Mit eiligen Schritten macht er sich davon und ist schon um die nächste Ecke verschwunden.

»Okay«, sage ich langgezogen in Claires Richtung.

»Komisch«, antwortet sie nur.

»Ich habe ihn gar nicht wahrgenommen.« Grace ist die Erste, die sich erneut in Bewegung setzt.

Claire und ich folgen ihr schnell, während sie ihr Smartphone aus der Tasche zieht. »Ich schicke Sam eine Nachricht, vielleicht kann er nach ihm gucken.«

»Gute Idee«, erwidere ich.

»So ist er sonst nicht«, murmelt sie.

»Echt ungewöhnlich«, wirft Grace ein.

»Wie ist er denn sonst so?«, frage ich neugierig.

Claire holt tief Luft. »Ganz anders. Für einen da, merkt immer, wenn es einem von uns nicht gut geht. Ist witzig und total hilfsbereit.« Sie zuckt mit den Schultern. »Keine Ahnung, was gerade los ist.«

»Sam wird bestimmt mit ihm reden«, versucht Grace sie zu beruhigen.

Claire nickt nur und beschleunigt erneut ihre Schritte, was dazu führt, dass wir nur wenige Momente später das kleine weiße Häuschen erreichen. Während Grace in ihrer Tasche anscheinend nach dem Schlüssel sucht, nutze ich die Gelegenheit und mustere ihr Zuhause, das von einer Veranda umgeben ist.

Wie auch bei den anderen Häusern in dieser Straße ist sie mit einigen Kerzen und Lampen bestückt und hat beinahe etwas Magisches. Zumindest passt es hervorragend zu Halloween.

»Dein Haus ist aber hübsch«, sage ich bewundernd.

»Danke. Hat mein Bruder per Zufall im Internet gefunden, als ich hierherziehen wollte.« Das Schloss klickt, sobald sie den Schlüssel darin herumdreht.

Gespannt trete ich hinter den beiden über die Schwelle und sofort schlägt mir ein warmer Luftzug entgegen. Grace betätigt den Lichtschalter und warmes Licht durchflutet ihr Heim. An einer kleinen Garderobe neben der Haustür streift sie ihre Schuhe ab. Wir tun es ihr gleich und hängen dann unsere Jacken an einem Haken auf.

Zusammen betreten wir ihr geräumiges Wohnzimmer, das sogar einen Kamin vorzuweisen hat. Grace deutet zu einem kleinen Tisch vor einem breiten Sofa. »Wollen wir da essen?« Fragend schaut sie mich aus großen Augen kann. Den Hunger darin kann ich förmlich schreien hören.

»Klar, wieso nicht.«

»Gut.« Sie klatscht in die Hände und wenige Sekunden später haben wir es uns vor dem Tisch gemütlich gemacht. Das hellbraune Sofa lädt regelrecht dazu ein, dass man sich reinwirft und nicht wieder aufsteht. Ansonsten ist der Raum eher schlicht, hell und warm eingerichtet, abgesehen von den vielen Pflanzen, die in sämtlichen Ecken stehen. Auf dem Kaminsims kann ich ein paar Fotos erkennen.

Das Papier raschelt, als Grace mir meinen Burger reicht. »Hier, das muss deiner sein.«

Claire stellt eine große Schale in die Mitte vom Tisch. »Von den Pommes könnt ihr alle essen.« Die knusprigen, frittierten Kartoffeln strahlen mich förmlich an und sofort schnappe ich mir eine und stecke sie in den Mund.

»Danke«, sage ich mampfend. Dann wickle ich das Papier ab und nehme auf der Stelle einen großen Bissen von meinem Burger. Jetzt erst merke ich, wie hungrig ich eigentlich bin.

Von der Seite blickt mich Claire gespannt an. Sie selbst hat schon fast ihren halben Burger verdrückt. »Und wie schmeckt er dir?«

Weil mein Mund bereits mit dem zweiten Bissen voll ist, bringe ich lediglich ein Nicken zustande und zeige einen Daumen hoch.

»Was wollen wir uns ansehen?« Der Fernseher taucht das Wohnzimmer in ein helleres Licht, als Grace ihn anschaltet. Es ist ein echt riesiges schmales Gerät. Bestimmt dreimal so groß wie das in Grannys Cottage.

»Was läuft denn so?« Claire schnappt sich drei Pommes aus der Schale und steckt sich alle auf einmal in den Mund.

Grace zappt ein paarmal durch die Kanäle, bis Claire bei einem plötzlich freudig aufruft. »Oh, eine neue Folge *Bachelor.*« Dabei fällt ihr eine Pommes aus der Hand. Entschuldigend blickt sie Grace an und hebt sie sofort auf.

»Ich weiß schon gar nicht mehr, was in der letzten Folge passiert ist.« Grace zuckt mit den Schultern. »Von mir aus können wir das gerne anlassen. Oder was meinst du, Autumn?«

»Klar, warum nicht. Hab's noch nie gesehen, aber irgendwann ist immer das erste Mal, oder?«

Vor Schreck lässt Claire ihren Burger auf das Papier fallen und schaut mich mit riesigen Augen an. »Du hast noch nie *Bachelor* geguckt?«

»Ja?«, piepse ich.

»Dann wird es dringend Zeit!« Spielerisch boxt sie mir auf den Oberarm. »Gut, dass du jetzt hier bist, du scheinst einiges verpasst zu haben in deinem Leben.«

Kurz lache ich auf. »Okay, ich bin gespannt.« Ich stecke mir das letzte Stück von meinem Burger in den Mund und zerknülle dann das Papier. Chase hat es echt drauf.

»Was hältst du von der?«, fragt Claire und deutet mit dem Kinn zu einem schwarzhaarigen Mädchen, das gerade über den Bildschirm stolziert.

Grace verzieht das Gesicht. »Ich weiß nicht, irgendwie kommt sie mir nicht echt rüber.«

»Sie ist eine meiner Favoritinnen!«

»Was?« Grace verschluckt sich beinahe.

Claire nickt euphorisch. »Absolut. Ich finde sie mega cool.«

Ich schmunzle über ihren Schlagabtausch, als mein Smartphone anfängt zu vibrieren. Also ziehe ich es hervor und sobald ich den Namen auf dem Display lese, entfährt mir ein erleichterter Seufzer. *Mom*. Es ist schon viel zu lange her, dass sie sich gemeldet hat.

Ich werfe einen flüchtigen Blick zu den anderen, die immer noch in die Sendung vertieft sind. Dann konzentriere ich mich wieder auf das helle Display und entsperre es mit meinem Daumen. Schnell klicke ich auf die Nachricht.

> Mom: Hey, mein Schatz, ich bin gerade in Boston gelandet.

Sie ist wieder auf unserem Kontinent. Also wird das Unvermeidliche bestimmt bald eintreten. Ich öffne ein Bild von Granny und mir, das uns in der Küche in New York zeigt. Ein paar Sekunden betrachte ich es, um dann einen tiefen Atemzug zu nehmen. Ich kehre zu der Konversation mit Mom zurück und beginne zu tippen.

> Autumn: Hi, Mom. Das ist schön, wie war es in Europa?

Angespannt halte ich den Atem an und starre auf das Display. Keine Minute später gibt mein Smartphone erneut ein Summen von sich.

> Mom: Viel Regen. Wie ist es bei dir? Wie ist Cosy Island?

> Autumn: Richtig schön. Ich habe schon einige Leute kennengelernt und in ein paar Tagen ist die Pumpkin Night, da helfe ich einer Freundin mit ihrem Stand. Das Cottage von Granny habe ich mit einiger Hilfe bereits hergerichtet und es ist jetzt noch gemütlicher als vorher.

Will sie vielleicht schon morgen kommen? Mein Herzschlag verdoppelt sich. Was sie wohl darauf antwortet?

»Autumn«, holt mich Grace' einfühlsame Stimme zurück ins Wohnzimmer.

Ich sperre mein Smartphone und verziehe das Gesicht. »Sorry.«

»Ist alles okay?«, schaltet sich jetzt Claire ein.

Ich schaffe es nur, mit den Schultern zu zucken. Meine Sicht beginnt zu verschwimmen und wenn ich jetzt ein Wort herausbrächte, würde der Damm in mir wahrscheinlich einstürzen.

»Sag schon«, flüstert Claire und stupst mich liebevoll mit der Schulter an.

Ich hole leise Luft. »Meine Mom«, erwidere ich zitternd.

Grace legt einen Arm um meine Schultern. »Ja?«

»Sie kommt.«

»Aber das ist doch gut, oder nicht?«, fragt Claire vorsichtig.

»Eigentlich ja«, murmle ich. »Ach, keine Ahnung.« Ich wische mir über die Augen.

»Hey, du kannst mit uns reden. Wir sind für dich da.« Grace zieht mich kurz noch enger an sich und lässt dann meine Schulter los.

Beide schauen mich mitfühlend an.

»Ich weiß auch nicht«, bricht es aus mir heraus. »Ich vermisse meine Granny so sehr und alles ist so verwirrend.«

Grace reicht mir die Taschentuchbox, die auf dem Tisch vor uns steht. Ich nehme mir eins und schnäuze meine Nase.

»Ich weiß nicht, ob ich dann länger bleiben soll oder vielleicht zusammen mit Mom von hier weggehe? Was das zwischen Sam und mir ist und ach, keine Ahnung«, wiederhole ich verzweifelt.

»Hey«, sagt Grace leise, während Claire nach meiner Hand greift und sie kurz liebevoll drückt. »Du wirst mit Sicherheit die richtige Entscheidung treffen.« Grace' mitfühlende Stimme treibt mir erneut die Tränen in die Augen. »Hör einfach auf dein Herz. Auf das, was sich für dich gut anfühlt und dann wird sich alles fügen. Du wirst schon sehen.«

Ich deute ein Nicken an und merke erst, dass meine Hände zittern, als ich das Smartphone wieder entsperre. *Okay Autumn, jetzt beruhige dich mal, es ist nur deine Mom. Sobald sie hier ist, wirst du ihr alles erzählen und dann kann sie dir vielleicht einen Rat geben.* Ich nehme wieder einen tiefen Atemzug und schaue dann auf die aufblinkende Nachricht.

Mom: Hört sich toll an, ich bin gespannt! Bald habe ich ein paar Tage frei, bevor ich zurück nach Europa fliegen muss. Nach Halloween komme ich vorbei. Versprochen.

Ich seufze. Dann habe ich noch ein paar Tage Zeit, um mir über einiges klarer zu werden. Um mir Gedanken darüber zu machen, ob ich vielleicht länger bleibe oder direkt zusammen mit Mom von hier weggehe.

Mein Blick findet wieder den von Claire und Grace, die mich weiterhin besorgt betrachten. Dann hält mir Claire eine Pommes entgegen. »Hier, damit wird alles ein Stück besser.«

Ich muss ein wenig schmunzeln und ziehe meine beiden Freundinnen kurz in die Arme. Einfach um ihnen zu zeigen, wie dankbar ich ihnen bin.

Kapitel 18

»Wo soll der hin?« Fragend blicke ich zu Claire, während ich den wohl größten ausgeschnitzten Kürbis in den Händen halte, den ich je getragen habe. Und auch wenn ich mich riesig auf die heutige Pumpkin Night freue, so ist das Gewicht in meinen Armen nicht unbedingt förderlich für meine Stimmung. Am liebsten würde ich ihn einfach fallen lassen, aber das will ich Claire dann doch nicht antun. Also beiße ich die Zähne zusammen und warte auf ihre Entscheidung.

Claire, die sich verdächtig viel Zeit lässt mit ihrer Antwort, grinst mich breit an.

»Jetzt sag schon, das Ding ist echt schwer.« Trotzdem kann ich mir am Ende ein Schmunzeln nicht verkneifen, ihre gute Laune ist einfach ansteckend.

»Du kannst ihn da vorne zu den anderen stellen.« Sie deutet auf die Ecke von unserem Stand, wo bereits fünf verschiedene ausgeschnitzte Kürbisse stehen.

Mit einem Schnauben hieve ich ihn dorthin und platziere ihn in der Mitte. In welcher Zeit sie es geschafft hat, aus den ganzen Dingern die Fratzen zu schneiden, ist mir schleierhaft. Und was sie mit den vielen Innereien gemacht hat. Wahrscheinlich ernährt sie sich in den nächsten zwei Monaten ausschließlich von Kürbissuppe.

Mittlerweile haben wir späten Nachmittag und bald müsste die Dämmerung über den Park hereinbrechen, in dem die Stände aufgebaut werden. Und sobald die Sonne untergegangen ist, beginnt die Pumpkin Night.

Von unserem Tisch nehme ich mir ein Teelicht und ein Streichholz und zünde den Docht an. Vorsichtig lege ich das kleine brennende Licht in den großen Kürbis und trete ein paar Schritte zurück, um mir das fertige Werk anzuschauen. Unser Stand befindet sich direkt unter einem Baum, deshalb haben wir in die kahlen Äste zwei Lichterketten drapiert und ein paar Spinnenweben reingehängt. Direkt daneben stehen die besagten Kürbisse und der Tisch selbst ist noch leer. Zum Glück ist unser Stand nicht weit vom Café entfernt, sodass wir keinen weiten Weg haben, wenn wir gleich ein paarmal laufen müssen, um alles hierher zu tragen.

Aber wir sind längst nicht die Einzigen, die noch einiges zu tun haben, bevor es ernst wird. Bei unseren Standnachbarn ist es auch noch relativ leer. Gut, es gibt natürlich auch die, die bereits seit gestern an ihrem Auftritt gefeilt haben und sich jetzt entspannt zurücklehnen können. Wie zum Beispiel die Besitzer des Popcorn-Standes, die es mit der Dekoration vielleicht etwas zu gut gemeint haben. Eine von ihnen platzierte Plastikspinne in einem Baum sah sogar so echt aus, dass ich vor Schreck fast in Claires Arme gesprungen wäre. Nur leider hat sie sich wegen mir selbst so erschrocken, dass wir beide gegeneinander gerempelt sind. Doch dann sahen wir den Popcorn-Eimer, den die Spinne auf dem Kopf hat, und sind beide in einen Lachflash ausgebrochen.

Das erinnert mich an unseren künstlerischen Versuch gestern, wo wir zusammen ein großes Plakat bemalt haben, das vorne an unserem Stand klebt. Darauf steht in großen Lettern *Cat's Coffee*, umgeben von unseren Bemühungen, drei Katzen zu malen. Die beiden von Claire finde ich super, während meine einfach nur zum Lachen sind. Zumindest weiß so jeder, was es bei uns gibt und muss nicht erst raten oder es anhand der Deko herausfinden. Obwohl ich die Idee mit der Spinne und dem Popcorn-Eimer letzten Endes ganz witzig finde.

»Sieht schon gut aus, oder?« Claire kommt mit leichten Schritten zu mir und betrachtet aufgeregt unseren Stand. Gestern war sie so nervös, dass sie drei Teller beim Aufräumen im Café fallen gelassen hat.

»Total, ich glaube, das wird super.«

»Das wird mehr als super. Großartig. Fantastisch.« Sie klatscht in die Hände und zieht dann die Ärmel ihrer Jacke über ihre Finger. In den letzten Tagen ist es noch kälter geworden und eigentlich bin ich fast ein wenig verwundert, dass es noch nicht angefangen hat zu schneien. Auch wenn das im Oktober völlig absurd wäre.

»Wollen wir uns eigentlich gleich direkt bei dir umziehen, wenn wir die restlichen Sachen holen?«

»Gute Idee. Vor Aufregung hätte ich das beinahe vergessen und das ist ja mit eine der wichtigsten Sachen.« Kurz schaukelt sie auf ihren Füßen vor und zurück.

»Na dann gehen wir mal los.« Ich stupse sie an und nicke in Richtung Café.

Hinter dem Stand holt sie eine große leere Box hervor und kommt damit auf mich zu.

»Muss noch was mit?«, frage ich.

»Ja, da ist eine weitere Kiste, wäre super, wenn du sie mitnimmst. Dann können wir darin die ganzen Sachen verstauen.«

Ich tue wie mir geheißen und bin überrascht, wie leicht die Box ist.

»Haben wir ein Glück, dass es heute nicht regnet.« Die schwarzen Gummistiefel von Claire quietschen bei jedem ihrer Schritte, als wir über die Straße laufen.

»Das stimmt, war das Wetter die letzten Jahre auch immer so?«

»Meist schon. Nur vor drei Jahren hat es angefangen zu regnen. Mittendrin.« Sie schiebt ihre Unterlippe vor und verzieht das Gesicht.

»Oje und was habt ihr dann gemacht?«

»Irgendwie hat es trotzdem funktioniert. Mit Regenschirmen, Zelten und so was.« Ein Anflug von Stolz schwingt in ihrer Stimme mit. Sie drückt die Tür zum Café auf und die Glocke läutet, als sie dagegen kommt.

»So, was brauchen wir denn noch alles?«

»Die Kaffeemaschine dort drüben, ein paar Flaschen Milch, am besten verschiedene Sorten, den Sirup und deine Cupcakes. Dann müssten wir eigentlich alles haben. Oder fällt dir sonst was ein?« Sie geht hinter die Theke und stellt die kleine Espressomaschine in die Kiste.

»Ich wüsste gerade auch nichts. Aber falls uns doch was fehlen sollte, sind wir ja nicht weit weg.« Mit dem Rücken drücke ich die Schwingtür zur Küche auf und hole aus dem Kühlschrank die großen Behältnisse mit den Cupcakes. Gestern habe ich sie gebacken und heute früh die Creme darauf verteilt. Insgesamt müssten es knapp neunzig Stück sein. Ich hoffe mal, dass das reicht. Vorsichtig trage ich sie nach und nach zurück ins Café und staple sie in die Kiste, bis sie voll ist und nichts mehr reinpasst.

»Also, ich hätte alles.« Ich halte die große Box nach oben. »Ich muss aber auf jeden Fall gleich ein zweites Mal zurück. Ein paar haben nicht mehr mit reingepasst.«

Claires Kopf taucht hinter der Theke auf. »Ich hätte noch ein bisschen Platz.«

»Ah, super. Ich hole mal die restlichen, wäre klasse, wenn sie mit reinpassen, dann müssen wir nicht zweimal laufen.« Schnell flitze ich in die Küche, ziehe die schwere Tür vom Kühlschrank auf und nehme die letzten beiden Behälter mit zu Claire. »Hier, das sind die letzten.«

Sie nimmt sie mir ab und stellt sie zu den anderen Sachen. »Passt.«

»Perfekt.« Ich halte ihr meine Hand hin, damit sie bei mir abklatschen kann.

»Und nun?« Gespannt springt sie vom Boden auf und sieht mich erwartungsvoll an.

»Was denn? Haben wir etwas vergessen?« Ich blicke mich im Café um, sehe aber nichts mehr, was noch fehlen könnte.

»Unsere Kostüme, Autumn.« Spielerisch verdreht sie ihre Augen.

»Oh, das hätte ich jetzt doch wieder vergessen.«

»Gut, dass du mich hast.« Sie grinst mir zu.

Da fällt mir noch etwas ein, was ich sie den ganzen Tag schon fragen wollte. »Geht heute an Halloween eigentlich dann niemand von Tür zu Tür? Wegen der Pumpkin Night.«

Sie schüttelt den Kopf. »Doch, aber klar. Was wäre ein Halloween, ohne Süßes zu sammeln? Die meisten Eltern besuchen früh mit ihren Kindern die Stände und danach werden die Süßigkeiten eingesammelt.«

Plötzlich wird die Eingangstür aufgedrückt und ein strahlender Chase kommt rein. Bei seinem Anblick können Claire und ich uns das Lachen nicht verkneifen.

Empört schaut er uns an. »Was?«

»Ist das etwa Toilettenpapier?« Claire deutet auf seine Arme und seine Brust.

»Ja und? Ich musste spontan kreativ werden und mir ist auf die Schnelle nichts anderes eingefallen.«

Ich kann trotzdem nicht ganz erraten, als was er verkleidet sein soll, als Chase eingerollt in Toilettenpapier? »Was soll das darstellen?«

»Na, eine Mumie, was denn bitte sonst?« Er stemmt seine Hände in die Hüften und funkelt uns finster an. Dann streckt er die Arme von sich und macht Geräusche wie ein Zombie.

»Ist aber nicht gerade umweltbewusst«, rügt Claire ihn und wedelt dabei mit ihrem Zeigefinger vor seiner Nase herum.

Er schnappt mit den Zähnen nach ihr, was Claire dazu bringt, ihre Hand schnell wegzuziehen. »Hey!«

»Leg dich nicht mit einem Mumienzombie an.«

»Eigentlich fehlt dir noch ein bisschen weiße Farbe im Gesicht.« Nachdem meine Worte draußen sind, blickt Chase mich finster an.

»Ja, gute Idee!«, stimmt Claire mir zu.

»Nee, ich finde, ich bin so Mumienzombie-mäßig genug.« Entschieden schüttelt er den Kopf.

»Komm schon, Chase, es ist nur einmal im Jahr Halloween und dein Kostüm soll doch perfekt sein, oder etwa nicht?« Claire legt ihre Hände aneinander, macht einen Schmollmund und blinzelt ihn aus großen Kulleraugen an.

Kurz stöhnt er auf. »Na gut, aber nicht viel, das Zeug geht bestimmt schwer ab.«

»Jippie!« Sie klatscht in die Hände und fällt ihm kurz um den Hals. Dann macht sie sich ruckartig los. »Was wolltest du eigentlich hier?«

»Euch fragen, ob ich irgendwie helfen kann? Ich habe schon alles drüben und wusste nicht, ob ihr noch zwei starke Arme gebrauchen könnt.« Chase blickt zwischen uns beiden hin und her.

»Du kannst gerne eine der Boxen mitnehmen. Dann machen Autumn und ich uns schnell fertig und kommen dann sofort nach.« Claire zeigt ihm die schwarze Box, in der auch die Espressomaschine drin ist. »Ach und dann bringe ich direkt die Schminke für dich mit. Ich werde aus dir eine viel hübschere Zombiemumie machen.«

Er hebt die Box hoch, als wäre sie voller Federn. »Okay, dann bis gleich. Ich bin gespannt, als was ihr kommt.« Kurz nickt er uns zu und verschwindet dann durch die Tür.

»Lass dich überraschen«, ruft Claire ihm noch hinterher und wendet sich dann zu mir. »Los geht's.« An meinem Arm zieht sie mich hinter sich her, durch die Tür hinter der Theke und dann die schmale Holztreppe rauf zu ihrer Wohnung. Dabei werden wir von Lucky überholt.

»Hey, kleiner Kater«, begrüße ich ihn oben und streichle seinen flauschigen Kopf.

Claire schließt die Tür auf und es ist das erste Mal, dass ich ihre Wohnung betrete. Heute Morgen habe ich ihr mein Kostüm gegeben und sie muss es irgendwann im Laufe des Tages nach oben gebracht haben. Als ich die ersten Schritte in den kleinen Flur mache, weht mir sofort ein süßlicher Geruch in die Nase. Ich kann nicht genau sagen, woher er kommt. Aber was mir noch direkt auffällt, ist die Wärme hier drin. Automatisch fühle ich mich wohl.

Auf einem kleinen Teppich zieht sie ihre Schuhe aus und ich mache es ihr nach. Der warme Holzboden und die helle Tapete passen super zusammen. Auf einem schmalen Regal stehen ein paar vereinzelte Bilder. Direkt fällt mir ein Selfie von Claire mit Buttercup, Snowball und Lucky ins Auge. Als wir schließlich um eine Ecke biegen, erkenne ich, woher der Geruch kommt. Auf der kleinen Küchenzeile stapeln sich ein paar Muffins. »Hast du die gebacken?«

Auf dem Weg in den nächsten Raum dreht sie sich um und wirft einen Blick dorthin. »O ja, war nur ein Versuch.« Sie zuckt mit den Schultern.

»Riecht auf jeden Fall gut.«

Claire verzieht das Gesicht. »Schmecken trotzdem bei Weitem nicht so gut wie deine. Du hast es einfach drauf.«

Bei anderen Leuten fühle ich mich meistens unbehaglich, wenn sie mir dazu ein Kompliment machen, aber bei ihr ist es anders. »Danke, dafür bist du die Barista-Fee.«

Von einer Sekunde auf die nächste strahlt sie mich an. »O ja!«

Es freut mich immer sehr, dass sie selbst so überzeugt von ihren Kreationen ist. Es ist nicht nur irgendein Job für sie, sondern pure Leidenschaft.

Zusammen betreten wir nun ihr großes Badezimmer. Direkt vor einem Fenster steht eine riesige weiße Badewanne. »Wow«, flüstere ich.

»Ich gehe kurz die Kostüme holen.« Schnell verschwindet sie aus dem Raum und kommt kurz darauf wieder zurück. »Das ist deins.« Sie streckt mir meine Sachen entgegen.

Kurz verziehe ich das Gesicht.

»Komm schon, das wird lustig. Vertrau mir«, versucht Claire mich aufzumuntern.

»Okay.« Ich nehme einen tiefen Atemzug und ziehe das Kostüm dann über. Als ich fertig bin, stelle ich mich vor den großen Spiegel in der Ecke des Badezimmers. Eine Lichterkette ist oben herumgebunden, was ihn sehr magisch wirken lässt.

Claire stellt sich neben mich und zusammen betrachten wir uns im Spiegel. »Wir sehen toll aus, oder?«

Der graue Tüll bauscht sich um unsere Oberschenkel und das gestreifte Oberteil passt einfach perfekt dazu. Bei dem Anblick von unseren beiden Schwänzen muss ich allerdings lachen. Als Claire dann anfängt damit zu wedeln, fällt auch sie in mein Lachen ein.

»Weißt du, was jetzt noch fehlt?«

Verwirrt schaue ich sie an. »Wir haben doch alles. Oder etwa nicht?«

Sie deutet auf unsere Gesichter. »Schminke.«

Na super. Doch Claire ist so voller Tatendrang, dass ich mich ihrem Willen beuge. Es dauert nicht lang und schon ist meine Nase bemalt, aber als sie bei den Schnurrhaaren ihr Bestes gibt, muss ich laut niesen. »Sorry, das kitzelt total.«

»Ich weiß, aber es sieht so toll aus. Ohne Schminke wäre das Kostüm nicht ganz gewesen.« Als sie mit mir fertig ist, malt sie sich selbst an und dann holt sie etwas aus einem großen Schrank neben einem der beiden Waschbecken. Strahlend dreht sie sich mit einer kleinen Flasche silbernem Glitzer zu mir um. »Jetzt noch ein bisschen davon auf deine Wangen und dann sind wir heute Abend die süßesten Katzen.«

Genau in dem Moment kommt Buttercup ins Badezimmer gerannt.

»Oh, tut mir leid, euch kann natürlich keiner übertreffen.«

Er drückt sich abwechselnd an ihre und meine Beine. Ich bücke mich, um ihn zu streicheln, was er sofort mit einem Schnurren kommentiert. Dann wird er von Lucky unterbrochen, der auf ihn draufspringt. Fauchend rennt Buttercup hinter ihm her, als dieser versucht Reißaus zu nehmen.

Claire schüttelt nur den Kopf über die beiden und konzentriert sich dann wieder auf mich. Sie streut ein bisschen von dem glänzenden Zeug auf meine Wangen und verschönert damit auch sich selbst. Dann schiebt sie das Fläschchen in ihre Tasche.

Verwundert blicke ich sie an. »Was hast du damit vor?«

»Na, das ist für Chase. Auch ein Mumienzombie braucht ein bisschen Glitzer.«

»Oh, der wird sich bestimmt freuen.«

Sie zuckt nur mit den Achseln und hüpft dann in den Flur zurück. »Wollen wir los?«

»Haben wir denn alles oder müssen wir noch was von hier mitnehmen?«

»Nein, es müsste endlich alles gepackt sein oder teilweise sogar schon da sein.« Dann dreht sie sich mit einem schockierten Gesichtsausdruck um. »Autumn«, ruft sie.

»Was?«, frage ich alarmiert.

»Die Ohren.«

Was meint sie nun wieder? »Was?«

Sie deutet auf ihren Kopf. »Wir haben den Haarreifen mit den Katzenohren vergessen.«

Kurz stöhne ich auf. »Oh, Claire! Du schaffst es jedes Mal, mir eine Heidenangst einzujagen.«

Betreten blickt sie mich an. »Sorry.« Danach tänzelt sie in das Badezimmer und kommt mit beiden Haarreifen in der Hand zu mir zurück. »Hier, bitteschön.«

»Danke.« Ich streife ihn mir über meine Haare.

»So, jetzt müssten wir aber wirklich alles haben.« Aufgeregt klatscht sie in die Hände.

»Ich hoffe doch.«

Kapitel 19

In der Luft liegt dieser magische Zauber. Den, den man auch am Weihnachtsmorgen verspürt, wenn man die Augen aufschlägt und weiß, heute wird ein guter Tag. Ich habe nicht damit gerechnet, dass noch etwas anderes dasselbe Gefühl auslösen kann, bis wir zurück zum Park kommen. Um uns herum herrscht völlige Dunkelheit, die geschnitzten Kürbisse leuchten um die Wette, die Lichterketten funkeln in den Bäumen und alle tuscheln aufgeregt miteinander. Das alles ist zugleich wundervoll und wahnsinnig aufregend. Alle scheinen bester Laune zu sein und dieses aufgeregte Kribbeln ist überall wahrzunehmen.

Claire begrüßt eine Menge Menschen und da ich keinen von ihnen persönlich kenne, lächle ich einfach jeden an. »Sollen wir erst bei dem Stand von Chase vorbeischauen? Dann kann ich direkt sein Kostüm vollenden.« Sie wackelt mit den Augenbrauen.

»Klar«, sage ich schnaufend. »Aber lass uns die erst wegbringen.« Die Box in meinen Armen wird immer schwerer und so langsam habe ich Angst, sie runterfallen zu lassen. Das wäre echt schlecht, dann hätten wir nur noch ein Drittel der Cupcakes, die ich vorbereitet habe.

Claires Augen weiten sich. »Geht es?«

»Ja, wir sind doch gleich da, oder?« Ich stemme die Kiste ein Stück höher, weil sie bedrohlich am Wackeln ist.

Claire nickt bestätigend und sobald wir um die Ecke kommen, kann ich unsere Lichterkette in den Bäumen erkennen. Ich beschleunige meine Schritte und bekomme um mich herum nicht mehr viel mit, weil ich nur ein

Ziel vor Augen habe: die Cupcakes heil an unserem Tisch ankommen zu lassen. Stöhnend wuchte ich die Box schließlich auf die Fläche. »Puh, geschafft!«

»Super!« Claire hält mir ihre Hand zum Abklatschen hin. Nachdem ich eingeschlagen habe, widmet sie sich dem Karton, den Chase bereits hier abgestellt hat, und holt die Espressomaschine heraus. »Vielleicht sollten wir doch erst aufbauen und dann zu ihm gehen, nicht dass wir nachher sonst in Stress geraten.« Dann dreht sie sich nachdenklich zu allen Seiten um.

Ich nicke ihr bestätigend zu, was sie flüchtig mitbekommt. »Was suchst du? Kann ich dir helfen?«

»Das Stromkabel. Es muss doch hier irgendwo sein.« Sie bückt sich, um zwischen dem ganzen Laub nachzusehen. Eigentlich ist es eine wunderschöne Idee, das alles im Park zu veranstalten und vorher wurde der größte Teil von den heruntergefallenen Blättern extra weggeräumt, trotzdem haben sich schon wieder neue auf dem Boden angesammelt.

»Wie wär's mit dem hier«, ertönt eine Stimme hinter uns.

Claire zuckt so stark zusammen, dass sie sich dabei ihren Kopf am Tisch stößt. »Au.« Sie kommt darunter hervor und blitzt Chase wütend an, während sie die Stelle an ihrem Kopf reibt. »Musst du mich so erschrecken?«

In seinen Augen liegt ehrliches Bedauern, aber Claire sieht nicht so aus, als würde sie es bemerken. »Tut mir total leid. Geht's?«, fragt er.

Sie zuckt mit den Schultern. »Ja, alles gut. Mach dich nur nächstes Mal bitte bemerkbar.«

Mit einem unterdrückten Grinsen nimmt er uns einen kurzen Augenblick in Augenschein. »Ihr seht übrigens echt süß aus.«

Claire übergeht sein Kompliment und nimmt ihm stattdessen das Stromkabel aus der Hand. »So und jetzt zu dir.« Aus ihrer Tasche zieht sie weiße und rote Schminke hervor und dann das kleine Fläschchen Glitzer.

»Okay, das bin ich dir jetzt schuldig.« Er schnappt sich einen der Campingstühle, setzt sich darauf und hält Claire brav sein Gesicht hin.

»Damit wird dein Kostüm perfekt.« Sie schmiert ein wenig von dem Weiß auf sein Gesicht, ein bisschen von dem Rot unter seine Augen und dann zaubert sie damit noch ein paar Wunden in sein Gesicht.

»Das sieht wirklich gut aus«, gebe ich ehrlich zu. Ich bin ziemlich erstaunt, was sie da geschaffen hat. Seine Wunden wirken total echt und ich kann mir vorstellen, wenn sie das nicht auf die Schnelle hätte machen müssen, hätte er fast einen von den Zombies aus dieser einen Serie abgegeben.

Nachdenklich betrachtet sie ihn einige Sekunden. »Ich glaube, ich lasse den Glitzer sogar weg, das würde jetzt doch nicht so passen«, sagt sie grüblerisch.

»Okay!« Chase springt auf. »Hast du dein Smartphone dabei, damit ich mich in der Frontkamera anschauen kann? Ich habe meins drüben liegen gelassen.«

Da kommt mir eine Idee. »Warte, ich mache direkt ein Foto von euch beiden.«

Mit leicht geröteten Wangen schaut Claire mich an, reicht mir dann jedoch ihr Smartphone.

Chase stellt sich hinter sie und schlingt die Arme um ihre Hüften, aber so, als würde er sie jeden Moment angreifen, nicht, als wären sie auf einem Abschlussball.

»Und jetzt Käsekuchen«, sage ich grinsend.

Der Gesichtsausdruck von Claire ist unbeschreiblich, aber sie reißt sich schnell zusammen und tut so, als hätte sie Angst vor ihm. Obwohl das Foto gruselig wirken sollte, sieht es irgendwie super süß aus. Ich gebe ihr das Smartphone zurück und mache mich daran, die Cupcakes auszupacken und auf die dafür vorgesehenen Etageren zu stellen. Natürlich haben wir sie mit ein paar Spinnenweben dekoriert.

Chase räuspert sich unterdessen. »Danke dir«, murmelt er leise, bevor er sich umdreht und losmarschiert. Hinter ein paar Bäumen bleibt er an einem Tisch stehen und winkt uns zu.

Claire verdreht die Augen. »War doch irgendwie klar.« Ein kleines Lachen ist aus ihrer Stimme rauszuhören.

»Wieso haben wir das eben nicht bemerkt?«, frage ich amüsiert.

»Wir waren zu sehr damit beschäftigt, die Cupcakes heile herzubringen.«

»Auch wieder wahr.« Automatisch stelle ich mich auf die Zehenspitzen und prüfe, ob ich Sam zwischen den Bäumen und anderen Menschen ausmachen kann. Zu meiner Enttäuschung ist sein schiefes Grinsen weit und breit nicht zu entdecken. Also konzentriere ich mich auf die Behälter mit den köstlich aussehenden Pumpkin-Cupcakes. Sie bestehen aus Schokoladenteig und die Creme ist ganz leicht orange. Als Highlight habe ich noch kleine Schokoladenkrümel draufgegeben. Am liebsten würde ich mir einen schnappen und hineinbeißen, möchte aber keinen verschwenden, obwohl ich nicht damit rechne, heute alle zu verkaufen.

Claire beginnt nun damit, die verschiedenen Sorten Milch anzurichten, obwohl ich nicht verstehe, wie sie die hier schön drapieren will, immerhin sind es einfach Glasflaschen. Aber sie schiebt diese konzentriert hin und her, bis sie zufrieden zu sein scheint und sich an die Anordnung der Tassen macht.

Plötzlich steht eine junge Frau mit langen, roten Haaren vor uns. Irgendwie kommt sie mir bekannt vor, nur will mir in dem Moment nicht einfallen, wo ich sie schon einmal gesehen habe.

»Hey, Claire«, grüßt sie. Ein paar Sekunden lang mustert sie mein Gesicht und hebt dann eine Augenbraue.

»Das ist Autumn«, stellt Claire mich schnell vor. »Autumn, das ist Summer.«

Summer! Der nichtstrahlende Sonnenschein vom Kino! Wieso ist mir das nicht direkt aufgefallen?

»Hi«, begrüße ich sie.

Summer nickt mir lediglich zu und wendet sich dann an Claire. »Kannst du mir ein paar Servietten geben? Ich habe vergessen welche einzukaufen und bevor ich Ärger mit meinem Boss bekomme, frage ich lieber dich.« Auch heute scheint sie nicht bester Laune zu sein.

Claire kramt ein paar davon aus einem der Kartons und reicht sie ihr. »Hier, mehr kann ich dir leider nicht geben, weil wir selbst welche brauchen.«

»Ja, danke.« Sie hebt die Hand zum Abschied, dreht sich um und eilt mit schnellen Schritten davon.

Mit hochgezogenen Augenbrauen schaue ich Claire an. Was war das denn?

Sie muss meine Gedanken gelesen haben und zuckt entschuldigend mit den Schultern. »Sorry, das war meine Schwester, ihr Boss ist echt ein Mistkerl.«

»Moment, Schwester? Sie ist deine Schwester?« Schockiert reiße ich die Augen auf.

»Ja, habe ich dir nie erzählt, dass ich eine habe?«

Ich schüttle den Kopf. Wie kann sie die Schwester von Claire sein? Der lieben, hilfsbereiten und gutherzigen Claire, die keiner Fliege was zuleide tun könnte?

»Im Moment ist sie nicht so gut drauf, aber hast du sie hier noch nie auf der Insel gesehen? Ich meine, groß ist es hier ja nicht gerade.«

Ich verkneife mir zu sagen, dass sie meinen ersten Tag hier nicht wirklich besser gemacht hat. Schließlich ist Summer ihre Schwester und meistens hat es einen Grund, wenn jemand nicht gut drauf ist. Trotzdem ist das keine Entschuldigung, andere mies zu behandeln.

»Doch, einmal«, erwidere ich leise.

»Oje.« Besorgnis tritt in ihre Augen. »War wohl kein besonders schönes erstes Treffen, oder?«

Ihren Spürsinn hätte ich auch mal gerne, dann wüsste ich vielleicht mal eher, was Sam von mir hält und ob ihm die Sache genauso ernst ist wie mir.

»Geht so, aber schon gut.« Kurz lächle ich ihr zu. Sie kann ja nichts dafür.

»Tut mir leid, falls sie gemein zu dir war. Vor ein paar Wochen haben sich ihr Freund und sie getrennt. Seitdem ist sie so drauf. Das wird bestimmt bald wieder.«

Das erklärt so einiges. »O Mann, das tut mir leid.«

Claire verzieht das Gesicht, hüpft kurz darauf aber freudig auf. »So, sind wir startklar, bevor es gleich losgeht?« Mit einem gezwungenen Lächeln tänzelt sie von einem Fuß auf den anderen.

»Äh, ja, ich glaube schon.« Überrumpelt von dem plötzlichen Themenwechsel stelle ich schnell die letzten Cupcakes bereit. Und langsam merke ich, wie Aufregung in mir hochsteigt. Heute ist der erste Tag, an dem eine große Anzahl an Menschen mein Gebäck essen wird und das macht mich ein kleines bisschen nervös. Was, wenn es jemandem nicht schmeckt? Oder mein

Horrorszenario: wenn keiner es mag? Im Café hat sich bisher noch niemand beschwert, trotzdem ist da die kleine Ungewissheit in meinem Hinterkopf, die sich einfach nicht abstellen lässt.

Durch die Baumkronen kann ich ein paar Sterne aufblitzen sehen. Ob Granny meine Pumpkin-Cupcakes gemocht hätte? Mein Herz wird schwer. Es vergeht kein Tag, an dem ich sie nicht vermisse und wünschte, sie wäre hier. Selbst wenn die Cupcakes absolut eklig wären, hätte sie mich aufgebaut und zusammen mit mir am Rezept gefeilt, bis wir zufrieden gewesen wären.

»Autumn?« Das Rütteln an meiner Schulter holt mich zurück ins Hier und Jetzt. Claire schaut mich besorgt an. »Alles okay?«

Eine einzelne Träne rollt meine Wange hinab. Mit meinem Ärmel wische ich sie weg und nicke ihr zu.

Sie drückt mich an sich. »Du kannst jederzeit mit mir reden, das weißt du, oder?«, flüstert sie mir zu.

»Ja«, bringe ich heiser heraus.

Als sie sich von mir löst, lächle ich ihr dankbar zu. Ich hoffe, ihr ist klar, wie viel mir ihre Worte bedeuten.

»Hey, kann ich einen Muffin haben?«, reißt uns eine leise Stimme aus dem Moment. Ein kleines Mädchen mit glitzernden Flügeln auf dem Rücken strahlt mich aus großen Augen an.

»Aber klar.« Schnell laufe ich hinter den Stand und reiche ihr mit einem aufgesetzten Lächeln einen der Cupcakes.

Sofort beißt sie rein. »Danke«, sagt sie mit vollem Mund und nimmt direkt einen weiteren Bissen.

»Alice! Wir müssen den doch erst bezahlen!« Eine Frau kommt herbeigeeilt und sieht mich entschuldigend an. Wahrscheinlich ist sie die Mutter des Mädchens.

»Ist schon okay, der geht aufs Haus.«

»Sind Sie sicher?« Ihr Blick gleitet zu ihrer Tochter, die dabei ist, die letzten Krümel zu verputzen.

»Mom, der war super lecker!«, ruft sie und zupft dabei an der Jacke ihrer Mutter.

Mein Lächeln wird immer breiter und die gedrückte Stimmung von gerade ist vergessen. »Absolut.«

»Vielen Dank. Alice, bedank dich bei dem netten Mädchen.« Tadelnd sieht sie ihre Tochter an.

»Danke.« Fröhlich hüpft das Mädchen auf und ab. »Können wir jetzt Pommes holen?«

»Du hast doch vor wenigen Sekunden erst einen Muffin gegessen.« Die Mundwinkel der Frau zucken und sie kann nicht verhindern, dass sich ein Lächeln auf ihre Lippen stiehlt.

»Aber Pommes gehen immer. Bitte«, bettelt sie.

Kurz drückt die Frau ihre Tochter an sich. »Also gut, dann komm.« Sie verabschiedet sich von mir und zusammen mit dem Mädchen schlendert sie zum nächsten Stand. Bestimmt zu dem von Chase, ich wüsste nicht, wer hier sonst noch Pommes anbieten sollte.

»Unser erster Gast!« Claire taucht neben mir auf und schüttelt kurz meine Schultern.

Wie kann sie eigentlich so aufgeregt sein, obwohl sie schon so viele Pumpkin Nights mitgemacht hat? Trotzdem steckt sie mich immer weiter mit ihrer Freude an.

»Ja! Hast du gesehen, dass das Mädchen meinen Cupcake mochte?«

»Warum hätte sie den nicht mögen sollen?« Claire schaut mich verwirrt an.

»Ich weiß nicht.« Betreten beiße ich mir auf die Unterlippe.

Claire füllt eine Tasse mit Kaffee und reicht sie mir. »Autumn, ich kenne niemanden, der besser backt als du. Glaub mir, du bist super.«

Ich nehme das heiße Getränk entgegen und probiere sofort einen kleinen Schluck, was ich später bestimmt bereuen werde, wenn ich nicht einschlafen kann. »Dankeschön.«

Ich trinke noch ein wenig davon, stelle die Tasse dann jedoch zur Seite, weil immer mehr Leute zu uns kommen. Claire kennt fast jeden von ihnen mit Namen und stellt mich vor. Ein paar habe ich bereits im Café getroffen und plaudere ein bisschen mit ihnen, während sie einen Cupcake essen und dazu etwas trinken. Gut, dass Claire auch entkoffeinierten Kaffee dabeihat, denn in Anbetracht der Tageszeit wählen viele diesen.

Plötzlich taucht ein bekanntes Gesicht vor mir auf. »Autumn, Schätzchen.« Mrs Cooper zieht mich in eine feste Umarmung, aus der wir uns nach ein paar Sekunden lösen. »Schön dich zu sehen.« Ihre Wange ziert ein aufgemaltes schwarzes Spinnennetz.

»Sie auch. Wie geht es Ihnen?« Der Moment, als ich sie auf der Fähre getroffen habe, taucht in meinem Kopf auf. Der Gedanke zaubert ein Lächeln auf meine Lippen.

»Gut, gut, aber sag, fühlst du dich hier wohl? Hast du dich schon eingelebt? Wie schade, dass wir uns bisher nicht mehr über den Weg gelaufen sind, allerdings habe ich für längere Zeit meinen Sohn auf dem Festland besucht.« Neugierig begutachtet sie meine Cupcakes.

»Möchten Sie?« Ich halte ihr einen davon hin.

Lächelnd nimmt sie ihn entgegen. »Nun erzähl schon, wie gefällt es dir hier?«

Irgendwie wundert es mich nicht, dass sie so interessiert daran ist. »Wirklich gut! Ich habe Claire kennengelernt und helfe ab und zu in ihrem Café aus.«

»Oh, wie wundervoll! Das freut mich.« Kurz zieht sie mich noch einmal in ihre Arme. »Ich muss jetzt leider weiter, doch es war schön, dich mal wiederzusehen, Autumn.«

»Das fand ich auch.« Ich winke ihr zu und dann verschwindet sie in der Menge aus heranströmenden Leuten. Ehrlicherweise habe ich nicht damit gerechnet, dass hier so viel los sein würde. Aber die Zahl der Cupcakes verringert sich zusehends. Claire und ich haben alle Hände voll zu tun und kommen gar nicht dazu, uns zwischendurch zu unterhalten, weil immer wieder jemand vor uns steht und etwas bestellen möchte, was natürlich total schön ist.

»Hallo, könnte ich bitte fünf von denen da haben?« Nun steht ein großer junger, blonder Mann mit einer Plastikspinne auf der Schulter vor mir.

»Sicher. Soll ich sie auf einen Teller legen?« Fünf Stück mit der Hand zu tragen, stelle ich mir nämlich nicht so leicht vor.

»Das wäre gut.«

Plötzlich kommt ein kleines Mädchen in einem schwarzen Hexenkostüm angerannt. Ihr Hut ist lila und voller Glitzer. Aufgeregt zupft sie an seiner Jacke. »Daddy, kann ich auch so was haben?«

»Klar, ich hatte nicht vor die alle allein zu essen.« Lächelnd nimmt er den Teller von mir entgegen, geht in die Hocke und reicht seiner Tochter einen von den Cupcakes.

»Danke.« Strahlend beißt sie hinein und gleich darauf noch einmal. »Alice hatte recht, die sind super«, sagt sie mit vollem Mund.

»Schön, dass er dir schmeckt«, klinke ich mich in das Gespräch ein.

Das Mädchen schaut mich aus großen Augen an. »Machst du so was jetzt immer?«

»Was meinst du?«

»Na, diese Dinger.« Sie hebt ihren fast aufgegessenen Cupcake in die Höhe.

Kurz muss ich schmunzeln. »Ja, Cupcakes mache ich öfter. Meistens bin ich bei Claire im *Cat's Coffee*.«

Aufgeregt hüpft sie auf und ab und schaut ihren Dad dabei an. »Daddy, können wir da bald hin und wieder so was essen?«

»Sicher, wenn du möchtest, jetzt müssen wir aber weiter, sonst sucht uns deine Mom noch.« Dann wendet er sich an mich. »Danke.«

»Gerne, ich hoffe, Ihnen schmeckt es auch.«

»Ganz bestimmt.« Er kommt ein Stück näher. »Ehrlich, das heißt schon was, dass ihr der schmeckt, denn sie isst bei Weitem nicht alles.«

Mein Lächeln wird immer breiter. »Das freut mich.«

Er reicht mir ein paar Scheine. Dann winken beide mir noch einmal zu und gehen dann weiter.

Mit einem erschöpften, doch sehr glücklichem Gesicht kommt Claire zu mir. »Es ist echt ganz schön viel los, oder?«

»Ja, total. Ehrlich gesagt habe ich nicht mit so einem Ansturm gerechnet.«

Sie wirft einen Blick auf die letzten paar Cupcakes, die auf der Etagere stehen. »Scheint gut zu laufen, was?«

»Total, ich habe nur noch eine halbe Portion zum Nachfüllen.« Kurz zucke ich mit den Schultern.

»Ist doch super, dass sie so gut ankommen.« Dann wendet sie sich einer Frau zu, die einen Kaffee bestellen möchte.

Ich atme kurz durch und schaue mich um. So langsam wird es ein wenig leerer und ich kann endlich die Cupcakes nachfüllen. Als ich gerade dabei bin, ein paar rauszuholen, lässt mich eine Stimme innehalten.

»Hey, kleines Kätzchen.«

Augenblicklich wird mein Innerstes wärmer und mein Herzschlag verdoppelt sich. Ich drehe mich zu der Stimme um und versinke in den tiefgrünen Augen von Sam.

»Hi.«

Kapitel 20

Bei dem Anblick von seinem Kostüm muss ich kurz auflachen. »Hat Chase dich etwa angegriffen?« Um seinen Kopf ist ein weißer Verband gebunden, an dem jede Menge Kunstblut klebt. Sein dunkles Shirt hat viele Risse, genauso wie seine Hose. Mit einem Frösteln stelle ich sogar fest, dass ein großes Stück von einem Hosenbein fehlt.

Ganz langsam verziehen sich seine Mundwinkel zu einem schiefen Lächeln. »Ja, ich bin das Opfer von Chase. Witzige Idee, oder?« Theatralisch legt er eine Hand an den Kopf und spielt einen Schwindelanfall vor.

»Total«, sage ich sarkastisch.

Er deutet zwischen Claire und mir hin und her. »Sie hat euch auch passend geschminkt, oder?«

»Ganz genau. Das war Claires Idee.« Ich schaue zu meiner Freundin rüber, die mit ihrem Katzenschwanz wedelt.

»Sieht süß aus.«

Ein paar Sekunden lang sehen wir uns in die Augen.

Leise räuspere ich mich. »Wird es bei euch auch leerer?«

»Ja, so langsam machen sich viele auf den Weg nach Hause, um noch von Tür zu Tür gehen.«

Claire schleicht sich jetzt hinter Sam, der davon nichts mitbekommt. Ich versuche mir nichts anmerken zu lassen und konzentriere mich deshalb ganz auf ihn.

»Ich denke, wir werden gleich schon mal den Stand abbauen. Ihr auch?«

In dem Moment schmeißt Claire sich von hinten auf seinen Rücken und schubst ihn leicht mit ihren Händen weg. Ein lautes »Buh« erfüllt dabei die kalte Luft.

Sam zuckt heftig zusammen und fährt zu ihr herum. »Claire! Meine Güte, hast du mich erschreckt.«

Ein breites Grinsen lässt ihr Gesicht erstrahlen. »Das war der Sinn dahinter.«

Sam wendet sich wieder an mich. Er muss merken, dass ich mir ein Lachen verkneife, denn er tritt näher an mich heran und schaut mir tief in die Augen. »Und du? Du findest das lustig?«

Ich beiße mir auf die Unterlippe und schüttle leicht meinen Kopf. »Äh, nein.«

»Na warte, du wirst schon sehen, was du davon hast.« Plötzlich zieht er mich in seine Arme und beginnt mich zu kitzeln.

Lachend winde ich mich. »Hör auf, hör auf.«

»Das hättest du wohl gerne.«

»Bitte«, flehe ich laut kichernd.

Er tritt einen Schritt zurück und hebt seine Arme. »Okay, okay«, sagt er lachend.

Claire, die neben ihm steht, wackelt mit ihren Augenbrauen in meine Richtung, was ich gekonnt ignoriere. Sie scheint ziemlichen Spaß daran zu haben, solche Andeutungen zu machen und jedes Mal muss ich mir dabei selbst das Lachen verkneifen, weil sie es immer in den besten Momenten macht.

»Also, was meint ihr, baut ihr auch gleich euren Stand ab?« Fragend blickt Sam zwischen Claire und mir hin und her.

»Ja, so langsam kommen nur noch vereinzelt Cupcake- und Kaffee-Liebhaber. Oder was meinst du, Autumn?«

Ich schaue mich erneut um, aber es sind wirklich nur noch ein paar Pärchen oder einzelne Personen unterwegs. Im Gegensatz zu vorhin ist es jetzt so gut wie leergefegt. »Ja«, murmle ich zustimmend.

»Super, dann können wir danach direkt los zur Party, oder?« Gespannt sieht Sam zu mir, was ich mit einem Nicken kommentiere.

»O ja! Ich freu mich schon. Mal gucken, was sich Chase diesmal überlegt hat«, antwortet Claire für mich. Sie stellt sich auf ihre Zehenspitzen und versucht in der Menge jemanden auszumachen.

Sam scheint das ebenfalls zu bemerken. »Ich habe Chase längst losgeschickt, damit er den Rest vorbereiten kann. Den Stand abzubauen, schaffe ich mit den anderen auch allein.«

»Dann los! Je eher wir bei der Party sind, desto mehr bekommen wir noch von den guten Sachen ab.«

Verwirrt schaue ich zu ihr. »Die guten Sachen?«

»Na, die Cocktails. Sonst ist nachher bereits alles weg.« Sie nimmt ihren Katzenschwanz in die Hand und schwingt ihn herum, als hätte sie ein Lasso.

»Ich mache mich dann mal auf den Weg. Wollen wir uns vor dem Diner treffen? Dann können wir zusammen zur Party fahren«, schlägt Sam vor.

»Fahren?«, frage ich.

»Ja, ich dachte mir, wir könnten doch mit meinem Truck fahren. Die Farm liegt ein bisschen außerhalb und es wird immer eisiger.«

»Wenn es dir nichts ausmacht, gern.« Mir wird wirklich mit jeder weiteren Minute kälter, den Truck würde ich jetzt echt bevorzugen.

»Sam trinkt nie was, deshalb ist er eigentlich ständig unserer Fahrer.« Claire boxt ihm leicht auf den Oberarm.

Von weiter hinten dringt eine laute und tiefe Stimme zu uns. »Sam? Wir brauchen deine Hilfe.«

Flüchtig schaut er über die Schulter. »Also dann, wir sehen uns gleich.« Kurz hebt er noch seine Hand zum Gruß und joggt dann los.

Sofort vermisse ich seine Nähe und sehne seine Lippen auf meinen herbei. Wenn er bei mir ist, fühle ich mich augenblicklich wohler und – Nein, Stopp! Wer weiß, ob er überhaupt genauso fühlt wie ich oder ob es für ihn nur etwas Belangloses und Ungezwungenes ist. Obwohl etwas Winziges in mir das Gegenteil denkt.

»Wollen wir anfangen?« reißt mich Claire aus meiner endlosen Gedankenspirale.

Ich räuspere mich verlegen. »Klar, ich räume schon mal die übrig gebliebenen Cupcakes zurück in eine Box. Vielleicht wollen ein paar auf der Party sie noch essen.«

»Gute Idee. Sind ja nur noch wenige.«

»Zum Glück habe ich so viele gemacht. Trotzdem hab nicht mit dem Ansturm gerechnet.«

»Auch wenn du es vielleicht noch fünfmal hören musst: Sie sind super!«

Mir treten ein paar Tränen in die Augen. Durch meinen verschwommenen Blick erkenne ich, wie Claire auf ihrer Lippe herumkaut.

»Und deine Versuche, mir das Backen beizubringen, haben zwar geholfen, aber ich reiche nicht mal ansatzweise an dein Können heran.« Sie tritt von einem Fuß auf den anderen.

»Claire, ist alles gut bei dir?«

Ein paar Sekunden lang starrt sie in den Himmel, dann holt sie einmal tief Luft und schaut mich ernst an. »Ich wollte dich etwas fragen.«

»Ja?«

»Könntest du dir vorstellen, fest im Café zu arbeiten?« Sie bringt die Worte so schnell heraus, dass ich mir nicht sicher bin, ob ich das richtig verstanden habe.

»Was?«, wispere ich.

Ihr Brustkorb hebt und senkt sich stark, als sie erneut tief Luft holt. »Also, ich habe mir überlegt, es hat doch in letzter Zeit super geklappt, dass wir zusammenarbeiten, und das Café läuft seit deinen Cupcakes viel besser. Da dachte ich mir, ob du nicht vielleicht auf Dauer mit mir zusammenarbeiten möchtest?« Unruhig knetet sie ihre Hände. »Ich weiß, dass du eigentlich nicht so lange hierbleiben willst, aber mich hätte es ziemlich geärgert, wenn ich nicht gefragt hätte«, schiebt sie noch hinterher.

Ich atme tief ein und schaue in den Himmel, an dem genau in dem Moment ein Stern aufblinkt. Schon immer bin ich ein Mensch gewesen, der an Schicksal und nicht an Zufall glaubt. Vielleicht möchte mir damit jemand einfach die Entscheidung hierzubleiben abnehmen. Was würde mich davon abhalten? Ich habe sowieso keinen Plan, wie es weitergeht. Und zum ersten Mal habe ich das Gefühl, angekommen zu sein. Mich an einem Ort vollständig wohlzufühlen. Und das, was Claire mir anbietet, ist alles, wovon ich immer geträumt habe. Trotzdem bin ich mir unsicher. Was wenn es nicht funktioniert? Wenn es mit Sam nichts wird und der Gedanke, ihm trotzdem ständig über den Weg zu laufen, zu sehr wehtut? Oder wenn Claire doch irgendwann unzufrieden mit mir ist?

»Ich muss darüber nachdenken, okay?«, flüstere ich entschuldigend.

Ihre Schultern sacken nach unten, aber ihre Augen funkeln verständnisvoll. »Lass dir so viel Zeit, wie du brauchst.«

»Danke«, hauche ich und kann trotzdem nicht fassen, dass sie es mir angeboten hat.

Sie legt ihren Arm um meine Schultern. »Und jetzt lass uns feiern!«

Kapitel 21

Die Stimmung ist bereits auf dem Höhepunkt angekommen, als wir das große eiserne Tor der Farm passieren. Überall stehen verkleidete Menschen mit Bechern in der Hand und sind am Feiern. Starke Bässe dringen bis zu uns durch, was sich dumpf in meinem Brustkorb anfühlt. Ich erkenne ein paar Vampire, Hexen, einige Superhelden aus den verschiedensten Filmen und noch ein paar Zombies. Und damit das Ganze noch mehr nach Halloween schreit, hat Chase die komplette Auffahrt mit flackernden Kerzen und ausgeschnitzten Kürbissen, deren Fratzen uns entgegenstrahlen, ausgestattet. In einigen Bäumen entdecke ich sogar Spinnenweben oder unheimliche Figuren.

Bevor ich mich jedoch wirklich gruseln kann, werde ich wieder einmal durchgerüttelt. Die Auffahrt ist durch die Schlaglöcher im Sandweg sehr holprig und auch wenn Sams Fahrstil ruhig und konzentriert ist, kann er nicht verhindern, dass es sich anfühlt wie auf einer Attraktion in einem Freizeitpark.

»Hui und noch eins«, jubelt Claire. Sie hat sich daraus einen Scherz gemacht und tut so, als säßen wir in einer Achterbahn.

Der Blick von Sam weicht keine Sekunde vom Weg ab. »Achtung, wieder eins. Haltet euch fest.«

»Achtung«, rufen Claire und ich lachend wie aus einem Mund.

Ich schiele zu Sam, der sich ein Lachen verkneift, während die holprige Fahrt langsam zu einem Ende kommt. Kurz darauf parkt er den Truck vor einer großen Scheune.

Sofort springt Claire heraus. »Dann wollen wir mal.« Voller Elan schmeißt sie die Autotür zu und schaut uns beide durch mein Fenster erwartungsvoll an.

»So ist sie schon die letzten Tage gewesen.« Kurz zucke ich mit den Schultern und verziehe mein Gesicht.

»Was anderes hätte ich von ihr auch nicht erwartet«, witzelt Sam mit einem verschmitzten Ausdruck.

»Kommt ihr jetzt, oder was?«, tönt es von draußen.

»Ich glaube, wir sollten mal langsam raus, sonst dreht sie wahrscheinlich durch.« Sam öffnet seine Tür, wirft mir vorher aber noch einen kurzen Blick zu.

Sofort verliere ich mich wieder in seinen Augen und möchte mich gar nicht von ihm losreißen, doch plötzlich klopft Claire gegen mein Fenster und ich zucke zusammen.

»Ich komm ja schon!« Gehorsam klettere ich aus dem Wagen, auch wenn ich mir das Lachen nicht ganz verkneifen kann.

Sobald wir Claire erreicht haben, marschiert sie zielstrebig auf die Scheune zu, aus der die laute Musik dröhnt. Wir folgen ihr eilig und schon bald erkenne ich eine große Gruppe Menschen. Plötzlich grölen alle auf und beginnen zu klatschen. Ich stelle mich auf die Zehenspitzen, um zu erkennen, was passiert ist, allerdings bin ich trotzdem noch zu klein, um irgendwas zu sehen.

Sam bemerkt meine Neugier und mustert die Traube aus Menschen einen Augenblick. »Es muss um irgendein Trinkspiel gehen.« Er macht eine wegwerfende Handbewegung und rollt amüsiert mit den Augen.

Als wir uns schließlich dem Eingang nähern, fällt mir erst der Nebel auf, der fast den ganzen Platz einnimmt.

»Cool, wo hat Chase denn für dieses Jahr eine Nebelmaschine aufgetrieben?« Staunend blickt sich Claire nach allen Seiten um.

Sam zuckt mit den Schultern. »Ich glaube, die hat er sich bei irgendwem geliehen.«

Ein Clown kommt uns entgegen und ich kann nicht verhindern ein Stück zur Seite zu springen.

»Hey, hat da etwa jemand Angst?« Sam greift nach meiner Hand und drückt sie kurz. Viel zu kurz.

Ich verziehe meine Mundwinkel. »Clowns sind einfach gruselig.«

Claires Gesichtsausdruck scheint meinen widerzuspiegeln.

»Na kommt, dann gehen wir besser schnell rein, bevor wir gleich wieder auf ihn treffen.« Sam beschleunigt seine Schritte und kurz darauf treten wir durch die Eingangstür, hinter der uns noch mehr Stimmen als draußen entgegenschlagen.

Die Luft ist stickig und eine Gruppe aus Menschen reiht sich an die nächste. Hier den Überblick zu behalten, scheint ein Ding der Unmöglichkeit. Sam aber bringt es fertig und entdeckt nach wenigen Sekunden Travis, der bei einer kleinen Gruppe Feen steht. »Geht schon mal vor. Ich komme gleich nach«, ruft er uns über die Massen zu.

Claire streckt ihren Daumen hoch und zieht mich dann weiter, bis wir in einer großen, modernen und dunklen Küche landen. Ich weiß auch nicht, wieso ich damit gerechnet habe, dass es hier eher altmodisch als modern ist, aber die Küche ist der Wahnsinn. Eine riesige Kochinsel bildet die Kirsche auf der Sahnehaube, auch wenn sie gerade mit unzähligen Schüsseln, Auflaufschalen und Getränkeflaschen beladen ist. Das ist jedoch längst nicht alles. Direkt vor einer breiten Fensterfront steht ein großer Tisch, auf dem Becher, Teller und Besteck darauf warten, verwendet zu werden.

»Komm, wir stellen die Cupcakes dazu.« Claire hält die Box in die Höhe und geht zu den ganzen Schüsseln.

Kurz sehe ich ihr dabei zu, wie sie sich einen der Teller holt und die übrig gebliebenen Gebäckstücke darauf anrichtet. Dann schweift mein Blick zu einer großen Schale, aus der der Duft nach Mac and Cheese aufsteigt. »Hat hier jeder was mitgebracht?«

Ertappt, weil sie gerade dabei war, an einer Schüssel zu schnuppern, schaut Claire auf. »Ja, genau. Einfach jeder, der Lust hat. Ich glaube, ich esse direkt was, habe einen riesigen Hunger. Du auch?«

Leise höre ich die Käsenudeln nach mir rufen und in dem Moment gibt mein Magen ein lautes Knurren von sich. Also schnappe ich uns direkt zwei Teller und reiche Claire einen davon. »O ja!«

Als wir gerade dabei sind, genüsslich unsere dampfenden Nudeln zu verdrücken, kommt Sam in die Küche. »Das Game geht gleich los.«

Ich schlucke den heißen Bissen hinunter, wobei ich versuche mir den Gaumen nicht zu verbrennen. »Was geht gleich los?«

Claire klinkt sich in unser Gespräch ein. »Das traditionelle *Capture the Pumpkin*.«

Ich verschlucke mich beinahe an meinem nächsten Bissen. »*Capture the Pumpkin*?«

Sam verdreht die Augen. »Ja, was Besseres ist uns allen nie eingefallen und dann hat sich der Name so festgesetzt.« Er nimmt sich einen Schokoladen-Muffin aus einer der Schüsseln und beißt hinein. Mit dem angebissenen Rest deutet er auf mich und zwinkert mir dann zu. »Nicht so gut wie deine.«

Ich merke, wie meine Wangen warm werden. »Aber wie genau geht das?«

Er nimmt sich einen der Stühle und macht es sich darauf bequem. »Eigentlich ist es fast genauso wie *Capture the Flag*, nur nicht mit einer Flagge, sondern mit einem Kürbis, der ein Burger-Symbol eingeritzt hat.«

»Ähm, was genau ist denn *Capture the Flag*?«, hake ich nach.

»Du kennst kein *Capture the Flag*?« Claire sieht aus, als würde sie gleich die Fassung verlieren.

»Nein?« Ich gucke beide abwechselnd an.

Sam lächelt mir beruhigend zu. »Es ist ganz einfach. Gleich teilen wir uns in zwei Gruppen auf. Jedes Team hat einen Kürbis, den es innerhalb von zehn Minuten verstecken muss. Danach treffen wir uns alle wieder am Startpunkt und sobald das Signal ertönt, versuchen wir den gegnerischen Kürbis zu finden. Das Team, das ihn zuerst entdeckt und zurück zum Start bringt, hat gewonnen.«

Scheint wirklich nicht schwer zu verstehen zu sein.

»Mega, oder?« Claire verdrückt ihren letzten Bissen und beginnt damit, den Teller wegzuräumen.

»Hört sich lustig an. Wann geht's los?«

Sam schaut auf die große Uhr, die über der Tür hängt. »In acht Minuten, wir sollten uns beeilen.«

Schnell verschlinge ich den Rest meiner Nudeln und folge dann Sam und Claire aus der Küche. Drinnen ist es jetzt viel leerer als vorhin, nur wenige kleine Grüppchen oder Pärchen stehen zusammen. Anscheinend haben sie keine Lust auf das Spiel.

Als wir uns draußen den anderen Leuten anschließen, fällt mir noch was ein. Also wende ich mich an Sam, der ganz dicht bei mir steht. »Wie werden eigentlich die Teams aufgeteilt?«

Sein Blick schweift in der Menge umher, dann wendet er sich aber mir zu. »Chase hat einen Beutel mit Stäbchen in zwei verschiedenen Farben. Rot und Blau. Je nachdem, welches du davon ziehst, bist du entweder im roten oder blauen Team.«

Ich nicke verstehend und hoffe, nicht allein in einem Team zu landen.

In dem Moment ertönt die Stimme von Chase aus einem Megafon. »Achtung Leute, aufgepasst. Alle, die bei *Capture the Pumpkin* mitmachen wollen, bleiben bitte hier, die anderen gehen zur Seite. Dann ist es einfacher mit der Team-Verteilung.«

Mein Blick fällt auf die Menschen um uns herum, von denen jetzt einige zur Seite treten. Ich schätze, ungefähr vierzig bleiben übrig. Ich wundere mich total, dass so viele vom Festland dabei sind, denn die meisten der jungen Menschen habe ich vorhin im Park nicht gesehen.

Inzwischen hat Chase bereits einigen von ihnen den Beutel hingehalten und macht nun bei Claire halt. Die jetzt mit ernstem Gesichtsausdruck ein blaues Stäbchen herauszieht.

»Dann bist du wohl in meinem Team.« Chase hält ihr die Hand hin.

Sie zögert einen Augenblick, klatscht sie dann aber ab.

Von den jubelnden Menschen angespornt geht er augenblicklich weiter zu Sam, der ein rotes Stäbchen herauszieht.

Claire blitzt ihn an. »Ich mach dich so was von fertig.«

»Das warten wir mal ab«, erwidert er.

Jetzt bleibt Chase vor mir stehen und hält mir den Beutel hin. Nervös greife ich hinein und ertaste einige der Stäbchen. Eins fällt mit zwischen die Finger. Bitte Rot. Bitte Rot. Bitte Rot. Mit geschlossener Hand nehme ich es heraus und schaue gespannt auf meine Faust. Dann öffne ich sie langsam und die Anspannung fällt von mir ab, als ich ein rotes Stäbchen darin liegen sehe.

Sam beugt sich zu mir herunter. Sein warmer Atem kitzelt mein Ohr. »Wir werden so was von gewinnen.«

Dann taucht Travis hinter Claire auf. »Und wer ist in meinem Team?« Er hält ein blaues Stäbchen hoch.

Claire stößt ihre Faust gegen seine. »Alle bis auf die da.« Sie zeigt auf uns. »Wir werden sie definitiv besiegen.«

Jackson und Grace gesellen sich nun auch noch zu den dreien, die sich immer weiter gegen uns verschwören.

Sam wendet sich an mich. »Komm, wir gehen mal zu unserem Team.«

Wir nicken uns verschwörerisch zu und eilen dann schnurstracks zu einer jungen Frau, die unseren Kürbis in den Händen hält. Dieser ist mit roter Farbe besprüht und wirklich mit einem eingeritzten Burger-Symbol versehen. Ich stelle mich auf die Zehenspitzen und versuche Claire in der Menge aus blauen Mitspielern auszumachen.

Sam stupst mich an. »Wen suchst du?«

»Claire.«

Er zeigt auf einen Punkt in der Mitte der ganzen Leute. »Da vorne. Die mit dem Kürbis.«

Tatsächlich, dort zwischen den ganzen Menschen steht Claire mit dem Kürbis in ihren Armen, der natürlich mit blauer Farbe gekennzeichnet ist. Sie sieht überglücklich aus. Ich überfliege die anderen Mitspieler, bis ich bei Travis lande, der in diesem Moment dabei ist, seinen Becher aufzufüllen. Ein paar Sekunden bleibt mein Blick auf ihn gerichtet, bis er sich leicht schwankend an die anderen wendet.

Ich knuffe Sam in die Seite und deute dann in die Richtung von Travis. »Ist alles in Ordnung mit ihm?«

»Mit Travis?«

Ich denke daran zurück, wie abwesend er bei unserem ersten Treffen im Diner gewesen ist und daran, wie er betrunken gegen Grace gestolpert ist. Dann nicke ich Sam zu.

Als er gerade etwas erwidern will, unterbricht uns ein Vampirmädchen. Sie trägt eine braune Mütze auf dem Kopf, unter dem ihre ziemlich langen blonden Haare hervorfließen. An ihrem Mund klebt Kunstblut und als sie jemand anderem zulächelt, strahlen uns spitze Zähne entgegen. »Hey, kommt mal alle zusammen«, ruft sie. In dem ganzen Trubel geht ihre Stimme jedoch leider ein bisschen unter.

Ohne uns abzusprechen, fangen Sam und ich gleichzeitig an, die Mitspieler von unserem Team auf sie aufmerksam zu machen.

Kurz darauf stehen wir alle in einem Kreis. Das blonde Mädchen hebt die Stimme. »Also, gleich geht's los. Ich dachte mir, wir sprechen uns kurz ab, wo wir ihn verstecken sollen.« Sie hebt den Kürbis ein Stück in die Höhe.

Ein junger Mann, der als Einhorn verkleidet ist, tritt ein bisschen näher. »Vielleicht stellen wir ihn einfach ganz unauffällig zu den anderen Kürbissen am Eingang?«, flüstert er.

Ein Mädchen, das ebenfalls ein Katzenkostüm trägt, verzieht das Gesicht. »Keine gute Idee, Chad. Das hat früher die ersten paar Jahre immer eine Gruppe gemacht und jetzt schaut dort meistens jemand immer als Erstes nach.«

Ich stupse Sam an und bedeute ihm sich zu mir herunterzubeugen. »Wie heißt das Vampir-Mädchen?«

»Amy«, flüstert er zurück.

»Ähm, Amy? Was ist, wenn wir ihn bei den Heuballen verstecken, die draußen vor der Scheune stehen? Dann könnten wir noch ein bisschen Stroh drumlegen, das würde dann nicht ganz so auffallen?« Die ganzen großen Dinger sind mir nämlich vorhin aufgefallen, als wir rauskamen.

Ich schaue in die Runde und sehe, dass mir einige zunicken. Amy scheint ein paar Sekunden zu überlegen. »Finde ich eine gute Idee, oder was meint ihr?«, fragt sie an die anderen gewandt.

Zustimmendes Gemurmel erklingt.

Chase stößt jetzt zu unserer kleinen Runde und wendet sich an uns alle. »Okay, die blaue Gruppe geht jetzt ins Haus zurück und dann habt ihr zehn Minuten Zeit, den Kürbis zu verstecken. Blake und Charlotte passen drinnen auf, dass niemand versucht durch die Fenster zu gucken.« Dann erfüllt ein lautes Pfeifen die Luft. »Los geht's!« Chase schlingt den Arm um ein Mädchen im Feenkostüm und schlendert mit ihr und dem restlichen Team zurück ins Haus.

Ich sehe noch durch ein Fenster, wie er, nachdem die Tür hinter ihnen zugefallen ist, seinen Kopf zu ihr runterbeugt und seine Lippen auf ihre drückt. Sie erwidert den innigen Kuss und vergräbt wild ihre Hände in seinen Haaren.

Ich tippe Sam an und deute schmunzelnd in die Richtung. »Nicht, dass er doch flunkert.«

»Glaub mir, der ist mit was anderem beschäftigt.«

An der Stelle, wo Chase eben gestanden hat, verharrt nun ein anderer junger Kerl mit einem Smartphone in der Hand. »Ah, das ist dann wohl Blake?«

»Richtig erraten«, flüstert Sam liebevoll an meinem Ohr und entlockt mir damit ein Lächeln.

»Wir sollten jetzt los«, reißt uns Amy aus dem Moment.

»Oh – Shit«, stoße ich aus. Irgendwie habe ich vergessen, dass es losgeht.

»Komm«, ruft Sam.

Zusammen rennen wir alle los in Richtung Scheune. Dann höre ich jemanden, der als einer der Marvel-Superhelden verkleidet ist, rufen: »Hier ist ein guter Ort!«

Amy läuft zu der besagten Stelle und platziert unseren Kürbis zwischen zwei großen Heuballen.

Ich drehe mich ein paarmal um, auf der Suche nach losem Heu. Dann sehe ich ein paar Schritte entfernt von mir einiges auf dem Boden. Ich nehme alles, was ich tragen kann, auf meine Arme und bringe es zurück zu unserem Kürbis, um ihn dadurch noch besser zu verstecken.

Dann hält Amy mir ihre Hand zum Abklatschen hin. »War eine gute Idee von dir!«

Nachdem wir drinnen aufgeregt unsere Zeit abgewartet haben, während das andere Team ihren Kürbis versteckt hat, stehen wir wieder alle erwartungsvoll draußen vor dem Haus. Gespannt hüpfe ich von einem Bein aufs andere. »Wann geht es endlich los?«

Sam legt seine Hände auf meine Schultern und schaut mir tief in die Augen. Ich sehe das Glitzern der ganzen Lichter hier draußen darin leuchten, während mich sein verschmitzter Ausdruck zum Grinsen bringt. »Hey, ganz ruhig, jetzt sofort.«

Ich nicke voller Vorfreude, doch diese droht schnell zu verfliegen, als ich eine bekannte Gestalt wahrnehme. Sam bemerkt meinen Gesichtsausdruck und folgt meinem Blick, wobei er meine Schultern loslässt. Niemand Geringeres als Jenna steht in der Mitte einer Gruppe und knutscht wild mit einem Superhelden herum. Immer wieder sieht sie dabei zu uns. Ich kann nichts dagegen machen, dass sie mir irgendwie leidtut. Auch wenn sie so gemein zu mir war, verstehe ich es auf irgendeine verdrehte Weise.

Bevor ich jedoch irgendwie auf ihre Anwesenheit reagieren kann, ertönt Chads Stimme. »Wir wollen uns noch mal kurz absprechen, wer wo sucht.«

Also gehen wir mit ihm zusammen zu unserem Team.

»Am schlausten wäre es, wenn wir uns in Zweierteams aufteilen und dann jeder an einem anderen Ort sucht, was meint ihr?« Amy schaut fragend in die Runde.

Eine Meerjungfrau tritt einen Schritt nach vorne. »Finde ich gut, Liz und ich gehen zusammen bei der Scheune nachsehen.« Sie nimmt die Hand von einem Mädchen, das eine blutbeschmierte Krone trägt, und drückt ihr einen flüchtigen Kuss auf die Lippen.

Plötzlich merke ich, wie sich eine warme Hand in meine schiebt. Ich drehe mich zu Sam um. »Gehen wir?«

Ich bringe lediglich ein Nicken zustande.

Dann ertönt ein Pfiff. »Und los! Das erste Team, das mit dem gegnerischen Kürbis wieder hier ist, gewinnt!«

Ein großes Durcheinander entsteht, als alle wild drauflosstürmen. Dabei werde ich angerempelt, und von Sams Hand losgerissen.

Hektisch drehe ich mich zu ihm um. »Wir haben uns mit den anderen noch gar nicht weiter abgesprochen.«

»Egal, lass uns einfach irgendwohin gehen. Hast du eine Idee?«

Einen kurzen Augenblick überlege ich, dann muss ich an die ganzen Bäume vor der Auffahrt denken. »Zum Eingangstor.«

»Okay.«

So schnell wir können steuern wir unser Ziel an. Er ist ein paar Sekunden vor mir da und ich komme wegen dem Sand auf dem Boden schlitternd vor ihm zum Stehen. Außer Atem stemme ich meine Hände auf die Knie. »Sorry, ich bin nicht gerade die Sportlichste«, keuche ich, während ich versuche meine Lunge mit Sauerstoff zu füllen.

»Alles gut, gib Bescheid, wenn es wieder geht.« Er wendet sich zum Tor und untersucht es kurz. »Also, hier ist schon mal nichts.«

Ich schüttle den Kopf und stelle mich nun aufrecht hin. »Ich hatte überlegt, ob er vielleicht in einem der Bäume ist.« Mit einer Hand deute ich auf die ganzen Baumkronen um uns herum. Ganz leicht werden einige davon von den Lichterketten, die darin hängen, erstrahlt.

»Super Idee!«

So langsam beruhigt sich mein Puls wieder und nimmt einen normalen Rhythmus an. »Komm, lass uns direkt nachgucken.«

Aber Fehlanzeige. In keinem der Bäume finden wir einen Kürbis. Enttäuscht schaue ich Sam an. »Und wenn wir ihn übersehen haben?«

Er schüttelt den Kopf. »Glaube ich nicht, wir waren wirklich gründlich.«

Dann durchbricht ein lauter Knall die nächtliche Stille. Ein zischendes Geräusch folgt darauf und etwas Blaues erhellt den Himmel.

Sam und ich recken unsere Köpfe nach oben. »Unser Kürbis wurde gefunden. Das war das Zeichen.«

Betrübt lasse ich die Schultern hängen. »Schade, das ging echt schnell.«

»Ja, normalerweise dauert es länger. Deine Idee mit dem Versteck war aber echt gut«, versucht er mich aufzumuntern.

Langsam machen wir uns auf den Weg zurück zum Haus.

»Was war das eigentlich, das den Himmel kurz in Farbe getaucht hat?«

»Eine Leuchtpistole, eigentlich darf man sie nur im Notfall benutzen, allerdings spricht Chase das immer mit unserem Sheriff ab.«

In der Ferne kann ich bereits die restlichen Mitspieler sehen. Man erkennt sofort, wer zu den Gewinnern und den Verlierern gehört. Jede Wette, dass Claire in dieser Sekunde siegessicher ein Tänzchen aufführt. Bei dem Gedanken muss ich grinsen, doch dann gefriert es, weil ihr Jobangebot die Stelle einnimmt. Was soll ich bloß tun? Ich schiele zu Sam und fasse dann einen Entschluss. Meine Hand schnellt zu seiner und stoppt ihn.

»Alles gut?«, fragt er unsicher.

Ich nicke ihm zu. »Ich muss dir was sagen.«

Einen Moment betrachte ich sein Gesicht. Sein markantes Kinn, die kleine Einkerbung seiner Nase und dann die tiefgrünen Augen. Was er wohl davon hält?

»Claire hat mir einen Job angeboten«, bricht es aus mir heraus.

»Einen Job?«, verwirrt zieht er seine Augenbrauen hoch.

»In ihrem Café.«

»Echt?«

Ich nicke, während sich sein Blick mit jeder Sekunde aufhellt. Doch dann scheint er meine skeptische Miene zu bemerken und wird sofort ebenfalls ernst. »Was ist los?«, fragt er besorgt.

»Na ja – Keine Ahnung, irgendwie bin ich mir einfach nicht sicher.« Ich stelle mich auf die Zehenspitzen und drücke meine Lippen flüchtig auf seine. »Ich mag das, was sich gerade zwischen uns entwickelt«, flüstere ich.

»Dann lass uns einfach gucken, wohin es führt«, erwidert er genauso leise. Mit den Fingerspitzen streicht er eine Haarsträhne aus meinem Gesicht. »Lass dir Zeit und entscheide in Ruhe. Du musst ihr sicherlich noch nicht morgen deine Antwort geben.«

Bei diesen Worten drückt mein Herz fest gegen die Rippen. »Danke«, erwidere ich kaum hörbar. Das war genau das, was ich von ihm hören musste. Ich lege meine Lippen wieder auf seine.

Er erwidert meinen Kuss mit einer Intensität, die mich atemlos macht. Meine Lippen öffnen sich, während er mir bereits mit seiner Zunge entgegenkommt. Er schmeckt nach Spannung, Neugier und dem Start von etwas ganz Aufregendem.

Dann legt er seine Hand an meine Wange und stoppt sanft unseren Kuss. Einige Sekunden betrachtet er mein Gesicht und löst sich dann von mir. »Es gibt da etwas, das ich dir unbedingt zeigen möchte. Nimm dir am Mittwoch nichts vor.«

»Ein Date?«, flüstere ich.

Er tippt zärtlich auf meine Nase, was mich irgendwie zum Schmunzeln bringt. »Wenn du möchtest?«

Ich schaffe es nur, meinen Kopf in Bewegung zu setzen und ein Nicken anzudeuten.

»Okay, ich komme dich dann abholen.« Er beugt sich zu mir herunter und legt erneut seine Lippen auf meine.

Ich erwidere den Kuss und vergrabe meine Hände in seinen Haaren. Unser Kuss wird stürmischer. Meine ganze Haut steht in Flammen, während er mich noch näher an sich zieht.

Als ein Grölen ertönt, machen wir uns keuchend voneinander los.

Meine Wangen müssen ziemlich glühen, so fühlen sie sich jedenfalls an. Trotzdem liegt auf meinem Gesicht ein breites Lächeln, das Sam liebevoll erwidert. Dann nimmt er meine Hand in seine. »Komm, wir sollten zurück zu den anderen gehen.«

Zusammen schlendern wir über den sandigen Weg, während unter uns bei jedem Schritt die Blätter rascheln. Als wir näher kommen, entdecke ich sofort Claire, die die Menge absucht. Als sie mich entdeckt, schaut sie mit dem breitesten Grinsen, das ich je gesehen habe, zu mir rüber. »Ich wusste, dass du den Kürbis da verstecken willst, dein Blick, als wir vorhin rausgekommen sind, sprach einfach Bände.« Sie hebt unseren Kürbis in die Höhe und prostet mir damit zu.

Dann spüre ich Sams Lippen an meinem Ohr. »Beim nächsten Mal machen wir sie fertig.« Kurz drückt er mir einen Kuss auf die Stelle zwischen meinem Ohr und Haaransatz.

»Wer hat Bock auf eine nächste Runde?« Chase' laute Stimme durchbricht die feierliche Stimmung. »Das war doch viel zu kurz, um nur eine zu spielen!«

Zustimmendes Gejubel brandet auf.

Sam und ich klatschen uns ab.

»Dann los.« Ich nicke Claire verschwörerisch zu und gehe dann mit Sam zurück zu unserem Team.

Kapitel 22

»Aber ich bin sicher, in der nächsten Runde hätten wir euch wieder geschlagen.« Grace blickt mich finster an, während sie sich ihre Tasse schnappt, um einen großen Schluck daraus zu nehmen.

Von meinem Platz hinter der Theke aus grinse ich sie triumphierend an. »Klar, ganz bestimmt. Ihr hattet in der ersten Runde einfach nur Glück. Kein Wunder, dass wir die beiden danach gewonnen haben.«

Sie trinkt den Rest von ihrem Kaffee und wirft anschließend einen Blick auf ihre Armbanduhr. »Ich muss los, die Praxis öffnet gleich.« Dann gleitet sie in ihre gelbe Regenjacke. »Schade, dass ich Claire nicht mehr sehen konnte. Ich hätte zu gern mit ihr unseren Sieg gefeiert.«

»Einmal Grace, ihr habt einmal gewonnen.« Ich verdrehe die Augen und linse auf die große Uhr an der Wand. »Eigentlich sollte sie schon längst hier sein.«

Grace zuckt mit den Schultern. »Dann ein andermal. Bis morgen.«

Ich winke ihr zum Abschied. Irgendwie ist es zu einer Art kleinem Ritual geworden, dass sie ein paarmal die Woche vor ihrer Schicht im Café vorbeischaut und einen Kaffee trinkt. Heute war sie bisher sogar fast der einzige Gast, denn es scheint, als müsste sich die ganze Insel immer noch von der Pumpkin Night erholen, die bereits zwei Tage her ist.

In Gedanken versunken greife ich nach ihrer Tasse, um sie abzuspülen, werde jedoch von der bimmelnden Türglocke unterbrochen.

Sofort schweift mein Blick zum Eingang. Ich blinzle, weil ich mir nicht sicher bin, ob ich gerade eine Halluzination habe oder wirklich soeben meine Mom hereingekommen ist.

Sie nimmt den Raum in Augenschein, bis sie bei mir hängen bleibt und sich ihre Miene aufhellt. Mit großen Schritten kommt sie auf mich zu.

Ich eile um die Theke herum und falle ihr in die Arme.

»Hallo, Autumn.« Sie drückt mich behutsam an sich.

»Hi, Mom«, sage ich leise. Wie ich so eine Umarmung vermisst habe. Ich nehme einen tiefen Atemzug, um ihren vertrauten Geruch in mich aufzunehmen. Sie riecht wie immer nach Magnolie und irgendwas anderem Süßen.

Sie hält meine Schultern fest und betrachtet einen Moment lang mein Gesicht. »Gut siehst du aus.«

»Woher wusstest du, dass ich hier bin?«

»Na ja, da, wo es Cupcakes gibt, gibt es auch dich.« Sie zwinkert mir liebevoll zu. Dann zieht sie mich noch einmal in ihre Arme. »Ich hab dich so vermisst!«

»Und ich dich erst, Mom.« Ich löse mich von ihr und betrachte einige Sekunden ihre sanften Gesichtszüge. Die blonden, schulterlangen Haare und die braunen Augen, die meinen so ähnlich sind. Passend dazu trägt sie mal wieder einen der figurbetonten Anzüge, von denen sie Dutzende Ausführungen in ihrem Kleiderschrank hat. Oder eher in ihrem Koffer, so oft wie sie mit dem unterwegs ist.

»Autumn, sorry, ich habe mich echt beeilt, aber der Supermarkt war so voll und –« Claire kommt durch die Tür gestürmt und bleibt ruckartig stehen, als ihr meine Miene auffällt. Kurz schaut sie zwischen meiner Mom und mir hin und her. Ihr muss die nicht zu übersehende Ähnlichkeit auffallen, auf die mich schon viele angesprochen haben.

»Claire, das ist meine Mom Helen und Mom, das ist Claire«, stelle ich die beiden vor.

Claire schüttelt meiner Mom die Hand. »Freut mich Sie kennenzulernen. Sie und Autumn haben echt eine unheimliche Ähnlichkeit.«

Ein kleines Lächeln stiehlt sich auf ihre Lippen. Ja, genau so eine Wirkung hat Claire auf Menschen. Ihre Emotionen sind unglaublich ansteckend.

»Schön, dass Autumn hier bereits eine Freundin gefunden hat.« Mom streicht ihre kurzen, hellen Haare zurück. Bis vor ein paar Wochen hatte ich auch noch denselben blonden Farbton, bis ich sie mir dunkelbraun gefärbt habe.

Claire lächelt mir zu. »Autumn ist echt toll und seitdem sie hier ist, kommen immer mehr Leute ins Café.«

Womit wir direkt beim Thema wären. Eigentlich hätte ich das gerne noch etwas hinausgezögert.

»Tatsächlich? Das wundert mich gar nicht.« Liebevoll schaut Mom zu mir rüber, während sie den Träger ihrer Tasche wieder nach oben rückt.

Claire nickt so heftig mit dem Kopf, dass ihre Haarwellen auf und ab hüpfen. »O ja! Alle lieben ihre gebackenen Kreationen.«

Ich mache eine einladende Handbewegung. »Mom, möchtest du vielleicht etwas Heißes trinken? Claire macht wirklich den besten Kaffee weit und breit.«

»Wieso nicht? Einen Cappuccino, bitte.«

Auf der Stelle dreht sich Claire um und verschwindet hinter der Theke. »Darf ich vielleicht noch ein bisschen mehr als einen einfachen Cappuccino daraus zaubern?«

Ein verwirrter Ausdruck huscht über Moms Gesicht. Sie zögert kurz, beantwortet Claires Frage aber dann mit einem knappen Nicken.

Breit lächelt sie ihr zu. »Perfekt, suchen Sie sich doch schon mal einen Platz.« Sie drückt den Hebel vom Kaffeeautomaten runter und das bekannte laute Zischen ertönt.

Mom schaut sich im Café um und geht dann zielstrebig auf einen leeren Platz am Fenster zu.

Mein Blick gleitet zu Claire. »Setz dich ruhig zu ihr«, flüstert sie. Als ob sie meine Nervosität bemerken würde, lächelt sie mir aufmunternd und beruhigend zu.

Ganz langsam setze ich einen Schritt vor den anderen. Ich merke, dass meine Hände leicht anfangen zu zittern und stecke sie deshalb in die Taschen meines Kapuzenpullovers. Vorsichtig lasse ich mich auf den Sessel gegenüber meiner Mom gleiten.

Sie schaut mich gespannt an. »Und wie gefällt es dir bisher? Du warst in deinen Nachrichten immer so knapp.«

Ich atme tief ein und blicke sie mit großen Augen an. »Echt gut, wirklich.« Dann atme ich noch mal tief ein und rutsche unruhig auf meinem Platz hin und her.

»Autumn, rück schon raus mit der Sprache.«

»Was?«, frage ich verwirrt.

Sie deutet auf mich. »Ich kann dir förmlich ansehen, dass du irgendwas nicht länger für dich behalten kannst. Nun sag schon.« Auf ihrem Hocker rutscht sie ein Stück nach vorne und legt ihre Hände aneinander, um den Kopf darauf abzustützen.

»Nun ja, ich weiß, das hier ist nicht der passende Ort, um darüber zu reden, also, es ist so …«

»Du willst hierbleiben«, fällt sie mir ins Wort.

Ich zucke mit den Schultern. »Ich weiß einfach nicht, was ich machen soll.« Mit einem Nicken deute ich zu Claire, die gerade in die Küche verschwindet. »Claire hat mir angeboten hier fest zu arbeiten.«

Die Augen meiner Mom weiten sich. »Das ist doch großartig.« Sie bemerkt meinen Blick und zieht die Augenbrauen hoch. »Oder nicht?«

»Ja. Das ist alles, wovon ich immer geträumt habe.« Ich breite meine Arme aus.

»Aber?«

Ein Seufzen entfährt mir. »Was wenn ich es nachher bereue?« Ich schlucke. »Oder mich überstürzt entscheide?«

Über den Tisch greift sie nach meiner Hand. »Schätzchen, ich bin für dich da, egal wie deine Antwort ihr gegenüber ausfällt.« Ihr Händedruck ist warm und zeigt mir genau das, wonach ich mich gesehnt habe. Die Gewissheit, dass sie hinter mir steht, wie auch immer ich mich entscheide.

Ich deute ein Nicken an, während sie meine Hand wieder loslässt.

»Ich bin mir ganz sicher, dass du die richtige Entscheidung für dich treffen wirst.«

Ich seufze laut und bringe immer noch kein Wort heraus.

»Ich glaube aber, dass du eigentlich schon genau weißt, was du möchtest, das verrät dein Blick, wenn du darüber sprichst.«

»Wie meinst du das?«, wispere ich.

Sie breitet die Arme aus, während ihre Augen beginnen zu strahlen. Auch wenn sich darin ein leichtes Schimmern abzeichnet. »Das hat dieser Ort an sich.«

Fragend schaue ich sie an.

»Cosy Island verzaubert einen mit jedem Tag mehr, bis man diesem Ort vollständig verfallen ist.« Gedankenverloren gleitet ihr Blick nach draußen.

Über den Tisch greife ich nach ihrer Hand. »Geht es?« Die Erinnerungen an Dad müssen sie schneller und stärker eingeholt haben, als ich gedacht hätte.

Sie nickt mir zu und wischt sich einmal über die Augen. »Ja, es ist nur so lange her, seit ich hier war.« Sie seufzt kurz auf. »Aber dich so glücklich zu sehen, macht alles um Welten besser.«

Ich stehe auf und beuge mich über den Tisch, um sie einmal an mich zu drücken. »Ich bin so froh, dass du jetzt hier bist.« Wieso habe ich bloß in Erwägung gezogen, dass sie es blöd fände, wenn ich auf Cosy Island bleibe. Vielleicht ist es auch genau das, was mich bisher davon abgehalten hat, Claire zuzusagen. Jedenfalls klopft mein Herz bei dem Gedanken hierzubleiben mit jeder Sekunde schneller.

Neben mir höre ich die vertrauten Schritte meiner Freundin, als wüsste sie genau, worüber wir uns unterhalten haben. Vorsichtig stellt sie die heiße Tasse vor meiner Mom ab. Auf der Milchschaumhaube ist mit Kakaopulver ein Herz gezeichnet. Sie hat sich mal wieder selbst übertroffen und sofort hellt sich Moms Miene auf. Dann stellt Claire plötzlich noch einen Teller dazu. »Ich dachte mir, hiervon möchten Sie bestimmt auch einen.«

»Absolut. Vielen Dank.« Sie schenkt Claire noch ein freundliches Lächeln, bevor diese mit schnellen Schritten zurück hinter die Theke eilt, um einen neuen Gast zu bedienen.

Mom greift nach dem Cupcake, den sie einen kurzen Moment in Augenschein nimmt. Sie dreht ihn ein paarmal in der Hand und beißt dann hinein. »Köstlich, wie immer.«

Dankbar lächle ich ihr zu.

»Also, erzähl schon, was hat dich an Cosy Island so verzaubert?« Sie nimmt einen Schluck aus ihrer Tasse, und schaut mich über den Rand hinweg an.

Ich erinnere mich an das Meer, das angefangen hat zu glitzern, als die Sonne darauf schien und das führt mich zu Grannys Cottage, welches jetzt vor meinen Augen auftaucht. Genauso wie die ganzen Erinnerungen, die mich zutiefst berühren. Ich blicke mich im Café um, das ich bereits beim ersten Kaffee geliebt habe, und schaue dann rüber zu Claire, meine neue Freundin, die mich jetzt anlächelt und mir zuzwinkert. Ich erwidere ihre Geste und sehe zum Park, wo die Äste langsam immer kahler werden. Der Herbst sich von Tag zu Tag seine Blätter holt und alles in diesen einzigartigen Farbenzauber taucht.

Dann seufze ich leise. *Sam*. Ganz langsam hat er sich immer weiter in mein Herz geschlichen. Jede Sekunde mit ihm lässt es doppelt so schnell schlagen und wenn er nicht bei mir ist, sehne ich seine Nähe herbei.

Ich atme noch mal tief ein und blicke dann wieder zu Mom. »Alles«, bringe ich fast lautlos über die Lippen.

Wissend nickt sie mir zu. »Habe ich es mir doch gedacht, Cosy Island hat die Magie in dir voll entfacht.« Sie trinkt den letzten Schluck ihres Cappuccinos und steckt sich anschließend den Rest Cupcake in den Mund. »Wann hast du denn hier Schluss? Ich möchte unbedingt das Cottage von innen sehen.«

Claire kommt von der Theke zu uns rübergeeilt. Jede Wette, dass sie uns die ganze Zeit belauscht hat. »Jetzt.« Sie zwinkert mir zu, da sie genau weiß, dass ich niemals nach einem früheren Feierabend gefragt hätte.

Mom kramt in ihrer Tasche. »Was bekommen Sie von mir?«

»Gar nichts, das geht aufs Haus.« Schnell macht sich Claire davon, weil sie sieht, dass meine Mom gerade ansetzt etwas zu erwidern.

»Ich hole schnell meine Jacke von hinten und komme dann zu dir.« Ich hieve mich aus dem bequemen Sessel und eile in die Küche. Dort schlüpfe ich schnurstracks in meinen dicken Winterparker und pralle dann beinahe mit Claire zusammen, als ich zurück ins Café laufe. »Oh, sorry.«

»Nichts passiert. Sag mal, Autumn, mir ist gerade noch was eingefallen.

Wie kommt ihr eigentlich zu deinem Cottage? Du bist doch mit dem Fahrrad hier, oder?« Sie holt eine große Tasse aus dem Schrank und fängt an Milch aufzuschäumen.

Sie hat recht, darüber habe ich bisher gar nicht nachgedacht. »Oje, das stimmt. Dann werden wir wohl laufen.«

Sie dreht sich hastig um und klimpert dann freudig mit ihren Autoschlüsseln in der Hand. »Hier, nimm mein Auto, ich brauche es heute sowieso nicht.«

»Bist du sicher?«, frage ich leise.

»Ja.« Sie wirft mir den Schlüssel rüber und hastig fange ich ihn, damit er nicht auf dem Boden landet.

»Danke, was würde ich nur ohne dich machen?«

»Miesen Kaffee trinken.«

***

Ich parke Claires Auto vor der Werkstatt neben dem Cottage. Immer noch begeistert darüber, dass ich das Angebot im Café habe, strahlt mich Mom von der Seite an. »Und wie kam es dazu?«

Die Frage zaubert ein Lächeln auf meine Lippen. »Erst habe ich hin und wieder ausgeholfen und dann hat sie mich aus heiterem Himmel gefragt.«

»Sie scheint ein wirklich reizendes Mädchen zu sein.«

»Das ist sie.«

»Ich bin mir sicher, dass sie sich freuen wird, wenn du ihr zusagst.«

Mein Blick schnellt in ihre Richtung. »Was?«, hauche ich.

Sie schaut mich jetzt mit diesem typischen Mom-Blick an. Den, den sie immer haben, sobald sie etwas über ihre Kinder wissen, was diese selbst noch nicht begreifen. »Autumn Williams, für dich stand die Entscheidung doch schon fest, sobald Claire die Worte ausgesprochen hat. Oder nicht?«

Mein Herz schlägt kräftig gegen die Rippen. »Du hast recht.« Ich nicke und erinnere mich an den Moment zwischen den Herbstbäumen, während Claire mich gefragt hat. Und mein Innerstes wird nun wärmer, wenn ich daran denke, wirklich zu bleiben. Mehr Zeit mit Claire zu verbringen, mit ihren Katzen. Mit

Grace und weitere lustige Abende mit ihnen zu veranstalten. Dass ich dadurch viel mehr von dieser Insel entdecken kann. Von diesem Ort, an dem ich zum ersten Mal in meinem Leben das Gefühl habe, angekommen zu sein. Ein Zuhause zu haben. Und ganz besonders Sam. *Sam.* Allein seinen Namen zu denken und sein Gesicht vor Augen zu haben, lässt mein Herz stolpern.

Tränen beginnen in meinen Augen zu schwimmen, als ich jetzt zu Mom schaue. »Du hast recht«, wiederhole ich meine Worte von gerade.

»Ach, Schätzchen«, sagt sie, während sie mich kurz in ihre Arme zieht. Beruhigend streicht sie mir ein paarmal über die Haare. »Ich bin so stolz auf dich.«

»Ja?«, schniefe ich.

Sie nickt. »Du bist eine reife, junge Frau, die zu ihren Zielen steht. Zu ihren Träumen und daran festhält, bis sie sich erfüllen.« Sie schluckt. »Ich hätte mir keine bessere Tochter wünschen können.«

Bei ihren Worten lösen sich ein paar Tränen aus meinen Augen, die ich schniefend wegwische. »Wollen wir rein?«

Mom seufzt und deutet dann ein Nicken an.

Gleichzeitig drücken wir die Autotüren auf und der eisige Novemberwind weht mir meine Haare ins Gesicht. Schnell schiebe ich sie hinter die Ohren und atme einmal tief durch. Was wird Mom wohl zu der neuen Einrichtung sagen? Langsam und leise drücke ich die Tür wieder zu und gehe dann die Verandastufen hinter ihr hoch. Oben auf dem Absatz bleibt sie stehen und dreht sich zu mir um.

»Wo hast du denn den her?« Sie zeigt auf meinen geliebten Schaukelstuhl.

»Von Claire bekommen, sie hatte keine Verwendung dafür.«

Sie lässt sich kurz darauf nieder. »Sieht nicht nur schön aus, ist auch total bequem. Hier würde ich glatt wohnen wollen.«

Ich ziehe meine Augenbrauen hoch.

»War nur ein Spaß.« Sie zwinkert mir zu. »Tob du dich hier aus und lass Cosy Island weiter dein Herz erobern.«

Ein schlechtes Gewissen macht sich in mir breit, weil ich ihr bis jetzt nichts von Sam erzählt habe. Irgendwie hat es sich bisher nicht ergeben.

In meinem Beutel krame ich nach meinem Schlüssel und stecke ihn dann ins Schloss. Mit einem Klicken entriegelt sich die Tür und ich drücke sie auf. Sofort empfängt mich eine wohlige Wärme und der vertraute Geruch nach meinem Zuhause.

Das Geräusch von Moms Absätzen hinter mir macht mich noch nervöser. Es ist wie in diesen Horrorfilmen, bevor irgendwas Schlimmes passiert und die Musik bedrohlich wird. Keine Ahnung, wieso ich das jetzt so empfinde, normalerweise verbinde ich dieses Geräusch immer mit ihr und mag es deshalb. Wahrscheinlich habe ich einfach Angst, dass sie nicht mag, was hieraus geworden ist.

Gespannt halte ich die Luft an, als sie über die Schwelle tritt. Doch zu meiner Überraschung bricht sie auf einmal in Tränen aus. Heftige Schluchzer schütteln ihren Körper und schnell schlägt sie sich die Hand vor den Mund.

»Mom!«, keuche ich erschrocken auf. Ich nehme ihren Arm und bugsiere sie zum Sofa. Sie lässt sich darauf nieder und versucht sich die fließenden Tränen von den Wangen zu wischen. Erst ein einziges Mal habe ich meine Mom so aufgelöst gesehen und das war an dem Tag, als Granny gestorben ist.

Ich schnappe mir die Box mit Taschentüchern vom Wohnzimmertisch.

»Danke«, schnieft sie.

Ich drücke ihren Arm und lehne meinen Kopf an ihre Schulter. »Was ist denn plötzlich los?«

Ein paar heftige Schluchzer lassen sie aufkeuchen, dann versucht sie tief durchzuatmen und sich zu sammeln. Was nicht ganz so gut klappt, weil weitere Tränen auf ihre Bluse und die Hose tropfen. »Es ist so schön.« Ein trauriges Lächeln legt sich auf ihre Lippen, während sie sich erneut im Wohnzimmer umsieht. »Alles ist so anders und doch erkenne ich überall Granny wieder.«

Auch aus meinen Augen tropfen jetzt vereinzelte Tränen. »Dir gefällt es?«

»Absolut.«

Ich hole tief Luft und spreche dann das aus, was die letzten Wochen ständig meinen Geist umgetrieben hat. »Mom, ich habe Angst.«

»Angst?« Sie greift nach meinen Händen.

Ich beginne zu nicken. »Ich will Granny nicht gehen lassen.« Mit einem Nicken deute ich auf die Kommode, in der ihre Asche darauf wartet, verstreut zu werden.

»O Schatz.« Sie legt ihre Arme um mich. »Granny wird zu jeder Zeit bei dir sein. Sie ist zwar nicht mehr hier, aber doch ist sie immer noch da.« Mit einem Finger deutet sie auf mein Herz. »Hier.« Sie breitet ihre Arme aus. »Zwischen den alten Dielen, …« Mit dem Kopf ruckt sie Richtung Küche. »Wenn du das Mehl zwischen deinen Fingern spürst, …« Dann zeigt sie zur Tür. »Und in jeder salzigen Briese, sobald du am Meer stehst.«

Dankbar drücke ich Moms Hand und denke an den Stern, der aufgeleuchtet hat, als mir Claire das Jobangebot gemacht hat. Oder an die Sonnenstrahlen, die das Meer zum Glitzern gebracht haben, als ich dort war. Ich wische mir über die Augen und rapple mich dann vom Sofa hoch, um zur Kommode zu laufen. Langsam ziehe ich die oberste Schublade auf und hole die Urne heraus. Sie fühlt sich schwer in meinen Händen an. Lastet auf meiner Seele, auch wenn ich weiß, dass Mom mit all dem recht hat. Trotzdem lässt der Gedanke, sie zurück ins Meer zu lassen, meine Hände zittern. »Wollen wir?«, flüstere ich Mom zu.

Sie nickt. »Lass uns ihren letzten Wunsch erfüllen und sie wieder mit ihrer geliebten Insel vereinen.«

Zusammen gehen wir nach draußen, während ich das kalte Metall der Urne an meinen Finger spüre. Wir lassen das Cottage hinter uns und stapfen stumm über die sandigen Dünen, bis wir am Meer ankommen. Für einen Moment lege ich die Urne in den Sand, um meine Hose hochzukrempeln, was Mom ebenfalls macht. Nachdem wir unsere Schuhe von den Füßen gestreift haben, tapsen wir gemeinsam zu den sanften Wellen. Bis das Wasser unsere Knie umspült und mich dadurch mit jeder Sekunde daran erinnert, weshalb wir hier sind.

»Also dann«, flüstere ich. Ich drehe den Deckel auf und greife in die Asche. Danach tut Mom es mir gleich und wir lassen sie ganz langsam zwischen unseren Fingern auf das Meer rieseln. »Danke, Granny«, sage ich kaum hörbar. »Für alles.« Ich greife erneut nach der Asche und lasse weitere Partikel auf die sanften Wellen fallen.

In dem Augenblick durchbricht über uns die Sonne die dichte Wolkendecke. Sie scheint hell auf uns herab und bringt das Wasser zum Glitzern, während wir die letzten Überreste mit dem Ozean vereinen.

Ein kleines Lächeln stiehlt sich auf meine Lippen und als ich zu Mom schaue, stelle ich fest, dass es ihr ebenfalls so ergeht. Dann hebe ich meinen Kopf und betrachte den Himmel. »Hi, Granny«, sage ich tonlos.

Mom legt ihren Arm um meine Schultern und drückt mich an sich. »Sie ist da«, flüstert sie.

»Immer.«

Ich lasse meine Tränen einfach fließen. Lasse sie laufen, ohne sie wegzuwischen. Jede einzelne zeigt, wie dankbar ich Granny bin. Wenn sie nicht gewesen wäre, wüsste ich gar nicht, was aus meinem Leben geworden wäre. Hätte ich trotzdem das Backen für mich entdeckt? Hätte ich die kleinsten Dinge im Leben so wertgeschätzt, wie ich es jetzt tue? Doch eins weiß ich mit Sicherheit. Ich hätte niemals diese zauberhafte Insel kennengelernt und damit all die wundervollen Menschen, die hier leben. Die magischen Orte und Eindrücke.

»Danke, Granny«, hauche ich ein letztes Mal, aber nun zum funkelnden Meer. Denn wo auch immer sie ist, ich weiß, dass ich sie nicht ganz losgelassen habe. Dass das gerade eben sie nicht von mir fortgespült hat. Sie ist stets da und das zwischen jeder Erinnerung, die ich an sie habe. Ich muss nur das Mehl aus dem Schrank in der Küche holen, nach ihrem geliebten Poesiebuch greifen oder ganz fest meine Augen schließen und an sie denken. Schon ist sie mir ganz nah und wird niemals ganz weg sein.

Zusammen bleiben wir noch einen Moment so stehen und gehen dann zurück zum Cottage. Ich ziehe die Tür auf und bedeute Mom als Erste einzutreten. Ihre Augen scheinen genauso gerötet wie meine zu sein, aber jeder Funke darin spiegelt eine andere Dankbarkeit für die Zeit mit ihr wider.

Sie holt tief Luft. »Ich wollte dir übrigens etwas zeigen. Da warst du bisher bestimmt nicht.« Zielstrebig läuft Mom zur Luke im Dachboden, nimmt den Öffner und zieht die Leiter herunter. Dann dreht sie sich wieder zu mir um. »Übrigens, hier sieht es wirklich richtig toll aus.«

»Das war ich nicht allein«, flüstere ich.

Mom verengt ihre Augen zu schmalen Schlitzen. »Ist da etwa noch jemand anders im Spiel?«

Ich schaffe es nur, meinen Kopf hoch- und runterzubewegen und so ein Nicken anzudeuten.

»Ich will alles von ihm wissen.«

Ich schmunzle. »Gleich, zeig mir erst, was da oben Spannendes ist.«

»Dann komm.« Langsam klettert sie die Stufen hinauf und ich folge ihr vorsichtig.

Oben angekommen, muss Mom sich ein bisschen ducken, weil die Decke ziemlich niedrig ist. Im Gegenteil zu mir, ich kann gerade so stehen.

Gespannt verfolge ich, wie sie auf einen großen Karton in der Ecke zugeht und ihn in meine Richtung zieht, da uns das Licht von unten ein wenig Helligkeit spendet. Wir setzen uns beide auf den staubigen Boden.

»Was ist da drin?« Neugierig versuche ich direkt einen Blick hineinzuwerfen, als Mom ihn aufmacht.

Sie greift nach einem Schneebesen. Er ist ziemlich alt und wahrscheinlich würde ich damit keinen Teig mehr anrühren.

Trotzdem nehme ich ihn sofort an mich und betrachte die Holzeinkehrbungen. An der Seite sind winzige Blumen zu erkennen. »Was ist das?«

In Moms Augen treten wieder Tränen. »Das ist deiner. Dein allererster.«

Ich halte ihn fest umklammert, während sie jetzt ein großes Fotoalbum aus der Kiste zieht. Dabei rutsche ich zu ihr rüber, damit wir zusammen hineingucken können.

Auf der ersten Seite ist ein gemeinsames Foto von Mom, Granny, Grandpa und mir im Krankenhaus eingeklebt. Granny hält mich in den Armen und Mom liegt im Krankenhausbett. Neben ihr entdecke ich einen jungen Mann, dessen Augen friedlich auf Mom ruhen. Das muss wohl kurz nach meiner Geburt aufgenommen worden sein. Alle sehen überglücklich aus.

»Dad«, flüstere ich.

Kapitel 23

Ich versuche den vertrauten Geruch von Mom tief in mich aufzusaugen, damit ich ihn bis zum nächsten Wiedersehen in Erinnerung behalte. Unsere Gespräche gestern Abend und das Leuchten in ihren Augen, als ich von Sam erzählt habe, werde ich so schnell auf jeden Fall nicht vergessen. Es war unheimlich schön, mit ihr in alten Erinnerungen zu schwelgen, während wir mit ein paar Gläsern Wein auf Granny angestoßen haben. Schade, dass sie nicht länger als diesen einen Tag bleiben konnte.

»Es war so schön, dich wiederzusehen, Schatz.«

Ich drücke Mom noch einmal kurz an mich und mache mich dann endgültig von ihr los. »Danke, Mom, für alles.«

»Granny wäre unheimlich stolz auf dich.«

Wir schauen beide zum Meer, wo gerade die Sonne am Horizont aufgeht. Mir fallen erneut Sams Worte ein, die ein Lächeln auf mein Gesicht zaubern.

Als die laute Hupe der Fähre die sofortige Abfahrt ankündigt, zucke ich zusammen.

»Ich sollte nun los.« Mom schaut mich liebevoll an. »Bestimmt statte ich dir bald noch einen Besuch ab.«

»Ja, das wäre schön.«

»Ich weiß ja jetzt, wo ich dich finde.« Mit einem letzten Winken eilt sie auf das Schiff und verschwindet aus meinem Sichtfeld.

Einen kurzen Augenblick bleibe ich noch stehen und betrachte die kleine Fähre. Ich kann es kaum fassen, dass ich damit vor ein paar Wochen hier angekommen und in ein neues Leben gestartet bin. Dass ich eigentlich nicht lange bleiben wollte und sich diese Insel ganz langsam in mein Herz geschlichen hat und jetzt mein Zuhause geworden ist.

Als ich mich gerade umdrehen will, um zurück zum Auto zu laufen, fällt mir eine bekannte Gestalt auf. Travis. Er hat die Kapuze von seinem Pullover tief ins Gesicht gezogen und drückt sich hastig durch die sich schließenden Türen. Durch die Glasscheibe kann ich erkennen, wie er sich noch einmal umdreht und beinahe erschrecke ich bei seinem Anblick. Über seine Augenringe kann man selbst bei dieser Entfernung nicht hinwegblicken, er wirkt ziemlich abgehetzt und sieht alles andere als entspannt aus. Was ist bloß los mit ihm? Ich muss an das Gespräch mit Sam neulich Abend denken und wie wir unterbrochen wurden, bevor er etwas dazu sagen konnte. Vielleicht mache ich mir aber auch völlig umsonst einen Kopf, schließlich kenne ich ihn überhaupt nicht und eventuell hat er einfach nur ein paar miese Tage. Trotzdem bleibt dieses kleine ungute Gefühl in meinem Magen.

Ich schüttle den Kopf und gehe langsam zurück zu Claires Auto, um es zu ihr zurückzufahren. Länger als nötig möchte ich diese kleine Kugel schließlich nicht behalten, denn dass sie mir ihren fahrbaren Untersatz so spontan geliehen hat, ist schon nett genug.

Ich schmeiße den Motor an und lenke den Wagen in Richtung Café. Die Straßen sind wie leergefegt, was an der frühen Uhrzeit liegen muss. Ich parke das Auto hinter dem *Cat's Coffee*, schließe die Eingangstür auf und lege den Autoschlüssel anschließend hinter die Theke. Alle Stühle stehen noch auf den Tischen, weil das Café erst in ein paar Stunden öffnet.

Erschrocken zucke ich zusammen, als plötzlich die Tür zu Claires Wohnung geöffnet wird.

»Hey, sehe ich morgens etwa so schrecklich aus?« Claire grinst mich an.

»Sorry, ich habe nur so früh noch nicht mit dir hier unten gerechnet. Ich dachte, an deinem freien Morgen schläfst du mal länger.« Betreten verziehe ich das Gesicht.

Sie schmeißt den Kaffeeautomaten an und ein leises Brummen kündigt das Hochfahren an. »Na ja, mit der Zeit gewöhnt man sich an den einen Tag in der Woche, an dem das Café später öffnet, aber ich habe das Auto vorfahren gehört und dachte, ich wünsche dir noch mal viel Spaß für das Date mit Sam heute.« Sie nimmt sich eine große Tasse und stellt sie unter die Maschine.

»Danke«, sage ich leise und mit glühenden Wangen. »Und tut mir leid, dass ich dir deshalb heute nicht aushelfe.«

Sie macht eine wegwerfende Handbewegung. »Ach, vergiss das und hab Spaß.« Sie hält eine weitere Tasse hoch, die mit kleinen goldenen Sternen bedruckt ist. »Willst du auch einen?«

Dankbar nicke ich ihr zu. »Gern.«

Schwungvoll stellt sie meine Tasse ebenfalls unter die Maschine und holt anschließend den Sirup aus dem kleinen Kühlschrank unter der Theke.

»Welcher ist das?« Neugierig versuche ich einen Blick auf das Etikett zu werfen.

»Spekulatius, was denn sonst?«

»Du weißt schon genau, was ich mag.« Von mir aus kann direkt nach Halloween die Weihnachtszeit beginnen. Bis zum einunddreißigsten Oktober bin ich noch ein Kürbis und sofort am nächsten Tag eine Weihnachtselfe.

»Also, ich hätte nichts dagegen, wenn die besinnliche Zeit ab heute beginnen würde.«

Ich muss lachen, als Claire genau meine Gedanken ausspricht.

Verwirrt guckt sie mich an. »Was ist daran so lustig? Ich meine das ernst.«

»Das ist es ja. Ich habe genau dasselbe gedacht.«

Sie nimmt einen Spekulatiuskeks aus der Dose und bröselt ihn auf meinen Milchschaum. »Wir verstehen uns eben.«

Dankend greife ich nach der dampfenden und nach Weihnachten duftenden Tasse. Vorsichtig nehme ich einen kleinen Schluck davon. Anders als meine Mom mag ich es, wenn der Kaffee noch so richtig heiß ist. Doch lange kann ich den köstlichen Geschmack nicht genießen, denn mir brennt es auf der Zunge, Claire meine Entscheidung mitzuteilen.

»Claire …«, setze ich an.

Mein Tonfall muss sie erschrecken, denn sofort wird sie ernst und schaut mich an.

»Ja«, platze ich nur heraus.

Sie sieht aus, als hätte sie gerade den Weihnachtsmann am Himmel erwischt, so viele Fragezeichen stehen in ihren Augen.

»Hier«, füge ich also hinzu. Wann habe ich vergessen, wie man spricht?

Und als sie nun versteht, wovon ich rede, fängt ihr Blick an zu leuchten. »Und hier – hier?« Sie breitet die Arme aus.

Ich nicke heftig. »Wenn dein Angebot noch steht?«

»Klar«, ruft sie begeistert. Sie stellt ihre Kaffeetasse weg und stürmt in meine Arme. Dabei schwappt mein Getränk fast über den Rand, was ich gerade so verhindern kann.

»Ich freu mich«, flüstert sie gerührt.

»Und ich mich erst.«

Sie löst sich von mir. »Das wird ganz, ganz toll!« Ihre Tasse landet wieder in ihrer Hand, als sie danach greift und einen riesigen Schluck nimmt. »Aber jetzt erzähl mal, wo gehen Sam und du später hin?« Aufregung funkelt in ihren Augen, obwohl es nicht ihr eigenes Date ist.

Ich zucke mit den Schultern. »Das weiß ich selbst nicht. Es ist eine Überraschung.«

»Na, da bin ich mal gespannt.« Sie wackelt mit ihren Augenbrauen.

Ich kann mir ein Grinsen nicht verkneifen.

***

Das vertraute Geräusch von Sams Truck lässt mich nervös werden. Eigentlich wollte ich heute doch cool und gelassen sein. Schnell schalte ich meinen Lockenstab aus, mit dem ich mir leichte Wellen gemacht habe, und hole meinen Parker von der Garderobe. Eine Autotür knallt zu und Schritte ertönen auf den Verandastufen. Ich atme tief ein und versuche meinen Puls unter Kontrolle zu kriegen. Was überhaupt nicht klappt.

Das Klopfen lässt mich zusammenzucken. »Komme«, rufe ich, sammle schnell die letzten Sachen zusammen und schlüpfe in meine Boots. Betont ruhig fülle ich meine Lungen mit neuem Sauerstoff und öffne dann die Tür.

Der Anblick, der sich mir nun bietet, ist beinahe unbeschreiblich. Sam lehnt mit schwarzer Wollmütze und dicker Jacke an meiner Veranda und schaut gedankenverloren in den Himmel. Doch sobald er mich bemerkt, dreht er sich zu mir um und seine Mundwinkel wandern immer höher, bis sie ein Grübchen hervorlocken.

Automatisch ist meine Anspannung verflogen und meine Mundwinkel verziehen sich ebenfalls zu einem breiten Lächeln.

»Hi, Autumn-Autumn.«

Meine Wangen werden warm. »Hi«, begrüße ich ihn leise.

»Bist du bereit?« Er zieht seine Hände aus den Jackentaschen und klimpert mit seinen Autoschlüsseln. Dabei weicht sein Blick keine Sekunde von mir.

»Ich weiß ja noch gar nicht, wo es überhaupt hingeht. Verrätst du es mir jetzt?« Ich ziehe die Haustür hinter mir zu und schließe sie ab. Den Schlüssel werfe ich in meinen Beutel und drehe mich dann zurück zu Sam.

Kurz schüttelt dieser den Kopf. »Das wirst du noch früh genug erfahren.«

Ich schiebe meine Unterlippe vor und ziehe einen Schmollmund. »Bitte«, versuche ich ihn zu überreden.

Konsequent schüttelt er den Kopf. »Nichts da, lass dich überraschen.« Seine Augen funkeln.

Vorerst gebe ich mich geschlagen und folge ihm zu seinem Truck. Dabei merke ich, wie etwas meine Nase kitzelt und schaue in den Himmel. Er ist voller Wolken, nicht das kleinste bisschen Himmel ist zu sehen. Einzelne Tropfen lösen sich von den grauen fluffigen Dingern und fallen auf uns nieder.

»Komm, beeilen wir uns lieber.« Sam beschleunigt seine Schritte, geht um sein Auto herum und hält mir die Beifahrertür auf.

Sobald ich auf den weichen Sitz gesprungen bin, drückt er die Tür behutsam wieder zu und eilt um den Wagen herum. Ein paar Sekunden später lässt er sich neben mich gleiten, zieht sein Smartphone aus der Jackentasche und stöpselt es an ein Kabel. Anschließend hält er es mir hin.

Überrascht greife ich danach. »Ähm, was soll ich damit?«

»Musik anmachen.« Er startet den Motor und fährt aus meiner Einfahrt.

Für einen Moment schaue ich mir sein Hintergrundbild an. Die Spitze eines Surfbretts ist zu erkennen, dahinter das glitzernde Meer und ein atemberaubender Sonnenaufgang. Das orangefarbene Licht spiegelt sich leicht auf den Wellen wider und bringt das Wasser stärker zum Strahlen, als es das sowieso schon tut.

»Wer hat das gemacht?«, flüstere ich.

Von der Seite wirft er mir einen kurzen Blick zu. »Ich.« Er zuckt mit den Schultern und schaut zu dem Radio, das in seiner Mittelkonsole verbaut ist. Der Truck scheint mir noch nicht so alt zu sein, trotzdem hat er nicht dieses riesige Display, was mittlerweile viele neue Autos besitzen.

»Möchtest du jetzt was anmachen?«, fragt er.

»Aber es ist dein Auto, willst du nicht entscheiden?«

»Nein, ich würde wirklich gerne wissen, was du so hörst.« Leise trommelt er mit seinen Fingern auf dem Lenkrad herum.

Okay, ich muss nicht lange überlegen. Mit einem Fingerwisch entsperre ich das Display, kein Code, und öffne die Musikstreaming-App. Dann tippe ich den Titel in die Suchleiste und bekomme auf der Stelle einige Treffer. Ich wähle meine liebste Version aus und sofort strömen die vertrauten ersten Töne aus den Lautsprechern.

Gespannt beobachte ich Sam.

Einige Augenblicke lauscht er interessiert dem Klang. Ganz langsam verraten seine Augen immer mehr, wie vertraut ihm der Text ist. »Irgendwoher kenne ich es.« Ein paar Sekunden hört er weiter hin und sieht dann zu mir. »Ich komme nicht drauf, aber ich habe diese Melodie und den Text schon mal gehört.«

»Es ist ein Cover«, gebe ich ihm einen Tipp.

Seine Augen werden größer und langsam scheint er zu erkennen, um welchen Song es sich handelt. »*A Sky Full of Stars*, richtig?«

Mit meinem Bein fange ich leicht an den Takt mitzuwippen, während ich ihm mit einem Nicken zu verstehen gebe, dass er recht hat.

Sams Finger trommeln jetzt nicht mehr wahllos auf dem Lenkrad herum, sondern ahmen den leichten Takt der Melodie nach. Seine Lippen formen lautlos den Text, während die mittlerweile kahlen Bäume an uns vorbeiziehen. »Ich mochte das Lied schon immer, aber das Cover ist auch wunderschön.«

»Nicht wahr? Ich könnte es immer wieder hören, rauf und runter.« Vor einigen Monaten habe ich den Song zufällig entdeckt und seitdem höre ich ihn fast täglich. »Und welches ist deins?«

»Was?«

»Na, dein Lieblingslied.« Interessiert schaue ich ihn an.

Er wirft mir einen flüchtigen Blick zu. »Soll ich es dir zeigen?«

Ich deute ein Nicken an, das er aus dem Augenwinkel wahrnimmt.

Im nächsten Moment fährt er zu einem Seitenstreifen und hält den Wagen an. Dann greift er nach seinem Smartphone. Er tippt darauf herum und sobald die ersten Klänge ertönen, knetet er anscheinend nervös die Hände.

Gespannt lausche ich den Gitarrenklängen, die eine sanfte Melodie spielen, und ganz langsam schleichen sich die Töne in mein Herz, bis sie eine Gänsehaut auf meinen Armen verursacht. »Schön«, flüstere ich.

Sams Kopf schnellt in meine Richtung und er zieht die Augenbrauen hoch. »Dir gefällt es?«, fragt er fast tonlos.

Ich schaue ihn an, während das Stück immer noch das Wageninnere erfüllt. »Ja«, hauche ich. »Nur kommt es mir nicht bekannt vor. Diese Melodie höre ich zum ersten Mal.«

Sam holt tief Luft. »Das kann es auch nicht.«

Ich runzle die Stirn.

»Weil es von mir ist«, flüstert er und nun merke ich ganz deutlich, wie aufgeregt er ist. Ziemlich süß, ihn so zu sehen.

»Du? Du meinst, du hast das gespielt?«, stottere ich. »Das ist dein Lied?«

Sam nickt und fährt sich dabei mit der Hand übers Gesicht. »Du bist die Erste, die es hört.« Er schluckt. »Die anderen wissen zwar, dass ich spiele, aber nicht, dass ich selbst an einem Song gearbeitet habe.«

Ich rutsche ein Stück zu ihm rüber und lege sanft meine Lippen auf seine. »Das Lied ist wirklich wunderschön.« Dann hauche ich noch mal einen Kuss auf seinen Mund und setze mich zurück auf meinen Platz. »Danke, dass du es mir vorgespielt hast.«

Er streicht mir eine Haarsträhne hinters Ohr und wendet sich dann der Straße zu. Vorsichtig steuert er den Truck wieder auf die Fahrbahn, während seine Gitarrenklänge weiterhin sanft aus den Lautsprechern dringen.

Einige Momente schaue ich aus dem Fenster und frage mich, wo wir hinfahren. Hoffentlich hat er nicht so was wie Bungee-Jumping geplant. Dann betrachte ich erneut seinen konzentrierten Gesichtsausdruck.

»Und verrätst du mir jetzt, wo wir hinfahren?«

»Du kannst es echt nicht abwarten, was?« Er wendet sich mir zu und hebt die Augenbrauen.

Ich schüttle den Kopf.

Immer noch betrachtet er mein Gesicht. »Schau mal.«

Verwundert ziehe ich meine Augenbrauen zusammen. »Was?«

Er wirft einen Blick nach draußen. »Wir sind da.«

Vor uns steht ein großes helles Gebäude und dahinter erstreckt sich das weite Meer. »Wo sind wir?«

Er schnallt sich ab und streckt sich nach hinten, um eine kleine Tüte vom Rücksitz zu holen. »Hast du keine Idee, was es sein könnte? Kleiner Tipp, ich habe dir mal erzählt, dass es sich lohnt, hier vorbeizuschauen.« Geduldig sieht er mich an.

Ich grabe tief in meinem Kopf nach irgendeiner Erinnerung, finde aber überhaupt nichts. Langsam schüttle ich meinen Kopf und zucke mit den Schultern.

»Es ist das Aquarium.«

Meine Augen weiten sich und jetzt entdecke ich auch die Glaskuppel auf dem Dach. Sam hat erzählt, dass hier verletzte Meerestiere gerettet und aufgepäppelt werden, um anschließend wieder zurück ins Meer gelassen zu werden.

Plötzlich hält er mir die kleine weiße Tüte hin. »Vorher habe ich aber noch Donuts, damit wir nicht mit leerem Magen hineingehen.«

Donuts sind fast so gut wie Cupcakes, aber nur fast. Trotzdem liebe ich die klebrigen, süßen Kreise mit dem Loch in der Mitte. Die Tüte raschelt, als ich sie öffne, und darin strahlen mir fast ein halbes Dutzend kleiner bunter

Donuts entgegen. Pinke, welche mit Schokolade und einfache mit einer Zimt-Zucker-Mischung. Ich ziehe mir einen pinken heraus. »Welchen möchtest du?«, frage ich Sam.

»Einen mit Schokolade bitte.«

Also gebe ich ihm einen davon und genüsslich beißen wir hinein.

»Obwohl ich die pinken mit Streuseln auch sehr mag.« Er verzieht seine Lippen zu dem schiefen Grinsen und dabei wandern meine Mundwinkel ebenfalls nach oben, als ich an meinen Pyjama denken muss.

Kapitel 24

»Hallo, Sam. Schön, dass du wieder hier bist.« Die Frau am Eingang begrüßt ihn wie einen alten Bekannten.

»Hi, Rose. Geht es Ihnen gut?«

Sie nickt uns zu. »Ja, großartig, danke. Wie ich sehe, kommst du heute nicht allein. Wer ist denn deine Begleitung?« Neugierig inspiziert sie mit ihren blauen Augen mein Gesicht.

»Das ist Autumn. Autumn, das ist Rose, sie ist hier eine der Hauptverantwortlichen«, stellt Sam uns einander vor.

Freundlich schüttelt sie meine Hand. »Freut mich sehr dich kennenzulernen.«

Ich erwidere ihr ansteckendes Lächeln. »Geht mir auch so.«

»Dann wollen wir mal. Wir sehen uns, Rose.« Sam winkt ihr kurz zu, greift nach meiner Hand und schlendert mit mir durch einen schmalen Gang. Die Wände sind mit Backsteinen verkleidet und überall hängen Bilder von verschiedenen Tieren. Fische, Seesterne, Delphine und noch einige mehr.

Kurz bleibe ich stehen, um sie mir näher anzuschauen. »Sind das alles Tiere, die hier waren?«, frage ich.

Er betrachtet das Foto einer Robbe und nickt mir zu. »Ja, die meisten, einige mussten länger behandelt werden und ein paar waren nur kurz hier.« Dann stockt er kurz. »Und wenige haben es leider nicht wieder zurückgeschafft.« Einen Moment lang bleibt sein Blick an den Aufnahmen hängen, bis er sich zurück an mich wendet. »Wollen wir weiter?«

Ich nicke ihm zu.

Der Gang endet an einer automatischen Glastür, die sich zu beiden Seiten aufschiebt, als wir ihr nah kommen. Salzige Luft weht mir entgegen und die Luftfeuchtigkeit lässt sofort mein Gesicht ein bisschen kleben, zumindest fühlt es sich so an. Links und rechts erstrecken sich einige Aquarienbecken, die bis zum Rand mit Wasser gefüllt sind. Darin erkenne ich ein paar grüne Wasserpflanzen, jedoch keine Tiere.

Sam scheint mein verwunderter Blick aufzufallen. »Im Moment sind nicht viele Tiere hier, deshalb sieht es so leer aus. Es ist immer ein Auf und Ab, mal ist hier fast kein Platz, um alle aufzunehmen, und dann mal so wie heute.«

»Aber das ist doch ein gutes Zeichen, oder? Also ich meine, dass nicht viele verletzt sind?«

Betrübt schüttelt er den Kopf. »Leider nicht, denn Meeresbewohner, die Hilfe benötigen, gibt es immer. Nur ist es zu dieser Jahreszeit eben so, dass an den Stränden nicht viel los ist oder Taucher im Wasser sind. Und dann werden einfach weniger Tiere gefunden.«

»Wie macht ihr sie denn ansonsten ausfindig?«

»Entweder stoßen wir selbst auf sie oder die Tierschutzorganisationen, mit denen wir zusammenarbeiten, bringen sie zu uns. Sie sind darauf spezialisiert, die Meere nach verletzten Wesen abzusuchen und transportieren sie dann zu den Rettungsaquarien.«

Langsam schlendern wir an den ganzen Becken vorbei. Immer noch hält er dabei meine Hand in seiner. Sie fühlt sich warm an und strahlt pure Hitze in jede Faser meines Körpers. Irgendwie muss ich mich von der Berührung ablenken, sonst bemerkt er womöglich, wie sehr sie mich aus der Fassung bringt. »Bist du oft hier?«

Sanft streicht er mit einem Daumen über meinen Handrücken. »Ein paarmal im Monat, wenn es meine Zeit zulässt. Da das alles hier nur über Spenden läuft, versuche ich so gut es geht zu helfen und die Mitarbeiter zu unterstützen.«

Unter einem Aquariumstunnel bleibt er nun stehen und in dem Moment wird es mir bewusst. Wie er mich aus seinen tiefen grünen Augen anblickt, das Funkeln in seinen Augen, das schiefe Lächeln auf seinen Lippen und wie sich seine Hand in meiner anfühlt. Seine Worte, die mich immer wieder tief berühren. Wie sie mein Innerstes zum Leuchten bringen und ich ständig an ihn denken muss. Wie ich ihm stundenlang zuhören könnte und jede seiner Mimik, seiner Bewegungen und seiner Gesten in mich aufnehmen möchte. Ganz langsam habe ich begonnen mich in Sam zu verlieben.

Ich stelle mich auf die Zehenspitzen und drücke meine Lippen auf seine. Er erwidert meinen stürmischen Kuss und legt seine Hände an meine Wangen. Ich teile mit der Zunge seine Lippen und vereine sie mit seiner. Er schmeckt ein bisschen nach Minze und dem Donut von vorhin. Sein vertrauter Geruch dringt in die tiefsten Winkel meines Kopfes. Es ist, als würde alles um uns herum zum Stillstand kommen, ich bekomme nichts anderes mehr mit. Nur Sam zählt noch, Sam und die Gefühle, die er in mir weckt.

Abrupt mache ich mich von ihm los, als mir einfällt, wo wir uns befinden. Verlegen grinse ich ihn an und stelle fest, dass auf seinen Lippen immer noch der schiefe glückliche Ausdruck von vorhin liegt. Aber lange bleibe ich nicht in seinem Anblick versunken, weil ich genau in dem Moment aus dem Augenwinkel ein Tier über unseren Köpfen bemerke. Ein bisschen erschrocken zucke ich zusammen. Dann sehe ich eine Schildkröte wegschwimmen. »Sam«, sage ich leise und deute auf ihren Umriss, der sich entfernt.

Er dreht sich um und schaut dem faszinierenden Tier hinterher. »Das ist der Grund, wieso wir hier sind.« Sam zeigt in ihre Richtung. »Erna.«

»Erna? Was hat sie denn?«, frage ich und versuche in dem weiten Becken einen erneuten Blick auf das Meerestier zu erhaschen.

»Sie hatte eine Stichverletzung in ihrem Panzer.«

Ich reiße die Augen auf. »Wie ist das denn passiert?«

»Jäger, die sie im Meer fangen wollten. Zum Glück wurde es rechtzeitig von einer Tierschutzorganisation bemerkt.«

Bestürzt schüttle ich den Kopf. »Wieso machen die so was?«

Sam zuckt mit den Schultern und seine Hände ballen sich zu Fäusten. »Um sie an irgendwelche Händler zu verkaufen.«

Ich drehe mich in die andere Richtung und sehe, wie Erna langsam in unsere Richtung geschwommen kommt. Einfach faszinierend, wie schnell sie sich durchs Wasser bewegen kann.

»Wie lange ist sie schon hier?« Begeistert schaue ich nach oben, als sie gerade über uns hinwegschwimmt.

»Einige Wochen, wie viele genau weiß ich leider nicht. Bald kann sie aber zurück ins Meer. Das Schlimmste hat sie bereits überstanden.«

Ich nehme seine Hand und drücke sie kurz. »Das freut mich.«

Er zieht mich weiter. »Komm, es gibt da noch etwas, was ich dir zeigen möchte.«

Gespannt folge ich ihm. Als wir um eine Ecke biegen, liegt vor uns eine breite Treppe. Schweigend steigen wir die Stufen hoch. Oben angekommen, hält Sam mir eine Tür auf. Ich trete hindurch und bleibe abrupt stehen. Vor mir erstreckt sich ein großes Becken mit Wasser. Es ist so voll, dass ich mich wundere, wieso es nicht schon längst übergelaufen ist.

Sam bemerkt meinen Gesichtsausdruck. »Die haben hier alles unter Kontrolle, da läuft nichts über.«

»Was machen wir hier?« Vorsichtig beuge ich mich über das Becken und versuche etwas darin zu erkennen.

»Warte ab.« Aus einem hohen Regal, das gegenüber an einer Wand steht, nimmt er einen Eimer. Als er ihn öffnet, steigt mir ein bekannter Geruch in die Nase. Ich kann ihn aber nicht zuordnen.

»Was ist das?«

Sam verzieht die Mundwinkel. »Du bist ganz schön ungeduldig, oder?« Er tritt näher an das Becken heran und stellt den Eimer dort ab. »Komm mit.«

Ich setze mich in Bewegung, komme ich jedoch nicht weit, denn ich bleibe an einer abstehenden Bodendiele hängen und beginne zu straucheln. Erschrocken reiße ich die Augen auf, als Sam die Hände nach mir ausstreckt und mich abfängt. Genau wie bei unserer ersten Begegnung.

Sanft streicht er mir meine Haare aus dem Gesicht. »Vorsichtig, ich hatte heute nicht vor schwimmen zu gehen.«

Ich werfe einen Blick zu dem tiefen Becken. Zum Glück bin ich da nicht reingefallen. Wer weiß, was darin auf mich gewartet hätte. Ob ich je wieder herausgekommen wäre?

Sam sieht aus, als würde er sich ein Lachen verkneifen.

Ich stemme meine Hände in die Hüften. »Hey, was ist so witzig?«

»Dein Gesichtsausdruck. Was denkst du, was in dem Becken lauert?« Er hebt eine seiner Augenbrauen.

Ich zucke mit den Schultern. »Ich weiß nicht, ein Riesen-Killerhai vielleicht?«

Jetzt bricht Sam in ein tiefes und lautes Lachen aus. Es ist unbeschwert, ehrlich und das Schönste, was ich je gehört habe. »Ein Hai? Wirklich, Autumn?«

Ich versuche ihn böse anzufunkeln, was mir eher weniger gelingt. »Kann doch sein.«

»Komm, ich zeig dir, was darin schwimmt und darauf wartet dich zu fressen.« Er greift in den Eimer hinein und hält ihn anschließend mir hin. »Nimm auch ruhig was davon, ist nur Grünzeug.«

Ich stupse ihn an. »Ich wusste gar nicht, dass Haie Pflanzenfresser sind.« Ich ziehe einige getrocknete grüne Pflanzen aus dem Eimer. Ist das etwa Löwenzahn?

»Wirf es einfach rein«, sagt er, während er selbst ein wenig von dem Zeug aufs Wasser wirft.

Ich folge seiner Aufforderung und warte ab, was passiert. Keine halbe Minute später taucht die Schildkröte von vorhin auf.

Sam kniet sich an den Beckenrand. »Löwenzahn ist Ernas Lieblingsfutter.«

Was sie auch direkt unter Beweis stellt, als sie immer wieder nach den grünen Pflanzen schnappt, die langsam nach unten sinken. Als sie alles verputzt hat, taucht sie wieder ab und schon kann ich sie nicht mehr sehen.

Ich werfe Sam ein dankbares Lächeln zu. »Das war eine wunderschöne Idee.«

»Ja? Hat es dir gefallen?«

»Total.«

Er greift nach meiner Hand. »Dann komm, ich habe noch eine kleine Überraschung oder eher gesagt eine Idee, was du mir diesmal zeigen könntest.«

»Ich?«, frage ich völlig verwirrt. Was sollte ich ihm hier denn zeigen? Er kennt sich auf Cosy Island tausendmal besser aus als ich.

»Du wirst schon sehen.«

Als sich die Eingangstüren vom Aquarium hinter uns schließen, traue ich meinen Augen kaum. Wir waren höchstens eine Stunde hier, aber in der Zeit muss praktisch ein Schneesturm über uns hinweggeweht sein. Überall ist es weiß.

»Meintest du das?«

»Nein, davon bin ich genauso überrascht wie du.«

Ich lege meinen Kopf in den Nacken und auf der Stelle fallen mir einige von den weißen Flocken ins Gesicht. Dann strecke ich meine Zungenspitze heraus und probiere ein paar mit der Zunge zu fangen. In dem Moment bemerke ich Sams Blick und schaue zu ihm rüber. Seine Augen funkeln und seine Mundwinkel entlocken ihm das Grübchen. Ich stupse ihn an. »Das musst du auch mal machen.« Meine Hand findet seine. »Schließ deine Augen und versuche einfach nur den Schnee auf deinem Gesicht zu spüren.« Ich schiele zu ihm rüber und sehe, dass er meiner Bitte nachkommt. »Schnee hat immer etwas Magisches, als würde ein Zauber dafür sorgen, dass kleine weiße Flocken vom Himmel fallen«, flüstere ich.

Nach einem kurzen Moment öffne ich meine Augen ein bisschen und schaue nach, ob Sam flunkert, doch er hat ganz brav beide Augen geschlossen und seinen Kopf zum Himmel gestreckt.

»Es ist schön, oder?«

»Ja«, murmelt er, dann stockt er kurz. »Aber so langsam wird mir echt kalt.« Sam öffnet die Augen wieder und haucht in seine Hände, um sie danach aneinanderzureiben.

Ich verdrehe amüsiert die Augen. »Dann komm, gehen wir zu deinem Truck.«

Zusammen befreien wir sein Auto vom Schnee, was echt nicht so einfach ist, weil es ziemlich groß ist.

»Ein Glück, dass ich vor ein paar Tagen die Schneeketten draufgemacht habe.« Sam fegt den letzten Rest vom Dach.

»Schneeketten?«

»Ja, die braucht man hier im Winter. Es ist wirklich verrückt mit den Jahreszeiten hier, im Sommer ist es ziemlich heiß und im Winter eisig kalt. Seit ich hier wohne, gab es keinen Winter ohne wahnsinnig viel Schnee.« Er schmeißt den Motor an und dreht sofort die Heizung auf.

»Gibt es hier nicht so Räumdienste?«, frage ich verwundert. Bisher wurden in jeder Stadt, in der ich gelebt habe, die Straßen von Maschinen freigemacht. In New York waren die Winter immer besonders hart, teilweise gab es richtige Blizzards, sodass kein Flugzeug mehr fliegen konnte und alles weitgehend zum Stillstand kam.

Sam schüttelt den Kopf. »Gibt es, aber nur zwei Stück. Sie räumen meistens nur die großen Straßen, weil sie die anderen gar nicht schaffen. Deshalb haben die meisten Schneeketten.«

Auch wenn die Straßen voller Schnee sind und ich fast keine anderen Autos sehe, wirkt Sam völlig entspannt.

Stumm lauschen wir dem Wetterbericht im Radio, der vorhersagt, dass es die nächsten Tage weiterschneien soll.

»Trotzdem nimmt der Schneesturm etwas ab«, tönt die blecherne Stimme aus den Lautsprechern.

»Das ist gut, dann werden sie hier die Straßen freibekommen.« Sam lenkt den Truck auf den Parkplatz vor dem Diner.

»Du willst ins Diner?« Ich deute auf die dunklen Fenster, was mir vor Augen hält, dass wahrscheinlich geschlossen ist.

Er schüttelt den Kopf. »Nein, Chase ist heute unterwegs, deshalb ist es heute zu, aber ich wohne direkt dahinter.«

Verwundert blicke ich zu der Backsteinmauer. »Du wohnst hinter dem Diner?«

»Jap.«

Wieso habe ich das eigentlich noch nicht eher gefragt? Wir haben uns jetzt schon so oft gesehen und bis vor ein paar Sekunden wusste ich nicht, wo die WG von ihm und Chase eigentlich liegt.

Ich löse meinen Blick von dem Gebäude und schnalle mich ab, um anschließend aus seinem Truck zu steigen. Gemeinsam stapfen wir durch den Schnee, bis Sam vor einer schweren roten Tür stehen bleibt. Dann kramt er aus seiner Jackentasche den Schlüssel hervor und schließt sie auf.

Eine große Treppe erstreckt sich vor uns. Daneben entdecke ich eine weitere Tür.

»Und wer wohnt da?«, frage ich neugierig.

»Im Moment niemand.« Er zuckt mit den Schultern. »Seit ein paar Monaten steht die Wohnung leer.«

Ich werfe einen Blick auf die Teppichmatten, die auf jeder Stufe liegen. »Soll ich meine Schuhe lieber hier unten ausziehen?«

»Brauchst du nicht, Chase will die Matten längst weghaben; seine Grandma hat sie damals angebracht und seitdem bringt er es nicht übers Herz, sie einfach wieder abzumachen. Na ja, er meint, wenn es das Schicksal irgendwann so will, kommen sie weg. Ergibt das Sinn?«

»Nicht wirklich«, erwidere ich grinsend. »Aber ich verstehe schon.«

Lachend steigen wir die Treppenstufen hoch, bis Sam auf dem Absatz oben stehen bleibt, um einen weiteren Schlüssel rauszusuchen. Vor der Tür stehen einige Sneaker, also streife ich meine Schuhe ab und stelle sie zu den anderen. Sam macht dasselbe, nachdem er aufgeschlossen hat.

Helles Parkett lädt sofort dazu ein, den Flur zu betreten.

»Du kannst deine Jacke da unterbringen.« Sam deutet zu einer kleinen Garderobe, an der bereits ein paar Kleidungsstücke hängen.

Als ich meinen dicken Parker ausziehe, hält Sam mir seine Hand entgegen, um sie mir abzunehmen. Dabei berühren sich unsere Finger. Ein warmer Blitz durchzuckt meinen Körper.

Ein bisschen verlegen lächle ich ihm zu und schlendere dann den Flur entlang, von dem zu beiden Seiten jeweils zwei Türen abgehen, die aber geschlossen sind. Also laufe ich zu dem Raum am Ende des Gangs, der ein großes Wohnzimmer beherbergt. Ich mache ein paar Schritte hinein und schaue mich neugierig um. Neben einem großen Sofa, das wirklich gemütlich aussieht, gibt es noch einen riesigen Fernseher, der gefühlt doppelt so groß ist wie die niedrige Kommode, auf dem er steht. Die Wände sind entweder weiß oder cremefarben gestrichen. Nur die, an der der Fernseher befestigt ist, hat überhaupt keine Verkleidung. Man blickt direkt auf die Backsteine.

Sam, der mir inzwischen gefolgt ist, deutet auf eine Spielekonsole unter dem Fernseher. »Die gehört Chase, ich wüsste nicht, was er mehr liebt als seine Xbox.«

»Gib es doch zu, du zockst bestimmt auch liebend gern, oder etwa nicht?«

Er hebt beide Hände. »Erwischt.«

Ich blicke zu dem Kaminsims und entdecke ein Foto. »Bist das du?« Ich deute auf einen Teenager, der mit einem älteren Mann vor einem Boot steht.

Sam tritt näher und nimmt das Bild in die Hand. »Ja, das bin ich mit Chase' Grandpa.« Er tippt auf das kleine, weiße Motorboot. »Wir haben jeden Sommer zusammen daran gearbeitet. Chase hat sich lieber mit irgendwelchen Mädchen getroffen und hatte keine Lust darauf.«

»Es sieht schön aus.«

Er betrachtet die Aufnahme einen Moment und nickt dann. »Ja, die Zeit hat immer total viel Spaß gemacht, auch wenn es ziemlich anstrengend war.«

»Kann ich mir vorstellen.« Ich stocke einen Moment. »Ist das eigentlich das Boot, von dem Claire im Diner kurz gesprochen hat?«, erinnere ich mich vage an ihre Worte.

»Genau.«

»Aber wieso gehört das Boot dann dir und nicht Chase?«

»Ich habe dir doch erzählt, dass ich kurz bei ihnen gelebt habe, oder?«

Ich nicke ihm zu.

»Chase hatte so gut wie keinen Bezug dazu und weil er wusste, dass ich immer mit seinem Grandpa daran gearbeitet habe, war es erst recht kein Problem für ihn.« Seine Augen beginnen zu funkeln.

»Es bedeutet dir viel, oder?« Ich streiche über seine Wange, wo mich seine Bartstoppeln kitzeln.

»Ja, es steht für eine Zeit, in der ich mich selbst finden musste. Für meine Träume eingestanden bin und nur eine Handvoll Menschen rückhaltlos hinter mir standen. Während sich meine eigene Familie gegen mich gewendet hat.« Er schluckt schwer. »Deshalb hat es mir sein Grandpa dann geschenkt, als Travis und ich die Surfschule eröffnet haben.«

Ich drücke einen Kuss auf die Stelle, an der meine Fingerspitzen ihn gerade noch berührt haben. »Hört sich nach ganz tollen Menschen an.«

»Das sind sie.« Er wirft einen Blick auf ein gerahmtes Foto, das ihn, Chase, Travis und Claire am Strand zeigt.

Ich betrachte ihn weiterhin, wobei mir die winzige Einbuchtung in seiner Nase wieder auffällt. »Darf ich dich was fragen?«

»Klar.«

Ich strecke meine Hand aus und fahre mit meinen Fingern flüchtig über die Stelle. »Was ist hier passiert?«

»Ach, nur ein kleiner Surfunfall. Nichts Wildes.«

»Kein Killer-Hai?«, ziehe ich ihn auf und erinnere uns beide an den Moment im Aquarium.

Er schmunzelt. »Nein, nur ein Surfbrett.«

»Was eine langweilige Geschichte.« Ich grinse breit.

»Sei mal nicht so frech.« Er drückt mir einen winzigen Kuss auf die Lippen, während ich schmunzle, aber dann aus den Augenwinkeln eine Gitarre aus Holz wahrnehme. »Und das da ist deine?«

Er nickt bestätigend.

Ich gehe ein paar Schritte darauf zu. »Kannst du es mir vorspielen?«

»Was?«

»Dein Lied.«

Er verzieht das Gesicht, was mich dazu bringt, ein »Bitte« samt flehendem Blick in seine Richtung zu schicken.

Sam atmet tief ein. »Aber nur weil ich bei diesem Gesicht niemals Nein sagen könnte.« Mit großen Schritten kommt er zu mir rüber und tippt auf meine Nase.

Ich schenke ihm ein strahlendes Lächeln und setze mich dann auf das weiche Sofa, um zu beobachten, wie er die Gitarre holt und sich neben mir niederlässt. Konzentriert schaut er auf die Gitarrensaiten, während er langsam anfängt mit seinen Fingern darüberzustreichen. Die sanften Klänge, die ich bereits aus dem Truck kenne, erfüllen das Wohnzimmer. Gespannt lausche ich der Melodie, während Sam mir zögerlich sein schiefes Grinsen zuwirft. An meinem ganzen Körper breitet sich eine Gänsehaut aus.

Als er endet, atmet er hörbar aus.

»Das war wunderschön«, flüstere ich.

Er steht auf und drückt mir einen Kuss auf die Stirn. »Danke«, murmelt er.

Ich stemme mich ebenfalls von meinem Platz und stupse ihn an. »Also, was sollte ich dir hier zeigen?«

»Ich dachte mir, wir backen zusammen.« Er hebt die Stimme am Ende an, wodurch es wie eine Frage klingt.

»Backen?« Ich habe zwar keine Idee, womit ich eigentlich gerechnet habe, aber nicht damit.

»Ja, ich habe noch nie in meinem Leben gebacken und du kannst das so gut.«

Meine Augen werden so riesig, dass ich das Gefühl habe, sie fallen mir gleich aus dem Kopf. »Du hast bisher echt niemals gebacken?«

Er schüttelt den Kopf.

»Dann wird es jetzt dringend Zeit! Wo ist die Küche?«

Sam deutet auf einen der Räume im Flur und sofort ziehe ich ihn zielstrebig dorthin. Als ich die Tür aufdrücke, steht vor mir eine kleine schwarze Küchenzeile und an der Seite ein schmaler Tisch. Ich werfe einen kurzen Blick zu dem großen Kühlschrank in der Ecke. Es ist so ein riesiges Ding mit zwei Seiten, bei dem in der Mitte Eiswürfel rauskommen. »Hast du überhaupt alle Zutaten da?«

Schwungvoll öffnet er eine Kühlschrankseite. »Ich hoffe es. Ich habe ein bisschen im Internet recherchiert und dann einfach alles gekauft, was ich am meisten gelesen habe.«

Ich kann ein kleines Lachen nicht unterdrücken. »Gute Idee.« Mit ein paar Schritten bin ich neben ihm und hole ein paar Eier, Butter und Milch aus dem Kühlschrank.

Währenddessen zieht Sam aus einem Schrank unter der Spüle eine Schüssel, Mehl und einen Handmixer. »Womit fangen wir an?«

Und das ist der Moment, in dem ich beschließe, ihm die Neuigkeit zu erzählen. Irgendwie fühlt es sich genau in dieser Sekunde richtig an. »Damit, dass ich Claires Angebot angenommen habe.«

»W-was?«, stottert er.

»Ich habe vorhin Claire zugesagt«, flüstere ich.

»Also bleibst du?« Er sieht aus, als könnte er nicht fassen, dass ich diese Neuigkeit gerade platzen gelassen habe.

Ich nicke und dann immer heftiger.

Er stoppt mich, indem er die Distanz zwischen uns überbrückt, mein Gesicht in seine Hände nimmt und seine Lippen auf meine presst.

Breit lächelnd löse ich mich von ihm. »Jetzt lenk aber nicht ab. Wir sind hier, um Muffins zu backen«, ermahne ich ihn spielerisch. Ich drehe mich um und greife nach dem Mehl und Zucker. Beides reiche ich ihm. »Als Erstes brauchen wir das.« Dann nehme ich die restlichen Zutaten und stelle sie neben die Schüssel. »Das auch.«

Er legt die Sachen zur Seite, dreht sich um und zieht eine kleine Waage aus einer Schublade. Ich sage ihm die Mengenangaben und er füllt alles in die Schüssel ab.

»Jetzt muss das nur noch verrührt werden.«

Er nickt und während er den Teig mixt, zeichnen sich die Adern deutlich auf seinen Unterarmen ab. Er hat seine Ärmel weit nach oben geschoben und am liebsten würde ich ihm seinen Pullover ganz ausziehen, um zu prüfen, ob die Adern auf seinen Oberarmen ebenfalls zu sehen sind. *Stopp!* Ich versuche mich auf die Muffins zu konzentrieren und beuge mich vor, um einen Blick in die Schüssel zu werfen. Dabei streifen sich unsere Arme. Prompt werden meine Wangen warm.

»Das müsste reichen«, sage ich leise.

Sam schaut mich verwirrt an. »Was?«, fragt er laut, um den Mixer zu übertönen.

Also hebe ich meine Stimme. »Das reicht.«

Er schaltet den Mixer aus und legt die Stäbe ins Spülbecken. »Und jetzt?«

Ich drehe mich zu allen Seiten um. »Hast du Muffin-Förmchen?«

»O ja, daran habe ich gedacht. Sie standen ganz oben auf meiner Liste.« Er zieht eine Schublade auf und holt eine ganze Packung voll bunter Förmchen hervor.

»Sehr gut.« Schweigend geben wir den Teig hinein. Als ich mich umdrehe, um einen weiteren Löffel aus der Schublade zu holen, stoße ich gegen ihn.

»Alles okay?«, fragt er leise.

Ich bringe lediglich ein Nicken zustande. Sein Brustkorb hebt und senkt sich bei jedem seiner Atemzüge, was ich an meinen Händen spüren kann. Einen Moment verharren wir so, doch dann beugt er sich ein Stück nach unten und ich komme ihm entgegen. Dieses Mal ist es kein zärtlicher und langsamer Kuss. Heftig treffen unsere Lippen aufeinander und öffnen sich für den anderen, als wären sie schon ein eingespieltes Team.

Ohne unseren Kuss zu unterbrechen, legt er seine Hände unter meinen Po, während ich meine Beine um ihn schlinge. Langsam trägt er mich zurück in den Flur, um die Tür gegenüber mit seinem Ellenbogen aufzudrücken. Prompt steigt mir sein Geruch stärker in die Nase, das muss also sein Zimmer sein.

Er setzt mich auf seinem weichen Bett ab und ich komme gar nicht erst dazu, mir sein Zimmer genauer anzuschauen, denn sofort drücke ich meine Lippen zurück auf seine. Ich will keine Sekunde von ihm verpassen. Meine Hände greifen nach seinem Shirt, um es ihm über den Kopf zu ziehen.

Nicht dass wir wieder von einem Klingeln unterbrochen werden. Dann fahren meine Fingerspitzen langsam seine Brust entlang. Ich lege meinen Kopf in den Nacken, was er nutzt, um Küsse von meiner Wange bis zu meiner Halsbeuge zu verteilen und dann erneut die Stelle direkt unter meinem Ohr zu liebkosen. Ich glaube, das ist ab jetzt die liebste Stelle an meinem Körper.

»Autumn«, haucht er zärtlich, während sein Mund abermals meinen findet. Sofort schiebe ich meine Zunge zwischen seinen Lippen, wo mir seine bereits entgegenkommt. Er greift nach meinem Pullover und ich helfe ihm dabei, ihn mir auszuziehen. Einen Moment schaut er an mir herunter, um dann wieder an meinen Augen hängen zu bleiben. Vorsichtig schiebt er den einen Träger meines BHs herunter, um die Stelle dort mit Küssen zu benetzen. Ich lege mich auf den Rücken, als er anfängt jede Stelle meines Oberkörpers mit seinen Lippen zu liebkosen. Ein leises Stöhnen bricht aus mir heraus, als er mit seiner Zunge meine linke Brust erkundet. Von dieser Stelle aus arbeitet er sich immer tiefer, bis wir zusammen meine Hose von den Beinen streifen. Dort drückt er zärtlich seinen Mund auf meinen Innenschenkel, was mir ein lautes Seufzen entlockt.

Mit jedem weiteren Kuss steigert sich mein Begehren nach ihm und Hitze flammt zwischen meinen Beinen auf. An seinen Haaren ziehe ich ihn zurück zu mir, um meine Lippen auf seine zu legen. Seine Lust spüre ich dabei hart gegen mein Becken drücken, was mich nur noch rasender macht.

»Hast du ein Kondom da?«, frage ich zitternd vor Verlangen. Ich will nicht länger warten.

»Ja.« Er zieht eine Schublade auf und ich höre eine Folie knistern. »Bist du dir sicher?«, haucht er liebevoll.

»Absolut.« Und um das zu unterstreichen, presse ich meinen Mund auf seinen.

Kapitel 25

»Na, wie war's?«, ruft Claire, als die Eingangstür vom *Cat's Coffee* klingelnd hinter mir zufällt. »Hast du das nicht gestern schon angehabt?« Plötzlich werden ihre Augen riesig, als sie zu verstehen beginnt. »Autumn Williams, hast du etwa bei Sam übernachtet?«

Meine Wangen werden augenblicklich warm und als ich betreten zu Boden sehe, kommt sie noch ein Stück näher und zupft an meinem Ärmel. »Warte mal, habt ihr miteinander geschlafen?« Mit jedem weiteren Wort wird ihre Stimme lauter.

»Psst, Claire! Soll es etwa direkt die ganze Insel wissen?« Ich ziehe sie in die Küche. Zum Glück sind gerade keine Gäste hier, die unseren Austausch mitbekommen könnten.

»Also, jetzt sag schon, habt ihr?«, flüstert sie neugierig.

Innerlich beiße ich auf meine Wange und nicke.

»O mein Gott«, kreischt sie. »Und wie war es?« Sie greift nach meinen Händen und schaut abwartend in mein Gesicht.

Ich stoße meine angehaltene Luft aus. »Wunderschön, es war wunderschön. Zuerst waren wir im Aquarium und dann wollten wir bei ihm was backen.«

»Wollten?«

Mein Puls schnellt in die Höhe. »Ja, dazu kam es dann nicht mehr wirklich.« Ich beiße auf meine Unterlippe, um mir ein Grinsen zu verkneifen.

»Okay, okay, diese Einzelheiten brauche ich dann doch nicht.« Schnell schüttelt sie den Kopf. Jede Wette, dass sie dadurch versucht, bestimmte Bilder zu vertreiben.

»Die würde ich dir auch nicht verraten.« Frech strecke ich ihr die Zunge raus.

»Wieso bist du dann schon hier und nicht mehr bei ihm? Ich wäre dir nicht böse gewesen, wenn du heute später gekommen wärst.« Claire wirft einen Blick auf die große Uhr, die an der Wand hängt. Wir haben jetzt ein Uhr mittags, normalerweise fängt meine Schicht erst in einer Stunde an.

»Er musste ins Diner.« Betreten zucke ich mit den Schultern. Ich wäre heute Morgen gerne noch länger bei ihm geblieben, denn wir waren fast die ganze Nacht wach.

»War Chase gar nicht da?«, reißt Claire mich aus der Erinnerung.

»Gestern Abend und heute Morgen habe ich ihn nicht gesehen. Er hatte wohl irgendwas vor.«

Claires Augen werden ausdruckslos. Dann zuckt sie mit den Schultern und drückt meinen Oberarm. »Freut mich, dass es so ein schöner Tag für dich war.« Sie wirft mir ein Lächeln zu, doch es erreicht ihre Augen nicht.

Sobald ich das bemerke, senke ich sorgenvoll meine Stimme. »Sag mal, Claire«, setze ich an. »Möchtest du mir nicht erzählen, was bei dir los ist?«

Sie seufzt leise auf. »Tut mir leid«, haucht sie. »Dafür bin ich noch nicht bereit.«

Ich ziehe sie in eine Umarmung. »Sobald du es bist, bin ich da, jederzeit.«

»Danke«, schnieft sie und macht sich von mir los. »Irgendwann werde ich so weit sein.«

Ich greife nach ihrer Hand und drücke sie einen kurzen Augenblick.

Sie räuspert sich. »Und jetzt wieder zu dir. Also, war es gestern gut?«

»Besonders die Nacht«, versuche ich sie wieder zum Lachen zu bringen.

Schnell hält sie sich die Ohren zu. »Lalala, das will ich gar nicht hören!« Mit eiligen Schritten kehrt sie ins Café zurück.

Schmunzelnd ziehe ich die Tür vom Kühlschrank auf und hole die Cupcakes vom Vortag heraus. In einer Schüssel rühre ich ein schnelles Topping zusammen und spritze es auf die kleinen süßen Verführungen. Mit einem vollen Tablett gehe ich ins Café, um sie auf die Etagere zu stapeln.

Mittlerweile sind auch zwei Gäste erschienen. An einem Tisch in der hinteren

Ecke am Fenster sitzen zwei Frauen, die ihre Köpfe zusammengesteckt haben und ganz in ihr Gespräch vertieft sind.

»Sie haben schon nach deinen Cupcakes gefragt.« Claire gießt einen Kaffee in eine riesige Tasse. Andere würden daraus vielleicht eine Suppe trinken, aber sie nimmt es lieber für ihren täglichen Koffeinschub.

»Gut, dass ich jetzt welche habe.« Ich hole einen Teller aus dem Schrank unter der Kaffeemaschine und platziere zwei der Cupcakes darauf.

Als ich auf die Frauen zugelaufen komme, unterbrechen sie ihr Gespräch und blicken interessiert zu mir auf. »Ach, da ist ja die kleine Meisterin.«

Meine Verlegenheit versuche ich mit einem freundlichen Lächeln zu überspielen. »Hier, bitteschön.« Ich stelle den Teller in die Mitte ihres Tisches.

Sofort greift die dunkelhaarige Dame zu und nimmt sich einen.

»Das ist mal wieder typisch, dass du nicht abwarten kannst«, beschwert sich die andere.

»Dann musst du halt mal schneller sein, außerdem ist doch noch ein anderer da.«

Eilig mache ich mich aus dem Staub, bevor ich weiter in den Streit hineingezogen werde. »Ist das immer so bei den beiden?«, frage ich Claire leise.

Bedeutungsvoll nickt sie mir zu. »O ja, sie sind Schwestern und jedes Mal streiten sie sich über irgendwas Belangloses. Aber genauso schnell, wie sie angefangen haben, vertragen sie sich wieder.«

Ich kichere. »Aber soll ich dir mal was verraten?«

»Klar.«

»Das ist genau das, was ich bei meinem alten Job vermisst habe. Diese kleinen Momente sind das Tollste daran, anderen deine Cupcakes zu übergeben. Selbst wenn sie sich darum streiten, macht mich das glücklich.«

»Also bereust du es nicht?«

Ich schüttle den Kopf. »Niemals. Jetzt voll und ganz mit dir zusammenzuarbeiten, ist tausendmal besser als die Arbeit für das Online-Magazin. Ich bedaure keine Sekunde dort gekündigt zu haben.«

»Ich bin einfach froh, dass du hier bist.«

»Und ich erst.«

Sie lächelt mir zu und dreht sich dann um. »Ich hole mal eben neue Milch aus dem Vorrat.« Und schon ist sie verschwunden.

Plötzlich bemerke ich etwas an meinem Bein und blicke geradewegs in die kleinen Knopfaugen von Lucky. Als ich mich hinunterbeuge, um seinen Kopf zu streicheln, beginnt er zu schnurren.

»Das magst du, nicht wahr?«, flüstere ich ihm zu.

Wie um mir zu antworten, drückt er die Seite von seinem Kopf gegen meine Hand. Ich krame ein Leckerli aus meiner Hosentasche und halte es ihm hin. Kurz schnuppert er daran, verschlingt es dann aber sofort.

In dem Moment höre ich Schritte auf mich zukommen und sehe Claires Schuhe direkt vor mir stehen. »Gib ihm nicht zu viel, ich habe das Gefühl, er wird immer dicker.«

Als sie sich wegdreht, stecke ich ihm schnell noch ein Leckerli zu. »Verrate mich nicht.«

Auf einmal nehme ich eine weitere Stimme über mir wahr, doch diesmal ist es eine tiefe. »Hi, Claire, kannst du mir einen Kaffee machen?«

Ich stoße mir beinahe den Kopf, weil ich mich so hastig aufrichte.

Mit einer dunkelbraunen Mütze, die er sich tief ins Gesicht gezogen hat, steht Travis vor der Theke und schaut Claire abwartend an.

»Du warst ja ewig nicht mehr hier.«

Resigniert hebt er die Schultern. »Hatte viel zu tun.« Dann wirft er einen Blick zu der Tasse, die Claire gerade unter den Kaffeeautomaten stellen will. »Ähm, zum Mitnehmen.«

»Oh, klar.« Sie greift sich einen Pappbecher von dem Stapel neben dem Automaten und stellt ihn unter die zwei Düsen.

Unauffällig versuche ich Sams Freund zu mustern. Dunkle Ringe liegen unter seinen Augen und ständig schaut er auf sein Smartphone runter. Auch sein Bein steht keine Sekunde still, denn die ganze Zeit ist er damit am Wippen. Er steckt mich schon fast mit seiner Unruhe an, also will ich mich abwenden, aber genau dann schaut er zu mir rüber.

Kurz nickt er mir zu und wendet dann seine Aufmerksamkeit Claire zu, die ihm seinen heißen Kaffeebecher reicht. »Danke.« Er legt ihr ein paar Dollarscheine hin, dreht sich um und eilt nach draußen.

Das ganze Verhalten von ihm ist einfach komisch. Immer wenn ich auf ihn treffe, wirkt er unruhig, nervös und angespannt oder ist betrunken.

Ich nehme all meinen Mut zusammen und atme einmal tief durch. »Du, Claire?«, taste ich mich langsam heran.

Überrascht blickt sie von der Zeitung, die vor ihr liegt, auf. Meine Stimme muss anders geklungen haben als sonst, denn diesen Ausdruck habe ich in ihren Augen noch nie gesehen. Überrascht und ein bisschen besorgt. »Ja?«

Unsicher kaue ich auf meiner Unterlippe herum. »Ich weiß auch nicht, du meintest ja mal, Travis war sonst nicht so, aber findest du nicht auch, er ist schon ziemlich seltsam in letzter Zeit?«

Claire legt ihren Kopf zur Seite und überlegt ein paar Sekunden. »Was meinst du?«

Ich zucke mit den Schultern. »Ich weiß nicht, also, jedes Mal, wenn ich ihn sehe, wirkt er so nervös und unruhig und ach – keine Ahnung.« Jedes meiner Worte kommt abgehackt heraus. Hoffentlich ist sie nicht eingeschnappt, weil ich da was Falsches reininterpretieren könnte.

»Ganz ehrlich, ich weiß es nicht. Ich habe ihn in letzter Zeit nur selten getroffen, aber vielleicht solltest du Sam mal fragen, der sieht ihn weitaus öfter als ich.«

»Was war denn letztens, als Grace beinahe mit ihm zusammengestoßen ist? Hat Sam da was gesagt? Du wolltest ihm deshalb doch schreiben.«

»Ja, er meinte nur, Travis hätte einfach einen schlechten Tag gehabt.« Sie zuckt mit den Schultern. »Erzähl Sam ruhig davon, er müsste mehr wissen, falls etwas sein sollte.«

»Okay«, flüstere ich und schnappe mir einen Cupcake, um auf andere Gedanken zu kommen. Als ich das Papier in den Mülleimer werfen will, fällt mir auf, wie voll er ist. Mit beiden Händen greife ich nach den zwei Enden der Tüte und knote sie zu. »Ich bringe eben den Müll raus.«

Claire gibt ein zustimmendes Brummen von sich, weil sie schon wieder in die Zeitung vertieft ist.

Also gehe ich mit der schweren Tüte in den Händen durch die Küche, drücke den Hinterausgang auf und trete in die eisige Kälte hinaus. Als ich gerade den großen Müllcontainer öffnen will, dringt eine gehetzte Stimme bis an meine Ohren. Eine Stimme, die ich vor ein paar Minuten noch im Café gehört habe.

Ich beuge mich vor und werfe einen Blick um die Häuserwand, wo ich Travis stehen sehe. Er hat sein Smartphone so fest umklammert, dass seine Fingerknöchel weiß hervortreten.

Normalerweise belausche ich niemanden, aber ich kann nicht anders und drücke mich deshalb an der Mauer entlang, in der Hoffnung, dass er mich nicht sieht.

»Ja, ja, ist gut.« Immer wieder quietschen seine Schuhe durch den Schnee. »Ja, ich besorge es. Hab es bald zusammen.« Er fährt sich zitternd übers Gesicht. »Ein paar Tage noch, dann hab ich es. Ja, gut.« Jetzt muss er aufgelegt haben, denn immer wieder tritt er gegen die Fassade. »Shit!« Dieses kurze Wort trieft nur so vor Wut. Dann stampft er davon.

Vorsichtig kehre ich zum Müllcontainer zurück und werfe den Sack hinein, um dann schnell zurück ins Café zu eilen. Ich muss unbedingt Claire davon erzählen.

Als ich eilig durch die Küche laufe und die Tür zum Café aufdrücke, sackt mein Mut in sich zusammen. In der kurzen Zeit, in der ich draußen war, hat sich der wöchentliche Tratsch-Club von Mr Lewis an einem breiten Tisch zusammengefunden. Claire ist dabei, alle zu bedienen und ihre Bestellungen aufzunehmen. Jetzt werden wir die nächsten zwei Stunden auf jeden Fall nicht dazu kommen, in Ruhe zu reden.

Schicksalsergeben mache ich mich daran, direkt ein paar Cupcakes vorzubereiten, da ich weiß, dass sie jedes Mal welche zu ihrem Kaffee dazunehmen.

Als ein paar Stunden später die Tür klingelnd hinter ihnen zufällt, atme ich erleichtert aus.

Claire grinst mich an. »Das geht mir auch immer so, ist irgendwie anstrengend, wenn sie da sind, nicht?«

Ich nicke ihr erschöpft zu. »Ja, weil sie ständig irgendwas Neues möchten und ziemlich oft was zu meckern haben.« Das Letzte sage ich ganz leise.

Sie verdreht die Augen. »Ja, das ist schon so, seit ich das *Cat's Coffee* eröffnet habe.«

Zusammen räumen wir alles von den Tischen und stellen es in die Spülmaschine.

Die Tür läutet erneut und ich stelle mich innerlich schon darauf ein, dass jemand etwas vergessen hat, aber als ich mich umdrehe, hüpft mein Herz. Sam hebt seine Hand und drückt anschließend die Tür wieder hinter sich zu.

»Ich lasse euch beide dann mal kurz allein.« Claire zwinkert mir zu und bevor sie in die Küche verschwindet, grüßt sie Sam mit einem Faustschlag.

»Hi, Autumn-Autumn.« Sam kommt um die Theke herum und drückt seine Lippen einen Augenblick auf meinen Haaransatz.

Ich kann nicht verhindern, dass mir sofort warm wird. Dann fällt mir sein Shirt mit dem Logo vom Diner auf. »Musst du nicht arbeiten?«

Er beginnt mit einer meiner Haarspitzen zu spielen. Immer wieder dreht er sie um seinen Finger und lässt sie dann los. »Ich wollte dich kurz sehen und dachte mir, ich kann meine Pause hier verbringen.« Er nickt zu der Etagere mit den Cupcakes. »Und davon einen essen?«

»Klar, willst du auch was trinken?« Ich reiche ihm einen der größten Cupcakes, den er dankend annimmt.

»O ja, Kaffee, bitte.« Dann verzieht er das Gesicht, während er es sich auf einem der Hocker bequem macht. »Ich habe nur echt nicht viel Zeit, höchstens ein paar Minuten. Im Diner brennt gerade die Hütte.«

Sofort kommt Claire aus der Küche gehuscht. »Habe ich da etwa das Wort Kaffee gehört? Bin schon zur Stelle.« Sie legt ihre Hand an den Kopf, um zu salutieren, als wäre Sam ihr Captain.

Da der Kaffeeautomat direkt neben mir steht, drücke ich den Knopf, damit er hochfährt.

In der Zwischenzeit nimmt Claire eine Tasse und stellt sie unter die Düsen. Spielerisch stößt sie mich ein Stück zur Seite. »Lass mal lieber den Profi ran.«

Ich hebe ergeben die Hände und setze mich neben Sam. Sofort schenkt er mir all seine Aufmerksamkeit und betrachtet einige Momente mein Gesicht. »Was hast du heute noch vor?«

Ich zucke mit den Schultern. »Eigentlich nur meine Schicht beenden.« Hinter mir höre ich das Stimmengewirr von ein paar hereinkommenden Gästen. Als ich mich ihnen gerade zuwenden will, eilt Claire bereits auf sie zu.

Dankbar bleibe ich sitzen und betrachte Sam, der einen Schluck aus seiner Tasse nimmt. Ein leichtes Lächeln liegt auf seinen Lippen.

»Sehen wir uns heute Abend?« Leise dringt seine Stimme zu mir durch.

»Gerne.« Meine Antwort ist kaum mehr als ein Flüstern.

Sam beugt sich nach vorne, um mir einen Kuss auf die Lippen zu hauchen. Am liebsten würde ich ihn an mich ziehen und nie mehr loslassen, stattdessen lässt mich sein Blick auf die Uhr vermuten, dass seine Pause gleich schon wieder vorbei ist. Ich wünschte, er könnte sich zum Diner beamen, dann könnten wir die Zeit, die er für den Weg braucht, noch für uns nutzen.

Leider verfügt er aber über keine Superkräfte und so kippt er in schnellen Zügen den Rest aus seiner Tasse in sich rein und schlüpft dann in seine dicke Jacke. »Ich muss wieder los, aber keine drei Stunden mehr und dann bin ich bei dir. Ich komm dich dann hier abholen, okay?«

Ich starre auf seinen Mund, der mich gestern so vieles spüren lassen hat. »Ja, ist gut. Bis später dann.«

Er winkt Claire kurz zum Abschied und verschwindet dann durch die Tür.

Ich stoße einen tiefen Seufzer aus und bemerke beim Einatmen, wie sein Duft immer noch in der Luft hängt. Nicht besonders stark, aber doch sehr präsent. Leicht und doch so schwer.

»Du siehst aus, als wärst du nicht hier im Café, sondern weit, weit weg, vielleicht auf der Sam-Island, oder so«, reißt mich Claire mit ihrem Witz aus den Gedanken.

Verschmitzt erwidere ich ihren belustigten Ausdruck. »Was hast du heute Morgen gefrühstückt, eine Portion Humor?«

Kapitel 26

Mein Lachen hallt durch die stille und kalte Nacht. »Was hast du vor?« Die Sterne glitzern am Himmel und unser Atem wirft kleine Dampfwolken hinauf.

»Komm mit!« Sam rennt hoch zu den schneebedeckten Dünen und bleibt oben stehen.

Mit meinen Boots versinke ich mit jedem Schritt weiter in dem fluffigen Schnee, aber der Anblick von Sam gibt mir den nötigen Schubs an Motivation, um mich vorwärtszukämpfen.

Immer noch kann ich nicht wirklich glauben, dass seit unserem ersten Date bereits über zwei Wochen vergangen sind. Doch jede einzelne Sekunde davon zählt zu den schönsten Momenten, die ich je mit einem anderen Menschen verbracht habe. Und um diesen anderen Menschen nun zu erreichen, löse ich meinen Fuß für einen weiteren Schritt von der weißen Schicht, verliere aber plötzlich den Halt und lande bäuchlings im Schnee.

»Autumn!«, höre ich Sam rufen.

Ich winde mich aus den weißen Massen, die jetzt überall an mir kleben. Als ich gerade den Kopf hebe, ist Sam auch schon bei mir, um mir aufzuhelfen. Dankend nehme ich seine Hand an und lasse mich von ihm hochziehen. Ich versuche den Schnee von meiner Hose zu klopfen, was mir eher weniger gut gelingt. Als sich unsere Blicke kreuzen, kann ich nicht anders, als über mich selbst zu lachen.

Sam fällt in mein Lachen mit ein und scheint dann zu erkennen, wie hoffnungslos mein Versuch ist, mich von dem Schnee zu befreien. »Warte, ich helfe dir.«

Zusammen bemühen wir uns meine Hose und Jacke zu säubern, was jedoch nichts daran ändert, dass sich meine Haare ziemlich nass anfühlen, weil der Schnee dort mittlerweile zu Wasser geworden ist. Mit meinen Fingern fahre ich langsam durch meine Strähnen. An den Spitzen sind sie ganz durchnässt.

»Was wolltest du mir oben eigentlich zeigen?«

»Genau, warte, das musst du selbst sehen.« Er nimmt meine Hand und zieht mich das letzte Stück hinauf.

Endlich oben angekommen, ist der Schnee in meinen Haaren sofort vergessen. Der Ausblick raubt mir fast den Atem. Es muss eine der höchsten Dünen hier auf Cosy Island sein, denn ich kann fast die ganze Insel bestaunen. Ich erkenne kleine Lichter, die von den Häusern in den Wohngegenden stammen müssen. Und über uns blinkt ständig ein Stern auf, während alle anderen auf uns niederleuchten.

Ich deute zum Himmel und senke meine Stimme. »Ist es nicht unvorstellbar, dass die Sterne bereits verglüht sind und wir sie hier immer noch betrachten können?«

Unwillkürlich muss ich an einen Moment mit Granny in New York zurückdenken. Wir haben darüber gesprochen, wie schade es ist, dass man in den Großstädten die Sterne so selten sehen kann. Und da hat sie mir gesagt: »Aber zu wissen, dass sie da sind, hat trotzdem etwas Tröstliches.« Ein trauriges Lächeln umspielt meine Lippen und ich atme seufzend ein, als ein weiterer Stern aufblinkt. Auch ihr Licht ist bereits erloschen. Trotzdem ist sie immer noch hier, in meinem Herzen, in den kleinen Momenten, wenn ich an sie denke und eine Erinnerung mich zum Lächeln bringt.

Sams Finger an meiner Wange katapultieren mich zurück an Ort und Stelle, hier auf die schneeverwehte Düne, mit ihm. Sam, der gerade dabei ist, mein Lieblingsmensch zu werden. »Autumn, ist alles okay?« Leise hallen seine Worte in dieser sternklaren Nacht wider. Sein warmer Atem kitzelt an meiner Wange und lässt mein Herz einen Purzelbaum schlagen.

Ich blinzle die Tränen in meinen Augen weg, denn es waren keine Tränen der Trauer, sondern welche der schönen Erinnerungen. Tränen der

Dankbarkeit. »Ja, ich bin so dankbar, hier zu sein und bin wirklich froh, dass du mir das hier gezeigt hast.« Langsam strecke ich mich und lege sanft meine Lippen auf seine.

Er erwidert meinen Kuss mit leichtem Druck und fährt mit seinen warmen Händen über meine Haare und meine Wangen. Dann reibt er über meine Schultern und sieht mir in die Augen. »Du bist ja ganz kalt, lass uns zurückfahren. Dann mache ich uns was Warmes zu trinken, damit du dich aufwärmen kannst.«

Ich wüsste da auch eine andere Möglichkeit, um mich aufzuwärmen, aber dafür haben wir später immer noch Zeit, jetzt klingt ein heißes Getränk erst mal sehr gut. »Okay, dann komm.«

Vorsichtig kraxle ich die steile Düne herunter, um nicht schon wieder hinzufallen und mich mit neuem Schnee zu bedecken. Ich liebe zwar diese Jahreszeit, nur ist der Schnee eigentlich nichts für meine Gesundheit. So oft wie ich mich bisher hingelegt habe, grenzt es an ein Wunder, dass ich mir noch nichts gebrochen habe.

In Sams Truck drehe ich sofort die Heizung voll auf und versuche meine Hände direkt vor das Gebläse zu halten, damit sie als Erstes warm werden. »Ich habe das Gefühl, es wird immer kälter.«

Gekonnt lenkt er den Truck aus der Parklücke am Straßenrand und wirft mir dann einen amüsierten Blick zu. »Dabei müsstest du von New York doch ganz andere Temperaturen gewohnt sein, oder nicht?«

Wo er recht hat, hat er recht. »Erwischt, aber ich habe mich einfach nie daran gewöhnt.«

Den Rest der Fahrt verbringen wir in angenehmer Stille, in der ich immer wieder nach draußen starre und den magischen Novemberabend bewundere. Doch es dauert nicht lang und wir erreichen den Parkplatz vor dem Diner. Kaum ist der Motor zum Stillstand gekommen, springe ich auch schon aus dem Wagen, weil ich es nicht abwarten kann, in seiner warmen Wohnung anzukommen.

»Los schnell, beeil dich«, rufe ich Sam lachend zu, der sich anscheinend einen Spaß daraus macht, extrem langsam aus dem Wagen zu steigen. Um mich aufzuwärmen, hopse ich immer wieder auf der Stelle und hauche in meine Hände.

Sam kommt jetzt die letzten paar Meter angerannt und steckt den Schlüssel ins Schloss. Dann gefriert er plötzlich zu Eis und tastet an seiner Jacke herum. »Ach Mist, ich habe mein Smartphone im Truck vergessen. Geh du schon mal hoch, ich hole es noch schnell.«

Eilig sprinte ich die Treppenstufen nach oben und nehme dabei immer zwei auf einmal. Doch dass das keine so gute Idee war, zeigt sich im nächsten Moment, als ich mit jemanden zusammenstoße. »Ups.« Ich schaue nach oben und begegne den blutunterlaufenen Augen von Travis.

Sein Blick schnellt nach unten zu seinem Smartphone, auf dem ein laufendes Telefonat aufblinkt. Kurz darauf sieht er wieder zu mir.

Ich zucke mit den Schultern und forme lautlos »Sorry.«

Travis nickt mir nur knapp zu und läuft dann schnell die Treppe nach unten. Hastig höre ich ihn in sein Smartphone flüstern: »Gib mir bitte eine weitere Woche, dann habe ich es.«

Aus einem Impuls heraus bleibe ich stehen und lausche noch einen Moment. Ich beuge mich vorsichtig über das Geländer und erstarre, als ich einen Blick auf sein Smartphone erhaschen kann. Während das Anrufersymbol weiterhin anzeigt, dass er telefoniert, schaut er sich ein Foto an. Es ist das Boot von Sam. Doch das ist nicht das, was mich so schockiert, sondern die Tatsache, dass es vorne komplett zerbeult ist.

Ich traue meinen Augen kaum. Ich glaube nicht, dass das so sein muss. Das hätte Sam mir doch erzählt, als wir darüber gesprochen haben.

Ich versuche mich weiter vorzubeugen, um noch mehr zu erkennen, als sich Travis das Handy zurück ans Ohr drückt. »Irgendwie musste ich ja sein Boot reparieren.« Er schlägt gegen die Wand. »Ich hab's fast zusammen, okay! Ich musste schon meinen besten Freund bestehlen.«

Die Tür fällt hinter ihm ins Schloss und ich bleibe allein mit meinem rasenden Herzen zurück. Und da fällt es mir wieder ein: das Gespräch hinter dem Café, die komischen Aufeinandertreffen, die ich bisher immer mit ihm hatte, und der gehetzte Ausdruck jedes Mal in seinen Augen. Verdammt, ich wollte

Sam doch letztens schon darauf ansprechen, aber dann habe ich es wieder vergessen.

Im Treppenhaus erklingen erneut Schritte und Sam erscheint vor mir. Entschlossen sehe ich zu ihm auf. »Wir müssen reden.«

Mein ernster Tonfall muss bei ihm Alarm schlagen, denn sofort weiten sich seine Augen und sein Blick wird ernst. »Alles klar, lass uns in mein Zimmer gehen.« Mit großen Schritten steigt er die letzten Stufen empor und drückt dann die Tür der Wohnung auf.

In der nächsten Sekunde werden wir auch schon von Chase begrüßt, der uns entgegenkommt. »Hi, Autumn.« Und an Sam gewandt sagt er: »Ich fahr zu Will, um ein paar Runden zu zocken. Du hast bestimmt keine Lust mitzukommen, oder?«

Sam schüttelt den Kopf. »Nee, sorry, ein andermal.«

Chase klopft ihm freundschaftlich auf den Rücken und zieht die Tür hinter sich zu.

Gespannte Stille legt sich über Sam und mich. Schnell befreien wir uns von Jacke und Schuhen und betreten dann sein Zimmer. Sofort lässt sich Sam auf sein Bett sinken und mustert mich alarmiert. Nervös stelle ich mich dicht vor ihn und grüble, wie ich am besten anfangen soll. Ist es am besten, wenn ich mit der Tür ins Haus falle? Oder soll ich ihm zuerst erzählen ...

Sams warme Hände reißen mich schließlich aus meiner Hin- und Hergerissenheit. Warm legen sie sich in meine und erden mich für kurze Zeit. »Autumn, sag, was los ist.«

Ich atme einmal tief durch, kann aber nicht stillstehen, also löse ich mich von ihm und laufe im Zimmer auf und ab. »Es geht um Travis.«

Sam steht vom Bett auf und schaut mich verwirrt an. »Travis?«

»Ja, ich weiß auch nicht. Er wirkt so unruhig und jedes Mal ist er total abgehetzt und muss dringend los. Ständig sieht er sich um, als würde er damit rechnen, dass jemand um die Ecke gesprungen kommt.« Wieso finde ich eigentlich nie die richtigen Worte? Warum fällt es mir immer so schwer, meine Gedanken zu sortieren und so herauszubringen, dass sie Sinn für andere ergeben? Angespannt kaue ich auf meiner Unterlippe herum, mir doch egal, ob sie schon blutet.

Ich werfe einen Blick zu Sam und sacke ein wenig in mich zusammen, als ich sehe, wie er ein kleines amüsiertes Lächeln zu unterdrücken versucht. »Ach, Autumn, er ist nun mal im Moment viel im Stress, wahrscheinlich hat es wieder was mit einer seiner neuen Freundinnen zu tun, die ihn auf Trab hält.« Er zuckt mit den Schultern und kommt auf mich zugelaufen, um mich in den Arm zu nehmen.

Sofort weiche ich ein paar Schritte zurück und hebe meine Hände. »Nein, das glaube ich nicht, ich habe gehört, wie er mit jemandem telefoniert hat. Das klang so gar nicht nach einem Gespräch mit einer neuen Freundin.«

Sams Mundwinkel wandern nach unten und sein Blick wird starr. »Was willst du damit sagen, Autumn?«

Mein Herzschlag verfünffacht sich. »Ich glaube, es ist was mit deinem Boot.«

Er zieht seine Augenbrauen hoch.

»Ich habe ein Bild gesehen.«

Immer und immer wieder schüttelt er den Kopf. »Ich verstehe überhaupt nichts.«

Ich knete meine Hände. »Auf seinem Handy war ein Foto. Von deinem Boot und der ganze Rumpf war voller Dellen.«

»Aber das kann nicht sein. Das würde er mir doch erzählen.«

Ich mache einen Schritt auf ihn zu. »Bitte glaub mir. Ich weiß, was ich gesehen habe.«

Stumm starrt er auf den Boden. Auch wenn es nur ein paar Sekunden sein müssen, kommt es mir vor wie eine Ewigkeit. »Lass uns hinfahren.«

»Was?« Meine Augen weiten sich.

Er schnappt sich seine Autoschlüssel und läuft in den Flur. »Komm, wir fahren zum Boot.«

Mit schnellen Schritten eile ich ihm hinterher und als ich ihn einhole, zieht er bereits die Haustür auf. Hastig greift er nach seiner Jacke, die er sich überzieht, und schlüpft dann in seine Schuhe.

Ich stelle mich vor ihn und versuche nach seiner Hand zu greifen. »Glaubst du mir?«, frage ich leise.

Er rauft seine Haare. »Ich kann es mir einfach nicht vorstellen, Autumn. Travis ist mein bester Freund, das würde er mir doch erzählen.« Mit jedem Wort bröckelt seine Stimme mehr.

»Also glaubst du mir nicht.«

Er schiebt sich an mir vorbei und steigt die Treppe hinunter. »Lass uns erst mal zur Surfschule fahren.«

Ich presse meine Lippen aufeinander. Dann ziehe ich ebenfalls meine Jacke und Schuhe an und folge ihm bis zu seinem Truck, der uns gerade noch von einem schönen Ausflug hergebracht hat. Wieso hat der Abend so eine Wendung genommen?

Stumm klettere ich auf den Beifahrersitz, während Sam bereits den Motor startet.

Ohne ein weiteres Wort fährt er über die schneebedeckten Straßen. Kleine Flocken fallen dabei immer wieder vom Himmel und landen auf der Windschutzscheibe. Wären meine Gedanken nicht gerade mit anderen Dingen beschäftigt, würde ich diesen Zauber der Natur wahrscheinlich bewundern. Vielleicht würden Sam und ich sogar anhalten, um unser Gesicht erneut in den Himmel zu halten. Uns dann küssen und einander gestehen, wie sehr wir einander mögen, stattdessen rasen wir in angespannter Stille die Straße entlang.

Einige Minuten später taucht vor uns ein Gebäude am Strand auf. Sam parkt den Truck direkt vorm Eingang und springt aus dem Wagen.

Ich eile ihm hinterher, während er bereits den Schlüssel in die Tür steckt und sie aufschließt. Er läuft so schnell den Gang entlang, dass ich gar nicht dazu komme, mir alles genauer anzuschauen. Aus den Augenwinkeln sehe ich nur einige Surfbretter an den Wänden hängen.

»Sam, warte doch auf mich.« Hastig stolpere ich hinter ihm her.

Kurz dreht er sich zu mir um, dann bleibt er an einer Tür stehen. »Hier geht es zum Innenbereich. Von da aus können wir direkt aufs Wasser.«

Ich schlucke und nicke zur Tür. »Und darin ist auch das Boot?«

Sam nickt und drückt sie dann auf. Langsam folge ich ihm und bleibe stehen, als er vor etwas Großem haltmacht.

Das Boot ist mit einer großen Plane überzogen. Unter ihm mache ich ein paar Rollen aus, mit denen es aus dem Wasser hierhergebracht wurde. Zumindest kenne ich das so aus Filmen. Aber wieso lassen sie es nicht einfach im Wasser? Ist ja nicht so, als ob das Meer zugefroren wäre.

Sam bemerkt meinen fragenden Blick. »Wenn der Sommer vorbei ist, lagern wir das Boot immer hier, ist besser so. Danach kommt es zurück aufs Wasser.« Angespannt presst er die Lippen aufeinander und greift nach der weißen Plane.

Ich halte den Atem an und verfolge, wie er sie jetzt Stück für Stück herunterzieht. Das Knistern, das dabei von den Wänden schallt, verursacht eine Gänsehaut auf meinen Armen. Sobald die Abdeckung auf dem Boden liegt, läuft Sam zum Rumpf. Mit zögernden Schritten mache ich es ihm nach.

Doch als ich auf das Blech schaue, traue ich meinen Augen nicht. Ich wische mir übers Gesicht und trete näher heran. Das helle Metall blitzt mir entgegen, ohne den kleinsten Kratzer geschweige denn eine Delle zu haben. Vorsichtig fahre ich mit der Hand über das kalte Metall. Es fühlt sich an, als würde es mich auslachen.

»Siehst du.« Sam nimmt sein Boot genau in Augenschein. »Hier ist nichts.« Er zuckt mit den Schultern.

»Aber«, murmle ich. »Das kann nicht sein.«

»Autumn, das Boot ist unbeschädigt. Guck doch.«

Immer noch verwirrt gehe ich einmal um das Boot herum. Doch statt des kaputten Rumpfs, den ich auf dem Foto gesehen habe, ist da nur makelloses Metall.

»Glaubst du mir jetzt?«, fragt Sam. »Travis hätte mir schließlich davon erzählt.«

Ich kann es einfach nicht fassen und muss an das Gespräch denken, was ich mit angehört habe. »Darf er es denn benutzen, wann er will?«

Sam stöhnt auf. »Hörst du immer noch nicht auf damit? Autumn, sieh bitte hin!« Er zeigt mit beiden Händen zum Rumpf. »Da ist alles ganz.«

»Aber ich weiß doch, was ich gehört habe«, murmle ich.

»Gehört?« Seine Augen weiten sich.

Ein Frösteln überzieht meine Arme. »Wie er mit jemandem geredet hat, über das Boot und Geld.«

»Wann hast du das gehört?«

Ich verharre an Ort und Stelle und starre ihn einige Sekunden an. »Beim Café«, wispere ich ganz leise, weil ich weiß, dass es falsch war, ihn zu belauschen. »Und vorhin bei deiner Wohnung.«

Sein Brustkorb hebt und senkt sich, als er einen tiefen Atemzug nimmt. »Im Café oder draußen?«

»Draußen.«

Seine Stimme ist jetzt nicht mehr so sanft, wie ich es liebe, sondern ohne jegliche Emotionen. »Hast du ihn belauscht?«

Scheiße, was soll ich ihm nun sagen? Allerdings kann ich nicht anders, als ihm die Wahrheit zu erzählen, denn sonst bin ich auch nicht besser als Travis. »Ich habe den Müll rausgebracht und da hat er telefoniert und ...«

Sofort unterbricht mich Sam mit einer raschen Handbewegung und zerschneidet meine restlichen Worte damit in der Luft. »Hast du ihn mit Absicht belauscht, Autumn?« Jedes Wort presst er einzeln heraus. Wo ist der sanfte und liebevolle Sam hin? Den, für den mein Herz anfängt zu rasen, sobald ich nur an ihn denke? Der für so viele wundervolle Momente hier auf Cosy Island verantwortlich ist?

Betrübt nicke ich. »Ja, weil ich mir Sorgen gemacht habe.« Ich schlucke. »Vorhin hat er gesagt, er hätte dich beklaut«, füge ich leise hinzu.

Sam seufzt auf und fährt durch seine Haare. »Nun soll er nicht nur mein Boot kaputt gemacht haben? Nein, er soll mich auch noch bestohlen haben?«

»Ich weiß selbst, wie sich das anhört, aber ...«

Er fällt mir ins Wort. »Oh, gut, dass du das weißt.«

Ich verziehe mein Gesicht. »Jetzt lass mich doch mal ausreden!«

»Okay, na schön. Rede.«

Ein paar Sekunden herrscht angespannte Stille.

»Er hat gesagt, dass er bald das Geld zusammen hat, dein Boot reparieren musste und seinen besten Freund beklaut hat.«

Sam verschränkt die Arme vor seinem Körper. »Du musst dich verhört haben.«

In diesem Moment glaube *ich* mich verhört zu haben. Mein Gesicht wird langsam immer wärmer, aber diesmal, weil mein Frust langsam in Zorn umschlägt. »Willst du damit sagen, du glaubst mir nicht?« Schmerzvoll drückt mein Herz bei jedem Schlag gegen meine Brust.

Frustriert reibt Sam über sein Gesicht und rauft sich die Haare. »Ich denke, du hast dich da in etwas verrannt, wahrscheinlich hat er etwas ganz anderes gemeint und du interpretierst das alles völlig falsch.«

Ich schüttle den Kopf. »Nein, ich weiß, was ich gehört habe!« Ich presse jedes Wort einzeln heraus, denn so langsam weiß ich nicht mehr weiter. Anders als mit Worten, kann ich es nicht beweisen. Wäre doch nur dieses Boot nicht intakt, dann würde er mir vielleicht glauben.

Seine Miene wird etwas weicher und langsam kommt er ein paar Schritte auf mich zu. »Autumn, ich denke, du hast da etwas falsch verstanden.«

»Nein! Ich weiß, was Travis gesagt hat.«

»Autumn, er ist mein bester Freund!«

»Und was hat das damit zu tun?«

Er weicht zurück und wischt sich übers Gesicht. »Er würde so was nicht machen. Ich kenne ihn.«

Ich seufze frustriert auf.

»Du magst ihn nicht.«

Völlig entgeistert blicke ich Sam an. »Was?«

»Na ja, du hast gesagt, dass er die ganze Zeit so ist. Dass er nie Zeit hat. So was halt.« Er zuckt mit den Schultern. »Du magst ihn nicht, so einfach ist das.«

Ich schüttle den Kopf. »Das hat doch damit überhaupt nichts zu tun.«

»Meine Freunde sind mir wichtig.«

Ich runzle die Stirn. »Klar, aber ich kapiere nicht, was das jetzt mit dem hier zu tun hat.« Ich breite meine Arme aus.

»Bevor du so was über meinen besten Freund behauptest, denk vorher lieber nach.«

In dem Augenblick bricht mein Herz in tausend Teile. »Was meinst du damit?«

»Autumn, du unterstellst Travis gerade, mich beklaut und mein Boot geschrottet zu haben.« Er zeigt mit der Hand in die Richtung. »Und wie du siehst, ist dem nicht so.«

Ich merke, wie wir uns immer weiter im Kreis drehen. Also vergrabe ich die Hände in meinen Jackentaschen und will mich von ihm abwenden. Doch in diesem Moment wird mir etwas bewusst. »Dann hat das keinen Sinn.«

Er seufzt laut auf. »Das glaube ich auch.«

Mit einer Hand deute ich zwischen uns beiden hin und her. »Wenn du mir nicht vertraust, hat das Ganze keine Zukunft.«

Erkenntnis flackert über seine Züge. »Lass uns doch noch mal darüber reden.«

»Das bringt nichts. Wir drehen uns im Kreis.«

Ich drehe mich um und mache ein paar Schritte auf den Gang zu, durch den wir vorhin gekommen sind. Nur Sekunden später nehme ich seine Schritte hinter mir wahr. Seine Fingerspitzen suchen meine, doch streifen lediglich an ihnen vorbei.

»Tut mir leid Sam, aber ich will nur jemandem mein Herz schenken, der mir vertraut und mir glaubt.« Mit aller Kraft versuche ich den Schmerz in meinen Worten zu unterdrücken, damit er nicht merkt, wie verletzt ich bin. Damit er nicht hört, wie mein Herz gerade eben in tausend Teile zersprungen ist. Dabei scheitere ich jedoch kläglich. Ich wusste, es war alles zu schön, um wahr zu sein.

»Autumn, warte.« An der Eingangstür startet er einen weiteren Versuch, mich zu sich umzudrehen, doch ich schüttle seine Hand ab.

»Mach's gut, Sam.« Meine Kehle fühlt sich wie zugeschnürt an. Eilig laufe ich nach draußen und mit jedem weiteren Schritt werden meine Wangen feuchter. Meine Tränen laufen stumm herunter und erst als die Tür hinter mir zurück ins Schloss fällt, bricht ein lauter Schluchzer aus mir heraus.

Kapitel 27

Schon zum zehnten Mal wiederholt sich das Lied auf meiner Playlist, aber es ist das Einzige, was ich gerade hören möchte. Ganz laut schallt es aus dem Fernseher, der mit meinem Smartphone verbunden ist. Gedankenverloren wische ich über meine Augen, die sich ziemlich geschwollen anfühlen. Erst im frühen Morgengrauen bin ich auf meinem Sofa unter zwei Decken eingeschlafen und hatte zum Glück ein paar traumlose Stunden. Die Erinnerungen von gestern Abend stürzen erneut auf mich ein und sofort fühle ich den mittlerweile bekannten Schmerz in meiner Brust. Wie kann etwas, das sich so schön angefühlt hat, jetzt so sehr wehtun?

Sam. Ich versuche ihn für eine Weile zu vergessen, was mir äußerst schwerfällt, wenn die ganze Zeit sein Name auf meinem Smartphone aufblinkt. Bereits achtzehn verpasste Anrufe zeigt mein Bildschirm an, aber bei keinem von ihnen habe ich auch nur ansatzweise in Betracht gezogen, ihn anzunehmen. Ich würde es gerade nicht ertragen, seine Stimme zu hören.

Als sein Name erneut auf dem Display aufblinkt, schalte ich es auf lautlos und werfe es in eine Zimmerecke.

Diese nervigen Tränen, wieso können sie nicht endlich aufhören zu fließen? Mit meinem Ärmel wische ich sie unnötigerweise weg, weil sofort neue herunterlaufen. Wie kann man sich in einem Menschen nur so sehr täuschen? Ich habe echt gedacht, er empfindet genauso für mich wie ich für ihn. Aber dann hätte er mir doch geglaubt, auch wenn es um seinen besten Freund geht. Alles war wie ein warmer Sommermorgen, aber jetzt verdunkeln Regenwolken den Himmel und dieser Gedanke lässt mich erneut schluchzen.

Vielleicht hätte ich nicht herziehen sollen. Ich schaue mich ihm Wohnzimmer um. Möglicherweise war all das ein Fehler. Dann verharrt mein Blick auf einem Foto, das mir Claire vor ein paar Tagen geschenkt hat. Es zeigt sie, mich und Lucky, der eine ihrer Haarsträhnen zwischen seinen Zähnen hat.

Ganz langsam entlockt mir diese Momentaufnahme ein Lächeln. *Nein. Es ist kein Fehler.* Dieser Ort ist nicht nur wegen ihm zu meinem Zuhause geworden. Sondern wegen so vielem mehr. Claire, der Job, das Café, die Abende zusammen mit ihr und Grace. Ihre Katzen, das Cottage und die Momente, in denen ich mich Granny so nah fühle. All das möchte ich nicht mehr missen.

Meine Tränen beginnen erneut zu fließen. Ich drücke mein Gesicht zurück in das weiche, flauschige Kissen und hoffe, so meine eigene Trauer nicht zu hören. Diese ständigen Schluchzer bringen mich noch um den Verstand und an meinen Schläfen beginnt es bereits, heftig zu pochen. Ich drehe mich auf den Rücken und schlage mir die Hände vors Gesicht. Vielleicht würden mir ein paar weitere traumlose Stunden guttun und mich wenigstens ein bisschen zur Ruhe bringen. Also schließe ich die Augen und versuche die Gedanken in meinem Kopf zum Schweigen zu bringen. Ich packe Sam in eine Kiste und verschließe sie mit einem großen Schlüssel, den ich anschließend ins Meer werfe. Leider ist diese Taktik nicht wirklich erfolgreich, da er sofort wieder auftaucht und diesmal präsenter denn je. Ich drücke den Knopf an meiner Fernbedienung, um die Musik lauter zu stellen und versuche mich auf den Text zu konzentrieren. Dasselbe Lied immer wieder zu hören, bringt mich zwar nicht auf andere Gedanken, aber wenigstens ist es etwas anderes, als meine ständigen Schluchzer zu hören. Die Stimme von *Tommee Profitt* verursacht jedes Mal von Neuem eine Gänsehaut auf meinen Armen, während ich mein Gesicht zurück in die weichen Kissen drücke und mich ganz langsam die Müdigkeit überfällt.

Irgendwann reißt mich ein lautes Klopfen aus dem Schlaf. Ich schalte den Fernseher aus und sofort verstummt das Lied. Da durchbricht ein weiteres Klopfen die Stille und mein Blick schnellt in die Richtung.

Sam?

Als ich mich gerade dafür entscheide, nicht zu öffnen, lässt mich eine tiefe Stimme aufhorchen.

»Autumn?« Zögerlich klopft es erneut. »Autumn, bitte mach auf.«

Travis?

Verwirrt raffe ich mich vom Sofa und gehe zur Tür. Mit angehaltenem Atem ziehe ich sie auf und traue meinen Augen kaum, als ich Sams Freund vor mir stehen sehe. Tiefe Schatten liegen unter seinen Augen und die abstehenden Haare verraten, wie oft er mit seinen Händen hindurchgefahren ist.

»Was machst du denn hier?«, frage ich tonlos.

»Ich muss mit dir reden.«

»Okay.« Ich schlucke. »Na dann. Ich bin gespannt, was du zu sagen hast.« Mit einem Nicken Richtung Schaukelstuhl bedeute ich ihm sich zu setzen. Es würde sich gerade nicht richtig anfühlen, ihn in mein Cottage zu lassen. Dann würde er all die herumfliegenden Taschentücher bemerken und wissen, was für ein Chaos in meinem Inneren herrscht, auch wenn das wahrscheinlich gerade ebenfalls auf meinem Gesicht zu erkennen ist.

Travis nickt und geht mit vorsichtigen Schritten auf die Sitzgelegenheit zu, um sich darauf niederzulassen. Das quietschende Geräusch, was ich sonst so sehr liebe, hört sich in dem Moment völlig fehl am Platz an.

Abwartend schaue ich ihn an.

Travis holt tief Luft. »Ich weiß, was du gesehen und gehört hast.«

Meine Augenbrauen wandern nach oben. »Ach ja?«

Er nickt. »Sam hat es mir erzählt.«

Bei dem Klang seines Namens fährt ein kleiner Stich durch meinen Brustkorb.

»Du hattest recht.«

»Moment – Was?« Meine Augen werden riesig.

Betrübt nickt er erneut. »Ja, als mir Sam gerade von eurem Streit berichtet hat, musste ich ihm die Wahrheit sagen.«

Ich versuche das Zittern meiner Hände unter Kontrolle zu bekommen. »Die Wahrheit?«, wispere ich.

»Du hattest mit allem recht. Ich habe sein Boot gegen einen Felsen gelenkt und unser gemeinsames Konto der Surfschule geplündert.«

»Wieso?«, ist das einzige Wort, was ich hervorbringe.

»Mein Dad hat Krebs«, bringt er stockend heraus.

»Scheiße.«

Seine Augen beginnen zu schimmern. »Du sagst es.«

Auch wenn all die Dinge, die er getan hat, immer noch präsent in meinem Kopf sind, bekomme ich sofort Mitleid mit ihm. »Das tut mir leid.«

Einen Augenblick starren wir beide gedankenverloren zum Himmel. »Aber eine Sache verstehe ich trotzdem nicht.«

»Wieso ich all das gemacht habe?«, spricht er meine Gedanken aus.

Ich deute ein Nicken an.

»An dem Abend, als ich von der Krankheit meines Dads erfahren habe, bin ich mit Sams Boot rausgefahren. Ich habe ein paar Bier mitgenommen, um auf andere Gedanken zu kommen. Tja, Alkohol und das Steuern eines Boots vertragen sich nicht so gut.« Bei diesen Worten ballen sich seine Hände zu Fäusten.

»Wieso hast du es ihm nicht direkt erzählt?«

Sein Blick findet meinen und ich sehe, wie ein Sturm darin tobt. Wie die Traurigkeit ihn förmlich überfällt und dieser Schmerz erinnert mich an das, was ich selbst an den Krebs verloren habe. Ich schaue flüchtig zum Cottage und bete innerlich, dass Travis nicht dasselbe durchstehen muss. Dass es sein Dad schaffen wird.

»Ich habe mich geschämt.« Travis schluckt und starrt einen Moment auf den Fußboden. »Ich wollte die Sache noch nicht wahrhaben und dachte, wenn ich das Boot repariere, wird es Sam nie erfahren. Es bedeutet ihm doch so viel. Das, woran er jahrelang gearbeitet hat. Seit ein paar Tagen sieht es wieder aus wie neu.« Er holt tief Luft. »Ich verwalte unser Konto der Surfschule, deshalb hat Sam es nicht gemerkt. Mit dem Geld wollte ich die Ersatzteile für das Boot kaufen, aber dann kamen die ganzen Arztrechnungen von meinem Dad und er konnte es nicht allein stemmen.«

»Also hast du dir weiteres Geld woanders geliehen?«, spreche ich das Offensichtliche aus.

Mit seiner Hand fährt er sich durch die Haare. »Ja.« Dann verzieht er das Gesicht. »Ich wusste nicht weiter und dann waren da diese Typen, als ich von meinem Dad kam und am Hafen auf die Fähre hierher gewartet habe.«

Ich seufze laut auf. »Und jetzt wollen sie es schnellstmöglich zurückhaben?«

»Sogar mehr, als ich mir geliehen habe.«

»So ein Mist.« Ich ahne, wie verloren er sich fühlt und bekomme immer größeres Mitleid mit ihm, aber eine weitere Sache brennt auf meiner Seele. Ich seufze laut auf. »Wieso erzählst du mir das alles?«

Er deutet auf mich. »Sam. Er hat noch nie jemanden so angesehen, wie er dich ansieht.« Rasselnd atmet er aus. »Autumn, er liebt dich. Und ich will nicht der Grund dafür sein, dass das, was ihr habt, auseinanderbricht.«

Zu spät, denke ich. Schnell wische ich über meine Augen, als eine Träne hinunterrollt.

»Weißt du, Sam würde alles für seine Freunde tun, er steht immer hinter uns. Er wird das alles nicht so gemeint haben, was er gesagt hat.«

Meine Hände beginnen wieder zu zittern und als ich ein Rascheln wahrnehme, blicke ich mich um und erkenne Sam, der sich der Veranda nähert. Mit langsamen Schritten überwindet er die letzte Distanz und steigt die Stufen hinauf. Unter seinen Augen liegen leichte Schatten und seine Haare stehen wild durcheinander.

Travis stemmt sich vom Schaukelstuhl hoch. »Ich sollte dann mal.«

Zögerlich werfe ich ihm den Hauch eines Lächelns zu, damit er sieht, wie dankbar ich bin, dass er mir alles erzählt hat.

Ohne ein weiteres Wort zu sagen, verschwindet er eilig.

»Autumn«, flüstert Sam.

Ich blicke zu ihm auf und versuche meinen Puls zu beruhigen. Noch immer schmerzt mein Herz bei dem Gedanken an seine Worte. Wie er mir keinen Glauben geschenkt hat.

»Weißt du schon alles von Travis?«

Ich nicke ihm zu.

»Nachdem er vorhin bei mir war, wollte ich so schnell wie möglich herkommen, aber Chase hat meinen Truck ausgeliehen, und …«

Ich hebe eine Hand, um ihn zu stoppen. »Ich weiß es.«

»Ja.« Sam knetet seine Hände. »Es tut mir leid, Autumn.« Er greift nach meinen Händen, doch ich mache einen Schritt zurück. »Du hattest recht. Ich hätte dir glauben sollen.«

Meine Sicht beginnt zu verschwimmen. »Wieso?«, hauche ich.

»Meine Freunde sind für mich meine Familie. Das alles hat sich einfach falsch angefühlt, diese ganzen Sachen, die du erzählt hast und besonders dass mich Travis so hintergehen könnte. Das hätte ich ihm niemals zugetraut.« Er wischt sich übers Gesicht. »Ich habe mir geschworen, auf die gleiche Weise zu ihnen zu halten wie sie zu mir früher, deshalb konnte ich dir einfach nicht glauben. Ich wollte es einfach nicht.« Er senkt seinen Blick. »Es tut mir leid.«

»Okay«, flüstere ich.

Er schaut mir in die Augen. »Okay?«

Ich deute ein Nicken an. »Ja, aber das ändert nichts.«

Er runzelt die Stirn, also hole ich tief Luft und lasse mein Herz frei sprechen.

»Ich verstehe dich. Ich verstehe, wieso du mir nicht glauben wolltest, wieso du hinter deinen Freunden stehst, allerdings haben mich deine Worte verletzt und sie schmerzen immer noch. Ich brauche Zeit, ja?«

Er streicht eine Haarsträhne aus meinem Gesicht und seine Hand verharrt flüchtig hinter meinem Ohr.

»Gib mir Zeit, das alles zu verarbeiten.«

»Solange du brauchst. Ich werde warten.« Zögerlich nimmt er die Hand von meinem Gesicht und legt stattdessen flüchtig seine Lippen auf meine Stirn. So kurz, dass ich beinahe denke, ich hätte es mir nur eingebildet. »Ich warte.« Mit diesen Worten macht er sich von mir los und geht die Veranda hinunter. Er läuft den Weg entlang und dreht sich kein einziges Mal um, während ich mit einem inneren Sturm zurückbleibe.

Kapitel 28

»Erde an Autumn.« Claire stupst mich an und beißt genießerisch in ihr Avocado-Toast. Vorhin stand sie mit einer großen Tasche vor meiner Tür und hat mir sämtliche Lebensmittel, die ich mag, gebracht. Wie habe ich so eine Freundin nur verdient? In der letzten Woche ist sie sogar täglich mit Filmen oder Essen vorbeigekommen. Einmal hat sie tatsächlich Lucky mitgebracht, weil sie meinte, dass er der perfekte Kater zum Aufmuntern ist. Für wenige Augenblicke war die Welt wieder ein bisschen sonniger. Wir haben eine Menge geredet und auch wenn sie Sams beste Freundin ist, hat sie mich zu keiner Zeit überreden wollen, eher zu ihm zurückzugehen. Sie gibt mir genau das, was ich gerade brauche. Eine Freundin, die ehrlich und für mich da ist.

»Sorry, was hast du gesagt?« Ich nehme mir die Himbeermarmelade und gebe ein bisschen davon auf mein Vollkornbrot. Wirklich viel gegessen habe ich in letzter Zeit nicht, aber als ich in der Tüte diese Marmelade gefunden habe, hatte ich sofort Lust darauf.

»Wir gehen gleich zusammen nach draußen, du brauchst mal ein bisschen länger frische Luft als die fünf Minuten, die du immer in den letzten Tagen draußen warst.«

Gequält verziehe ich das Gesicht. »Muss das sein?«

»Ja!« Betrübt schaut Claire mich an. »Autumn, du kannst dich nicht ewig hier verschanzen, irgendwann musst du wieder rauskommen.«

Ich hole tief Luft und puste sie langsam aus. »Ich weiß.« Sie hat ja recht, aber was mache ich, wenn ich auf ihn stoße? Ich lege das restliche Brot zurück auf meinen Teller, weil mir der Appetit vergangen ist. Vorhin fand ich es noch witzig, dass sie am Abend frühstücken wollte. Doch jetzt ist mir gar nicht mehr zum Lachen zumute.

Claire steckt sich das letzte Stück von ihrem Toast in den Mund und schaut mich motiviert an. »Sollen wir dann?«

Dann habe ich es wenigstens hinter mir. »Okay.«

Langsam schlurfe ich ins Wohnzimmer und ziehe meine Boots über, um dann anschließend in den Parka zu schlüpfen, den ich vom Kleiderhaken nehme.

»Zieh die besser auch an, es ist wirklich verdammt kalt.« Claire hält mir meine Wollmütze hin, die ich dankend entgegennehme.

Ich öffne die Haustür und sofort weht mir ein eisiger Wind entgegen. Bibbernd drehe ich mich zu ihr um. »Sollen wir nicht doch lieber hierbleiben?« Ich deute zum Himmel. »Außerdem ist es schon dunkel.«

Stur schüttelt sie den Kopf und gibt mir einen leichten Schubs. »Nichts da, komm schon!«

Schicksalsergeben steige ich vorsichtig die verschneiten Verandastufen herunter und versuche in der Finsternis nicht auf die Nase zu fallen. Die letzten Tage hat es zum Glück nicht mehr geschneit, trotzdem liegen die Flocken ganz schön hoch. »Wo willst du denn hin?«

Sie zuckt mit den Schultern und zieht ihr schwarzes Stirnband ein Stück tiefer. »Ich dachte, wir gehen einfach ein Stück den Strand entlang.«

»Meinetwegen«, sage ich leise und folge ihr stumm über die Dünen hinter meinem Cottage, bis wir innerhalb weniger Minuten unser Ziel erreichen. Sanft schwappen die Wellen an den Strand und leicht kitzelt die salzige Luft in meiner Nase. Das Geräusch und der Geruch erinnern mich an Sam, weil ich die meiste Zeit mit ihm hier war. Doch bevor ich mich wieder in meinem Herzschmerz verliere, versuche ich mich auf meine Umgebung zu konzentrieren.

Es sieht einfach magisch aus, wenn die Wellen den Schnee überspülen und dann der Sand wieder sichtbar wird. Dort, wo das Wasser nicht hinkommt, liegt er noch ganz schön hoch und reicht ein Stück über meine Knöchel. Bei jedem Schritt habe ich das Gefühl, immer tiefer hineinzusinken. »So viel Schnee«, murmle ich vor mich hin.

»Ich wünschte, es wäre Sommer, die Kälte ist überhaupt nicht meins«, kommt es von Claire.

»Ich mag den Herbst und Winter eigentlich, aber mit ein bisschen weniger Schnee wäre ich heute ebenfalls zufrieden.« Ich lasse meinen Blick über den mondbeschienenen Strandabschnitt vor uns gleiten und stelle überrascht fest, dass wir schon ein gutes Stück gelaufen sind. In der Ferne zeichnen sich die Umrisse eines Gebäudes ab. Als wir weiter darauf zulaufen, kann ich die Surfschule ausmachen. Sofort nimmt die Trauer wieder überhand. Auch wenn ich Sam verstehen kann, tut der Gedanke immer noch weh, dass meine Worte so von ihm abgeblockt wurden. Dass er mir nicht ansatzweise geglaubt hat.

Plötzlich reißt Claire an meinem Arm. »Autumn!«, ruft sie erschrocken und ihr alarmierter Ton lässt mich sofort aufhorchen.

»Da vorne!« Sie deutet auf kleine Silhouetten, die sich auf dem beleuchteten Parkplatz der Surfschule bewegen.

Von hier aus kann ich nicht erkennen, wie viele es sind, aber ich schätze, es müssen fünf sein. Jetzt höre ich auch, wieso sie so geschockt ist: Dumpfe Schläge hallen regelmäßig zu uns rüber und auf der Stelle steigt mir Galle die Kehle hinauf.

»Verdammt«, flüstere ich schockiert. Ich bringe das Wort fast nicht über die Lippen, weil ich immer noch die Hoffnung habe, dass es sich um ein Missverständnis handelt.

Trotzdem müssen wir uns gar nicht absprechen, sondern handeln gleichzeitig instinktiv. So schnell wir können rennen wir auf die Menschen zu und wedeln mit unseren Händen in der Luft.

»Aufhören!«, schreit Claire aus vollem Hals.

»Los, verschwindet!«

Einer schaut in unsere Richtung und scheint einen anderen auf uns aufmerksam zu machen. Wir kommen mit jedem Schritt näher, aber genau erkennen kann ich sie bisher trotzdem nicht. Cappys und Mützen verdecken teilweise ihre Gesichter und sie lassen auch weiterhin nicht von den zwei Menschen, die am Boden liegen, ab.

Claire formt mit ihren Händen einen Trichter vor dem Mund. »Die Cops sind gleich hier!«

»Das stimmt doch gar nicht«, flüstere ich ihr zu.

»Aber schau, es bringt trotzdem was.«

Und tatsächlich. Als ich mich wieder auf den Parkplatz konzentriere, kann ich erkennen, dass sich die Gestalten umdrehen und hastig verschwinden.

Voller Sorge um die Menschen, die am Boden liegen, beschleunige ich mein Tempo und versuche die Seitenstiche auszublenden, die schmerzvoll in meine Seite drücken. Wäre nur nicht der blöde Schnee hier, dann wären wir schon längst da. So sehr ich das Zeug normalerweise mag, verfluche ich es jetzt.

Als wir endlich in den Lichtkegel der Straßenlampe hasten und ich den Parkplatz besser in Augenschein nehmen kann, bleibt mein Herz fast stehen und alles ist vergessen.

Sam.

Ich werde schneller und fokussiere mich nur noch auf ihn. Lediglich am Rande nehme ich wahr, wer neben ihm liegt.

»Sam!« Meine Stimme hallt in der kalten Nacht wider.

Langsam stemmt er sich nach oben, unsere Blicke treffen sich und in dem Moment höre ich es, das Knacken von meinem zersplitterten Herzen. Blut läuft von seinem Gesicht und tropft auf den Asphalt, sein linkes Auge ist zugeschwollen und blutunterlaufen.

Schlitternd komme ich vor ihm zum Stehen und falle auf meine Knie. »Was ist passiert? Was waren das für Menschen?« Hastig suchen meine Hände sein Gesicht nach weiteren Verletzungen ab, aber bis auf das Auge, die blutige Nase und eine aufgeplatzte Lippe kann ich nichts Weiteres feststellen.

Er wischt sich mit dem Handrücken das Blut ab, wobei ein lautes Stöhnen über seine Lippen kommt. »Die, von denen sich dieser Dummkopf hier das Geld geliehen hat.«

Mein Blick fällt auf Travis, den es weitaus schlimmer getroffen zu haben scheint als Sam. Seine Nase fängt an blau anzulaufen und sein Auge ist noch weiter zugeschwollen als das von Sam. Geschockt schaut er immer wieder zu

Sam und dann abwechselnd zwischen uns hin und her. »Es ist alles meine Schuld.«

»Jemand muss euch untersuchen.« Claire sieht aus, als würde sie sich jeden Moment übergeben. Eilig zieht sie ihr Smartphone aus der Jackentasche und tippt darauf herum. »Ich rufe Jackson an.« Dieser scheint sofort dranzugehen, denn auf der Stelle schildert sie dem jungen Arzt mit schnellen Worten, was passiert ist.

Nachdem sie aufgelegt hat, hält Sam ihr seine Autoschlüssel hin. »Mein Truck steht um die Ecke.«

»Gut, los, bringen wir euch in seine Praxis. Sie ist zwar schon seit zwei Stunden geschlossen, aber er kommt jetzt direkt dahin.« Claire hält Travis ihren Arm hin, damit er sich bei ihr abstützen kann. Bei jedem Schritt verzieht er schmerzerfüllt sein Gesicht und die beiden kommen nur langsam voran.

Mit einem Piepen entriegeln sich die Türen, als Claire auf den Autoschlüssel drückt. »Ich fahre!« Sie bugsiert Travis auf den Beifahrersitz, der sich stöhnend darauf niederlässt.

Ich ziehe die Tür zum Rücksitz auf und setze mich hastig hin. Sofort spüre ich die vertraute Wärme von Sam neben mir und auch wenn es gerade nicht der richtige Moment ist, kann ich nicht verhindern, dass ich jetzt am liebsten in seine Arme fallen möchte. Um seine Wärme an meinen Fingerspitzen wahrzunehmen, damit ich sie tief in mir einspeichern kann. Um die Gefühle, die er in mir auslöst, nie zu vergessen. Denn selbst wenn es zurzeit schwierig um uns steht und ich immer noch meine Zeit brauche, kann ich nicht leugnen, dass unsere gemeinsame Zeit die Schönste war, die ich je mit jemandem geteilt habe.

Unterdessen lenkt Claire den Truck mit einem konzentrierten Blick aus der Parklücke und fädelt sich auf die leere Straße ein.

Neben mir malmt Sam mit dem Kiefer, was sich nicht gesund anhört. »Solche Mistkerle«, knurrt er.

Wenn ich es nicht vorher schon ein wenig geahnt hätte, würde ich spätestens jetzt vermuten, dass er ziemlich sauer ist. Seine Nasenflügel blähen sich immer wieder auf und sein Brustkorb hebt und senkt sich heftig bei jedem seiner Atemzüge.

Travis dreht sich auf seinem Sitz zu uns um. »Es tut mir leid.«

»Das waren echt die Typen, bei denen du dir das Geld geliehen hast?«, fragt Claire aufgebracht.

»Ja, solche Schweine«, antwortet Sam für ihn.

Travis sieht Sam bedauernd an. »Ich hätte dich da nicht mit reinziehen sollen.«

Dieser winkt ab. »Ich lasse dich nicht hängen.«

Mein Blick schnellt zu Sam, aber er bemerkt es nicht, weil er gerade seine Augen schließt und mit seinen Händen versucht das Nasenbluten zu stoppen. Was, wenn ihnen noch mehr passiert wäre? Wer weiß, wozu diese Typen alles imstande sind. Ich kann verstehen, wieso er Travis nicht mit allem allein lassen möchte, aber muss er sich dafür so in Gefahr begeben?

»Wieso waren die überhaupt da?« Claire beschleunigt das Tempo, als Travis schmerzvoll aufstöhnt.

»Wir wollten uns mit ihnen treffen, um mehr Zeit auszuhandeln.« Sam seufzt auf. »Tja, das war wohl ihre Antwort.«

»Es tut mir alles so leid.« Travis zuckt zusammen, als Claire über eine kleine Bodenwelle fährt.

Sie tätschelt sein Knie und lenkt den Truck anschließend in eine Parklücke vor der Praxis. »Das wird schon wieder. Wir bekommen das hin.« Sobald sie den Motor abgestellt hat, springt sie aus dem Wagen, während Travis und Sam vorsichtig aussteigen.

Ich klettere als Letzte aus dem Auto und folge den dreien durch den Schnee die Stufen zum Eingang hinauf. Das Knirschen unter meinen Boots nehme ich nur am Rande wahr.

Als wir oben auf dem kleinen Vorsprung ankommen, erwartet Jackson uns bereits am Eingang. »Geht direkt durch die Tür hier links.« Er scheucht die Jungs in den Raum und mustert Sam und Travis von oben bis unten, um dann selbst zu merken, dass es Letzteren heftiger getroffen hat als Sam. »Travis, setz du dich auf die Liege.«

Ich bleibe an der Tür zum Untersuchungsraum stehen. »Ich warte hier.« Mein Herzschlag wird immer schneller, weil ich gerade nicht weiß, wohin mit meinen Gefühlen. Ich brauche einen kurzen Moment für mich allein, um mich zu sortieren und wieder ein paar klare Gedanken zu bekommen.

Claire, die bereits an Sams Seite ist, wirft mir einen flüchtigen Blick zu und nickt mir aufmunternd zu.

Die Tür schließt sich hinter ihnen und schon bin ich allein, hier auf dem leeren und dunklen Flur. Nur die Straßenlaternen von draußen und die Notausgangsleuchten an der Decke bringen spärliches Licht in den Gang.

Aufgebracht gehe ich den schmalen Flur hoch und runter, weil ich zu aufgewühlt bin, um mich auf einen der Stühle zu setzen. Was wäre passiert, wenn wir sie nicht rechtzeitig gefunden hätten? Was hätten die Typen noch mit ihnen angestellt? Schnell versuche ich die Gedanken aus meinem Kopf zu vertreiben.

Sam. Allein seinen Namen zu denken, tut unheimlich weh, aber ihn heute so zu sehen, hat sich angefühlt, als würde mein Herz erneut brechen. Meine Fingerspitzen sehnen sich danach, ihn zu berühren, seine Konturen nachzufahren und zu prüfen, ob er unversehrt ist.

Ich seufze laut auf. Ihn ganz zu verlieren, könnte ich nicht ertragen. Diesen Schmerz noch mal durchmachen zu müssen, würde ich nicht verkraften.

Mein Blick schnellt zur Tür, als sie sich quietschend öffnet. Sam tritt hindurch und sofort rutscht mein Herz ein Stück tiefer, gleichzeitig fängt es an, doppelt so schnell zu schlagen.

»Bis auf eine gebrochene Nase geht's bei Travis. Jackson hat noch einen Ultraschall gemacht, um innere Blutungen auszuschließen, aber alles gut.« Langsam kommt er näher und bleibt kurz vor mir stehen.

»Und wie geht's dir?«, frage ich leise.

Er zuckt mit den Schultern. »Bis auf ein paar blaue Flecken und Prellungen hab ich Glück gehabt.«

Ein leises Seufzen kommt über meine Lippen. »Sam, das war echt gefährlich.«

»Ich weiß, aber ich kann ihn doch nicht mit allem allein lassen. Travis weiß im Moment sowieso nicht, wo vorne und hinten ist.«

Ich hole tief Luft. »Das kann ich verstehen, nur begebt ihr euch da in Gefahr, das macht mir echt Angst. Wer weiß, zu was sie alles imstande sind.« Mit den Fingerspitzen fahre ich über seine Wange. »Was sie vielleicht noch mit euch gemacht hätten.« Meine Augen füllen sich mit Tränen.

»Autumn, hey.« Er hebt mein Kinn an. »Es ist doch nichts weiter passiert.«

Eine Träne läuft meine Wange hinunter. »Wer weiß, was hätte passieren können.« Ich seufze zitternd auf. »Ich kann das nicht wieder durchstehen.«

»Was?«

Ich deute zu einem Fenster hinter uns, durch das wir ein Stück vom Himmel sehen können. »Jemanden zu verlieren. Diesen Schmerz halte ich gerade nicht noch mal aus.«

Er legt seine Hände an meine Wangen. Sie fühlen sich warm und nach Geborgenheit an. »Aber das wird nicht passieren.«

Ich schüttle den Kopf. »Das weißt du nicht. Ich kann verstehen, dass du Travis helfen willst, nur gibt es nicht noch eine andere Möglichkeit? Ohne dass ihr euch in solche Gefahren stürzt?«

»Wir versuchen es. Irgendeine Lösung werden wir schon finden.« Er greift nach meiner Hand. »Mach dir keine Sorgen, Autumn.« Er drückt mich kurz an sich und legt seinen Kopf auf meinen. »Ich habe dich vermisst.«

Ich atme geräuschvoll aus. »Ich dich auch, Sam. Doch ich kann das gerade nicht. Ich habe Angst, ich ...« Stotternd probiere ich tief Luft zu holen, um meine Gedanken klar herauszubringen. »Bitte versteh mich. Ich habe vor Kurzem erst den Verlust von Granny verarbeitet und meine Angst ist zu groß, dass dir etwas passiert, wodurch ich das wieder durchleben müsste.«

Sam nickt und drückt seine Lippen auf meinen Haaransatz. »Wir werden das schon schaffen.«

Ob er uns beide meint, die Sache mit Travis oder vielleicht sogar beides, hinterfrage ich gar nicht. Stattdessen stelle ich mich auf die Zehenspitzen und lege ein letztes Mal, für einen kurzen Augenblick, meine Lippen auf seine. »Pass bitte auf dich auf, Sam.«

Kapitel 29

Als ich den großen Karton mit der Weihnachtsdekoration aus dem Regal ziehe, ergießt sich über mich ein wahrer Regen aus glitzernden, funkelnden und schimmernden Tannenbaumkugeln. Fluchend verfolge ich, wie sie sich auf dem gesamten Fußboden der Abstellkammer vom Café verteilen. Zumindest einer hat daran seine wahre Freude, denn Lucky ist sofort zur Stelle und rennt einem gold glitzernden Exemplar hinterher.

Warum habe ich Claire noch mal angeboten ihr beim Schmücken zu helfen? Auf einen Schlag würden mir dutzende Gründe dafür einfallen. Einer davon steht ganz fett an erster Stelle: Weil sie mittlerweile meine beste Freundin geworden ist. Mein Herz wird ganz warm bei dem Gedanken daran, wie sie mir in den letzten beiden Wochen ununterbrochen zur Seite stand. Mich abgelenkt hat oder jedes Mal von Neuem mit mir über alles gesprochen hat. Auch wenn ich ihr bereits zum zehnten Mal dasselbe erzählt habe.

Seufzend puste ich eine Haarsträhne aus meinem Gesicht und sammle alle Kugeln ein, um mich auf andere Gedanken zu bringen. Bis auf die eine, die lasse ich Lucky zum Spielen da. Immer wieder stupst er sie mit seinem Pfötchen an und rennt dann hinter der Kugel her.

Mit der schweren Kiste auf meinen Armen versuche ich den Weg zurück ins Café zu finden und nicht über irgendwas zu stolpern, denn meine Sicht ist schwer beeinträchtigt und ich kann nur erahnen, wo genau ich langlaufe.

Mist, ich renne gegen die Wand neben der Tür. Ich hätte schwören können, dass sie direkt hier ist. Also taste ich mich langsam vor und finde dann mit meinen Fingerspitzen den Türknauf, den ich dann mit meinem Po aufdrücke.

Als die Tür hinter mir ins Schloss fällt, dreht sich Claire, die gerade eine Tasse spült, zu mir um. »Wo hast du die Sachen gesucht? In Chicago?«

»Lustig, du hättest mir ja mal sagen können, dass die Kiste ganz oben steht und nicht mal zugeklebt ist.« Ich verdrehe die Augen und stelle sie schnaufend auf der Theke ab.

Um sich ein Lachen zu verkneifen, beißt sie sich fest auf die Unterlippe. »Tut mir leid.«

Verwundert sehe ich mich im Café um. Vorhin waren noch drei Tische besetzt und jetzt ist es wie leergefegt. »Wo sind denn alle hin?«

»Die sind nach und nach gegangen. Und dann habe ich den Laden geschlossen, damit wir in Ruhe schmücken können. Schließlich muss für das große Feuerwerk morgen alles weihnachtlich sein.« Sie greift nach einem Geschirrtuch, um sich die Hände abzutrocknen und kommt dann zu mir. Aufgeregt öffnet sie den Karton und zieht eine große Tannengirlande hervor. »Ich dachte mir, die macht sich bestimmt gut hier am Tresen, oder?«

»Ja, ich glaube auch.«

Zusammen hängen wir sie dort auf und ich stecke anschließend die Lichterkette in die Steckdose. Warmes Licht lässt das Tannengrün aufleuchten und verzaubert das Café.

»Jetzt fehlt nur noch ein bisschen Glitzer.« Ich hole die Kugeln aus dem Karton und verteile sie auf die kleinen goldenen Teller, die auf den Tischen stehen. »Schmückst du eigentlich immer so spät?« Nächste Woche ist schon Weihnachten und um diese Zeit habe ich früher längst alles fertig gehabt, auch jetzt steht schon ein kleiner Baum in meinem Cottage. Den habe ich letzte Woche auf dem Hof von Chase' Großvater gekauft und ihn mit Claires Auto zu mir gefahren.

Sie schüttelt den Kopf. »Nein, eigentlich bin ich viel eher dran, aber Travis hat in den letzten Tagen viel meiner Zeit in Anspruch genommen.«

»Wie geht's ihm denn?«

»Den Umständen entsprechend, er ist viel bei seinem Dad.«

»Gibt es da was Neues?«

Claire verharrt an Ort und Stelle. »Er ist immer noch mitten in der ersten

Chemotherapie.« Sie hängt ein paar Lichterketten über die Lampen an der Decke, wodurch ein großes Netz aus vielen kleinen Lichtern entsteht.

Ich bringe lediglich ein Nicken zustande, werde jedoch schnell von den trüben Gedanken abgelenkt, als Buttercup durch die kleine Klappe in der Tür flitzt und sich vor Claire auf den Rücken schmeißt.

Verzückt geht sie in die Knie und streichelt seinen Bauch. »Na du, war dir wohl zu kalt draußen, was?«

»Haben sie eigentlich keine Angst bei dem Feuerwerk morgen?«

Sie lässt den kleinen, flauschigen Kater nicht aus den Augen und steckt ihm ein Leckerli zu. »Zum Glück wird es auf einem großen Boot auf dem Meer gezündet, deshalb ist es hier nicht so laut und sie bekommen fast nichts davon mit.«

Die ganze Insel scheint wegen morgen in heller Aufregung zu sein, ich glaube, das ist das zweite große Ereignis nach der Pumpkin Night, was alle sehnlichst erwarten. Überall hängen bereits Lichter und bringen jede Straße zum Leuchten. Als ich vorhin zu meiner Schicht kam, ist mir direkt der große Tannenbaum in der Mitte vom Park aufgefallen. Viele bunte Kugeln und eine Menge Lichterketten schmücken ihn und bringen einen zusätzlichen Schwung Weihnachtsstimmung hier auf die Insel.

»Das ist echt das Ereignis im Dezember, oder?« Ich lege die letzte Kugel auf den Tisch und gehe zurück zum Karton, mal gucken, was sich noch alles darin finden lässt.

»O ja, sie nennen es das *Weihnachtsleuchten*. Alle versammeln sich am Strand und schauen es sich zusammen an, es ist einfach magisch. Ich bin gespannt, was du dazu sagst.«

»Ich lass mich mal überraschen.« Als mein Blick in den leeren Karton fällt, sehe ich überrascht auf. Haben wir schon alles fertig? Ich mache ein paar Schritte zurück, um das Café besser in Augenschein nehmen zu können. Überall glitzert und leuchtet es und es sieht einfach zauberhaft weihnachtlich aus, dann fällt mir etwas auf. »Was ist mit einem Baum? Der würde hier super reinpassen.«

Heftig schüttelt Claire ihren Kopf. »O nein!«

»Wieso?«, frage ich verwundert, denn was ist Weihnachten ohne einen Baum?

»Dann hängen Lucky, Buttercup und Snowball da die ganze Zeit drin, darauf habe ich echt keine Lust.«

Meine Mundwinkel verziehen sich zu einem Schmunzeln. »Echt jetzt?«

»O ja, du hättest …«

Aber alles Weitere bekomme ich nicht mehr mit, weil mein Smartphone anfängt zu vibrieren und ich es auf der Stelle aus der Tasche ziehe. Gespannt halte ich den Atem an und ein kleiner Hoffnungsschimmer beginnt am Horizont aufzuleuchten, der jedoch so schnell verpufft, wie er gekommen ist, als ich die Push-Mitteilung sehe, dass mein Akku nur noch 10 % hat.

In den letzten Tagen war ich drauf und dran, zu Sam zu gehen, aber irgendwas hat mich davon abgehalten. Auch wenn mich jede Faser meines Körpers zu ihm zieht, habe ich weiterhin Angst. Ich habe es nicht übers Herz gebracht, Claire nach den Typen zu fragen. Zu groß ist die Furcht vor ihrer Antwort. Ich bin mir ziemlich sicher, falls die Sache erledigt wäre, hätte Claire es mir längst erzählt.

Traurig lasse ich mein Smartphone zurück in die Tasche gleiten und wende mich wieder Claire zu. »Sorry, was hast du gesagt?«

Sie wirft mir einen mitleidigen Blick zu und greift nach meiner Hand, um sie einmal kurz zu drücken. »Autumn, wieso meldest du dich nicht bei ihm?«

Manchmal glaube ich wirklich, dass sie Gedanken lesen kann. »Na ja, ich bin mir mit allem immer noch nicht so sicher. Ich weiß nicht, was ich fühlen oder denken soll.«

»Liebst du ihn?«, flüstert Claire.

Über die Antwort muss ich nicht lange nachdenken. »Ja.« Ich beiße auf meine Unterlippe und schaue zu ihr rüber. »Aber ich habe Angst.«

Sie zieht mich in ihre Arme und sofort fühle ich mich ein Stück besser, denn ihre Umarmungen sind immer kleine Tröster für meine Seele. »Hör auf dein Herz, aber vergesse dabei deinen Kopf nicht.« Dann macht sie sich von mir los und schaut mich mit einem Lächeln an. »Und weißt du, was wir jetzt machen?«

Verwirrt schüttle ich den Kopf. »Nein, was?«

»Ich hole uns ein paar Burger und die verdrücken wir bei einem kitschigen Weihnachtsfilm.«

»O ja!« In dem Moment gibt auch mein Magen ein zustimmendes Knurren von sich.

»Super, dann bis gleich.« Sie schnappt sich ihre Jacke und eine Wollmütze und schon ist sie Richtung Diner verschwunden.

Ich schnappe mir die leere Kiste, verstaue sie in der Abstellkammer und mache mich auf den Weg in ihre Wohnung. Oben empfangen mich Lucky und Snowball, die sich an meine Beine drücken und schnurren. »Wollt ihr zwei etwa ein Leckerli?« Ich lege mein Smartphone auf die Arbeitsplatte und hole aus dem Schrank in der Küche ein paar Snacks, die ich ihnen hinhalte. Lucky vertilgt sie sofort, aber Snowball schnuppert erst einen Augenblick daran und lässt sich Zeit mit dem Verschlingen.

Als mein Smartphone auf der Arbeitsplatte vibriert, schnellt meine Hand vor, um danach zu greifen.

Claire: Süßkartoffelpommes oder normale?

Schnell tippe ich meine Antwort.

Autumn: Süßkartoffel, bitte.

Ich weiß auch nicht, wieso sich jedes Mal die Hoffnung regt, dass es Sam ist. Schließlich habe ich ihm gesagt, dass ich Zeit brauche, die er mir seitdem gibt. Er bedrängt mich nicht, bombardiert mich nicht mit Nachrichten, er lässt mich wirklich in Ruhe und gibt mir das, wonach ich verlangt habe. *Zeit.* Trotzdem habe ich ihn seit dem Abend nicht mehr gesehen und beginne ihn mit jedem Moment mehr zu vermissen, so sehr, dass es mir beinahe körperliche Schmerzen bereitet. Als meine Tränen anfangen zu laufen, gehe ich ins Wohnzimmer, um mein Gesicht in einem der weichen Kissen von Claire zu vergraben. Wieso kann Liebe so schön und gleichzeitig so kompliziert sein?

Als ich etwas Flauschiges an meiner Hand spüre, schnellt mein Blick erschrocken hoch und trifft dann auf die warmen Augen von Lucky, der immer wieder seinen Kopf gegen meine Hand drückt. »Na du.« Ich nehme ihn hoch und setze ihn auf meinen Schoß, wo er sich sofort zusammenrollt. Als ich tröstend über sein Fell streichle, fängt er sofort an zu schnurren.

Wenn noch mal jemand zu mir sagt, dass Katzen selbstverliebt sind und nur an sich denken, muss ich demjenigen wohl oder übel eins überbraten. Sie sind wie kleine Pflaster, die mit ihrem Schnurren, ihren Blicken und mit ihrem ganzen Herzen deine Wunden verschließen und die Welt ein Stück besser machen.

Als die Haustür ins Schloss fällt, schrecke ich hoch. Lucky hebt seinen Kopf und springt von meinem Schoß. Schnell wische ich mir die Tränen weg, weil ich nicht möchte, dass Claire mich schon wieder weinen sieht.

»Wer hat Hunger?« Im Flur streift sie ihre Schuhe ab und kommt dann mit einer braunen Tüte ins Wohnzimmer geeilt.

»Das ging ja schnell.« Bei dem Geruch, der aus der Tüte strömt, knurrt mein Magen erneut.

Schnell holen wir noch Geschirr aus der Küche und machen es uns dann auf dem Sofa bequem.

»Hier, das sind deine.« Claire reicht mir eine Schachtel, aus der der Duft nach Süßkartoffelpommes dringt.

»Du magst die Dinger echt nicht, oder?«

Angewidert verzieht sie das Gesicht und steckt sich eine ihrer normalen Pommes in den Mund. »Nee, ich verstehe einfach nicht, wie man die mögen kann.«

Ich stopfe mir vier auf einmal in den Mund und grinse sie an. »Also, ich liebe sie.«

Lachend schüttelt sie den Kopf und versucht an die Fernbedienung auf dem Sofatisch zu kommen. »Mist, warum liegt die eigentlich immer so weit weg, wenn ich sie brauche?«

»Warte, ich hole sie.« Als ich gerade aufstehen will, hält Claire mich auf.

»Geht schon.« Sie streckt sich und versucht mit ihren Fingerspitzen das

Ende zu erreichen, als sie gegen ihr Wasserglas stößt und es in vollem Bogen auskippt. »Shit!«

»Hättest du mal doch auf mich gehört.«

»Halt mir jetzt keinen Vortrag.« Eilig läuft sie in die Küche und kommt mit einem Geschirrtuch zurück.

Ich stelle die Teller zur Seite, damit sie alles trocken wischen kann. »Zum Glück war es nur Wasser.«

Während sie über die Stelle reibt, wirft sie einen Blick zu mir rüber. »Übrigens, wegen dem Feuerwerk ...?«

»Ja?«, frage ich sie, weil ich nicht weiß, worauf sie hinauswill.

Sie knetet das Tuch in ihren Händen. »Ich habe mir gedacht, ob wir es uns vielleicht zusammen anschauen wollen?«

Ich zucke mit den Schultern und stecke mir eine weitere Pommes in den Mund. »Klar, wieso nicht.«

Kapitel 30

Mit zitternden Fingern ziehe ich die Tür hinter mir ins Schloss. In der letzten Nacht ist es noch kälter geworden. Ich werfe einen Blick auf mein Smartphone, das ich in der Hand halte. Halb sieben. Langsam stecke ich es in meine Jackentasche und gehe die vereisten Stufen meiner Veranda herunter. Dabei halte ich mich krampfhaft am Geländer fest, um ja nicht auszurutschen. Hoffentlich ist es nicht überall so glatt, sonst reicht die halbe Stunde niemals aus, um rechtzeitig zum Treffpunkt mit Claire zu kommen.

Endlich unten angekommen, schlage ich den Weg Richtung Strand ein und bewundere kurz die Sterne, die am wolkenlosen Himmel um die Wette glitzern. *Da bekommt das Feuerwerk wirklich eine fantastische Bühne,* denke ich schmunzelnd, doch dann wandern meine Gedanken wie immer in letzter Zeit zu Sam. Was er wohl heute Abend macht? Ob er sich auch das Feuerwerk anschaut? Wäre das mit Travis nicht geschehen, würden wir es uns vielleicht alle zusammen angucken.

Als ich tief ein- und ausatme, verweht eine kleine, weiße Wolke in der kalten Dezemberluft. Es fühlt sich nicht so an, als wäre ich schon über drei Monate hier, eher als wäre ich nie woanders gewesen. Wie schnell diese kleine Insel zu meinem Zuhause geworden ist, der Ort, an dem ich mich am wohlsten fühle und endlich einen Platz gefunden habe, wo ich hingehöre. Cosy Island ist jetzt mein Zuhause und wird es bleiben. Es ist ein unbeschreibliches Gefühl, mir das einzugestehen.

Als ich ganz oben auf der letzten Düne ankomme, die mich noch von dem Platz trennt, an dem Claire auf mich wartet, halte ich inne. Ich sehe hoch zu den Sternen und atme tief durch. Dann richte ich meinen Blick wieder nach vorn, als mir ein paar Lichter auffallen.

Eilig laufe ich die Düne hinunter und verharre dann staunend an Ort und Stelle. Dutzende kleine Kerzen stehen in hohen Gläsern verteilt auf dem Boden und als ich langsam hochsehe, fällt mir auf, wo sie enden, und zwar auf der Ladefläche von Sams Truck.

Mein Herzschlag verdoppelt sich, während ganz langsam eine Gestalt hinter dem Truck hervorkommt. Aber es ist nicht Claire, sondern Sam.

Augenblicklich fängt mein Herz an zu rasen. Passenderweise wird seine Silhouette dabei vom flackernden Kerzenschein beleuchtet. Sam trägt eine dicke Winterjacke, aus der hinten die Kapuze von seinem Hoodie herausschaut. Seine Haare stehen wild durcheinander und lassen mich erahnen, dass er ständig mit seiner Hand hindurchgefahren ist.

Ich vergrabe meine Hände tiefer in den Taschen, um das Zittern unter Kontrolle zu bekommen. Keiner von uns beiden sagt ein Wort, während wir nun weiter aufeinander zulaufen und letztendlich kurz voreinander stehen bleiben.

Seine Augenbrauen sind ernst zusammengezogen und auf seinen Lippen liegt ein unruhiges Lächeln.

Ich müsste jetzt nur meine Hand aus der Tasche nehmen und ganz leicht meine Fingerspitzen ausstrecken und könnte ihn berühren, ihn endlich wieder spüren. Als ich seinen vertrauten Geruch wahrnehme, wird mir sofort warm ums Herz und immer mehr wird mir bewusst, wie sehr ich seine Nähe vermisst habe.

»Hi, Autumn.« Kaum hörbar kommt mein Name über seine Lippen.

»Du bist aber nicht Claire.«

Er schmunzelt kurz und schüttelt dann den Kopf. »Nein.« Zitternd atmet er ein und dann langsam aus. »Es tut mir leid«, er schaut mir tief in die Augen und ich erkenne den Sturm, der in ihnen tobt. »Aber jetzt ist es vorbei.«

»Vorbei?«, japse ich.

Sam nickt. »Claire hat noch einen Teil dazu beigetragen und endlich sind alle Schulden beglichen. Die Typen werden uns nie wieder belästigen.«

Ich seufze. »Gut.«

»Ich habe einen Fehler gemacht. Es tut mir leid, Autumn. Ich hätte dir glauben sollen, ich kann dir gar nicht oft genug sagen, wie leid es mir tut.«

Ich deute ein Nicken an. »Ich verstehe, wieso du so gehandelt hast. Travis hat es mir damals auf der Veranda deutlich gemacht.«

»Ja?«

»Sie sind deine Familie und du würdest immer hinter ihnen stehen.«

Sam legt eine Hand an meine Wange. »Auch du bist meine Familie.«

Und ganz langsam verschwindet der Schmerz, den mir seine Worte damals zugefügt haben. Wahrscheinlich tat es längst nicht mehr so sehr weh, wie ich gedacht habe. Weil ich es seit dem Tag, an dem Travis mir auf meiner Veranda gegenüberstand, verstanden habe. Verstanden habe, wieso Sam so reagiert hat, wieso er das gesagt hat, was er gesagt hat und warum er so aufgebracht war. Und seitdem ist der Stich in meinem Herzen mit jedem Tag weniger geworden und wurde ersetzt durch die Sehnsucht nach ihm. Durch die Sehnsucht nach seinen Berührungen, nach seiner Stimme, seiner Nähe und nach seinen Worten, durch die ich immer mehr erkenne, warum er mir nicht glauben *konnte* und dass er all die Dinge nur aus Liebe zu seinen Freunden gesagt hat.

Seine grünen Augen versinken tief in meinen und ich versuche jedes noch so kleine Detail davon in mir zu verankern.

»Autumn …« Er beugt sich immer näher zu mir, während ich mich auf die Zehenspitzen stelle, um ihm entgegenzukommen.

Er schluckt seine Anspannung herunter und auch wenn ich dachte, dass das nicht möglich wäre, schaut er mir noch tiefer in die Augen. »Wie eine Welle, die mich unaufhaltsam mitgerissen hat, habe ich mich in dich verliebt«, bringt er leise über die Lippen.

Meine Sicht verschwimmt und ich blinzle zum Himmel, weil ich mich frage, wieso es plötzlich anfängt zu regnen, bis mir auffällt, dass das keine Wassertropfen sind, sondern Tränen.

»Ich liebe dich, Autumn«, flüstert Sam kaum hörbar.

Ich drücke meinen Mund auf seinen. »Ich liebe dich auch, Sam«, flüstere ich direkt an seinen Lippen und spüre, wie sein Mund sich zu dem schiefen Lächeln verzieht, das ich so sehr an ihm mag.

In dem Moment wird mein Blick von hellem Licht geblendet und laute Geräusche dringen an meine Ohren. Erschrocken ducke ich mich, nur um dann kurz aufzulachen, als ich sehe, was es ist. Das Feuerwerk, das ich völlig vergessen habe.

Ich sehe zu Sam, dessen Augen immer noch auf mir ruhen und die kleinen Explosionen am Himmel widerspiegeln. Er drückt mir einen Kuss auf meine kalte Stirn und zieht mich mit zu seinem Truck. »Wollen wir uns hier hinsetzen?«

Die Ladefläche sieht mit den ganzen Decken, Kissen und besonders den Kerzen unheimlich gemütlich und einladend aus.

Mit Sams Hilfe klettere ich auf den Wagen und lasse mich dann nah neben ihm nieder. Er legt seinen Arm um mich und ich schmiege mich an ihn. Glücklich bette ich den Kopf an seiner Schulter und genieße seine Nähe, bis mir etwas einfällt.

»Also, erzähl schon.« Neugierig schaue ich zu ihm rüber.

»Was?« Verwundert hebt er die Augenbrauen.

»War das euer geheimer Plan?« Ich breite die Arme aus.

Sam schlingt seinen Arm enger um mich. »Claire war eingeweiht. Sie wusste bereits seit ein paar Tagen, dass die Sache jetzt endgültig vorbei ist, aber ich wollte es dir selbst sagen.«

Meine Lippen verziehen sich zu einem Grinsen. »Typisch Claire.«

Als über uns goldene Lichter explodieren, schweift mein Blick dorthin und stumm beobachte ich, wie sie langsam erlöschen, um den Himmel sofort mit neuen Lichtern zu überfluten. In dem Moment wird mir bewusst, dass der Abend gar nicht schöner hätte enden können, hier mit Sam, Dutzenden von Kerzen und bunten Lichtern am Himmel.

Ich seufze auf, weil mir bewusst wird, dass es wahrscheinlich alles so passieren musste. Es musste alles so kommen, damit wir letztendlich hier landen konnten.

Dieser Ort ist etwas ganz Besonderes und jetzt verstehe ich, wieso ihn

Granny so sehr geliebt hat. Es sind die Menschen, die einen Ort zu etwas Besonderem machen.

Meine Lippen finden die von Sam und meine Hände vergraben sich in seinen Haaren. Er erwidert den Kuss mit einer Leidenschaft, die mich alles um mich herum vergessen lässt. Selbst das Feuerwerk bekomme ich nur noch am Rande mit, während wir uns immer mehr ineinander verlieren.

Epilog

Sechs Wochen später

»Bis später, Claire.«

Mit zwei großen Tassen Cappuccino in den Händen nickt sie mir zum Abschied zu, als ich die Tür hinter mir zuziehe und das gedämpfte Läuten der Glocken bis nach draußen dringt. Sie ist ein echter Engel und hat mir mal wieder ihr Auto geliehen, damit ich nicht laufen muss, und mir angeboten den Laden die letzte Stunde allein zu schmeißen.

Bevor ich mich später wieder mit ihr treffe, bin ich noch mit Sam am Strand verabredet, ohne zu wissen, was er dort vorhat. Die Kälte ist präsenter denn je und mittlerweile gehe ich ohne meinen dicksten Parker, eine Mütze und einen flauschigen Schal nicht mehr aus dem Haus.

Zum Glück wird es in Claires Auto schnell warm, als ich die Heizung voll aufdrehe. Vorsichtig fahre ich die Straße entlang und parke das Auto auf einem Parkplatz direkt an der Treppe. Sie führt nach unten zum Strand und so muss ich nicht länger als nötig durch die Kälte stapfen.

Was Sam wohl heute plant? Ich hoffe, dass es nichts ist, was allzu lange dauert, denn schon jetzt habe ich das Gefühl, meine Nase friert gleich ab. Fröstelnd ziehe ich meinen Schal ein Stück höher, um mein Gesicht ein bisschen wärmer zu halten.

Als ich von der letzten Stufe auf den sandigen Boden trete, entdecke ich ihn sofort ein Stück vor mir. Mein Blick fällt auf die große Kiste, die er dabeihat. Verwundert ziehe ich die Augenbrauen zusammen.

Meine Boots vergraben sich mit jedem Schritt tiefer im Sand, trotzdem bin ich schnell bei ihm und drücke zur Begrüßung meine Lippen auf seine. »Hi.«

Er strahlt mich an. »Autumn, hey.«

Ich deute verwirrt auf die Kiste zu seinen Füßen. »Was ist das?«

»Erna.«

Die Schildkröte? Ich erinnere mich an den Tag im Aquarium zurück. Dann fallen mir die vielen Löcher in dem Deckel auf. »Was machen wir hier mit ihr?«

Vorsichtig hebt er die Kiste hoch und langsam gehen wir damit in Richtung Wasser. Kurz bevor der nasse Sand in die ruhigen Wellen übergeht, bleibt er stehen. »Sie darf heute zurück ins Meer.«

Überrascht blicke ich auf. »Ist sie wieder fit?«

»Sie hat alles gut überstanden.« Als Sam den Deckel abnimmt, sehe ich die kleine Schildkröte zwischen ganz vielen grünen Blättern liegen, wo auch eine große und flache Schüssel mit Wasser untergebracht ist. »Möchtest du?« Vorsichtig hält er mir die geöffnete Kiste hin.

»Du meinst ...« Ich nicke der kleinen Erna zu.

Seine Mundwinkel verziehen sich zu dem schiefen Lächeln und zaubern sein Grübchen hervor. »... sie rausholen – Genau.«

»Okay«, flüstere ich. Behutsam nehme ich die kleine Schildkröte in meine Hände. Ihr Panzer fühlt sich hart und ein bisschen glitschig an und sofort wird mein Griff ein weniger fester, weil ich Angst habe, sie fallen zu lassen. »Wo soll ich sie hinsetzen?«

Sam deutet auf den nassen Sand, kurz bevor die ersten Wellen auf den Strand treffen. »Am besten hier, sie findet den Weg von allein zurück ins Meer.«

Also setze ich sie langsam und ganz vorsichtig auf den Boden, ein paar Schritte von uns entfernt. Augenblicklich macht sie sich auf den Weg und schneller als ich dachte, watschelt sie Richtung Wasser. »Ich habe immer gedacht, Schildkröten wären langsamer.«

Sam tritt neben mich und lässt Erna keinen Moment aus den Augen. »Tatsächlich sind sie ein wenig schneller, als man denkt.«

Als die kleine Schildkröte von einer langsamen Welle mitgerissen wird, japse ich kurz auf.

Sam deutet aufs Wasser. »Keine Sorge, dass sind sie gewohnt. Schau, wir müssten sie noch einmal kurz schwimmen sehen.«

Tatsächlich taucht ihr kleiner Kopf keine zwei Sekunden später im Wasser auf und dann verschwindet sie unter den Wellen.

»Danke, dass ich dabei sein durfte.« Ich stelle mich auf die Zehenspitzen und lege meine Lippen auf seine. Dann fällt mein Blick auf den Ozean, dessen Wellen immer wieder langsam an den Strand gespült werden. Der Himmel darüber erstrahlt heute in einem klaren Blau, was langsam in ein Rosa übergeht, weil die Sonne bereits am Untergehen ist. Ein glückliches Lächeln legt sich auf meine Lippen und ich verschränke meine Hand mit Sams.

Meine Gedanken wandern zu den letzten Wochen. Zu den Momenten, die ich in meinem neuen Zuhause erlebt habe. *Mein Zuhause.* Hin und wieder überkommt mich die Sehnsucht nach Granny, doch dann sehe ich zum Horizont. Zu den Wolken über dem Meer und weiß, dass sie immer noch bei mir ist und dass in den unterschiedlichsten Augenblicken. Der Gedanke tröstet mich. Zaubert ein Lächeln auf meine Lippen, auch wenn mein Herz gleichzeitig weint.

Ich sehe kurz zu Sam, mit dem ich oft über die Sache mit Travis gesprochen habe. Weil wir uns versprochen haben, ehrlich zueinander zu sein. Uns direkt zu erzählen, falls wir etwas nicht ganz verstehen, etwas hinterfragen oder uns etwas komisch vorkommt.

Aber bei einer Sache bin ich mir sicher. Ich werde es niemals bereuen, diesen Schritt gemacht zu haben. Dass Cosy Island jetzt mein Zuhause ist, mit diesen wundervollen Menschen an meiner Seite, ist das Beste, was mir je passiert ist.

Ich blicke wieder zum Meer, weil ich genau weiß, wem ich das zu verdanken habe. Weil auf etwas zutiefst Trauriges auch etwas unendlich Schönes folgen kann.

Ein paar Minuten bleiben wir noch gemeinsam so stehen und sehen zu, wie sich die Wellen am Strand brechen. Auch wenn es unheimlich kalt ist, kann nichts die Wärme in meinem Inneren durchdringen.

Ich stupse Sam an. »Wollen wir zurück? Claire wartet bestimmt bereits auf mich.«

»Klar.« Er drückt seine Lippen auf meine Stirn und sieht mir einen Augenblick tief in die Augen. »Ich liebe dich, Autumn.«

»Und ich liebe dich, Sam.«

ENDE von Band 1

Triggerwarnung

Diese Geschichte enthält folgende sensitive Themen:
Tod und Trauer

Danksagung

Ende. Ich kann nicht glauben, dass die Geschichte von Autumn und Sam jetzt vorbei ist. Sie erzählt ist und ihr sie alle lesen könnt. Also beginne ich diese Danksagung mit euch. Jedem einzelnen von euch, der *Autumn In Your Eyes* gelesen hat. Ich hoffe, ihr habt Cosy Island genauso sehr ins Herz geschlossen wie Autumn. Ich danke euch von Herzen, dass ihr mein Debüt gelesen habt, und ich hoffe, wir lesen uns im zweiten Teil wieder (Kann es immer noch nicht glauben, dass ich gerade eine Danksagung zu meinem Buch schreibe. MEINEM BUCH 😭). Autumn, Claire, Sam und alle anderen, die ihr vorrausichtlich im Frühling wiedersehen werdet, freuen sich auf euch.

Danke an Pia, die an Autumn und Sam geglaubt hat und ihrer Geschichte ein Zuhause gegeben hat.

Ein fettes Dankeschön an meine Lektorin Ann-Kathrin, ohne die es diesen wunderschönen Titel nicht geben würde. Danke für deine aufmunternden Worte, wenn ich sie brauchte. Für deinen Rat und deine Hilfe zu jeder Zeit. Ich bin sehr froh, dich als riesige Unterstützung an meiner Seite zu haben.

Tausend Dank an meine Lektorin Yvonne, ohne dich wäre diese Geschichte nicht so, wie sie jetzt ist. Danke, dass durch dich meine ersten Erfahrungen mit einem Lektorat so schön waren, auch wenn die Nachtschichten manchmal lang wurden. Und damit ich hier einen soften Übergang habe (Anspielung auf Yvonne haha), kommen wir jetzt passend zu den Nachtschichten zu meinen Schreibdates mit meiner lieben Marie. Danke Marie für unsere schönen Schreibnachmittage und ich freue mich sehr auf weitere.

Genauso danke ich auch Lara, für deine helfenden Worte. Ebenso Julia, danke, danke, danke.

Dasselbe gilt für Steffi, danke dass du von Anfang an gespannt auf die Geschichte von Autumn und Sam warst und mir ständig zugehört hast.

Und dann möchte ich noch Lena danken. Danke, dass ich durch unsere Gespräche in der stressigen Zeit immer etwas zu lachen hatte.

Keine Ahnung, ob man hier auch seinen Haustieren danken kann, aber ich mache das jetzt einfach: Danke Tabby und Malu, dass ihr so tolle Katzen seid und diese Geschichte oft begleitet habt (Und damit meine ich nicht nur, indem ihr auf der Tastatur herumgelaufen seid).

Zum Schluss möchte ich mich bei meinen zwei Lieblingsmenschen bedanken. Zuerst meiner Mama. Danke, dass du immer an mich geglaubt hast. Mich ermutigt hast, an meine Träume zu glauben und mir jedes Mal gesagt hast, dass ich alles schaffen kann. Deshalb ist dieses Buch für dich, weil es ohne dich gar nicht existieren würde.

Als Letztes gilt ein besonderer Dank Jannik. Dir ist nicht nur dieses Buch gewidmet, weil ich ohne dich wahrscheinlich nie das erste Wort geschrieben hätte, sondern auch, weil du mich bei all dem ständig begleitet hast. Mich zum Lachen gebracht hast, wenn ich es brauchte, und einfach für mich da warst, wenn ich dir irgendeine Szene mal wieder zum fünften Mal erzählt habe.

Und dann möchte ich da noch Menschen danken, die, wo auch immer sie sind, vielleicht diese Worte trotzdem mitbekommen. Danke, dass ihr immer noch da seid, in meinen Erinnerungen und den kleinen Momenten, die mir zeigen, dass ihr nie ganz weg seid.

Danke, an jeden Einzelnen von euch ♥.
Eure Elle

DIE MACHT DER GEFÜHLE
TAUCH EIN IN ROMANTISCH-FANTASTISCHE GESCHICHTEN.
I M
P R E
S S
#IMPRESSBOOKS
ALLES VON IMPRESS HIER:
IMPRESSBOOKS.DE

Impress
Die Macht der Gefühle

Wir produzieren nachhaltig

- Klimaneutrales Produkt
- Papiere aus nachhaltigen und kontrollierten Quellen
- Hergestellt in Europa

FSC www.fsc.org
MIX
Papier aus verantwortungsvollen Quellen
FSC® C083411

Impress
Ein Imprint der Carlsen Verlag GmbH
September 2022

Lektorat: Yvonne Lübben, Ann-Kathrin Path
Umschlagbild: freepik.com / © rawpixel.com / elements.envato.com / © IanMikraz
Covergestaltung: M.D. Hirt
ISBN 978-3-551-30487-2
www.impressbooks.de